FORTUNA SPRZYJA UMARŁYM

STEPHEN SPOTSWOOD

FORTUNA SPRZYJA UMARŁYM

Przełożył z angielskiego

Tomasz Szlagor

WYDAWNICTWO
DOLNOŚLĄSKIE

Zapraszamy na **www.publicat.pl**

Tytuł oryginału
Fortune Favors the Dead

Projekt okładki
NATALIA TWARDY

Koordynacja projektu
NATALIA STECKA-KUBANEK

Redakcja
IWONA GAWRYŚ

Korekta
URSZULA WŁODARSKA

Redakcja techniczna
LOREM IPSUM – RADOSŁAW FIEDOSICHIN

ISBN 978-83-271-6219-9

**WYDAWNICTWO
DOLNOŚLĄSKIE**
jest znakiem towarowym Publicat S.A.

PUBLICAT S.A.
61-003 Poznań, ul. Chlebowa 24
tel. 61 652 92 52, fax 61 652 92 00
e-mail: office@publicat.pl, www.publicat.pl

Oddział we Wrocławiu
50-010 Wrocław, ul. Podwale 62
tel. 71 785 90 40, fax 71 785 90 66
e-mail: wydawnictwodolnoslaskie@publicat.pl

Mojemu ojcu, Bobowi Spotswoodowi,
który nauczył mnie cenić dobry kryminał

Tylko nieliczni z nas są tym, na kogo wyglądają.

AGATHA CHRISTIE, *Człowiek we mgle*,
[w:] *Śledztwo na cztery ręce*, tłum. Alicja Pożarowszczyk

Występują:

LILLIAN PENTECOST – wybitna detektyw z Nowego Jorku. Już nie stąpa tak pewnym krokiem, jak niegdyś, ale ma przenikliwy umysł, z którym lepiej nie zadzierać.

WILLOWJEAN PARKER – asystentka i prawa ręka Lillian Pentecost, nabytek z cyrku. Poznaje blaski i cienie zawodu detektywa.

ALISTAIR COLLINS – magnat przemysłu stalowego i bezduszny patriarcha. Nieco ponad rok temu sięgnął po broń i postawił ostatnią kropkę w swoim życiu.

ABIGAIL COLLINS – matrona rodu Collinsów. Ktoś zepsuł jej przyjęcie z okazji Halloween, gdy zatłukł ją na śmierć kryształową kulą.

REBECCA COLLINS – córka Alistaira i Abigail. Śmiała i urodziwa, jest kimś więcej niż przeciętną celebrytką lansującą się na fortunie rodziców.

RANDOLPH COLLINS – brat bliźniak Rebekki. Ma nadzieję przejąć schedę po ojcu, co w jego przekonaniu oznacza, że musi podporządkować sobie siostrę.

HARRISON WALLACE – ojciec chrzestny Rebekki i Randolpha oraz prezes koncernu Collins Steelworks & Manufacturing. Twierdzi, że chce tylko sprawiedliwości dla Abigail, ale mogą to być gołosłowne deklaracje.

ARIEL BELESTRADE – spirytystka i doradczyni duchowa bogaczy z Manhattanu. Utrzymuje, że potrafi komunikować się ze zmarłymi, ale czy aby sama nie wysyła innych na tamten świat?

NEAL WATKINS – niegdyś wybitny student, obecnie asystent Ariel Belestrade. Jak bardzo podążył w ślady swojej pracodawczyni?

OLIVIA WATERHOUSE – nobliwa profesor, której pasją jest okultyzm. Jej obsesja na punkcie Ariel Belestrade może wykraczać poza sprawy czysto akademickie.

JOHN MEREDITH – wieloletni kierownik produkcji w fabryce. Drażliwy i konfliktowy awanturnik, chowa w sercu urazę do klanu Collinsów.

DORA SANFORD – wieloletnia kucharka Collinsów. Nie potrafi utrzymać języka za zębami.

JEREMY SANFORD – kamerdyner Collinsów. Człowiek o pokerowej twarzy, stoi na straży sekretów rodziny.

ELEANOR CAMPBELL – kucharka i gospodyni Lillian Pentecost. Lojalna i oddana, ale zna swoją wartość.

PORUCZNIK NATHAN LAZENBY – jeden z asów Wydziału Policji Nowego Jorku. Lekceważysz go na własne ryzyko. Pozwala działać Pentecost i Parker, żeby doprowadzić zabójcę na stryczek, choć jest dla nich tyleż sojusznikiem, co rywalem.

Rozdział 1

Kiedy po raz pierwszy spotkałam na swej drodze Lillian Pentecost, omal nie zmiażdżyłam jej czaszki ołowianą rurką.

Miałam już za sobą kilka dyżurów jako cieć na budowie przy Czterdziestej Drugiej. Zawsze kiedy nasz objazdowy cyrk Hart & Halloway's Traveling Circus and Sideshow przyjeżdżał do dużego miasta, braliśmy takie fuchy. W ten sposób można było dorobić po godzinach albo w dni wolne i dostać kasę od ręki.

W tamtych czasach było dużo takiej roboty do wzięcia. Wielu facetów, którzy zwykle ją wykonywali, pojechało na wojnę z Hitlerem. Kiedy brakuje rąk do pracy, nawet dwudziestolatka z cyrku może się nadać.

Tym bardziej że nie była to robota, która wymagała specjalnych kwalifikacji. Powiedzmy szczerze: fucha dla tępaków. Trzeba było krążyć wokół ogrodzenia od jedenastej wieczorem do świtu i pilnować, żeby nikt nie wszedł na teren budowy. Gdyby ktoś wlazł, miałam hałasować dzwonkiem, krzyczeć i generalnie narobić rabanu, żeby go spłoszyć. Jeśliby to nie pomogło, trzeba lecieć po gliniarza.

W każdym razie tak miałam się zachować w teorii. McCloskey – kierownik budowy, który mi płacił – uważał jednak inaczej.

– Jak złapiesz takiego delikwenta, przywal mu tym – oświadczył, skubiąc palcami swój zatłuszczony wąs.

Tym czymś była ponadpółmetrowa ołowiana rurka.

– Zrób tak, a dostaniesz dolara premii. Trzeba dać przykład.

Komu miałam dać ten przykład, nie wiedziałam. Nie wiedziałam też, co takiego można było ukraść z tego placu. Budowa dopiero się zaczęła i w zasadzie była tu tylko olbrzymia dziura w ziemi, wielka na pół kwartału. Trochę drewna i rur, nieco narzędzi, ale tak naprawdę nic cennego. Jeśli wziąć pod uwagę sąsiedztwo Times Square, należało raczej spodziewać się pijaków szukających miejsca, żeby się przespać.

Myślałam więc, że mam przed sobą kilka spokojnych nocy, zgarnę parę dolców i zdążę wrócić na Brooklyn, by pomóc przy popołudniowym show naszego cyrku. Miałam też nadzieję, że w przerwie pochłonę kryminał, który kupiłam w pobliskim kiosku, a może nawet odeśpię parę godzin w jakimś zacisznym zakątku placu. Kiedy byliśmy w trasie, spokojny sen – bez łoskotu ciężarówek na wybojach i porykiwania tygrysów w klatce – należał do rzadkości.

Pierwsze dwie noce minęły dokładnie tak, jak to sobie wyobrażałam. W istocie czułam się dość samotnie. Nowy Jork może i jest miastem, które nigdy nie zasypia, ale nawet tych kilka kwartałów w ścisłym centrum między drugą w nocy a piątą rano ucina sobie drzemkę. Nie ma wtedy prawie żadnego ruchu pieszego – w każdym razie niczego takiego nie słyszałam zza wysokiego na dwa metry drewnianego parkanu otaczającego plac budowy. A w tym gigantycznym wykopie było upiornie cicho.

Kiedy więc trzeciej nocy zaskrzypiała deska, którą ktoś właśnie wyłamywał z ogrodzenia, zmroziło mnie do szpiku kości.

Z łomoczącym sercem złapałam ołowianą rurkę i pospieszyłam dookoła krawędzi wykopu. Byłam ubrana w ciuchy z miękkich materiałów – drelichy i dżinsową koszulę – dlatego poruszałam się bezszelestnie. Moje buty miały wytarte podeszwy, co nie służyło stopom, ale teraz przynajmniej mogłam sunąć w nich niczym cień. Podkradłam się do postaci, która przykucnęła na skraju wykopu.

Kimkolwiek był ten ktoś, wziął do ręki garść ziemi i przesypał ją przez palce. Pomyślałam, że powinnam krzyknąć, żeby go przepłoszyć, ale był roślejszy ode mnie. W drugiej ręce trzymał coś, co wyglądało jak kij albo pałka – w każdym razie coś pokaźniejszego niż moja rurka. Gdybym wrzasnęła i oberwała tym przedmiotem, raczej nie ustałabym na nogach na tyle długo, by się odwzajemnić.

Podeszłam jeszcze bliżej, ostrożnie stawiając krok za krokiem. Gdy byłam już na wyciągnięcie ręki, uniosłam rurkę wysoko. Zastanawiałam się, jak to będzie, kiedy nią walnę. Czy potrafię uderzyć z takim wyczuciem, żeby tylko znokautować tamtą osobę? Detektywi z brukowych powieści zawsze robili to bez trudu. Obawiałam się jednak, że czaszka, w którą celowałam, rozłupie się niczym skorupka jajka. Mój żołądek zrobił coś w rodzaju powolnego salta, zupełnie jak wtedy, gdy oglądałam popisy akrobatów na trapezie.

Wciąż trzymałam rurkę uniesioną nad głową, gdy postać odwróciła się i spojrzała na mnie.

– Wolałabym nie zakończyć dzisiejszego dnia ze wstrząsem mózgu – oświadczyła z opanowaniem godnym linoskoczka.

Osiłek, którego tak się obawiałam, okazał się kobietą. Była mniej więcej w wieku, w jakim byłaby moja matka. Włosy miała upięte w misterny kok.

– Nie wolno pani tu przebywać – powiedziałam, starając się ze wszystkich sił, żeby w moim głosie nie było słychać palpitacji serca.

– To się jeszcze okaże – odparła. – Od dawna tu pracujesz?

– Od kilku nocy.

– Hmmm... – mruknęła, a w jej tonie dało się słyszeć pewne rozczarowanie.

Miałam pełne prawo nakazać jej, żeby się wynosiła. Jednak z jakiegoś powodu – może to było przeznaczenie, a może nuda albo mój wrodzony zgubny nawyk – zaczęłam gadać jak najęta:

– Myślę, że McCloskey, to znaczy kierownik budowy, dopiero co zaczął zatrudniać nocnych stróżów. Wydaje mi się, że wcześniej przesypiał noce w swojej szopie, żeby dorobić na boku. W każdym razie tak mi powiedzieli faceci z porannej zmiany.

– Już lepiej – skwitowała.

Powoli wstała, podpierając się laską, którą trzymała w lewej ręce. Była wysoka i solidnie zbudowana. Nosiła szyty na miarę i wyglądający na drogi kostium w pepitkę oraz płaszcz do kostek, podobny do tego, który wkładał Blackheart Bart, kiedy robił swój show „sokolego oka".

– Czy to jest ta jego szopa? – zapytała, spoglądając w stronę małej drewnianej konstrukcji stojącej kawałek dalej.

Skinęłam głową.

– Pokaż mi ją, proszę.

Do tego czasu stało się jasne dla nas obu, że nikt nikogo nie będzie bił, pomyślałam więc sobie, że czemu by nie. Być może dlatego, że w innym wypadku musiałabym zadzwonić na policję, a zdążyłam rozwinąć w sobie niechęć do ludzi z odznakami.

Ruszyłam w kierunku szopy w rogu placu. Kobieta podążyła za mną, trzymając się nieco z tyłu i pomagając sobie laską. Nie tyle kulała, co trochę się chwiała. Nie byłam pewna, co jej dolega, laska jednak z pewnością nie była tylko na pokaz.

McCloskey nazywał tę budę swoim biurem, ale widziałam w życiu kurniki o solidniejszej konstrukcji. Nie wolno nam było wchodzić do środka. Poza tym drzwi były zamknięte na kłódkę. Tajemnicza kobieta wyjęła coś z wewnętrznej kieszeni płaszcza – wąski, zakrzywiony kawałek drutu, którym zaczęła dłubać przy kłódce.

– Trzeba to zrobić od spodu – wtrąciłam, gdy po minucie gmerania nic się nie wydarzyło.

– To znaczy?

Wzięłam od niej ten zakrzywiony drut i załatwiłam sprawę w dziesięć sekund. Otwierałam już bardziej skomplikowane zamknięcia, i to z zawiązanymi oczami. Dosłownie.

– Powinna pani sprawić sobie prawdziwy wytrych, jeśli robi pani regularnie takie rzeczy – stwierdziłam.

Przez wszystkie późniejsze lata widziałam jej uśmiech najwyżej kilkadziesiąt razy. Wtedy obdarzyła mnie jednym z nich.

– Zapamiętam to sobie – odpowiedziała.

Wnętrze szopy odpowiadało wyglądowi zewnętrznemu: brudne i tandetne. Stało tam coś w rodzaju biurka, zmontowanego z kilku desek opartych na kozłach do piłowania drewna. Na blacie walały się jakieś papiery. Poza tym były tam lampa i wojskowy telefon polowy, który McCloskey dostał od kogoś, żeby nie musiał szukać budki z aparatem na monety. Resztę pomieszczenia wypełniały wąska prycza i sterta brudnych szmat, które po bliższym przyjrzeniu się mogły uchodzić za ubrania.

Moja towarzyszka zapaliła lampę. Dodanie światła nie poprawiło w żadnej mierze wystroju. Widziałam klatki dla małp, gdzie panował większy porządek.

– Opisz mi pana McCloskeya – poleciła, mierząc mnie spojrzeniem niebieskoszarych oczu o kolorze zimowego nieba.

– Sama nie wiem... Około czterdziestki. Taki przeciętny.

Popatrzyła na mnie w sposób, który z czasem zaczęłam nazywać „wzrokiem zawiedzionej belferki”.

– Przeciętność nie istnieje. W każdym razie nie w odniesieniu do ludzi. I nie zgaduj, dopóki nie zmuszą cię do tego okoliczności.

Zaczynałam żałować, że nie użyłam ołowianej rurki.

– Okej – rzuciłam, prychając nieco pogardliwie. – Jakieś trzydzieści centymetrów wyższy ode mnie, więc pewnie ma mniej więcej metr osiemdziesiąt wzrostu. Około dziewięćdziesięciu kilogramów masy, w tym dużo sadła, ale jest pod tym trochę mięśni. Jak u robola, który zaczął zaglądać do butelki. Jeśli sądzić po łatach na jego spodniach, ma dwa zestawy ubrań, które w sumie są warte nie więcej niż trzy dolary. Jest skąpy, ale chciałby, żeby o nim myśleć, że ma gest.

– Z czego to wnioskujesz? – zapytała rzeczowo.

– Z tego, ile mi płaci. Poza tym to facet, który nie wydałby ćwierć dolara na golenie, ale kupił sobie lipny zegarek za co najmniej piątaka.

– Lipny?

– Podróbkę.

– Skąd wiesz, że to podróbka?

– To nie jest człowiek, który kupiłby sobie oryginalny złoty zegarek.

Wtedy zobaczyłam ten błysk w jej oku. To samo spojrzenie co u Mysteria tuż przed tym, jak przepiłował swoją śliczną asystentkę na pół.

– Masz do niego numer, na wypadek gdyby coś się działo? – zapytała.

– No pewnie. Ale powiedział, żeby dzwonić do niego tylko wówczas, jeśli naprawdę zrobi się jakiś bajzel.

– Cóż, bajzel naprawdę się zrobił, panno...

– Żadna tam ze mnie panna. Po prostu Parker – odparłam. – Willowjean Parker. Wszyscy mówią na mnie Will.

– Zadzwoń do pana McCloskeya, Will. Przekaż mu, że na plac wtargnęła kobieta, która nie chce wyjść. I dodaj, że wypytuje cię o złoty zegarek.

Poszło łatwo, ponieważ naprawdę było tak, jak mówiłam. Gdy odłożyłam słuchawkę, kobieta – która wciąż się nie przedstawiła, i nie myślcie sobie, że nie byłam lekko poirytowana tym ewidentnym nietaktem z jej strony – zapytała mnie, jaki głos miał McCloskey.

Odpowiedziałam, że na początku brzmiał normalnie – jak zaspany i poirytowany facet. Kiedy jednak wspomniałam o zegarku, w jego głosie zabrzmiała nutka paniki. Powiedział, że zaraz się zjawi i żebym do tego czasu nie pozwoliła tej kobiecie nigdzie chodzić.

Słysząc to, moja towarzyszka z satysfakcją skinęła głową, po czym usiadła na pryczy – wyprostowane plecy, obleczone w rękawiczki dłonie, w których trzymała laskę, wsparte na kolanach. Zamknęła oczy, spokojna niczym moja cioteczna babcia Ida modląca się w kościele. Przypominała mi kobiety z Oklahomy, których zdjęcia widziałam w magazynie „Life", o wysmaganych wiatrem twarzach, cierpliwie oczekujące kolejnej nadchodzącej burzy.

Pomyślałam, żeby ją zapytać, o co w tym w ogóle chodzi. Albo przynajmniej o to, jak się nazywa. Ostatecznie ja się przedstawiłam. Postanowiłam jednak, że nie dam jej tej satysfakcji. Stanęłam więc obok i czekałam.

Po dziesięciu minutach nagle otworzyła oczy i przemówiła:

– Will, będzie lepiej, jeśli teraz sobie pójdziesz. Idź Ósmą Aleją. Około dwunastu przecznic na południe stąd jest komisariat.

– Mam wezwać gliny?

– Powiedz im, żeby zadzwonili do porucznika Nathana Lazenby'ego. Przekaż, że doszło do morderstwa i że Lillian Pentecost prosi, by się tu natychmiast pofatygowali. Chyba że wolą o tym przeczytać na pierwszej stronie „Timesa".

Otworzyłam usta, ale rzuciła mi spojrzenie, które mówiło, że dalsza dyskusja nie ma sensu. Pospieszyłam więc w kierunku Ósmej Alei, lecz zanim doszłam do bramy, przystanęłam.

Jak już wspomniałam, nie darzę stróżów prawa wielką sympatią, szczególnie tych, którzy noszą spluwy i pałki nie od parady. Poza tym co ta kobieta sobie wyobrażała? Że rzucę jej nazwiskiem i cały oddział przybiegnie tu na odsiecz? Lillian Pentecost. Za kogo ona się ma?

Ukradkiem wróciłam dookoła wykopu w pobliże szopy. Zanim tam dotarłam, na Czterdziestej Drugiej rozległ się pisk starych hamulców, oznajmiający, że zjawił się McCloskey. Szybko schowałam się za tylną ścianą szopy i przykucnęłam – ściana była licha i mogłam wszystko przez nią usłyszeć. Pomyślałam, że to działa w obie strony, więc zamarłam w bezruchu. Na odgłos szybkich, nerwowych kroków, stąpających ciężko po ubitej ziemi, skuliłam się jeszcze bardziej. Potem skrzypnęły otwierane drzwi.

– Ej, ty! Coś ty za jedna? Gdzie jest ta mała kuglarka?

– Odesłałam Will, panie McCloskey. Uznałam, że będzie lepiej, jeśli odbędziemy tę rozmowę w cztery oczy.

– Jaką rozmowę? O co się rozchodzi? Kim pani jest?

– Lillian Pentecost – odparła.

McCloskey stęknął. Najwyraźniej skojarzył to nazwisko i nie był z tego powodu zbyt szczęśliwy.

– A rozchodzi się o to – dodała – że ma pan na ręce zegarek, który należał do zamordowanego mężczyzny.

– O czym pani mówi? To kłamstwo. Kupiłem ten zegarek. Od gościa w barze. Za dwadzieścia dolców.

Pokręciłam głową. Najwyraźniej nikt go nie nauczył, że upiększanie swojego alibi zbyt wieloma szczegółami bardziej szkodzi, niż pomaga.

– Policja oczywiście zapyta, który to był bar, jak nazywał się mężczyzna, który rzekomo sprzedał zegarek, i tak dalej – powiedziała pani Pentecost – ale myślę, że możemy to sobie darować. Choćby dlatego, że zegarek Patek Philippe to nie jest coś, co sprzedaje się za dwadzieścia dolarów.

– Nic nie wiem o żadnym Pattym Phillipie. Facet powiedział, że potrzebuje szybko kasy. – Jękliwy ton, który wkradł się do jego głosu, anonsował winę lepiej, niżby to zrobił afisz na Broadwayu.

– Jonathan Markel rzeczywiście potrzebował pieniędzy, panie McCloskey. Ale nie aż tak bardzo, żeby go przehandlować za bezcen.

– Jaki Jonathan Markel? Kto to jest?

– Mężczyzna, którego zatłukł pan na śmierć. Potem z jego nadgarstka ściągnął pan ten zegarek.

– Pani jest szalona.

– Polemizowałabym z tą opinią. Oskarżano mnie już o niepohamowany narcyzm, nerwicę histeryczną, dewiacje i rozmaite psychozy urojeniowe. Ale ziemia z tyłu marynarki pana Markela nie była urojeniem. Z pewnością nie pochodziła z alejki, w której znaleziono jego ciało. Bruzdy w jego czaszce też były prawdziwe. Jestem przekonana, że owe ślady pasują do ołowianej rurki, którą Will dostała od pana, żeby przeganiać stąd intruzów.

Nawet przez ścianę szopy słyszałam oddech McCloskeya. Ciężki i spanikowany.

Pani Pentecost mówiła dalej, ale już nie tak swobodnie. Jakby słowa grzęzły jej w gardle. Zaczęłam się zastanawiać, na ile autentyczny jest ten jej niewzruszony spokój.

– Przyszłabym tu wcześniej, ale... Dopiero wczoraj miałam okazję obejrzeć ubranie, które pan Markel... miał na sobie tamtej nocy. Ta budowa jest jednym z niewielu... miejsc między jego klubem a aleją, gdzie go znaleziono. Może początkowo nie było w tym złych intencji. Może... pan Markel sporo wypił tamtego wieczoru, szukał ustronnego miejsca, żeby ulżyć pęcherzowi, i wszedł przez dziurę w ogrodzeniu. A pan wziął go za złodzieja i... uderzył. Być może... odrobinę za mocno? Wypadek?

– No... tak... wypadek – wydusił z siebie McCloskey chrapliwym szeptem.

Ale wyduszaczka prawdy jeszcze z nim nie skończyła.

– Jednak drugi i... trzeci cios z pewnością już nie były wypadkiem. Ani to, że ukradł pan portfel i... zegarek ofiary. Podobnie jak to, że zacierał pan ślady swojej zbrodni. To już nie był wypadek, prawda?

Akurat w tym momencie złapał mnie skurcz w nodze. Zaczęłam się wiercić, uważając przy tym, żeby nie zaszurać żwirem pod stopami. Kiedy już się ułożyłam, wewnątrz szopy panowała grobowa cisza. Nagle usłyszałam metaliczne kliknięcie odbezpieczanej broni.

– Nie ruszaj się, paniusiu. – Ton paniki w głosie McCloskeya przybrał na sile. Prawie słyszałam, jak dygocze pistolet w jego ręce.

– Panie McCloskey, proszę się nie... pogrążać jeszcze bardziej. Nie tędy droga. Policja już została powiadomiona... i właśnie tu zmierza.

Powiedziała to nieco oschłym tonem, jakby upominała kelnerkę, że zamówiła zupę pomidorową, a nie jarzynową. Tyle że nie do końca miała rację. Kawaleria nie została wezwana na odsiecz.

Nie wiem, co zostało powiedziane w następnej chwili, ponieważ byłam zajęta skradaniem się wokół szopy do drzwi wejściowych, bezwiednie napinając mięśnie w oczekiwaniu na huk wystrzału. Drzwi były otwarte. Zerknęłam do środka.

McCloskey stał tyłem do mnie. Trzymał broń – wrednie wyglądającego gnata z krótką lufą – wycelowaną prosto w jej głowę. Uchwyciłam, co mówi, w pół zdania:

– ...powinna tu być. Wchodzę, zastaję dziwną kobietę grzebiącą w moich rzeczach. Może skoczyła na mnie z rurką w ręce. Tą samą, którą podobno zabito jakiegoś faceta.

Pani Pentecost nadal siedziała w identycznej pozie, z dłońmi, w których trzymała laskę, złożonymi skromnie na udach. Ja na jej miejscu byłabym cała zlana potem, ale po niej nie było widać ani odrobiny strachu. W istocie jej oczy błyszczały czymś, co mogłoby uchodzić za radość. Stanowczo pokręciła głową.

– Obawiam się, że policja nie uwierzy w tę historyjkę, panie McCloskey. Mundurowi bywają... mało elastyczni, ale rzadko kiedy są... głupi.

Laska, którą dzierżyła w dłoniach, wyglądała na solidną – gładkie czarne drewno zakończone ciężką mosiężną rączką. Pomyślałam, że może spróbuje go zaskoczyć i zdzielić tą laską przez łeb. Wtedy jednak przypomniała mi się moja kuzynka, która też się jąkała i kulała podobnie jak ta kobieta, chociaż znacznie bardziej. Przypuszczałam więc, że tygrysi skok i cios laską nie należą do repertuaru Lillian Pentecost.

– No to będzie słowo przeciwko słowu, paniusiu – parsknął pogardliwie McCloskey. – A ty już nic więcej nie powiesz.

Kiedy później mnie przesłuchiwano – a maglowali mnie jak cholera – zeznałam, że nie myślałam, co robię. Po prostu zareagowałam.

Tak naprawdę pomyślałam. Zatrudniali mnie w cyrku, ponieważ byłam szybka w rękach i jeszcze szybsza w głowie. W ułamku sekundy odbyłam więc błyskawiczną wewnętrzną debatę.

Głos w mojej głowie argumentujący za tym, żeby uciec i zostawić sprawy ich własnemu biegowi, brzmiał zupełnie jak Darla Delight. Dee-Dee, jak ją nazywano, kiedyś sama występowała w cyrku, a teraz pracowała w nim jako księgowa. Bardzo praktyczna kobieta. Kiedy Duży Bob Halloway, właściciel, co parę dni wpadał na genialny pomysł i wymyślał nowy numer do programu, to właśnie Darla kalkulowała koszty i w dziewięciu przypadkach na dziesięć wybijała mu to z głowy. „Musisz myśleć o kosztach", powiedziałaby. „Zwłaszcza o tych ukrytych. O wszystkich rzeczach, których teraz nie ma na rachunku, ale za które i tak trzeba będzie zapłacić prędzej czy później. Wrócą do ciebie i ugryzą cię w tyłek".

Głos po drugiej stronie wewnętrznej debaty brzmiał całkiem jak mój ojciec. On nigdy nie liczył się z kosztami. Po prostu robił, co chciał, i nie przejmował się, kto przy tym ucierpi. To pokusa, której częściej ulegam, niż którą odrzucam, chociaż niełatwo mi się z tym pogodzić.

McCloskey mruknął coś, czego nie dosłyszałam. Cokolwiek to było, sprawiło, że pani Pentecost, siedząc na pryczy, pochyliła się do przodu niczym pies naprężający smycz.

– Kto? – zapytała. – Kto ci o tym mówił?

– No cóż – wymamrotał bardziej do siebie niż do niej. – Jak się powiedziało A i tak dalej... – Wyprostował rękę ze spluwą, zaciskając palec na cynglu.

Koniec debaty. Dokonałam wyboru. Byłam już w przyklęku, podciągając nogawkę spodni i łapiąc rękojeść noża, który nosiłam w skórzanej pochewce przywiązanej do łydki.

Długie godziny spędzone z Kaliszenką w dziesiątkach miast i miasteczek na trasie między Boise a Brooklynem sprawiły, że to, co wydarzyło się w następnej chwili, przyszło mi banalnie łatwo. Wyprostowałam się, unosząc zamaszystym łukiem nóż ponad głową.

Pamiętałam, co mówił Kaliszenko swoim ciężkim rosyjskim akcentem: „Nie rzucasz nożem. Nie rzucasz ramieniem. Rzucasz całym ciałem. Sztuka polega na tym, żeby wiedzieć, kiedy puścić".

Skoczyłam naprzód i wypuściłam nóż z dłoni we właściwym momencie. Dociążone ostrze uderzyło z głuchym, przyprawiającym o mdłości odgłosem – lecz nie w drewnianą, podziurawioną tarczę, tylko w plecy McCloskeya. Weszło w głąb na niecałe osiem centymetrów. Dowiedziałam się później, że tylko sam koniec ostrza przebił jego serce. Niewiele, ale wystarczyło.

Broń wypadła mu z ręki. Pani Pentecost odtrąciła ją laską w kąt. McCloskey zachwiał się, próbując sięgnąć do sterczącej z jego pleców rękojeści. Potem runął jak długi na twarz, uderzając głową o krawędź pryczy. Wydał z siebie ostatni, charczący dźwięk i znieruchomiał.

Pani Pentecost przyklękła obok jego ciała. Spodziewałam się, że sprawdzi puls. Tymczasem ona sięgnęła do zegarka. Pokręciła kilka razy jego tarczą, aż ta otworzyła się jak wieczko puzderka, odsłaniając małą skrytkę – cokolwiek było w środku, zniknęło w dłoni, a następnie w wewnętrznej kieszeni płaszcza pani Pentecost. Potem docisnęła tarczę zegarka na miejsce.

– Jak się czujesz? – zapytała, wstając.

– Nie wiem... – odparłam.

Trzęsły mi się ręce, a mój oddech był szybki i płytki. Miałam spore szanse, by zaraz zemdleć.

– Możesz iść?

Skinęłam głową.

– To dobrze. Obawiam się, że teraz obie... musimy się udać na posterunek.

– Musimy? – spytałam. – Nie przepadam za gliniarzami.

Niemalże uśmiechnęła się znowu.

– Bywają przydatni. I denerwują się, kiedy znajdują trupa, do którego nikt się nie przyznaje. Ale nic się nie martw, będę przy tobie.

Ruszyłyśmy więc we dwie, maszerując w środku nocy ulicami Nowego Jorku, do odległego o tuzin przecznic posterunku. Szłam powoli, by moja towarzyszka mogła nadążyć, ale też dlatego, że miałam trochę miękkie kolana. Mijane budynki wydawały mi się wyższe, a ulice węższe. Wszystko wokół nagle stało się jakby bardziej mroczne i złowrogie.

Pani Pentecost położyła mi dłoń na ramieniu. Trzymała ją tam przez większość drogi do komisariatu. Z jakiegoś niezrozumiałego dla mnie powodu czułam się przez to lepiej i bezpieczniej. Jakby przekazywała mi w ten sposób odrobinę tego, co sprawiło, że wcześniej z takim opanowaniem patrzyła prosto w lufę wymierzonego w nią pistoletu.

Nie podziękowała mi za ocalenie jej życia. W istocie, kiedy teraz o tym myślę, nigdy tego nie zrobiła. Chociaż można powiedzieć, że odwdzięczyła mi się po stokroć. Dopiero lata później, kiedy ktoś zasugerował, bym wszystko to spisała, przypomniała mi się kwestia ukrytych kosztów. Okazały się wyższe, niż kiedykolwiek bym przypuszczała, chociaż nigdy ich nie zsumowałam. Podejrzewam, że teraz, pisząc to, będę musiała zrobić taki rachunek. Jeszcze nie wiem, jak wypadnie ten bilans. Na minusie? Czy może jednak na plusie?

Rozdział 2

Obietnica pani Pentecost, że będzie przy mnie, przetrwała ledwie dziesięć minut od chwili, gdy weszłyśmy do komisariatu. Rozdzielono nas i zabrano mnie do pomieszczenia bez okien, gdzie przez następne kilka godzin byłam grillowana pytaniami przez ekipę zmieniających się rotacyjnie odzianych w tanie garnitury facetów o rumianych twarzach.

Pomyślałam, że użyję trochę dziewczęcego uroku, ale nigdy nie byłam w tym dobra. Flirtowanie też nie wchodziło w grę. Nie byłam do tego odpowiednio ubrana. Poza tym nie miałam złudzeń co do swojego wyglądu. Po ojcu odziedziczyłam nos jak u mopsa i brązowe oczy w odcieniu błota, a po matce piegi, krępująco stłoczone na górze policzków.

Postawiłam więc na samą prawdę i tylko prawdę. No, prawie.

Zaczęło się od dwóch sierżantów, którzy przerobili ze mną wszystkie wydarzenia owej nocy – po kolei i wspak, w tę i we w tę. Opowiedziałam im wszystko, poza zegarkiem ze skrytką. To nie był istotny szczegół, więc łatwo go było pominąć. Po jakimś czasie sierżantów zastąpił oficer śledczy –

tak niedoświadczony, że nie mogłam się nadziwić, jak komuś takiemu pozwolono nosić broń. Polecił mi jeszcze raz zrelacjonować wydarzenia tej nocy. Najbardziej interesowało go to, co pani Pentecost powiedziała o tym Jonathanie Markelu.

Jeszcze raz opowiedziałam wszystko jak na spowiedzi, ale z pominięciem tamtego szczegółu.

Po godzinie znowu awansowałam. Następny oficer miał twarz jakby wykutą z twardego, zimnego bloku granitu i szpakowatą brodę opadającą skłębioną kaskadą na węzeł windsorski, który wieńczył krawat. Był doświadczonym gliniarzem. W każdym razie tak założyłam, sądząc po jego wieku, aparycji i tym, jak tamten młody detektyw płaszczył się przed nim, ustępując mu miejsca. Wkrótce okazało się, że brodaty wielkolud – miał dobrze ponad metr osiemdziesiąt – to porucznik Lazenby, ów oficer wydziału dochodzeniowo-śledczego, o którym wspomniała pani Pentecost. Jeśli jeszcze się łudziłam, że są przyjaciółmi, szybko wyprowadził mnie z błędu.

– Ile Pentecost ci płaci? Kiedy cię najęła do tej roboty? Czy to Pentecost podrzuciła broń, czy wrobiła w to ciebie? Kim jest jej klient? Powiedziała ci, kto naprawdę zamordował Markela? Zacznij mówić, to załatwimy, żeby prokurator okręgowy zawarł z tobą ugodę.

I całe mnóstwo podobnych tekstów.

Wyobrażam sobie, że dla każdego, kto nie zderzył się z prawem w ten sposób, twarzą w twarz, byłoby to przerażające doświadczenie. Tak się jednak składa, że należałam do ekipy cyrku, który od czasu do czasu omija, a nawet łamie rozmaite przepisy. Miałam więc spore doświadczenie w siedzeniu w komisariatach i byciu pomiataną przez plejadę funkcjonariuszy policji stanowej i małomiasteczkowych szeryfów. Szczerze mówiąc, kmioty z prowincji przerażały mnie dużo bardziej niż miastowi stróże prawa.

Jeśli Lazenby oczekiwał, że swoją tyradą zbije mnie z tropu i skłoni do zmiany zeznań, to grubo się mylił. W końcu on też zdał sobie z tego sprawę i dostałam protokół do podpisania. Przeczytałam uważnie każde słowo, by się upewnić, że niczego tam nie dodano, a następnie złożyłam podpis.

– Willowjean Parker? To prawdziwe nazwisko? – zapytał.

– Myśli pan, że gdybym używała fałszywego, wymyśliłabym sobie coś tak dziwacznego, jak Willowjean? – odparłam, testując na nim swój czarujący uśmiech. Bez powodzenia.

– Nie wiem, czy wierzę w choćby jedno twoje słowo – oświadczył, trzymając w ręce protokół. – Z prokuratorem pewnie będzie tak samo. Zweryfikujemy twoje zeznania. Tymczasem, jeśli jeszcze coś ci się przypomni, daj mi znać.

– Pewnie – odpowiedziałam. – Pod jakim numerem zastanę szanownego pana?

Tym razem to on obdarzył mnie szerokim uśmiechem. Następnie polecił, żeby odprowadzono mnie do celi.

Strażnik najpierw chciał mnie zabrać do części męskiej, ale kiedy zdjęłam czapkę i odsłoniłam swojego rudego mopa, popędził mnie na drugi koniec budynku, do mniejszej i odrobinę czystszej części żeńskiej.

Następne trzy dni spędziłam w celi, nie mając kontaktu praktycznie z nikim poza strażnikami. Jedyny wyjątek zdarzył się pierwszego poranka, kiedy dołączyła do mnie trójka dziewczyn zgarniętych podczas nalotu na burdel w Chinatown. Najwyraźniej właściciel spóźnił się z dolą dla sędziego, czego konsekwencje ponosiły dziewczęta. Wzięły mnie za kogoś z branży i dały mi namiary swojego właściciela – numer telefonu i nazwisko. Wyjaśniły, że jest zapotrzebowanie na dziewczyny, które mogą uchodzić za chłopaków, i na odwrót. Nic, czego nie wiedziałabym od dawna.

W każdym razie spędziłam kilka godzin, poznając tajniki najstarszego zawodu świata w wersji nowojorskiej. Przed lunchem dziewczyny wyszły za kaucją i znowu zostałam sama, nie licząc pluskiew, których, mimo że niewidocznych, musiały być tysiące. Wycyganiłam od strażnika starą gazetę i rozłożyłam ją na materacu, mając nadzieję, że w ten sposób odgrodzę się od nękającego mnie robactwa. Nie mogłam się doczekać, aż wypiorę, wyszoruję albo od razu spalę wszystko, co mam na sobie, kiedy tylko wrócę do Hart & Halloway's.

Jeśli w ogóle wrócę.

Nasz cyrk miał wyjechać za trzy dni, a ja nie usłyszałam jeszcze ani słowa odnośnie do tego, co ze mną będzie.

Najśmieszniejsze, że to nie wizja odsiadki za morderstwo gnębiła mnie najbardziej. Wystraszyło mnie spojrzenie, które rzucił Lazenby, kiedy mu powiedziałam, że Willowjean Parker to moje prawdziwe imię i nazwisko – ponieważ tak nie było.

No dobrze, naprawdę mam na imię Willowjean. Jest rzadkie, ale takie mi dała matka, a ja nie mogłam się zdobyć na to, żeby je zmienić. Nazwiska pozbyłam się jednak, kiedy tylko dołączyłam do cyrku. To obecne, Parker, zapożyczyłam od jednej z postaci w którymś z numerów „Black Mask". Powtarzałam sobie, że nie namierzą mojej rodziny, bo to prawie niemożliwe. A nawet gdyby, to co z tego? Byłam teraz dorosłą kobietą. Już nie byłam tą małą dziewczynką, która uciekła z domu dawno temu.

Kiedy jednak siedziałam w celi, mój niepokój narastał i podobnie jak z pluskwami, rozdrapywanie tylko pogarszało sprawę. Minęła druga noc w odosobnieniu. Jedynym źródłem światła była przyćmiona żarówka w głębi korytarza. Brawura, którą wcześniej wykrzesałam z siebie, by się nią zasłonić jak tarczą, nie wystarczyła na długo. Wyobraziłam sobie, że otwierają się drzwi celi, wchodzi ojciec – czerwony na twarzy, ze skórzanym pasem owiniętym ciasno wokół pięści – i krzyczy: „Mam cię!".

Zacisnęłam powieki i w końcu zdołałam zapaść w niespokojny sen.

Krótko przed południem trzeciego dnia drzwi celi się uchyliły. Nikt jednak nie wszedł, tylko wywołano mnie na zewnątrz i odprowadzono na piętro, do innego pokoju przesłuchań. To była wersja luksusowa. Miała okno i krzesła, które się nie chwiały. Tym razem zostawiono mnie samą tylko na pół godziny, zanim drzwi rozwarły się na oścież i do środka z impetem wtoczyła się Dee-Dee z natapirowaną górą czerwieni w stylu bouffant na głowie, wyprzedzana przez wydatny, podparty gorsetem biust.

– Will, dziecino, tak się martwiłam. – Pospieszyła przytulić mnie do piersi, ale musiałam ją powstrzymać.

– Lepiej nie – powiedziałam. – Najpierw muszą mnie odwszawić.

Ograniczyła się więc do posłania mi całusa i usiadła naprzeciwko mnie przy małym stoliku do przesłuchań.

– Co się dzieje, Dee-Dee? Od trzech dni trzymają mnie tu bez dostępu do świata.

– Nie jestem pewna, skarbie. Domyślam się, że gliny rozpracowują sprawę morderstwa tego Markela. Ale wygląda na to, że załatwił go McCloskey. Przynajmniej tak piszą w gazetach.

– Jest o tym w gazetach?

– Na pierwszych stronach, od dwóch dni – odparła Dee-Dee z uśmiechem. – Rozpisują się o tym, że McCloskey mógł już wcześniej robić takie rzeczy i nikt go nie podejrzewał. I że ta Pentecost odwaliła całą robotę za policję. W każdym razie wypuszczą cię dzisiaj po południu.

– Super! – Triumfalnie walnęłam pięścią w blat. – Nie mogę się doczekać, aż wrócę na moje wąskie, niewygodne wyrko obok klatki dla tygrysów.

Dee-Dee zmarszczyła czoło. To była mina, którą zwykle przybierała, kiedy Duży Bob wymyślił coś szczególnie kosztownego.

– Właśnie o tym chciałam z tobą porozmawiać – oświadczyła. – Ta Pentecost przyszła do nas wczoraj. Siedziała przez godzinę w przyczepie Dużego Boba i bombardowała go pytaniami.

– O co?

– O ciebie. Wygląda na to, że ma ofertę biznesową.

Odchyliłam się plecami na oparcie krzesła. Poczułam nagłą nieufność.

– Jaką ofertę?

– Roboty. Czegoś na stałe. Bob mówił, że nie podała konkretów. Przekonała go jednak, że to legalna posada. Bob twierdzi, że powinnaś jej posłuchać.

– Chce mnie zwolnić?

Dee-Dee wyciągnęła rękę nad blatem i ujęła moją dłoń.

– To nie tak. Po prostu Bob myśli, że tak będzie najlepiej dla ciebie. Uważam, że ma rację.

– Co ty mówisz, Dee?

Dla Boba i Dee-Dee cyrk był wszystkim: pępkiem świata, alfą i omegą. Nie mogłam uwierzyć, że widzą dla mnie życie lepsze od tego w wielkim namiocie cyrkowym.

– Kochanie, sytuacja wygląda następująco. Wędrowne cyrki się kończą. Publika nie dopisuje. Jest coraz większa konkurencja ze strony wesołych miasteczek. Małe cyrki są wchłaniane przez te większe. Przecież sama wiesz. Lepiej odejść na własnych warunkach niż czekać, aż cię wyleją.

– Przez ostatnich pięć lat żyłam tylko cyrkiem. To był mój chleb powszedni. Bez niego będę jak odłączona od tlenu.

– Nie mówię, że musisz się zgodzić – powiedziała Dee-Dee. – Mówię tylko, że powinnaś wysłuchać, co ona ma ci do zaproponowania. Rozważyć wszystkie za i przeciw, na spokojnie, bez uprzedzeń i emocji.

Wstała.

– A teraz daj się przytulić i wszystko mi jedno, co tam po tobie łazi.

Wzięła mnie w ramiona i przycisnęła tak, że omal nie złamała mi żebra.

– Jeśli się zgodzisz i okaże się, że ta Pentecost jest stuknięta albo ma jakieś niecne zamiary, zbieraj manatki i wracaj do nas. Jasne?

– Jasne, Dee.

– Kocham cię, Will. Uważaj na siebie – dodała, po czym wyszła.

Kilka minut później strażnik, którego wcześniej nie widziałam, zabrał mnie z pokoju przesłuchań i zaprowadził labiryntem korytarzy do tylnych drzwi. Tam czekał na mnie czarny jak smoła sedan marki Cadillac. Szoferem była kobieta w sile wieku, o tak obfitych kształtach, że ledwie się mieściła za kierownicą. Wyglądała na owoc miłości siłacza cyrkowego i strażniczki z więzienia dla kobiet.

– To ciebie wołają Will Parker? – zapytała z tak silnym szkockim akcentem, że aż się wzdrygnęłam, jakby ktoś przeciągnął mi tarką po skórze.

– Zgadza się, tak mnie wołają.

– Mam cię zawieźć do pani Pentecost – oświadczyła. – Wskakuj do tyłu. Rozścieliłam tam koc. Aż strach pomyśleć, co masz na sobie po trzech dniach w tej zawszonej norze.

Wsiadłam do samochodu, uważając przy tym, by nie dotknąć niczego poza kocem. To była dzika, wariacka jazda. Kobieta za kierownicą wbijała hamulec w podłogę za każdym razem, kiedy jakiś pieszy choćby zerknął w jej stronę. Podążyłyśmy przez most Brookliński do jednego z ładniejszych osiedli w tej dzielnicy.

Auto zatrzymało się przed dwupiętrowym domem z czerwonobrunatnego piaskowca, oddzielonym od sąsiednich budynków wąskimi alejkami, do których dostępu broniły żelazne bramki. Kobieta wprowadziła mnie do środka przez krótki hol obramowany wyścielanymi ławkami. Minęłam coś, co wyglądało na bogato wyposażone biuro. Następnie weszłyśmy po schodach na piętro, gdzie zostałam zaprowadzona do małej sypialni z łazienką. Na łóżku leżał stosik poskładanych w kostkę rzeczy, w których rozpoznałam swoje ubrania.

– Pani Pentecost pozwoliła sobie przywieźć trochę twojej garderoby. W łazience jest mydło i czego tam jeszcze potrzebujesz. Dobrze się wyszoruj i kiedy będziesz gotowa, pani Pentecost zaprasza do swojego biura na dole. Wszystko, co masz na sobie, zostaw w łazience, a ja dopilnuję, żeby porządnie to wyprano.

– Najlepiej będzie porządnie to spalić.

Kobieta parsknęła, co zapewne było jej własną wersją śmiechu, po czym zostawiła mnie samą w łazience.

To był pierwszy solidny prysznic w moim życiu. Odkręciłam kran do oporu i stałam tak, aż skończyła się gorąca woda. Poświęciłam kilka minut na rozczesywanie włosów, które po trzech dniach upychania ich pod czapką przypominały jeden wielki kołtun. Potem włożyłam świeże ubranie – kolejną roboczą dżinsową koszulę, zapasowe buty i ogrodniczki z brązowego sztruksu, które kupiłam w dziale dla chłopców i które pasowały na mnie jak ulał. Może nie był to najlepszy strój na rozmowę kwalifikacyjną, jeśli takowa miała się odbyć, ale innego nie miałam.

Zeszłam po schodach i zajrzałam do biura, które wcześniej mijałam. Było zaskakująco duże – musiało zajmować połowę powierzchni parteru. Dwie ściany pokoju były zajęte na całej długości przez masywne regały. Wszystkie półki z góry na dół wypełniono po brzegi oprawionymi w skórę tomiskami, od których wiało nudą. Ja wolałam książki w papierowych okładkach, ozdobionych obscenicznymi obrazkami dzierżących spluwy dziewczyn z półświatka. Szczerze mówiąc, nadal takie wolę.

Tam gdzie nie było regałów, ściany pokrywała tapeta w przyjemnym żółtym kolorze, nakrapiana maleńkimi niebieskimi makami. W głębi pokoju stało masywne dębowe biurko, a po prawej, przy ścianie, jeszcze jedno, mniejsze i z maszyną do pisania na blacie. Pomieszczenie oświetlały lampy rozstawione w kątach oraz dwie lampki stołowe z jasnozielonymi abażurami, po jednej na biurko.

Nad dużym biurkiem wisiało malowidło, które na oko miało tyle szerokości, ile ja wzrostu. Przedstawiało samotne sękate drzewo stojące pośrodku pustego żółtego pola. Pomyślałam, że jest coś złowróżbnego w tym obrazie, majaczącym ponad ramieniem osoby, która zasiadała przy biurku.

Potem dostrzegłam stojące w swobodnym półkolu fotele, obite tkaniną w tym samym odcieniu co tapeta. Sprawiały wrażenie raczej sprzętu użytkowego niż dekoracji, a ich ustawienie sugerowało, że odbywały się tutaj narady, podczas których cała uwaga była skupiona na osobie zajmującej honorowe miejsce.

Usiadłam w największym z foteli i czekałam. Ozdobny zegar na ścianie tykał miarowo, odmierzając kolejne minuty. Wpatrując się w obraz, dostrzegłam szczegół, którego wcześniej nie zauważyłam – kobietę w chabrowej sukience, siedzącą po turecku w cieniu drzewa. Właśnie nachylałam się, żeby lepiej się przyjrzeć, gdy otworzyły się drzwi i wkroczyła pani Pentecost.

Była ubrana podobnie jak trzy dni wcześniej – szyta na miarę trzyczęściowa garsonka z czerwonym jedwabnym krawatem do kompletu. Teraz, w ciepłym świetle lamp, zobaczyłam to, czego wcześniej nie widziałam. Była w wieku około czterdziestu pięciu lat, może nieco młodsza. Miała wydatne kości policzkowe – do tego stopnia, że wyglądały, jakby przeszkadzały jej w patrzeniu – szerokie usta i zbyt szpiczasty podbródek. A wszystko to rozmieszczone wokół nosa, który może nie był haczykowaty, ale niewiele mu do tego brakowało.

Włosy pani Pentecost miały kolor ciemnego kasztanu, który większość kobiet osiąga farbowaniem, byłam jednak przekonana, że jej są naturalne. Nad porytym głębokimi zmarszczkami czołem biegło przez środek głowy siwe jak wypolerowana stal pasemko, znikając w splocie koka. Miała ze sobą laskę, ale prawie się na niej nie wspierała.

– Mniemam, że miałaś okazję się odświeżyć – zagadnęła, osuwając się na skórzany obrotowy fotel za biurkiem.

– Tak, dzięki.

– Jadłaś coś?

– Nic od czasu, kiedy wczoraj dali mi kolację – odpowiedziałam. – Kiełbasa bolońska i ser. W każdym razie tak mi się wydaje, że to była kiełbasa bolońska. Nie przyglądałam się.

Zmarszczyła nos w geście obrzydzenia.

– Pani Campbell już przyrządza lunch – oświadczyła. – Potrawka z kury kornwalijskiej. W tym domu lubimy wiedzieć, jakie mięso mamy na talerzu.

– Brzmi nieźle – skwitowałam.

To było mało powiedziane. Po trzech dniach na żarciu z aresztu i pięciu latach żywienia się w cyrku potrawka z kury kornwalijskiej brzmiała jak kulinarna fantazja, a nie rzeczywisty posiłek.

– Oprócz de facto głodzenia cię mam nadzieję, że policja traktowała cię obyczajnie.

Nigdy wcześniej nie słyszałam, żeby ktoś w rozmowie używał słów „de facto" i „obyczajnie", ale przetłumaczyłam to sobie na zwykły język.

– Było dużo krzyku, oskarżeń, nazywania mnie małą śmierdzącą kłamczuchą – odpowiedziałam – ale policyjne pałki trzymali za pasem.

Skinęła głową.

– To dobrze. Wybacz, że tyle trwało, zanim udało mi się wydobyć cię stamtąd. Wystąpiły pewne trudności biurokratyczne. W każdym razie tak twierdził mój prawnik.

– Jasne. Myślę, że mieli nadzieję, że się złamię i powiem im, że to pani nakręciła całą sprawę. Czymkolwiek jest ta sprawa.

Machnęła dłonią, jakby przeganiała natrętną muchę.

– Policjantów czasem ponosi wyobraźnia. Jeszcze się nie nauczyli, że zbieżność nie równa się przyczynowości.

Tym razem mój wewnętrzny tłumacz zawiódł.

– Że co?

– Fakt, że jestem zaangażowana w rozwiązanie zagadki kryminalnej, nie oznacza, że popełniłam tę zbrodnię. Wręcz przeciwnie. Chociaż w tym wypadku przynajmniej mieli jakiś powód, by tak sądzić, ponieważ moje zjawienie się, jakkolwiek by patrzeć, w bezpośredni sposób przyczyniło się do śmierci McCloskeya.

Zastanowiłam się przez chwilę nad logiką tego wywodu.

– Facet, który rozwala komuś czaszkę, żeby ukraść zegarek i portfel, prędzej czy później i tak skończyłby w pudle albo poszedł do piachu. Żadna strata.

Powoli z satysfakcją skinęła głową.

– Bardzo pragmatyczna filozofia. Może nawet odrobinę zbyt okrutnie optymistyczna.

– Tak, no jasne – bąknęłam, jakbym wiedziała, co miała na myśli. – No więc... na czym ma polegać ten układ?

– Układ?

– Dee-Dee powiedziała, że ma pani dla mnie propozycję. I że zanim ją odrzucę, powinnam dobrze to przemyśleć.

– Co wiesz o mnie i mojej pracy? – zapytała.

Musicie wziąć pod uwagę jedno. Poprzednich pięć lat życia spędziłam, jeżdżąc po całym kraju w przyczepach i ciężarówkach oraz edukując się w dość specyficznej profesji. Ta edukacja zdecydowanie nie obejmowała regularnego przeglądu nowojorskiej prasy.

Myślicie sobie: jak ta dziewczyna mogła nie wiedzieć, kim jest Lillian Pentecost? Najsłynniejsza kobieta detektyw w mieście, a może nawet w całym kraju. Kobieta, która znalazła mordercę Earla Rockefellera; która odkryła tożsamość Rzeźnika z Brooklynu; do której zwróciła się sama Eleanor

Roosevelt, kiedy ktoś próbował ją przycisnąć. Mogę tylko odpowiedzieć: potrafię otworzyć z zawiązanymi oczami zamek, przejść po linie sześć metrów nad ziemią bez siatki zabezpieczającej i obezwładnić mężczyznę dwa razy większego ode mnie. A wy?

– Wiem tylko to, czego dowiedziałam się od policji – odparłam. – Jest pani kimś w rodzaju detektywa do wynajęcia.

– Prywatny detektyw, tak się to nazywa.

– A ludzie płacą pani za rozwiązywanie spraw, które policja spartaczyła.

– Generalnie biorę sprawy, których policja nie zdołała rozwikłać, albo takie, na które z jakiegoś powodu nie chciała poświęcać czasu ani środków.

– Jak sprawa tego Markela?

– To nietypowa historia. Markel był moim znajomym, więc doszedł tu wątek osobisty.

Wypowiadając te słowa, odwróciła wzrok. Wtedy po raz pierwszy zauważyłam, że coś jest nie tak z jej lewym okiem. Miało ten sam niebieskoszary kolor co prawe, ale trochę inny odcień. Poza tym wydawało się jakby trochę... płaskie. W każdym razie inaczej odbijało światło. Dopiero później dowiedziałam się, że jest szklane. Przez te wszystkie lata miała ich kilka, robionych na zamówienie, ale żadne nie oddawało właściwego koloru.

– I co to wszystko ma wspólnego ze mną? – zapytałam.

– Jak zapewne zauważyłaś, mam pewne fizyczne ograniczenia.

– Tak, zorientowałam się. Stwardnienie rozsiane, prawda?

– Jesteś bardzo spostrzegawcza.

– Miałam kuzynkę, która chorowała na to samo. Chociaż z nią było dużo gorzej – odparłam. Ostatni raz, kiedy widziałam Laurę, spędzała więcej czasu w łóżku niż na własnych nogach.

Pani Pentecost skinęła głową.

– Tak, lekarze powiedzieli mi, że w moim przypadku choroba postępuje wolniej niż u większości. – Zerknęła nienawistnie na opartą o biurko laskę. – Niemniej postępuje. W jej prawym oku błysnęło coś jakby gniew. Zrobiła głęboki wdech i wydech. Złość w jej wzroku przygasła.

– Praca w moim zawodzie jest stresująca i może być wyczerpująca, zarówno fizycznie, jak i psychicznie. Niestety, te okoliczności przyspieszają rozwój choroby. To oznacza, że często jestem zbyt zmęczona, by odpowiadać na listy, umawiać się na wywiady i generalnie zajmować się bardziej przyziemnymi aspektami mojej pracy. Pani Campbell jest znakomitą kucharką i gospodynią, ale jej umiejętności są ograniczone. Ponadto, szczerze mówiąc, intelektualnie też nie jest w stanie podołać wszystkim wyzwaniom.

– Więc chce mnie pani zatrudnić jako kogo? – zapytałam. – Sekretarkę? Od razu uprzedzam, że nie umiem pisać na maszynie i nie mam ani jednej spódnicy ołówkowej.

– Bardziej asystentkę niż sekretarkę – odpowiedziała. – Zajmowałabyś się codziennym prowadzeniem biura, ale nie tylko. Jak już miałaś okazję przekonać się tamtej nocy, czasem trzeba popracować w terenie, chociaż rzadko kiedy kończy się to rozlewem krwi. Co do pracy biurowej, jestem pewna, że bez trudu nauczysz się pisać na maszynie. Pan Halloway mówił, że jesteś bystra i szybko się uczysz nowych rzeczy. Jeśli zaś chodzi o dress code – kontynuowała – nie widzę powodu, dla którego nie miałabyś nosić tutaj w biurze tego, na co masz ochotę. Osobiście preferuję garsonki. Mają dużo kieszeni, co jest dla mnie wielce użyteczne. W zamian otrzymasz pokój i utrzymanie. Pokryję też wszelkie koszty związane z twoim szkoleniem. Ponadto otrzymasz pensję wypłacaną co dwa tygodnie.

Wymieniła przy tym taką kwotę, że na moment zapomniałam o mojej pokerowej twarzy. Jeden taki czek oznaczał więcej gotówki, niż miałam w ręce w całym swoim życiu. Z drugiej strony, by spieniężyć ten czek, musiałabym zerwać więzy ze wszystkim, co znałam od czasu, kiedy uciekłam z domu. Z moimi przyjaciółmi. Z moją rodziną. Z moim światem. I podjąć pracę u kobiety, którą ledwie znałam.

– Dlaczego ja? – zapytałam. – Jeśli z wdzięczności za to, co zrobiłam tamtej nocy, może mi pani teraz odpalić parę dolców i będziemy kwita. Na to stanowisko znajdzie pani bez trudu kogoś lepszego ode mnie. Kogoś, kto już potrafi robić wszystkie te rzeczy, których pani wymaga.

Minęło całych dziesięć sekund, zanim się odezwała. Ta kobieta waży słowa, dlatego zwykle trzeba poczekać, podczas gdy ona siedzi z kamienną twarzą i rozmyśla nad odpowiedzią.

– Może masz rację – odparła w końcu. – Nauczyłam się jednak ufać swojemu instynktowi. Przekonałam się osobiście, jaki masz zmysł obserwacji i na co cię stać, kiedy trzeba działać. Ponadto dowiedziałam się, co jeszcze potrafisz i że szybko się uczysz, dlatego myślę, że możesz być dokładnie tą osobą, której szukam.

Krótko mówiąc, byli lepsi kandydaci do tej roboty, ale mogłam nadrobić zaległości. Zapowiadało się tak dobrze, że zaczęłam się martwić, gdzie jest haczyk. Było jednak coś, co nie dawało mi spokoju. Ten numer z zegarkiem. Po prostu nie mogłam tego odpuścić.

– Doceniam propozycję – oświadczyłam. – Ale muszę zapytać... Jest pani szpiegiem albo kimś takim? Jest niewiele granic, których bym nie przekroczyła, ale praca u nazistów zdecydowanie odpada.

Zdumiona uniosła brew.

– Skąd ci to przyszło do głowy?

– Ten zegarek ze skrytką. Domyśliłam się, że była w nim jakaś wiadomość.

Jej spojrzenie potwierdziło moje przypuszczenia.

– Proszę się nie martwić – dodałam. – Nie powiedziałam o tym glinom. Uznałam, że im mniej wiedzą, tym lepiej dla mnie. Nie chciałabym jednak, żeby później obróciło się to przeciwko mnie, rozumie pani?

Znowu zapadła długa cisza.

– Nie jestem szpiegiem, ani nazistowskim, ani żadnym innym. Pan Markel też nim nie był – odpowiedziała w końcu. – W zegarku rzeczywiście była ukryta wiadomość, ale osobistej natury.

– Aha...

Pokręciła głową.

– Nie w tym sensie osobistej.

Nie do końca w to uwierzyłam, ale nie drążyłam dalej tematu.

– Czy miała coś wspólnego z tym, co McCloskey powiedział na końcu?

– Co masz na myśli?

– Powiedział coś, czego nie dosłyszałam, a panią bardzo to poruszyło. Zapytała go pani wtedy: „Kto ci o tym mówił?".

Rzuciła mi spojrzenie, którego nie mogłam rozszyfrować. Jakby nagle zorientowała się, że nie jest pewna, jakiej rasy psa przyniosła sobie do domu ze schroniska. Odetchnęła głęboko i splotła palce obu dłoni – rzadki tik nerwowy.

– Jeśli zaczniesz dla mnie pracować, ze względów praktycznych wtajemniczę cię w prawie wszystkie moje śledztwa. Musiałabyś jednak pogodzić się z faktem, że nie podzielę się z tobą wszystkim. Są pewne sprawy... które prowadzę od lat i które zawierają element niebezpieczeństwa, na co nie chcę cię narażać. Rozumiesz?

– Jasne – odparłam. – Każdy cyrkowiec, z którym pracowałam, miał swoje sekrety. Zwykle był to jego najlepszy gag.

– Gag?

– Numer. Sztuczka.

Skinęła z uznaniem głową na tę analogię.

– Rozumiem, że jest to propozycja, która wymaga od ciebie podjęcia pewnego ryzyka – oznajmiła. – Nie mogę ci obiecać, że będziesz szczęśliwa. Życie nauczyło mnie, że szczęście jest ulotne. Mogę ci jednak obiecać, jak sądzę, że twoja praca będzie ciekawa.

– Muszę zdecydować się już teraz?

– Oczywiście, że nie. Zostaw sobie dzień do namysłu. – Wyszła zza biurka i sięgnęła po pakunek leżący na stoliku obok. – Kiedy wychodziłam z waszego cyrku, zatrzymał mnie pan Kaliszenko. Prosił, żeby ci to przekazać.

Wręczyła mi paczkę. Była mała i ciężka, owinięta w brązowy papier i przewiązana sznurkiem, z przyklejoną z boku kopertą.

– Pójdę do kuchni sprawdzić, jak tam lunch.

Kiedy wyszła, otworzyłam kopertę. Nigdy wcześniej nie widziałam pisma Kaliszenki, ale było dokładnie takie, jak je sobie wyobrażałam – zwarte i eleganckie, choć nieco trudne do odczytania. Mimowolnie czytałam jego słowa z rosyjskim akcentem.

Moja droga Will,

powiedziałaś mi kiedyś, że uważasz cyrk za swoją przybraną rodzinę. Ja, o czym pewnie wiesz, zostawiwszy moją rodzinę na stepach, uważam tak samo. Dla młodych rodzina nie powinna być jednak czymś, czego się trzymają. Powinna być raczej czymś, co pomoże im rozwinąć skrzydła. Sztuka polega na tym, żeby wiedzieć, kiedy puścić.

Twój przyjaciel na zawsze,
Walentin Kaliszenko, Tańczący z Nożami,
Władca Ognia, Ostatni Spadkobierca Rasputina

PS Słyszałem, że policja zarekwirowała Twój nóż. Mam nadzieję, że te godnie go zastąpią. Obyś ni-

gdy nie musiała ich użyć w podobny sposób. W życiu bywa jednak różnie, dlatego przezorności nigdy za wiele.

Rozpakowałam zawiniątko i odkryłam w środku nie jeden nóż, ale cały zestaw noży do rzucania. W przeciwieństwie do tego, który zostawiłam w plecach McCloskeya, wszystkie miały drewniane rękojeści, wygładzone od oleju i wieloletniego używania. Były to oryginalne noże Kaliszenki – te, które przywiózł ze sobą z Rosji, gdy uciekał stamtąd przed skutkami rewolucji. Nie mogłabym sobie wymarzyć lepszego prezentu pożegnalnego.

Nagle dotarło do mnie. Kaliszenko założył, że od nich odchodzę. W jego przekonaniu podążyłam już inną, nową drogą.

Po raz pierwszy od lat zaczęłam płakać. Szlochałam tylko przez krótką chwilę. Otarłam łzy i odłożyłam pakunek z nożami i listem na mniejsze biurko.

Domyśliłam się, że od teraz było moje.

Kiedy pierwszy raz uciekłam z domu, biegłam przed siebie co sił w nogach. Teraz czyniłam to z pewnymi oporami. Uznałam jednak, że ze spadkobiercą Rasputina nie ma sensu się spierać.

Poszłam do kuchni zobaczyć, co się tam pitrasi.

Rozdział 3

Minęły trzy lata.

Przez ten czas wydarzyło się dość, by wypełnić tym tuzin książek. Jeśli zastanawiacie się, dlaczego nie zaczynam od tej chwili – od pierwszej sprawy, nad którą pani P. i ja pracowałyśmy razem – to dlatego, że nie wiem, jak mi pójdzie to pisanie. Może zaraz wystukam na klawiszach „Koniec" i nigdy więcej się ich nie tknę.

Jeśli więc mam opowiedzieć tylko jedną historię, niech to będzie sprawa Collinsów. Pod różnymi względami był to przełomowy moment dla nas obu. Posypało się wtedy wiele kostek domina, a mnie przybyło sporo blizn, w sensie fizycznym i nie tylko.

Przyznaję, że do tej pory byłam dość wykrętna co do mojej przeszłości. Tak się jednak nie da, o ile macie zrozumieć wszystko, co nastąpi później. Oto więc moje życie w dużym skrócie.

Urodzona w małym miasteczku. Nie podam nazwy, żebyście nie musieli udawać, że o nim słyszeliście. Jedynaczka. Matka zmarła, kiedy miałam sześć lat, ojciec – robotnik kolejowy od trzech pokoleń i moczymorda od czterech. Pewnie was zatem nie zdziwi, że uciekłam z domu dzień po moich piętnastych urodzinach.

Dotarłam na piechotę dwie mieściny dalej, gdzie Hart & Halloway's Traveling Circus and Sideshow właśnie się zwijał po tygodniowych występach. Zabrałam się z nimi na stopa i zaprzyjaźniłam z grupą dziewczyn, które pojawiały się na scenie podczas najważniejszych numerów, a po zmroku robiły striptiz. Zanim cyrk dojechał do następnego miasta, praktycznie mnie adoptowały. Nie wiem, czy widziały we mnie małą siostrzyczkę albo córkę, której nigdy nie miały. Tak czy inaczej, załatwiły mi pracę na najniższym szczeblu hierarchii w całej ekipie. W istocie musiałam dobrze wyciągać szyję, żeby w ogóle ten najniższy szczebel dojrzeć. Przez kilka pierwszych miesięcy szorowałam klatki dla zwierząt, opróżniałam latryny – robiłam wszystko, co tylko można było zwalić na takiego nowicjusza jak ja.

Kiedy już dowiodłam, że potrafię sprawnie szuflować łajno, zatrudniono mnie przy rozstawianiu i zbieraniu sprzętu. Potem zabawiałam publikę między kolejnymi numerami programu.

Po mniej więcej pół roku Cudną Lulu dopadła grypa, która rozłożyła ją na dziewięć miesięcy, przez co Mysterio i Kaliszenko zostali bez ich wspólnej asystentki. Kaliszenko miał trudny charakter, a Mysterio nie potrafił trzymać rąk przy sobie, dlatego żadna z dziewczyn nie chciała tej roboty. Padło więc na mnie. Wciśnięto mnie w strój Cudnej Lulu: gołe uda, kryształki oraz upstrzony cekinami obcisły gorset, do którego dziewczyny napchały szmat, żeby gawiedź miała na czym zawiesić oko. Dzień w dzień kursowałam między iluzjonistą a mistrzem w rzucaniu nożami.

Nie umywałam się do Cudnej Lulu i żadna ilość szmat uwypuklających mój strój nie mogła sprawić, bym wyglądała na kogoś innego – wciąż byłam piętnastoletnią chłopczycą w pożyczonej kreacji. Nie powstrzymało to jednak znacznej części męskiej publiczności od składania mi propozycji, od których więdły uszy. Nigdy byście nie pomyśleli, jakie słowa potrafią padać z ust takich szacownych, pobożnych obywateli. Chociaż czytające to kobiety pewnie słyszały w życiu nie takie rzeczy.

Mysterio nie zawiódł w kwestii swojej reputacji, ale po tym, jak z premedytacją spartoliłam jego numer i narobiłam mu wstydu przed pełną widownią, nauczył się trzymać ręce przy sobie.

Kaliszenko to była zupełnie inna historia. Wśród ekipy miał ksywę Szalony Rosjanin. Po części dlatego, że – jak sam twierdził – był potomkiem Rasputina, a po części dlatego, że gdy ktoś go wkurzył, Kaliszenko potrafił cisnąć w tę osobę nożem.

Moja praca polegała głównie na staniu w bezruchu, kiedy on obramowywał moją sylwetkę rzucanymi nożami, albo na trzymaniu w zębach balonów, które on przebijał – tego typu rzeczy.

– Po prostu stój, uśmiechaj się, ukłoń się co parę minut, żeby pokazać publice swój tyłek, i nic nie mów – wycedził. – Małe dziewczynki nie mają po co mówić.

Po kilku tygodniach wpadł na pomysł dodania nowego wątku. Miałam pokazać, że się na niego wkurzyłam, wyrwać z tarczy jeden z noży i go odrzucić. Nóż miał polecieć daleko w lewo, ale za pierwszym razem, kiedy zrobiliśmy to na żywo, trafiłam tak blisko jego twarzy, że ostrze musnęło bokobrody.

– Rzuciłaś tak celowo? – zapytał po pokazie.

– Tu jest upał nie do zniesienia, a te gacie wrzynają mi się w tyłek jak cholera. Więc tak, zrobiłam to celowo.

Na jego brodatej twarzy pojawił się szeroki uśmiech. Wcześniej nigdy nie widziałam, żeby Kaliszenko się uśmiechał, kiedy nie stał przed widownią.

– Fantastycznie! – zawołał. – Zostawimy ten numer. Ale ciebie podszkolimy, okej?

Podszkolił mnie. Inni cyrkowcy zobaczyli, że pracuję z Szalonym Rosjaninem, i uznali, że skoro potrafię go zadowolić, to może warto we mnie zainwestować. Przez następnych pięć lat praktykowałam u każdego, kto mnie przyjął. Opanowałam sztukę żonglowania ogniem i chodzenia po rozżarzonych węglach. U klownów i striptizerek poznałam podstawy makijażu. Nauczyłam się jeździć konno na oklep, strzelać do celu, przepowiadać przyszłość i wróżyć z kart. Potrafiłam obchodzić się z dużymi kotami i oswoiłam się, chociaż nie bez trudu, z mieszkańcami terrarium. W „domu dziwadeł" spędziłam tyle czasu, że mogłam jednym spojrzeniem ocenić, który z nowych eksponatów jest lipny, a nawet z dużą dozą prawdopodobieństwa określić, w jaki sposób dokonano oszustwa.

Od dziwolągów nie mogłam się wiele nauczyć – człowiek albo rodzi się z ogonem, albo nie. Mimo to z całej ekipy cyrku najlepiej się czułam właśnie w ich towarzystwie. Nieraz siedziałam do późna, słuchając Człowieka Aligatora albo Wytatuowanej Kobiety, którzy opowiadali historie o starych, dobrych czasach.

Ćwiczyłam trochę z linoskoczkami, ale nie miałam do tego wrodzonego talentu. Potrafię przejść po linie, kosztuje mnie to jednak wiadro potu i rok życia.

Umiejętność otwierania zamków nabyłam podczas krótkiego, nieprzemyślanego romansu z człowiekiem gumą. Dołączył do ekipy tylko na jeden sezon letni, ale w tym czasie nauczył mnie, jak sobie poradzić z wszelkimi istniejącymi zamknięciami, jak się wydostać z kaftana bezpieczeństwa, nawet takiego bez ukrytych ułatwień, oraz kilku innych rzeczy, których nie pisze się w CV.

Szkoliłam się nawet u Mysteria, który okazał się całkiem przyzwoitym nauczycielem, kiedy już pojął, że z przystawiania się do mnie nie wyniknie dla niego nic dobrego. Miałam tak zręczne dłonie, że zaczął mnie wykorzystywać do roli wtyczki na widowni. Potrafiłam zrobić najzgrabniejszą podmianę talii kart, jaką w życiu widzieliście. Albo jakiej nie widzieliście.

Krótko mówiąc, w cyrku byłam po trochu od wszystkiego. Mogłam asystować każdemu z występujących artystów i w razie konieczności zastępować brakującą osobę. Oprócz tego, że dalej musiałam paradować po scenie w kostiumie wypchanym szmatami.

Właśnie wtedy w moje życie wkroczyła Lillian Pentecost. Dzień po tym, jak przyjęłam jej propozycję, rozpoczęłam nowy etap mojej dziwacznej edukacji.

Dotrzymała obietnicy, że pokryje wszystkie koszty wykształcenia. Przez następne trzy lata uczęszczałam na kursy stenografii, księgowości, prawa, strzelania, mechaniki samochodowej, prowadzenia pojazdów i jeszcze paru innych rzeczy. Pani Pentecost użyła nawet swoich znajomości, aby mi załatwić nie do końca autentyczne świadectwo urodze-

nia, które potwierdzało urzędowo, że nazywam się Willowjean Parker. Dzięki temu małemu fałszerstwu mogłam zdobyć prawo jazdy, licencję prywatnego detektywa i pozwolenie
na broń.

– Nie sądzę, żebyś musiała z niego korzystać – stwierdziła pani P., kiedy odebrałam to ostatnie – ale czasem zosta-
niesz poproszona o udanie się w miejsca, gdzie pojawienie
się bez broni byłoby nierozsądne.

W praktyce spędzałam więcej czasu w salach wykłado-
wych niż klubach bilardowych. Nie było tygodnia, w którym
nie oznajmiałaby, że mam pojechać na wykład tego czy innego eksperta na temat bezkręgowców, astronomii albo psy-
chopatologii.

– Po co mam się uczyć, czym się różni pleśń od grzyba? –
zapytałam przed jedną z takich wycieczek. Byłam wtedy roz-
żalona, ponieważ ten wykład kolidował z wyczekiwanym
przeze mnie seansem w Rivoli, na którym grali najnowszego Hitchcocka.

– Nie wiem – odpowiedziała. – Ale lepiej posiadać taką
wiedzę i jej nie potrzebować niż odwrotnie.

Trudno było się nie zgodzić. Chociaż jak dotąd żadna ze
spraw prowadzonych przez którąś z nas nie wymagała choćby elementarnej znajomości cyklu życiowego grzybów.

W każdym razie takie było moje życie – przynajmniej to
między poszczególnymi dochodzeniami. Kiedy brałyśmy się
do roboty, nie było czasu na prelekcje, kino, a czasem nawet
na posiłki. Jednym z moich niepisanych obowiązków – a takich nie brakowało – było dopilnowanie, by pani Pentecost
chociaż raz dziennie zjadła coś pożywnego. Często oznaczało to, że musiałam ją zaciągnąć do najbliższej restauracji
i nie ustępować, dopóki nie wgryzła się w sandwicza z pie-
czoną wołowiną.

To było rozwinięcie jednego z moich innych niepisanych
obowiązków, który polegał na monitorowaniu zdrowia pa-

ni P. i pilnowaniu, by się nie przepracowała. Przez pierwszych kilka lat, które z nią spędziłam, jej stan nie pogorszył się znacząco. Były dni lepsze i gorsze. W te dobre nawet byście nie pomyśleli, że coś jej dolega, a laska, którą się podpierała, mogła uchodzić za modny gadżet. Gdy jednak pani P. miała zły dzień, kulała i się potykała, a mówiąc, często się zacinała. Wtedy również szybciej się męczyła i sprawiała wrażenie obolałej, chociaż starała się tego nie okazywać. Zdarzały się także naprawdę złe dni, trwające tydzień i dłużej. Na szczęście nie było ich wiele.

W sumie było to dobre życie.

Sprawa Collinsów wylądowała na naszych biurkach pewnego wtorkowego poranka w połowie listopada 1945 roku. Większość tamtego lata zeszła nam na tropieniu piromana, który podpalał czynszówki w Harlemie. Pani Pentecost uwinęła się z tym śledztwem na tyle sprawnie, że zdążyłyśmy dołączyć do reszty miasta hucznie świętującego kapitulację Japonii. Kiedy tylko wyleczyłyśmy kaca i sprzątnęłyśmy konfetti, wzięłyśmy sprawę morderstwa, które miało uchodzić za samobójstwo. Policja się nie zorientowała, dopóki pani P. z właściwą sobie gracją nie zdemaskowała tego matactwa.

Gwoli prawdy, dla nas takie śledztwa kończyły się wykonaniem krótkiego telefonu do odpowiednich władz. Żadnego spędzania wszystkich podejrzanych do jednego pomieszczenia i konfrontowania ich ze sobą. Choć tak byłoby ciekawiej i bardziej książkowo, dochodzenia zwykle kończyły się dyskretnym szepnięciem do właściwego ucha. Nasz tryb pracy nie przewidywał spektakularnych akcji na finał.

Owego wtorkowego poranka miałyśmy wciąż jeszcze trwającą od kilku dni przerwę w pracy, po raz pierwszy od dłuższego czasu. Zjadłam przy stole kuchennym szybkie śniadanie – jajka i tosty, obsłużona i nakarmiona przez panią Campbell. Mieszka ona w przybudówce na tyłach domu, dawnej powozowni. Z tego względu, choćbym nie wiem jak wcześnie wstała, pani Campbell i tak już krząta się po kuchni.

Gdybyście chcieli wiedzieć o niej coś więcej, to nie mogę zbytnio pomóc, ponieważ sama wiem niewiele. Pani Campbell jest wdową. U pani P. pracuje od zawsze. Pochodzi z okolic, które sama nazywa „głęboką prowincją”. Potrafi gotować, sprzątać i generalnie prowadzić dom, chociaż kierowcą jest beznadziejnym. Rzadko kiedy mówi o sobie, a ja nauczyłam się nie zadawać zbędnych pytań.

Otworzyłam i przejrzałam korespondencję, następnie zerknęłam do najważniejszych gazet porannej nowojorskiej prasy, zaznaczając artykuły, które należało wpiąć do naszych akt. Potem zaczęłam sporządzać listę osób, do których miałam zadzwonić. W większości były to odpowiedzi na prośby o wywiad, cytowanie albo zdjęcia. Takie rzeczy sprawiały, że nazwisko pani Pentecost nie wychodziło z obiegu, a nasz telefon nie przestawał dzwonić. Właśnie kończyłam spis, kiedy dźwięk telefonu zaanonsował kolejnego petenta.

– Biuro Detektywistyczne Pentecost, mówi Will Parker.

Zrzędliwy, pretensjonalnie brzmiący głos po drugiej stronie zapytał mnie, czy pani Pentecost zechce spotkać się po południu z Rebeccą i Randolphem Collinsami. W tej chwili wielka pani detektyw jeszcze smacznie spała. Jako że prowadziła praktycznie nocny tryb życia, niełatwo było ją zobaczyć w świetle poranka. Na szczęście już od dawna w kwestii umawiania spotkań polegała na moim wyczuciu, a w tym przypadku podpowiadało ono, że sprawę Collinsów bierzemy od ręki.

Poprzednie dwie sprawy – zabójstwa i podpaleń – nie były specjalnie intratne. Byłam jednak pewna, że Collinsowie wysupłają każdą kwotę, jakiej zażądamy za nasze usługi. Gazety od dwóch tygodni sugerowały, iż w tej sprawie jest drugie dno. Wiedziałam, że taka niejednoznaczność zaintryguje moją szefową. A gdyby to nie podziałało, miałam jeszcze asa w rękawie.

Odpowiedziałam, że pani Pentecost z przyjemnością spotka się z rodzeństwem Collinsów o trzeciej po południu. Do tego czasu zdążę zwlec ją z łóżka, poprosić panią Campbell, żeby przygotowała bułeczki z sosem pieczeniowym, i streścić najważniejsze doniesienia prasowe z ostatnich dwóch tygodni.

Zabójstwo w domu Collinsów było sensacją nawet w mieście, które zdążyło zobojętnieć na takie zbrodnie. Ta rodzina trafiła na pierwsze strony gazet nie pierwszy raz. Wcześniej zdarzyło się to prawie dwadzieścia lat temu, kiedy Alistair Collins, właściciel i prezes koncernu Collins Steelworks & Manufacturing, ożenił się ze swoją sekretarką Abigail Pratt. Abigail była młodsza od niego o trzydzieści lat, miała zdecydowanie niższe klasowo pochodzenie i w chwili zamążpójścia była w czwartym miesiącu ciąży. Wymuszone śluby w tym przedziale podatkowym należały do rzadkości, w każdym razie tak głośne, dlatego prasa miała używanie.

Przez następne dwie dekady o Alu Collinsie ukazywały się dość regularne wzmianki w dziale biznesowym, zwykle w kontekście tego, jak sprawnie zarządzał firmą. Do działu ogólnego trafił kilkakrotnie w latach trzydziestych, gdy wynajął oprychów do zduszenia strajku. Skończyło się na kilku pękniętych czaszkach i co najmniej jednym zgonie. W każdym razie o jednym wiedziała policja. W tamtych czasach nie było to nic niezwykłego, ale pewien dziennikarz dodał do relacji z tych wydarzeń nieco poezji, pisząc: *Collins jest znany z tego, że ma serce twarde i zimne jak stal produkowana w jego fabryce.*

Pięć lat temu Alistair awansował na pierwszą stronę po tym, jak jego firma zdobyła duży kontrakt rządowy i jak ogłosił, że przestawia się na produkcję sprzętu wojskowego – broń stała się biznesem bardziej lukratywnym od zszywaczy biurowych. A potem nagłówki gazet zaczęły głosić złe nowiny dla klanu Collinsów.

We wrześniu zeszłego roku Alistair siadł przy biurku w swoim domowym gabinecie, wsunął sobie w usta lufę rewolweru i, że się tak wyrażę, pojechał ekspresem na końcową stację. Wywiady z jego współpracownikami ujawniły, że w okresie bezpośrednio przed śmiercią zmagał się z depresją, chociaż nikt nie wiedział, z jakiego powodu.

W kilku gazetach zasugerowano niezbyt subtelnie, że Abigail pomogła mężowi pociągnąć za spust. W odpowiedzi przedstawiciele rodziny zwrócili uwagę, że w ostatnim czasie Alistair zlikwidował intercyzę, która ograniczała jego żonie dostęp do rodzinnej fortuny. W połączeniu z faktem, że na mocy testamentu większość majątku przejął zarząd powierniczy, który miał sprawować pieczę nad zasobami firmy w imieniu dzieci, podważyło to teorię, że Abigail mogła chcieć przyspieszenia śmierci męża. Sam prokurator okręgowy publicznie zabrał głos, by oświadczyć, że Alistair Collins ewidentnie popełnił samobójstwo.

Wszystko to gazety zaczęły niedawno maglować na nowo z powodu wydarzeń, które rozegrały się dwa tygodnie temu podczas Halloween. Według doniesień prasowych Abigail Collins wyprawiła swoją coroczną imprezę z tej okazji – bal maskowy, podczas którego wyższe kierownictwo Collins Steelworks bawiło się w przebieranki, podrygiwało na parkiecie do muzyki granej przez kwartet swingowy i upijało się na umór szampanem.

„Times" w numerze z 2 listopada doniósł:

Pośród frywolnej maskarady goście stracili z oczu panią Collins. Około północy ktoś zauważył dym wydobywający się spod drzwi prywatnego gabinetu nieżyjącego Alistaira Collinsa. Drzwi były zamknięte na klucz od środka. Kiedy je wyłamano, okazało się, że pożar zaczął się w kominku, skąd rozprzestrzenił się po całym pomieszczeniu. Co straszniejsze, panią Collins znaleziono siedzącą przy biurku zmarłego męża i uśmierconą ciosami w głowę.

Policja nie potrafi wyjaśnić, jak zabójca po dokonaniu tej makabrycznej zbrodni wydostał się z pokoju. Jak powiedział anonimowy funkcjonariusz: „Drzwi można zamknąć na klucz tylko od wewnątrz. Jedyne okno w pokoju jest okratowane. W pomieszczeniu nie ma ukrytych przejść. Sprawdziliśmy. To naprawdę niezgorsza łamigłówka".

Porucznik Nathan Lazenby oświadczył, że nie może komentować toczącego się śledztwa, ale zapewnił, że policja bada kilka obiecujących tropów i spodziewa się wkrótce dopaść sprawcę.

To „wkrótce" zamieniło się w dwa tygodnie. Najwyraźniej łamigłówka była rzeczywiście „niezgorsza".

Żadna z gazet nie zamieściła podsumowania tego, co się działo tamtego wieczoru. Żadnej chronologii wydarzeń, żadnych nieoficjalnych wypowiedzi uczestników balangi. Nic. Brak tego typu szczegółów dał mi do myślenia. Albo ktoś użył pieniędzy, by towarzystwo trzymało język za zębami, albo policja faktycznie deptała komuś po piętach i starała się go nie spłoszyć. Jako że minęły dwa tygodnie i nic nie zapowiadało rychłego aresztowania, obstawiałam scenariusz z pieniędzmi.

Kiedy zegar wybił pierwszą po południu, zabrałam z kuchni kubek mocnej kawy, udałam się na piętro i zapukałam do drzwi sypialni pani Pentecost. Nikt nie odpowiedział. Niezrażona tym weszłam bez zaproszenia.

– Dzień dobry – rzuciłam radosnym tonem, rozsuwając ciężkie zasłony i wpuszczając do wnętrza pokoju blade listopadowe światło. – Minęło już południe. O której poszła pani spać?

Na środku sypialni stało wielkie łoże z narożnymi słupkami. Spod grubej białej kołdry usłyszałam mrukliwą odpowiedź:

– O szóstej.

Na szafce obok łóżka postawiłam kawę i położyłam poranną prasę, uważając przy tym, by nie strącić szklanego oka, spozierającego na mnie spośród fałd białej chusteczki.

– Czy o tej porze w listopadzie jest już jasno? – zapytałam. – Wstaję wcześnie, ale nie aż tak. Chyba że wymagają tego obowiązki albo gdy się zasiedzę poprzedniego wieczoru. Chociaż jeśli znajdzie się coś na tyle interesującego, bym zarwała przez to noc, zwykle nie patrzę na zegarek.

Odrzuciła na bok kołdrę i łypnęła na mnie prawym okiem – w miejscu lewego widniał tylko pusty oczodół. Ten dość upiorny widok nabierał groteskowego wymiaru z powodu jej włosów, które po rozpuszczeniu skręcały się w sprężynki, co sprawiało, że po nocy w łóżku pani Pentecost przypominała wiedźmę z bagien.

– Przyszłaś mnie dręczyć? – syknęła.

Uśmiechnęłam się serdecznie i pokręciłam głową.

– Tylko dostarczyć kawę i wiadomość, że potencjalni klienci zjawią się o trzeciej. Pomyślałam, że będzie pani chciała mieć trochę czasu na prysznic, posiłek i ogarnięcie fryzury.

– Nie mieliśmy nikogo umówionego na dzisiaj.

– Nie mieliśmy – przytaknęłam. – Teraz mamy.

Następnie wyszłam.

Takie zachowanie może wydać się dziwne w wypadku osoby, która pełni funkcję asystentki i którą można w każdej chwili wywalić na bruk. Przekonałam się jednak, że czasem najlepszym sposobem asystowania pani Pentecost było zadbanie o to, by się ocknęła, zjadła coś i wróciła do pionu na tyle, żeby wykonywać pracę, której poświęciła życie.

Poza tym gdybym jej powiedziała, że nasi potencjalni klienci to rodzeństwo Collinsów, mogłaby od razu się sprzeciwić albo przynajmniej polecić, żebym umówiła ich na inny termin, a sama wróciłaby pod kołdrę.

Pani P. i ja mamy pewne uprzedzenie do osób z tak zwanych wyższych sfer. Moje jest typowe dla kogoś, kto pochodzi z małego miasteczka i klasy robotniczej. U niej wynika to z faktu, że bogaci zwykle najmniej potrzebują jej pomocy. Niemniej do moich obowiązków należało między innymi kontaktowanie jej z klientami będącymi w stanie wypisać czek na pięciocyfrową kwotę bez oblewania się przy tym zimnym potem. Miałyśmy przecież wydatki i koszty własne, których część – wcale nie najmniejszą – stanowiło moje wynagrodzenie.

Godzinę później pani Pentecost, wykąpana, nakarmiona i ubrana w granatowy tweed, z włosami spacyfikowanymi w jej zwyczajowe upięcie z warkoczy, wkroczyła do biura. Laskę zostawiła na piętrze, co sugerowało, że ma dobry dzień – albo że wypiera swoją dolegliwość. Usiadła za biurkiem, a ja zapoznałam ją z bieżącymi sprawami, między innymi streszczając to, czego dowiedziałam się z gazet na temat skandalu i zbrodni w klanie Collinsów.

Kiedy skończyłam, milczała przez dobre dwie sekundy.

– Czy jest jakiś powód, pomijając zasobność konta tych ludzi, żeby angażować się w tę sprawę?

– Zasobność ich konta jest nie do pogardzenia – odparłam. – Przynajmniej tak wynika z najnowszego zestawienia cen akcji, które zamieścił „Journal". Ale jeśli nie przemawia do pani perspektywa zarobienia na obrzydliwie bogatych ludziach, pozostaje jeszcze fakt, że to autentyczna zagadka zamkniętego pokoju. Klasyk w najczystszej postaci! Jak często zdarzają się takie przypadki?

– Nie podzielam twojej fascynacji tanią sensacją.

– A to, że mamy do czynienia z brutalnym morderstwem kobiety, z którym policja nie daje sobie rady, i ma pani obywatelski obowiązek zrobić, co w jej mocy, by zabójca stanął przed obliczem sprawiedliwości?

– Jest wiele niewyjaśnionych morderstw, którymi mogę się zająć – stwierdziła. – Większość dotyczy rodzin, których nawet nie stać na wynajęcie prywatnego detektywa.

Rozłożyłam ręce w geście kapitulacji.

– Okej, poddaję się – powiedziałam. – Będę więc musiała zadzwonić i odwołać spotkanie.

Sięgnęłam po słuchawkę i znieruchomiałam, jakbym nagle coś sobie przypomniała.

– Ach, jest jeszcze to.

Wyjęłam z kieszeni kamizelki wycinek z gazety i od niechcenia pchnęłam go po blacie w jej stronę. Nieufnie podniosła go i omiotła wzrokiem. Była to relacja z trzeciego dnia śledztwa. U dołu szpalty widniało zakreślone przeze mnie nazwisko. Kiedy pani Pentecost dotarła do niego, ożywiła się. W każdym razie uniosła o pół centymetra brew, co jak na nią i tak wyrażało wiele.

– Dlaczego nie widziałam tego wcześniej?

– Dlatego że tkwiła pani po same warkocze w sprawie Palmetto. Teraz nadrabia pani zaległości – odpowiedziałam. – Poza tym to artykuł z „Enquirera". Zwykle nie kupujemy tego szmatławca. Czysty przypadek, że to zauważyłam.

– Mamy pewność, że to sprawdzone informacje? Może to zmyślili. Wspominałaś, że żadna inna gazeta nie zamieściła listy gości.

– Możliwe – przyznałam. – Nie mamy nikogo w tamtej redakcji. Mogę w parę dni kogoś znaleźć i podsunąć dwudziestaka. Chociaż nie. To byłby nowy kontakt, więc trzeba poświęcić stówkę. A potem trzymać kciuki, że nie robią nas w balona. Ostatecznie to „Enquirer". Wrobiliby własną matkę na pierwszej stronie, gdyby tylko podniosłoby im to sprzedaż. Albo...

– Albo możemy zapytać Collinsów, kiedy przyjdą, kto był na ich imprezie – wtrąciła pani P. z dozą sarkazmu.

– Z pewnością warto to rozważyć – zgodziłam się.

Popukała się palcem po swoim nieco haczykowatym nosie, patrząc przed siebie nieobecnym wzrokiem. Po kilku sekundach intensywnego myślenia oświadczyła:

– Idź do archiwum i wyciągnij wszystkie wycinki, jakie mamy o rodzinie Collinsów, łącznie z tymi na temat samobójstwa seniora.

– Myśli pani, że jest jakiś związek?

– Jeszcze nic nie myślę. Nie wiem nawet, czy w ogóle wezmę tę sprawę. Lepiej jednak mieć pod ręką wszystkie informacje niż później się miotać.

Zapytałam, czy chce również akta osoby, której nazwisko zakreśliłam, ale odpowiedziała, że już je zna.

Pospieszyłam schodami do pomieszczenia o wysokim suficie, które zajmowało całe drugie piętro domu. Wielką przestrzeń wypełniały rzędy regałów, zupełnie jak w bibliotece na Czterdziestej Drugiej. Pośrodku tego wszystkiego leżał na podobieństwo wyspy olbrzymi egipski dywan. W jego centralnym punkcie stały wygodny fotel i wysoka lampa Tiffany. Na morzu półek otaczających wyspę poukładano setki kartonowych pudeł. Każde było szczelnie zamknięte, by chronić zawartość przed światłem sączącym się do pomieszczenia przez świetliki w suficie.

Pudła zawierały wieloletni zbiór skrupulatnie posegregowanych wycinków na temat zbrodni, znaczących wydarzeń, ważnych obywateli, a także dokumentację poszczególnych spraw, ciekawostki, dowody i kolekcję dziwacznych przedmiotów, które pani Pentecost zebrała w trakcie kariery.

Odszukałam właściwe pudło, w którym oczywiście znajdowały się również wycinki na temat samobójstwa Alistaira

Collinsa. Jednym z moich obowiązków jest wycinanie i archiwizowanie – na wszelki wypadek – artykułów traktujących o niewyjaśnionych śmierciach albo zgonach, które nastąpiły w dziwacznych okolicznościach. Próbowałam przekonać panią Pentecost, że to strata czasu, ponieważ każda gazeta ma własne archiwum, do którego mogę bez trudu zdobyć dostęp. Szefowa lubi jednak mieć wszystko pod ręką.

Zniosłam akta na parter i podczas gdy ona je wertowała, sporządzałam nowe wycinki z tekstów w porannej prasie. Była tam między innymi historia o tym, że Charlie Silverhorn, znany muzyk jazzowy, przedawkował narkotyki, wycięłam także doniesienia o serii włamań w rejonie przyległym do Central Parku.

O trzeciej co do minuty zadzwonił dzwonek do drzwi. Otworzywszy je, zobaczyłam Rebeccę i Randolpha Collinsów, których rozpoznałam ze zdjęć w gazetach. Towarzyszył im Harrison Wallace – przedstawił się jako tymczasowy prezes Collins Steelworks i zarządca masy spadkowej. To on był zrzędliwym snobem, z którym rozmawiałam przez telefon.

Uwolniłam ich od płaszczy i nakryć głowy, a następnie skierowałam w stronę foteli naprzeciwko biurka pani Pentecost. Wreszcie usadowiłam się przy swoim biurku, skąd mogłam dobrze się przyjrzeć naszym gościom.

Wallace wyglądał jak stereotypowy prawnik. Gdzieś pomiędzy średnim wiekiem a emeryturą, był wysoki i przygarbiony, miał wyniosłe czoło i nosił okulary połówki, które mogłyby wyglądać elegancko, ale na kimś innym. Skóra na jego głowie sprawiała wrażenie zbyt luźnej w niektórych miejscach, a w innych – zbyt naciągniętej. Szara marynarka na dwa guziki była nawet modna, ale dopasowana równie źle, jak skóra na jego twarzy. Przyniósł ze sobą skórzaną teczkę, którą postawił na krześle obok, po czym zerknął na mnie, jakby się obawiał, że ją złapię i ucieknę. Siedząc tak między Collinsami, wyglądał przy nich jak wróbel, który zaprzyjaźnił się z kanarkami.

Opisuję Wallace'a jako pierwszego, żeby szybciej mieć go z głowy, ponieważ bliźnięta Collins były najpiękniejszymi istotami ludzkimi, jakie w życiu widziałam – a przez lata pracy w cyrku widziałam niejedną urodziwą osobę. Wiedziałam z gazet, że mają nieco ponad dwadzieścia jeden lat. Teraz nie mogłam się zdecydować, które z nich jest ładniejsze. Wysoki, postawny Randolph z wydatnymi kośćmi policzkowymi, ustami w kształcie łuku Kupidyna i szerokimi ramionami pływaka? Czy może Rebecca z subtelnie nierównym zgryzem w stylu Gene Tierney i nie aż tak subtelnymi kształtami Rity Hayworth, pomniejszonymi do figury w rozmiarze XS?

Oboje mieli niebieskie oczy i jasne włosy, on zaczesane gładko do tyłu, ona ułożone w sprężyste loki sięgające odrobinę poniżej uszu. On miał na sobie idealnie dopasowany jasnoszary garnitur o swobodnym kroju. Krawiec musiał wziąć za robotę co najmniej trzysta dolców, żeby osiągnąć taki efekt. Ona włożyła sukienkę bez rękawów, granatową w białe grochy. Zwykle nie zwracam uwagi na takie rzeczy, ale od Collinsów nie można było oderwać oczu.

Wróbel zaćwierkał pierwszy:

– Dziękujemy za tak szybkie przyjęcie nas, panno Pentecost.

Moja szefowa uniosła rękę.

– Pani Pentecost, jeśli łaska. Jestem za stara, żeby zwracać się do mnie per „panno".

Wallace wyglądał na zbitego z tropu, ale szybko odzyskał rezon.

– Oczywiście. Pani Pentecost, jak mniemam, nie jest dla pani tajemnicą, dlaczego poprosiliśmy panią o konsultację.

– Nie cierpię domniemywać – odparła moja szefowa. – Gdybym jednak musiała, założyłabym, że ma to związek z niedawną śmiercią Abigail Collins i bezradnością policji, jeśli chodzi o wykrycie sprawcy.

Wallace parsknął.

– Bardzo delikatnie pani to ujęła. Nasi stróże prawa to durnie. Też tak uważam.

– Z doświadczenia wiem, że śledczy z wydziału zabójstw w Nowym Jorku są dość nieustępliwi.

– Jeśli ma pani na myśli to, że nieustępliwie uganiają się za własnym ogonem, to owszem – powiedział. – Zapewnili nas, że szybko się z tym uporają. Minęły dwa tygodnie, a oni nie dość, że nie złapali mordercy, to nawet nie mają żadnych tropów ani podejrzanych. Wzięli się za to do nękania przyjaciół i znajomych państwa Collinsów.

– Nie jest tak źle, wujku Harry – wtrącił Randolph, rozciągając swój łuk Kupidyna w kojący uśmiech. – Po prostu wykonują swoją pracę.

Ten „wujek", notabene, był zwrotem czysto grzecznościowym. W prasie Wallace figurował jako wieloletni współpracownik Collins Steelworks i przyjaciel rodziny. Żadnych więzów krwi.

– Owszem, jest źle – zaoponował Wallace. – Im dłużej to trwa, tym gorzej dla firmy.

– Mógłby pan rozwinąć, panie Wallace? – zapytała pani Pentecost.

– Dopóki sprawa śmierci pani Collins pozostaje nierozwiązana, dopóty kontrola nad Collins Steelworks w dużej mierze znajduje się w prawnej próżni. Jeśli czytuje pani dział biznesowy „Timesa", zapewne wie pani o tym. Wraz z zakończeniem wojny kontrakty wojskowe firmy poddano renegocjacji. Jeśli je stracimy, będziemy zmuszeni wrócić do przedwojennej produkcji wyposażenia biurowego. Stawką są miliony dolarów, a wszystko stoi pod znakiem zapytania, ponieważ policja nie potrafi zrobić tego, co do niej należy.

– Chciałabym tylko, żeby już pozwolono nam ją pochować – odezwała się Rebecca, której głos był o całą oktawę niższy, niż się spodziewałam. Źródłem czegoś takiego może być gardło wokalistki jazzowej, a nie celebrytki. – Wciąż przetrzymują jej... ciało.

Wallace poklepał ją po kolanie.

– Ależ oczywiście, moja droga. Nie powinienem był zaczynać od spraw biznesowych. To nietaktowne z mojej strony. Widzi pani, policja nie tylko igra z finansami przedsiębiorstwa o wartości liczonej w milionach dolarów, ale także z uczuciami moich chrześniaków. Tak się nie godzi.

– Skąd to przekonanie, że poradzę sobie tam, gdzie zawiodła policja? – zapytała pani P. – I dlaczego zwrócili się państwo właśnie do mnie? Są większe firmy, które zajmują się takimi sprawami.

– Bardzo panią polecało kilku członków naszego zarządu. A właściwie polecały panią ich żony – wyjaśnił Wallace.

To akurat nie było dziwne. Pani Pentecost specjalizowała się w przestępstwach, których ofiarami padały kobiety. Zaskoczeniem było raczej to, że Wallace zdobył się na tę uwagę bez protekcjonalnego tonu, który zwykle słyszy się u mężczyzn w jego wieku.

– Chwalono panią za nietuzinkowość i, co ważniejsze, za dyskrecję – kontynuował. – A te większe firmy, o których pani wspomniała... Korzystaliśmy z usług paru agencji przy innych okazjach. Podejrzenie szpiegostwa przemysłowego i tego typu sprawy. Zatrudniają zbyt wielu wolnych strzelców. Za duże ryzyko, że wyjdą na jaw pewne szczegóły.

– A konkretnie?

Nasi goście spojrzeli po sobie.

– Pewne okoliczności śmierci Abigail są... krępujące, że się tak wyrażę – oświadczył Wallace. – Jeśli zgodzi się pani wziąć tę sprawę, wszystkiego się pani dowie.

– Obawiam się, że muszę je poznać, zanim zdecyduję – odpowiedziała pani P. – Nigdy nie biorę spraw w ciemno.

Wallace się nastroszył.

– Przykro mi, ale to dla nas nie do przyjęcia. Musimy mieć gwarancję, że cokolwiek tu ujawnimy, nie zostanie upublicznione.

Postanowiłam wtrącić swoje trzy grosze.

– Gwarancją jest renoma pani Pentecost – stwierdziłam. – Jeśli to dla pana za mało, może jednak powinien pan skorzystać z usług którejś z tych dużych firm. Wezmą sprawę bez pytania.

Wallace spojrzał na mnie z ukosa, jakby próbował dociec, jakim gatunkiem ptaka jestem: wróblem, kanarkiem czy może jeszcze jakimś innym.

– To niedorzeczne – palnął Randolph. – Ta dziewczyna ma rację. Powinniśmy z tym iść do Sterlinga i Swana. Ojciec ufał im bezgranicznie. Pamiętasz ten... incydent z działaczem związkowym?

Wallace pokręcił głową.

– Nie. Za dużo przypadkowych ludzi. Za dużo zmiennych.

Czułam, że pani Pentecost traci cierpliwość.

– Panie Wallace – rzekła, a w jej głosie zabrzmiał stalowy ton. – Zajmowałam się wieloma poufnymi sprawami, na których moja reputacja n i e jest zbudowana, ponieważ nikt poza mną i moimi klientami nawet o nich nie słyszał. Cokolwiek ma pan do powiedzenia, zapewniam, że jeśli nie usłyszę dowodu na popełnienie przestępstwa ani takowego zamiaru, nie upublicznię pańskich słów.

– Po prostu jej powiedz – zażądała Rebecca, której udzieliła się stanowczość mojej szefowej.

Wallace jednak nadal się wahał.

– I tak w końcu wyjdzie to na jaw. Przecież wiesz – dodała Rebecca, po czym nachyliła się w stronę wielkiego biurka pani Pentecost. – Ludzie już myślą, że wiedzą, kto ją zabił.

– Sądzi pani, że wie, kto zabił państwa matkę?

– Tego nie twierdzę. Powiedziałam tylko, że ludzie myślą, że wiedzą.

– Becca, proszę. Nie opowiadaj głupstw – upomniał ją Randolph.

– Wszyscy o tym szepczą. Myślą, że to sprawka naszego ojca.

– Byłam przekonana, że pan Collins popełnił samobójstwo ponad rok temu – zauważyła pani P. – Czy państwa matka ponownie wyszła za mąż?

Rebecca pokręciła głową.

– Nie, nic z tych rzeczy. Ludzie myślą, że zamordował ją duch naszego ojca.

Rozdział 4

Gdyby Wallace i Randolph byli kobietami, prawdopodobnie użyłabym słowa „histeria". Właściwie to nawet go użyję. Obaj wpadli w histerię.

– Przestań to powtarzać – powiedział Randolph łamiącym się głosem.

– Nie ma żadnych przesłanek, by twierdzić, że to cokolwiek innego niż robota... szaleńca – zawtórował mu Wallace. Luźne fałdy skóry na jego policzkach wyraźnie drżały. – Każdy, kto mówi inaczej, jest głupi i okrutny! To tylko idiotyczne plotki i przesądy. Tak się nie godzi. Ja... zabraniam.

– To nie ja tak twierdzę – odparła Rebecca – tylko inni ludzie.

– Proszę. – Pani Pentecost uniosła rękę, dając pozostałym do zrozumienia, by się uciszyli. – Może zaczęliby państwo od początku? Ale najpierw... czy ktoś chciałby drinka? Odrobinę brandy, panno Collins?

– Dżinu, jeśli mogę.

Miałyśmy dżin. Nalałam jej porządną porcję, tak na trzy palce, z odrobiną wody. Wallace zażyczył sobie koktajlu ze szkockiej i mleka, którego osobiście nie trawię, ale... co kto lubi. Kiedy zapytałam Randolpha, czego by się napił, zerknął z ukosa na siostrę.

– Nic, dziękuję. Wolę mieć trzeźwy umysł.

Od razu go znielubiłam. Nie ze względu na abstynencję, ponieważ sama nie piję alkoholu, ale za to, że ocenia innych.

– Wedle życzenia – odpowiedziałam, nalewając pani Pentecost jej zwyczajową lampkę miodu pitnego. Pani Campbell sprowadzała go ze Szkocji, co kosztowało nas niemałą, żeby nie powiedzieć astronomiczną, sumkę.

Kiedy już każdy miał coś do picia i znowu rozsiedliśmy się wygodnie, goście zaczęli relacjonować. Od czasu do czasu, zachęcani pytaniami pani Pentecost, uściślali swoje wywody. Od razu było widać, że już nieraz opowiadali tę historię, prawdopodobnie kilku kolejnym ekipom facetów z odznakami.

Cała historia zaczęła się w Halloween, które akurat wypadło w środę, dlatego większość miasta świętowała w poprzedzający weekend. W sobotę i niedzielę ulice zapełniły się po brzegi przebierańcami kursującymi chwiejnym krokiem od baru do baru. Do połowy tygodnia było prawie po wszystkim, nie licząc imprez dla dzieci.

– Matka chciała wydać przyjęcie dokładnie w noc Halloween, nawet jeśli był to środek tygodnia. Twierdziła, że wtedy kurtyna jest cieńsza – oświadczył Randolph.

– Kurtyna? – zdziwiła się pani Pentecost.

– Między żywymi a umarłymi. – Głos Randolpha aż ociekał sarkazmem.

Wallace z zażenowaniem opuścił wzrok na podłogę. Tylko Rebecca zachowała niewzruszony wyraz twarzy.

– Corocznie z tej okazji odbywała się jakaś specjalna impreza – odezwała się. – W tym roku...

– Dojdziemy do tego, Becca! – warknął na nią Randolph.

Z wyglądu może i byli do siebie podobni, ale odniosłam wrażenie, że nic ponadto ich nie łączyło.

– Al zapoczątkował tę tradycję krótko po tym, jak się pobrali – przejął opowieść Wallace. – Po części chodziło o to, by Abigail miała okazję podtrzymywać kontakty towarzyskie i żeby zapewnić jej przyjemność organizowania tych imprez. Bawiło się głównie kierownictwo firmy. W tym roku zjawiło się około stu gości, znacznie mniej niż w poprzednich latach. To dlatego, że Al... odszedł w zeszłym roku. Prawie wszyscy obecni byli pracownikami firmy albo ich małżonkami.

Przyjęcie zaczęło się około dziewiątej wieczorem. W sali balowej gościom przygrywał kwartet muzyczny, kelnerzy wnosili niekończącym się korowodem patery z zakąskami, a dzięki trzem barom – dwóm wewnątrz i jednemu na werandzie – nikt nie musiał stać w kolejce, aby się ubzdryngolić.

Podobnie jak w poprzednich latach, wszyscy przyszli przebrani. Żadnych tam wypożyczonych kostiumów goryla. Dużo powłóczystych sukni, smokingów i wyrafinowanych masek, z których większość skrywała tylko górną połowę twarzy, tak by można było swobodnie jeść, pić, rozmawiać, palić i tak dalej.

Byłam zaskoczona, że Wallace przebrał się od stóp do głów za Wuja Sama, przywdziewając czerwono-biało-niebieski smoking, lśniący cylinder w gwiazdy i doklejaną brodę.

– Moja żona mnie namówiła – przyznał, oblewając się rumieńcem. – Na cześć naszego zwycięstwa na wojnie. Powiedziała, że wszyscy będą zachwyceni.

– Byli, wujku Harry – powiedziała Rebecca i posłała mu pokrzepiający uśmiech.

Wallace odwzajemnił się uśmiechem, ale ten jego był nieco kwaśny.

– Krótko po północy Abigail zwołała gości do pokoju na piętrze, który wcześniej służył Alowi za gabinet – ciągnął. – Kiedy weszliśmy do środka, zastaliśmy wszystko, regały i większość mebli, przykryte czarnym aksamitem. Biurko Ala było przystrojone jaskrawym jedwabiem, a na blacie stała ta idiotyczna kryształowa kula. W dodatku Abigail posadziła tę kobietę w fotelu Alistaira. To było niedorzeczne.

– Okropne – dodała Rebecca. – Koszmarne.

– Co to była za kobieta? – zaciekawiła się pani P.

– Spirytystka – wyjaśnił Wallace. – Abigail zaprosiła swoją, jak się sama wyraziła, duchową doradczynię. Ta kobieta miała przepowiadać przyszłość, wróżyć z kart tarota i rozmawiać ze zmarłymi.

Pani Pentecost ledwie zauważalnie się pochyliła.

– Jak się nazywa ta duchowa doradczyni?

– Belestrade. – Wallace wypowiedział to słowo z takim obrzydzeniem, jakby coś wypluwał. – Ariel Belestrade.

Voilà! Nazwisko z wycinków prasowych, które wcześniej zakreśliłam na czerwono. Haczyk użyty przeze mnie, by zainteresować panią Pentecost tą sprawą.

Belestrade była jedną z osób, których nazwiska wyławiałam z prasy za każdym razem, kiedy się pojawiły. Jako doradczyni duchowa garstki miejscowej elity od czasu do czasu trafiała na łamy gazet, chociaż zwykle do rubryki towarzyskiej i tylko w formie drobnych wzmianek.

W naszym archiwum na drugim piętrze dwa pudła były poświęcone wyłącznie Ariel Belestrade. Dlaczego pani Pentecost tak bardzo interesowała się poczynaniami kobiety, która była co najwyżej wróżką dla bogatej klienteli? Nie miałam pojęcia. Nauczyłam się nie dopytywać o dziwne fascynacje mojej szefowej. Jeśli uznała, że coś powinnam wiedzieć, sama mi o tym mówiła.

Wspominałam już, że ta kobieta czasem doprowadza mnie do szału?

Po drugiej stronie biurka dało się zauważyć oznaki żywego zainteresowania. Pani Pentecost napięła palce, jej brwi uniosły się odrobinę, a w jej oku koloru zimowego nieba pojawił się dobrze mi już znany błysk.

– Belestrade – wymamrotał Wallace. – Pewnie to nawet nie jest jej prawdziwe nazwisko. Z takimi jak ona zawsze tak jest.

– Z takimi jak ona? – zapytała pani Pentecost.

– Hochsztaplerami. Szarlatanami – odparł z pogardą w głosie.

– Becca uważa, że Belestrade nie oszukuje – rzucił Randolph, patrząc spode łba.

– Tego nigdy nie powiedziałam – żachnęła się jego siostra. – Nigdy. Powiedziałam tylko, że... jest dobra.

Pani Pentecost ponownie uspokoiła towarzystwo gestem uniesionej dłoni.

– Co dokładnie pani Belestrade robiła na przyjęciu?

Nasi goście uspokoili się i zaczęli opisywać coś, co pasowałoby jak ulał do rozrywek oferowanych na jarmarcznych straganach. Dla żon było przepowiadanie przyszłości, co w jednym przypadku skończyło się zdemaskowaniem ukrywanej ciąży. Potem był tarot. Do tego czasu paru mężczyzn dało się wciągnąć do zabawy. Belestrade zdemaskowała zamiary pewnego starszego pana, który zamierzał przejść na emeryturę, co dość zaskoczyło jego przełożonych.

Potem nastąpił punkt kulminacyjny. Wyłączono całe oświetlenie elektryczne i tylko ogień w kominku rozjaśniał mrok – to był zimny wieczór i ciepło z pieca z trudem docierało do pokoju. Spirytystka poprosiła kogoś na ochotnika. Kiedy nikt się nie zgłosił, skinęła na Rebeccę. „Chodź, dziewczyno. Wyczuwam, że jest ktoś, kto chce z tobą porozmawiać".

– Posadziła mnie naprzeciwko siebie – opowiadała Rebecca – potem poleciła, żebym ujęła jej dłonie, a gdy to zrobiłam, położyła je na... na tej kryształowej kuli.

Wówczas medium zamknęło oczy i poinstruowało Rebeccę, by uczyniła to samo. Po długiej chwili niezręcznej ciszy Belestrade zatoczyła głową do tyłu i zaczęła przemawiać niskim, donośnym głosem.

– „Jest tu duch... Blisko ciebie... Ktoś... kto odszedł w tym pokoju. Ktoś, kto nadal tu jest", powiedziała. I wtedy jej głos znowu się zmienił. Stał się... głębszy. Bardziej chropowaty...

– Wszystkich obecnych w pokoju zmroziło – dodał Randolph.

– Dlaczego? – zapytała pani P.

– Ponieważ to był głos naszego ojca – odparła Rebecca z przejęciem. – Dokładnie jego głos.

– I co powiedział?

Rebecca zamknęła oczy, sięgając pamięcią do tamtego wieczoru.

– „Kto to? Kim jesteś? Ciemno tu. Nic nie widzę. Czuję... czuję zapach lawendy. Biała Orchidea. To ty, Becca? Czy to z tego flakonu, który ukradłaś?" – Wzdrygnęła się na samo wspomnienie.

– Czy to miało dla pani jakiś głębszy sens? – zainteresowała się pani Pentecost.

– Tak. Kiedy byłam mała, koleżanka podpuściła mnie, żebym ukradła ze stoiska w domu towarowym flakonik perfum Biała Orchidea. Czułam się z tym źle i później wyznałam wszystko ojcu. Obiecał, że nikomu nie powie, ale musiałam pójść na to stoisko i zapłacić za to, co wzięłam. Do dzisiaj używam tego zapachu.

Moja szefowa pomilczała chwilę, zanim zadała następne pytanie:

– I co było dalej?

– Chyba… wydaje mi się, że coś powiedziałam. Nie… nie pamiętam co.

– Powiedziałaś: „Tato? Czy to ty?" – wtrącił Randolph ze wzrokiem opuszczonym na kolana, jakby się za nią wstydził. Oczy Wallace'a z kolei aż płonęły złością. Rebecca kontynuowała:

– A potem on… to znaczy ona… powiedziała mniej więcej: „Jestem taki samotny. Chcę, żeby to już minęło. Proszę, pozwól mi zaznać spokoju". I wtedy usłyszałam głos matki, która stała za mną. „Co masz na myśli, Allie?", zapytała. „Jak możemy ci w tym pomóc?" A medium odpowiedziało: „Nie zdradź mnie. Nie zdradź mnie, moja miłości".

Pokręciła głową, jakby chciała się otrząsnąć z tego wspomnienia.

– Nie mogłam dłużej tego znieść. Cofnęłam ręce, pobiegłam do mojego pokoju i zamknęłam się na klucz.

– I co dalej? – dopytywała pani P.

– Po tym, jak Becca zwiała, czar prysł… czy jakkolwiek to nazwać. W każdym razie ta kobieta wyszła, albo udawała, że wyszła, ze swojego transu – rzekł Randolph. – Wtedy nasza matka wyprosiła wszystkich z pokoju. Oświadczyła, że chce zostać sama z…

– Z Alem. Ze swoim mężem – dokończył za niego Wallace. – Poleciła wszystkim, łącznie z Belestrade, żeby wrócili się bawić.

Ten incydent, co zrozumiałe, popsuł wszystkim humor. Goście zaczęli się wymykać. Randolph dołączył do paru przyjaciół, którzy wyszli na werandę zapalić, podczas gdy Wallace gorączkowo krążył pośród reszty zaproszonych.

– Spieszyłem się, by zamienić parę słów z co bardziej wpływowymi członkami zarządu – wyjaśnił Wallace. – Nie chciałem, żeby ludzie zaczęli rozsiewać plotki. Nie teraz, kiedy przyszłość firmy wisi na włosku.

Musiał mieć wielki dar przekonywania, ponieważ jak dotąd żaden z pracowników nie pisnął prasie ani słowa na temat spirytystki, a poranne wydanie gazety z nagłówkiem *Rozmowa ze zmarłym zakończona krwawym mordem celebrytki* sprzedałoby się na pniu.

– Co pańskim zdaniem miały oznaczać słowa „Nie zdradź mnie"? – zapytała pani P.

Wallace pokręcił głową.

– Nie mam pojęcia.

Pani Pentecost dopiła miód, a ja podeszłam, żeby jej dolać.

– A pani, panno Collins? Wróciła pani na przyjęcie?

– Nie. Zostałam w swoim pokoju.

– Przez cały czas?

– Tak. A potem usłyszałam... usłyszałam krzyk. Zanim wyszłam, pozostali wyłamali już drzwi do gabinetu.

– W prasie pisano, że był pożar. Że ktoś wyczuł dym, zgadza się?

– Ja wyczułem – powiedział Wallace. – W pierwszej chwili pomyślałem, że ktoś zostawił otwarte drzwi na werandę, ale ten swąd nie przypominał dymu z papierosów. Poszedłem na górę i zobaczyłem dym wydobywający się ze szczeliny pod drzwiami.

– I co pan wtedy zrobił?

– Spróbowałem otworzyć drzwi, ale były zamknięte na klucz. Zacząłem krzyczeć.

– Tak głośno, że usłyszeliśmy go na zewnątrz – dodał Randolph.

– My, czyli kto? – spytała pani Pentecost.

– Ja i John Meredith, jeden z kierowników w naszych zakładach w Jersey City. Wbiegliśmy do środka i na piętro. Tam zastaliśmy wujka Harry'ego, który próbował wyważyć drzwi. Meredith naparł barkiem i prawie wyrwał drzwi z zawiasów. Ze środka buchały kłęby dymu, ale John, nie zważając na nic, ruszył naprzód. Taki z niego człowiek.

– Porywczy? – zapytała pani P.

– Człowiek czynu – odparł Randolph. – Byle pożar go nie odstraszył.

Było ewidentne, że ani Wallace, ani Rebecca nie podzielają tego kultu bohaterstwa, ale oboje milczeli.

– Kiedy tylko dym trochę się przerzedził, ruszyliśmy za Johnem. Ogień wydostał się z kominka i podpalił te czarne welwetowe draperie. Zdarłem je na podłogę i zdeptałem płomienie. W pierwszej chwili nie... nie zauważyłem jej. Dopiero potem zobaczyłem, że Becca w coś się wpatruje.

– Usłyszałam krzyki – wyjaśniła Rebecca. – Otworzyłam drzwi. W korytarzu było mnóstwo dymu. Pobiegłam do gabinetu. W środku tłoczyli się inni, a ona siedziała nieruchomo z głową pochyloną nad biurkiem.

Sięgnęłam po dżin z wózka barowego i ponownie napełniłam Rebecce szklankę. Nawet nie zauważyła.

– Wpierw pomyślałem, że Abigail jest nieprzytomna – wtrącił Wallace. – Z powodu dymu, rozumie pani. Uniosłem ją za ramiona i...

Zająknął się w pół zdania i pani Pentecost podsunęła:

– I wówczas zdał pan sobie sprawę, że to coś więcej niż utrata przytomności?

– Jej głowa... była cała we krwi. A jej oczy...

Nie dokończył myśli i nikt się nie kwapił, by to zrobić za niego. Nie było takiej potrzeby. Pani P. i ja widziałyśmy już niejedne zwłoki, również ciała ludzi zatłuczonych na śmierć. Nasza wyobraźnia działała bez zarzutu.

– To była kryształowa kula – powiedział Randolph łamiącym się głosem. – Znaleźliśmy ją w kominku. Pękniętą i... zakrwawioną.

Wallace wypił spory łyk szkockiej z mlekiem i się skrzywił, z powodu smaku albo wspomnienia.

– Zadzwoniliśmy na policję – podjął. – Przyjechali w parę minut i... Resztę z pewnością zna pani z prasy.

Moja szefowa potrząsnęła głową.

– Przecenia pan to, co można wyczytać z gazet, albo nie docenia własnych wysiłków, by zataić co bardziej drastyczne szczegóły.

– Czy można mieć mi to za złe? – zapytał Wallace. – Ta historia jest i tak wystarczająco koszmarna, zwłaszcza dla moich chrześniaków, żeby jeszcze robić z tego medialny cyrk.

Pani Pentecost znowu pokręciła głową.

– Moja uwaga nie miała na celu obwinianie o cokolwiek. Wskazałam jedynie, że nie wiem o tej sprawie jeszcze wielu rzeczy, ale z pewnością będę musiała się dowiedzieć, zanim się nią zajmę. Na przykład będzie mi potrzebna pełna lista gości oraz służby domowej i ludzi zatrudnionych do obsługi przyjęcia, a także dokładny grafik godzin przyjścia i wyjścia każdej z tych osób, ze szczególnym uwzględnieniem tego, kto był obecny w czasie, gdy znaleziono ciało pani Collins. Poproszę również o wyczerpujący opis życia pani Collins. Chcę wiedzieć, czym zajmowała się na co dzień, i poznać jej przeszłość.

– Oczywiście – przytaknął Wallace. – Nawet nie pomyślałem o wynajętej obsłudze: kelnerach, muzykach i innych. To pewnie był jeden z nich. Złodziej albo szaleniec.

Pani P. wzruszyła ramionami.

– Niewykluczone. Chociaż podejrzewam, że policja już wszystkich skrupulatnie prześwietliła. Takich jak oni śledczy od razu biorą pod lupę. Naturalnie zaraz po rodzinie.

Ta ostatnia uwaga sprawiła, że nasi goście poruszyli się niespokojnie, jakby nagle zrobiło im się niewygodnie, ale nie zaprotestowali. Najwyraźniej ostatnie dwa tygodnie wystarczyły im, by uświadomić sobie, że dla policji oni też są potencjalnymi sprawcami.

– Abigail prowadziła dziennik, który powinien zawierać informacje o jej zwykłych zajęciach. Z kim umawiała się na lunch, gdzie bywała i tym podobne – powiedział Wallace. – Co do przeszłości, mogę opowiedzieć o jej życiu od momentu, kiedy zatrudniła się u nas, ponieważ była moją sekretarką.

– Pańską? – zdziwiła się pani Pentecost, unosząc brwi. – Myślałam, że pana Collinsa.

– W praktyce była naszą wspólną sekretarką, ale ja potrzebowałem najwięcej wsparcia biurowego, dlatego pracowała przy moim gabinecie. Niestety, nigdy nie mówiła o swojej młodości ani życiu prywatnym z okresu przed pracą w naszej firmie, dlatego w tej kwestii nie mogę nic wnieść do sprawy.

Pani Pentecost spojrzała na Rebeccę i Randolpha, a oni jednocześnie pokręcili głowami.

– Nigdy nie opowiadała o swoim dzieciństwie – oświadczyła Rebecca. – W każdym razie nie mnie.

– Ani mnie – dodał Randolph. – Tylko tyle, że była sierotą i wychowała się w biedzie gdzieś na północy stanu.

Pani P. zmarszczyła brwi. Nie lubiła mieć luk w biografii ofiary. Doświadczenie nauczyło ją, że właśnie tam lubili się ukrywać zabójcy. Spojrzała na mnie.

– Zanim przejdziemy do kwestii honorarium... Will, czy mamy jakieś pytania, które mi umknęły?

– Zapewne zamierzała pani zapytać o to później, ale... czy Belestrade wciąż była na miejscu, kiedy odkryto Abigail? – zainteresowałam się.

– Wydaje mi się, że opuściła przyjęcie, gdy jej seans spirytystyczny został przerwany – odparł Wallace – choć nie jestem pewny.

– A czy przyprowadziła kogoś ze sobą? Asystenta albo partnera? – dopytywałam. Pomyślałam o czasach, kiedy sama pracowałam u Madame Fortuny. Dobrze było mieć kogoś, kto podkręcał publikę.

Wallace zaprzeczył.

– Nie sądzę. Miała kierowcę, o ile pamiętam, ale on nie wchodził do środka.

Rebecca położyła dłoń na jego ramieniu.

– Wujku Harry, zapominasz o tej profesorce.

– Ach tak, oczywiście. Była taka cicha, że zupełnie wypadła mi z pamięci. Przyjechała z tą Belestrade.

– Zamieniłem z nią parę słów – dorzucił Randolph. – Nie zrobiła na mnie większego wrażenia.

– O kim państwo mówią? – zapytałam.

– O profesor Waterhouse z uniwersytetu – powiedział Wallace. – Nie pamiętam, jak ma na imię.

– Olivia? – podsunęła pani Pentecost. – Profesor Olivia Waterhouse?

– Zna ją pani?

– Znam jej prace. Jest pan pewien, że na przyjęciu towarzyszyła pani Belestrade?

– Jestem pewien, że nie była tam z nikim innym – odparł Wallace. – Nie wiedziała, że to bal przebierańców. Musiała pożyczyć maskę od któregoś z kelnerów.

– Powiedziała, że ciekawi ją teatralność takich imprez i pragnęła zobaczyć to z bliska, czy coś w tym rodzaju – stwierdził Randolph. – Szczerze mówiąc, nie zwracałem większej uwagi na to, co mówiła, słuchałem tylko z grzeczności.

– Trzeba będzie ją przesłuchać – oznajmiła pani P. – Ją i wiele innych osób. Najpierw jednak chciałabym odwiedzić dom i zobaczyć ten pokój na własne oczy.

– Bierze pani tę sprawę? – upewnił się Wallace.

Skinęła głową. Wallace, zdaje się, przyjął to z ulgą. Rebecca i Randolph pozostali neutralni.

– I mogę liczyć na pani dyskrecję? Nie chcę, żeby kolejne drażliwe szczegóły wyszły na jaw.

– Będę dyskretna w granicach prawa, panie Wallace. Niemniej to nieuniknione, że te drażliwe szczegóły, jak je pan nazywa, prędzej czy później wyciekną do prasy. Zawsze tak jest.

Wallace zwiesił ramiona.

– Mam nadzieję, że zanim to się stanie, firma będzie stała mocniej na nogach. Wróćmy do kwestii pani wynagrodzenia.

Gdy pani Pentecost wymieniła kwotę, wszyscy troje zamrugali z wrażenia.

– Czy od każdego żąda pani tak dużo? – zapytał Randolph napastliwym tonem.

– Oczywiście, że nie, panie Collins. A pan nie musi przystawać na moją propozycję. Żądam różnych kwot, w zależności od klienta i samej sprawy. Skoro o tym mowa, dla kogo mam pracować? Dla rodziny Collinsów czy firmy Collins Steelworks?

– Ani jednej, ani drugiej – powiedział Wallace. – Firma nie może figurować jako podmiot, który panią najął.

Następnie sięgnął do stojącej przy jego nogach teczki. Wyjął z niej trzy pliki banknotów owiniętych bankowymi banderolami i delikatnie położył je na biurku.

– To moje własne pieniądze, pani Pentecost. Jeśli musi pani swoją pracę przypisać do jakiegoś nazwiska, proszę użyć mojego. Występuję jako ojciec chrzestny i przyjaciel rodziny, nie jako tymczasowy prezes Collins Steelworks.

Jedyną rzeczą, która zdradzała, że Wallace kładzie na blacie przypuszczalnie równowartość swojej rocznej pensji, była warstewka zimnego potu na jego czole.

– To spora inwestycja jak na osobę prywatną, panie Wallace.

– Byłem przyjacielem rodziny Collinsów przez większość dorosłego życia – oświadczył, prostując się. – Al był moim najlepszym przyjacielem. Abigail to matka moich chrześniaków.

Pani Pentecost skinęła głową na znak, że rozumie, a następnie wstała, tylko nieznacznie się zachwiawszy.

– Will, zbierz, proszę, potrzebne informacje kontaktowe i umów nas na jutro na wizytę w rezydencji państwa Collinsów, możliwie jak najwcześniej.

Wydawszy mi instrukcje, uścisnęła dłonie naszych gości, życzyła im miłego dnia i wyszła z biura.

Zgodnie z poleceniem zebrałam numery telefonów i umówiłam nas na wizytę u Collinsów na dziesiątą rano. Potem przyniosłam im płaszcze oraz nakrycia głowy i odprowadziłam do drzwi. Rebecca przystanęła w holu, ociągając się z wyjściem.

– To dziwna kobieta – zagadnęła.

– Pewnie tak – odrzekłam – ale nie mnie o tym wyrokować.

Uraczyła mnie nikłym, grzecznościowym uśmiechem.

– Naprawdę jest tak dobra, jak o niej mówią? – spytała.

– Lepsza – oznajmiłam bez cienia ironii. – Ale pani myśli, że to sprawka ducha, tak?

– Powiedziałam, że inni tak uważają.

Postanowiłam zaryzykować.

– Jeśli miałaby pani sama wskazać sprawcę, kto by nim był?

Otworzyła usta i już miała udzielić odpowiedzi, gdy obejrzała się na czekających na nią brata i ojca chrzestnego. Zamknęła usta, pokręciła głową i się odwróciła, nawet się nie pożegnawszy.

Rozdział 5

Po odprowadzeniu naszych gości włożyłam gotówkę do sejfu – wykonanego na zamówienie, ukrytego pod deskami podłogowymi i zastawionego moim biurkiem. Potem wspięłam się po schodach na drugie piętro, gdzie zastałam moją pracodawczynię siedzącą po turecku na środku egipskiego dywanu, z plecami opartymi o fotel. Obok niej na podłodze stały dwa pudła z naszego archiwum, a wokół rozłożone były wycinki z gazet. Na każdym wycinku widniało podkreślone nazwisko Ariel Belestrade.

– Popularna kobieta – zauważyłam. – Pewnie nie zechce mi pani powiedzieć, dlaczego tak bardzo się interesuje tą kuglarką?

– Interesuję się wieloma ludźmi. Czy coś zwróciło twoją uwagę w naszych gościach i opowiedzianej przez nich historii?

Kiedy chodzi o nagłą zmianę tematu, moja szefowa uwielbia ostre zwroty. Jeśli jednak nie chciała się zwierzać, namawianie ją do tego byłoby jak rzucanie grochem o ścianę.

– Mam wiele uwag wartych odnotowania – odparłam. – Zreferować je chronologicznie czy według ważności?

Zakręciła niecierpliwie palcem, żebym się streszczała.

– Rodzeństwo nie przepada za sobą – zaczęłam. – Ciekawe, co się za tym kryje. Typowa rywalizacja bliźniaków czy jakaś świeża zadra? Rebecca ewidentnie coś ukrywa. Nie jestem tylko pewna, czy przed nami, czy przed tamtymi dwoma.

– Zgadzam się – odrzekła pani P., wertując wycinki.

– No i ten Wallace. Całkiem nieźle odgrywa rolę cierpiącego przyjaciela rodziny – powiedziałam. – Oczywiście to musiał zrobić szaleniec przebrany za kelnera! – zakrzyknęłam, kładąc dłoń na piersi, jakbym targała za sznur pereł, w stylu aktorek z melodramatów.

Pani Pentecost rzuciła mi znużone spojrzenie dobrej cioci, której cierpliwość jest nieustannie wystawiana na ciężkie próby.

– W rzeczywistości to wyrachowany kombinator – kontynuowałam. – Może i przekonał gości na przyjęciu, żeby trzymali język za zębami, ale reporterom musiał dać w łapę. Może nawet wydawcom. Coś takiego kosztuje czterocyfrową kwotę od osoby. W dodatku trzeba jeszcze wiedzieć, jak to umiejętnie zrobić. Podejrzewam więc, że pan Wallace ma sporą wprawę w tuszowaniu takich skandali.

Zastanawiałam się, czy Wallace jest na tyle wyrachowany, że sam popełnił to morderstwo, a następnie dla zmyłki zatrudnił panią Pentecost. Już tak bywało, że osoba wystawiająca nam czeki za robotę była tą samą, której na sam koniec zakładano kajdanki.

– Poza tym zauważyła pani, jak strasznie rozpaczają po śmierci pani Collins?

– Wcale nie rozpaczają.

– No właśnie – skwitowałam. – I co nam to mówi o Abigail Collins? Jak pani myśli?

– Myślę, że nie mamy wystarczająco dużo informacji – oświadczyła moja szefowa, przeglądając artykuł traktujący o kweście na rzecz muzeum, w której Ariel Belestrade odegrała pierwszoplanową rolę. – Pamiętasz oczywiście profesor Waterhouse?

– No pewnie.

Wykład profesor Waterhouse był celem jednego z naszych wieczornych wypadów około roku wcześniej. Antropolożka, która zarabiała na życie, wykładając na uniwersytecie, perorowała na temat tego, dlaczego we współczesnej kulturze wciąż żywe są przesądy. Drętwy temat, ale przedstawiła go na tyle ciekawie, że nawet nie zasnęłam. Mgliście pamiętałam, że na trzeciej stronie „Timesa" czytałam relację z przepychanki z wyznawcami Ojca Divine, w którą się wdała w Harlemie. Przepychanka to drobiazg w porównaniu z tym, co może spotkać tego, kto próbuje odebrać ludziom ich boga. Nawet jeśli ten bóg jest hochsztaplerem.

– Seans spirytystyczny to dość dziwne miejsce dla takiej osoby – powiedziałam. – Byłoby dobrze się dowiedzieć, w jakim celu przyszła razem z Belestrade.

– Racja.

Potem nastąpiło pół minuty ciszy i rozważałam już, czy nie wycofać się na palcach. Czasem umysł pani P. generuje słowa „To wszystko, możesz odejść", ale ona sama jest zbyt czymś zajęta, by je zwerbalizować.

Właśnie miałam zrobić pierwszy krok, kiedy zatrzymała mnie pytaniem:

– Czy Hiram dzisiaj pracuje?

– Nie wiem – odparłam. – Powinien. Dzisiaj nie jest szabat, a święta zaczynają się dopiero za parę tygodni. Poza tym Hiram nie jest tradycjonalistą.

– Czy o tej porze będzie już na nogach?

Zerknęłam na zegarek; było wpół do piątej po południu. Hiram po nocnej zmianie wstawał późno, nawet jak na standardy pani P., ale wykoncypowałam, że o tej porze powinien przynajmniej być już na nogach, a może nawet przy śniadaniu. Podzieliłam się tym spostrzeżeniem.

– Zadzwoń do niego – poleciła. – Jeśli jest dzisiaj na zmianie, przekaż, że chciałybyśmy złożyć mu wizytę około pierwszej w nocy.

– Umówiłam nas do Collinsów jutro na dziesiątą. Może więc dzisiaj byłoby lepiej nie zarywać nocy, jak to ma pani w zwyczaju?

Tym razem spojrzenie, którym mnie obdarzyła, z pewnością nie było spojrzeniem dobrej cioci. Chociaż jedyna ciocia, jaką miałam, prowadziła przydrożny zajazd na przedmieściach Chicago i odsiedziała trzy lata za zabójstwo, więc co ja tam wiem.

Pani Pentecost westchnęła donośnie i powiedziała mi, żebym zapytała Hirama, czy może być jedenasta wieczorem.

– Czy do tego czasu mogę zrobić coś jeszcze? – zapytałam.

Pokręciła głową.

– Działanie kierunkowe byłoby na tym etapie marnowaniem twojej energii. Musimy najpierw ustalić, ile do tej pory zdziałała policja, co ustaliła, a także z jakiego typu przestępstwem mamy do czynienia. Dzwoń do Hirama. – I ponownie zagłębiła się w zawartość pudeł.

Zeszłam na dół i zadzwoniłam w sprawie trupa.

Morderstwa stanowiły stosunkowo niewielką część spraw, którymi się zajmowałyśmy. Mimo to widziałam już więcej zwłok – na miejscu zbrodni i w kostnicy – niż dziewięćdziesięciu dziewięciu na stu nowojorczyków. Do tego nie da się przyzwyczaić.

I to nie te makabryczne najbardziej zapadały w pamięć. Dziury po kulach, rany kłute, jatki we wnętrzach powypadkowych samochodów, zmasakrowane ciała skoczków samobójców – to wszystko potrafię wziąć na klatę.

Wymiękam przy tych, którzy wyglądają, jakby spali.

Ten ich bezruch... Nieobecność rzeczy, które wydają się oczywiste: regularny wdech i wydech, pulsowanie krwi pod skórą. Dociera do mnie, że oni wcale nie udają. I jeszcze to, jak cienka jest granica między mną a nimi. Naparstek trucizny w mojej kawie – i po wszystkim.

W takich momentach czuję lodowaty palec sunący w górę mojego kręgosłupa.

Abigail Collins plasowała się gdzieś pomiędzy. Od szyi w dół wyglądała całkiem nieźle, pomijając kredowobia-

ły kolor ciała – efekt leżenia od dwóch tygodni w kostnicy – i wymowne nacięcie w kształcie litery Y po autopsji.
Zdecydowanie za życia była atrakcyjną kobietą po czterdziestce, która urodę przekazała w genach obojgu swoim
dzieciom.

Powyżej szyi – to była zupełnie inna historia. Z kącika
ust wystawał koniec języka, nadając denatce wygląd nadą-
sanego dziecka. Jej lewe oko podeszło krwią, a źrenica była skierowana pod groteskowym kątem. Drugie oko zaszło
sinobiałą mgłą, jak to u trupa.

– Mógłbyś pokazać mi ranę? – zapytała pani Pentecost
stojącego obok niej mężczyznę.

Moja szefowa nigdy niczego nie żądała od Hirama, zawsze tylko prosiła. Wiedziała, jak wiele Hiram ryzykuje,
wpuszczając nas po godzinach do kostnicy. Wzrostu około
metra sześćdziesięciu, z krótko przystrzyżoną czarną brodą i głęboko osadzonymi oczami, emanował dostojeństwem
godnym rabina.

Pracując od blisko dekady jako asystent lekarza medycyny
sądowej, widział już całą gamę sposobów zadawania śmierci: od pospolitych do tych najbardziej wyrafinowanych. Gdyby nie był Żydem, już dawno zostałby szefem swojego szefa. Może nawet koronerem, gdyby miał zacięcie do polityki.
Z powodu wykonywanego zawodu podpadł jednak społecz-
ności, z której się wywodził, przez co w dwójnasób stał się
wyrzutkiem. Nikt z obecnych w tym pomieszczeniu, żywy
czy martwy, nie łudził się, że świat jest fair, a życie spra-
wiedliwe.

Hiram delikatnie obrócił głowę pani Collins. Z lewej
strony, tam gdzie blade czoło stykało się ze złocistymi lokami, znajdowała się wyrwa o poszarpanych krawędziach, długa na blisko dziesięć centymetrów. Pani Pentecost wyciągnęła dłoń odzianą w białą rękawiczkę i przesunęła palcem
wzdłuż rany.

– Powiedziano mi, że to od uderzenia podstawą kryształowej kuli – oświadczył Hiram niskim, pełnym szacunku głosem. – Pojedynczy cios zadany z dużą siłą.

– Czy napastnik musiał być szczególnie atletyczny?

Hiram pokręcił głową.

– Nie, niekoniecznie.

Jako że ofiarę znaleziono w pozycji siedzącej, kąt rany nic nie znaczył oprócz tego, że prawdopodobnie zdążyła odwrócić głowę w stronę napastnika. Co oznaczało, że nasz morderca był nieznanej płci, nieznanej postury i nieznanego wzrostu. Fantastycznie! Mogłyśmy już wykluczyć niemowlęta i osoby w śpiączce.

Pani Pentecost przeniosła uwagę na pozostałą część ciała, oglądając uważnie każdy centymetr. Zatrzymała się przy lewym nadgarstku pani Collins, pochylając się tak nisko, że prawie otarła się nosem o zimne ciało.

– Zauważyłeś te zasinienia?

Hiram skinął głową.

– Ledwie widoczne – skomentowała pani P.

– Przypuszczalnie powstały tuż przed śmiercią.

– Zostawił je po sobie zabójca? – zapytała.

– Trudno powiedzieć – odparł. – Ustalanie okoliczności to twoja działka, Lillian. Ja tylko dbam o zmarłych.

Mogłabym zliczyć na palcach jednej ręki osoby, które zwracały się do mojej szefowej per Lillian. Pani Pentecost kilka lat temu pomogła rodzinie Hirama wykaraskać się z jakichś kłopotów. Nie znam szczegółów. To było, zanim najęłam się u niej do pracy. W każdym razie Hiram zwraca się do niej po imieniu i przemyca nas do miejskiej kostnicy, kiedy jest taka potrzeba, a ona stara się nie nadużywać jego grzeczności.

Zanim wyszłyśmy, wsunęłam kilka banknotów z pliku od naszych klientów do kieszeni jego białego fartucha. Hiram nie stawiał oporu. Miał rodzinę i był praktycznym człowiekiem. Podziękował krótkim skinieniem głową, następnie odprowadził nas do tylnych drzwi wychodzących na alejkę za budynkiem, w którym mieściła się kostnica.

Zaparkowałam naszego cadillaca kilka przecznic dalej. Chociaż było już po północy, a ta okolica nie obfitowała w gliniarzy, nie było w naszym interesie, żeby ktoś zobaczył, jak słynna pani detektyw wykrada się z miejskiej kostnicy. W drodze powrotnej na Brooklyn wydawało mi się, że mamy ogon, ale po kilku pętlach i zawijasach w Midtown straciłam z oczu światła reflektorów za nami. Albo więc ponosiła mnie wyobraźnia, albo tamci byli bardzo dobrzy.

Gdy dojechałyśmy do domu, szefowa znikła na strychu, a ja udałam się do swojej sypialni. Łóżko miałam to samo co wtedy, gdy się tam wprowadziłam. Resztę pokoju umeblowałam z własnej kieszeni: kilka niskich regalików, które stopniowo zapełniałam powieściami kryminalnymi, trochę już sfatygowany niski stolik, lampa stojąca i fotel uszak, który ocaliłam z porzuconej posesji. Ściany udekorowałam oprawionymi afiszami z przedstawień na Broadwayu – czasem wymykam się na musicale albo do kabaretu, trochę z sentymentu do cyrku. Mój pokój ma mały kominek, ale nie było jeszcze na tyle zimno, by w nim rozpalać.

Wsunęłam się w zieloną jedwabną piżamę, którą dostałam pod choinkę od pani P., i położyłam się do łóżka. Jeszcze długo trawiłam w myślach wydarzenia całego dnia: zamknięty od środka pokój, mściwy duch i trup kobiety w kostnicy. Z góry dochodził mnie znajomy zestaw odgłosów – szuranie domowych pantofli i postukiwanie laski.

Kiedy w końcu zasnęłam, przyśnił mi się cyrk, klauni grający na werblach i świst noży rozcinających powietrze w drodze do celu.

Rozdział 6

Dom Collinsów może nie wyglądał jak rezydencja Vanderbiltów, ale nie był też skromny. Szara, płaska fasada czterokondygnacyjnego granitowego gmachu, usadowionego w samym środku jednego z kwartałów Upper East Side*, przywodziła na myśl ekskluzywny szpital psychiatryczny. W drzwiach powitał nas Sanford – wychudzony niczym chart wyścigowy mężczyzna w tradycyjnym stroju kamerdynera. Miał starannie nawoskowane siwe wąsy i wyćwiczone ruchy służącego z wieloletnim stażem.

Jako miłośniczka kryminałów zawsze mam nadzieję, że nastąpi moment, gdy ktoś krzyknie: „Kamerdyner to zrobił!". Patrząc jednak na Sanforda, jego dystyngowane maniery i dystans do otaczającego świata, szczerze wątpiłam, czy wykrzesałby w sobie dość emocji, by choćby podnieść głos, a co dopiero rozbić komuś głowę tępokrawędzistym narzędziem.

W środku zastaliśmy Randolpha, który czekał na nas, nawet nie kryjąc zniecierpliwienia. Wallace, jak nam oznajmiono, został wezwany na posiedzenie zarządu, dlatego rola przewodnika przypadła młodemu Collinsowi.

– Rebecca zabawiła do późna – rzucił cierpkim tonem. – Jeszcze śpi.

– Zazdroszczę – mruknęła pani P.

Miała prawo złorzeczyć pod nosem. Została wywleczona z łóżka ponad cztery godziny wcześniej niż zwykle. Wlałam w nią tyle kawy, że po takiej ilości nawet Rip Van Winkle za-

---

* Upper East Side – elegancka dzielnica mieszkaniowa Manhattanu (wszystkie przypisy pochodzą od tłumacza).

tańczyłby jive'a, dlatego miałam nadzieję, że pracują co najmniej trzy z czterech cylindrów.

Randolph miał na sobie ciemnoszare spodnie i grubą koszulę roboczą. Kiedy to skomentowałam, odpowiedział:

– Później jadę do jednego z naszych zakładów. To nie miejsce na garnitur i krawat.

Wyszło to trochę pozersko. Zrobił na mnie wrażenie chłopca, który bawi się w przebieranki.

O ile dom Collinsów z zewnątrz wyglądał dość ponuro, o tyle w środku było nawet miło. Parter zajmowały liczne salony, jadalnia, kuchnia i coś, co Randolph określił mianem „skromnej sali balowej". Na pierwszym piętrze znajdowały się pokoje rodzeństwa oraz gabinet i sypialnia Alistaira. Na drugim piętrze mieścił się apartament, w którym mieszkała Abigail, a także pokoje służby. Trzecie piętro, z pokojami dziecięcymi i ogrodem zimowym, było w większości nieużywane.

Zwróciłam uwagę, że Abigail i Alistair mieli osobne sypialnie. Może to był klucz do czegoś. A może jedno z nich chrapało.

Oprowadzono nas po parterze i pierwszym piętrze. Pani Pentecost miała nie najgorszy dzień, ale parę razy się potknęła, wchodząc po schodach.

Randolph zaprowadził nas do gabinetu Alistaira. Jak nam oświadczył, wszystko pozostało niezmienione od tamtego wieczoru, w którym popełniono morderstwo. Ku swemu zaskoczeniu stwierdziłam, że odnosiło się to również do czarnego aksamitu. Udrapowany na ścianach i jedynym w pokoju, zakratowanym oknie, nadawał pomieszczeniu wygląd mrocznej, klaustrofobicznej krypty. Pośrodku majaczyło dawne biurko Alistaira, co najmniej dwa razy większe od tego, którego używała pani P. Świece, zbryzgane krwią jedwabie i oczywiście narzędzie zbrodni zostały zabrane przez policję.

W pokoju wciąż unosił się swąd spalonego materiału i papieru. Najsilniej był wyczuwalny w okolicy kominka, na lewo od biurka.

Pani Pentecost podeszła i opadła ciężko na fotel za biurkiem. Randolph został na progu pokoju, usiłując wyglądać nonszalancko, ale bez powodzenia.

– Policja nalegała, byśmy zostawili to miejsce w stanie nietkniętym, cokolwiek to znaczy – powiedział. – Szczerze mówiąc, kiedy już nastąpi podział majątku, prawdopodobnie wypatroszymy cały ten pokój. Wywalimy wszystko i zmienimy go w... coś innego.

Trudno było im się dziwić. Oboje rodzice zginęli tragiczną i gwałtowną śmiercią, siedząc w fotelu, który właśnie zajmowała moja szefowa. Na ich miejscu też zrobiłabym tu radykalne przemeblowanie.

– Zamki szuflad wyglądają na wyłamane – zauważyła pani P.

– Robota policji – odparł Randolph z pogardą. – Gdyby poprosili, dalibyśmy im klucze, ale po co prosić, skoro można zniszczyć antyk?

Osobiście polemizowałabym, czy ten antyk został faktycznie „zniszczony", ale wstrzymałam się od komentarza.

– Szuflady były zamknięte na klucz tamtego wieczoru, kiedy odbywało się przyjęcie?

– Tak. Zawsze były zamknięte na klucz. Mimo że wszystkie cenne rzeczy zostały zabrane po śmierci ojca.

Podczas gdy moja szefowa szperała w biurku, zajrzałam za każdą z aksamitnych płacht. Wszystkie zwisały dość blisko ścian albo regałów. Było tam na tyle mało miejsca, że komuś, kto by się ukrył za kotarą, wystawałyby stopy. W pobliżu drzwi była jednak luka między regałem a ścianą. Wcisnęłam się w nią na styk. Ktoś mógłby się tam schować, pod warunkiem że byłby bardzo szczupły i nie potrzebował dużo powietrza do oddychania.

– Znaleźliście coś? – Rebecca stanęła w progu za swoim bratem. Miała na sobie białą jedwabną piżamę, była boso, a jej potargane blond loki wskazywały, że dopiero co wstała z łóżka.

– Dziękuję, że do nas dołączyłaś – mruknął Randolph.

– Wybacz. Nie spałam za dobrze.

– Może gdybyś nie ślęczała do białego rana... – skomentował nieco zbyt protekcjonalnym tonem.

Rebecca jednak go nie słuchała. Wpatrywała się w biurko i krzesło, na którym siedziała podczas tamtego seansu spirytystycznego.

– Uwielbiałam ten pokój – powiedziała. – Teraz go nie cierpię. Ten jeden seans wystarczyłby, żebym nie chciała tu wejść nigdy więcej.

– Panno Collins, czy teraz, kiedy miała pani czas to rozważyć, uważa pani, że ów seans był autentyczny? – zapytała pani P.

Rebecca zwlekała z odpowiedzią.

– Chyba nie – odparła w końcu. – Ale jeśli ta kobieta jest oszustką, muszę przyznać, że mnie omamiła. Wolałabym myśleć, że ojciec faktycznie przemówił z zaświatów. To byłoby mniej bolesne.

– Wujek Harry wydał sporo pieniędzy, żeby ludzie nie wygadywali takich rzeczy – zauważył Randolph.

– Czy duch pani ojca mógłby mieć jakiś powód, by wyrządzić krzywdę pani matce? – zapytała pani Pentecost.

– Proszę nie mówić głupstw – parsknął Randolph. – Co to za pytanie?

– Konieczne – stwierdziła pani Pentecost. – Jeśli przyjmiemy, że sprawcą nie jest pański nieżyjący ojciec, może to być ktoś, kto chciałby go wrobić, że się tak wyrażę. W takim wypadku faktyczny zabójca znałby powód, dla którego inni mogliby uwierzyć w tę wersję.

Randolph wymamrotał pod nosem coś niecenzuralnego.

– Innymi słowy – kontynuowała pani P. – czy relacje między państwa matką a ojcem były serdeczne, kiedy żył?

– Tak – palnął bez zastanowienia Randolph. – Wszystko grało. Byli szczęśliwi.

Rebecca nie odezwała się ani słowem.

– Czy były jakieś podejrzenia, że państwa ojciec mógł nie zginąć z własnej ręki?

To pytanie podziałało na Randolpha jak szturchnięcie kijem w gniazdo szerszeni.

– Nie było żadnych! Te insynuacje w gazetach to... – Reszta zdania była już tylko ciągiem wulgaryzmów.

Rebecca położyła rękę na ramieniu brata. Ten gest nakierował go z powrotem na właściwy tor.

– Proszę mnie posłuchać. Wynajęcie was było pomysłem wujka Harry'ego. Mówiłem mu, żebyśmy wzięli do tej roboty kogoś, z kim już wcześniej pracowaliśmy. Firmę, do której mamy zaufanie. Ale wziął was, żebyście ogarnęły ten bajzel. Wykopywanie dodatkowych brudów w niczym nie pomoże. To oczywiste, że ta Belestrade maczała w tym palce. Dlaczego nie porozmawiacie z nią?

Nie żebym nie zgadzała się z nim całkowicie, ale i tak miałam ochotę go poinformować, gdzie może sobie wsadzić te swoje sugestie. Pani P. przechyliła głowę, jakby właśnie kontemplowała obraz wyjątkowo marnego artysty.

Rebecca otworzyła usta, jakby chciała dodać coś od siebie, ale w tym samym momencie do gabinetu zajrzał Sanford.

– Pan Wallace wrócił – oznajmił z kamienną twarzą. – Czeka na państwa w salonie.

Moja szefowa strzepnęła z płaszcza jakiś pyłek i zwróciła się do mnie:

– Willowjean, dokończ, proszę, inspekcję tego pomieszczenia. Mam parę pytań do pana Wallace'a.

– Oczywiście, szefowo – potwierdziłam, a następnie zapytałam rodzeństwo Collinsów: – Mogę zdjąć tę draperię? Ułatwi mi to pracę.

– Może pani z nią robić, co tylko chce – odrzekła Rebecca. – Nigdy więcej nie wejdę do tego pokoju.

Pani P. wyszła z gabinetu i podążyła za Randolphem schodami w dół. Rebecca skręciła w prawo, w głąb korytarza.

– Wezmę prysznic i się ubiorę – rzuciła przez ramię. – Zejdę do salonu za jakiś czas.

Randolph, wciąż gotując się w środku, tylko mruknął coś w odpowiedzi.

Odliczyłam do dwudziestu, wyszłam z gabinetu, skręciłam w prawo i zatrzymałam się przed drzwiami do sypialni Rebekki. Pani P. i ja przez lata wypracowałyśmy własne szyfry. Kiedy zwracała się do mnie „Willowjean", oznaczało to, że mam trochę powęszyć i zobaczyć, czy może trafi się coś ciekawego.

Zapukałam. Ze środka odezwał się głos:

– Tak?

Otworzyłam drzwi. Rebecca zdążyła już zdjąć górną część piżamy i powitał mnie widok jej nagich pleców. „Ciekawe, czy cała reszta jest równie gładka i nieskazitelna", przemknęło mi przez głowę. Zaskoczona i wystraszona, pospiesznie narzuciła na siebie górę piżamy i zapięła kilka guzików.

– Przepraszam – powiedziałam. – Pomyślałam, że może chciałaby pani zamienić parę słów bez obecności pani brata czy wuja.

– Naprawdę sądzę, że nie powinnam – odparła.

– To może zapytam wprost? Jeśli zechce pani odpowiedzieć, będę wdzięczna. Jeśli nie, to bez urazy.

Odgarnęła z oczu niesforny złocisty pukiel.

– Nie mam zwyczaju zapraszać do mojej sypialni nieznajome osoby, żeby mnie przesłuchiwały.

– Aż taka nieznajoma to nie jestem.

– Wystarczająco – odpowiedziała, a na jej ustach zamajaczył uśmiech.

– To znaczy, że powinnyśmy zacząć od przedstawienia się. Jestem Will Parker. – Wyciągnęłam do niej rękę.

Po chwili wahania uścisnęła moją dłoń. Jej palce były długie i gładkie, ale w uścisku było coś stalowego.

– Miło mi panią poznać, panno Parker.

– Proszę mi mówić Will.

– W takim razie mów mi Becca.

– No to już nie jesteśmy nieznajomymi.

Teraz rozpromieniła się w prawdziwym uśmiechu, takim sięgającym aż do jej oczu.

– Na to wygląda. No to strzelaj z tym pytaniem.

– Czy to prawda, co powiedział twój brat? Że wasi rodzice byli szczęśliwi.

Jej uśmiech stopniowo zgasł. Usiadła na łóżku i opuściła wzrok na podłogę.

– Nie powiedziałabym, że byli szczęśliwi. Może zadowoleni. Nie wszystkie związki muszą być zbudowane na namiętności.

– Powiedziała ci to matka?

– To już drugie pytanie, Will.

– Daj mi odpowiedź na kredyt.

Rebecca podwinęła palce u stóp, wtulając je w puszysty dywan.

– Ojciec mi to powiedział. Stwierdził, że wspólne życie można budować na fundamentach ideałów, ale reszta tej konstrukcji to kompromisy.

– Twarde spojrzenie na świat – zauważyłam.

– Mój ojciec potrafił być twardy. Nie był... sentymentalny.

Nic dziwnego. Każdy, kto w latach po wielkim kryzysie ocalił firmę i odrobił straty, musiał być trochę bezwzględny. Nawet bardziej niż trochę, jeśli wierzyć temu, co gazety pisały na temat Ala „Stalowe Serce" Collinsa. Chociaż to nie bardzo pasowało do człowieka, który palnął sobie w głowę.

– Myślisz, że naprawdę popełnił samobójstwo?

Raptownie podniosła na mnie wzrok. Moje pytanie podziałało jak iskra, która rozieciła ogień w jej oczach. To nie była bulgocząca złość jak u jej brata, lecz coś innego.

– Tak, właśnie tak myślę. – Bez cienia wahania. Żadnych wątpliwości.

– A nie zdziwiło cię to? – zapytałam. – Według prasy nie było przyczyny, dla której mógłby to zrobić.

Nie mam pojęcia, co się działo w jej głowie, kiedy po tym pytaniu zbierała się w sobie, ale dałabym dychę, żeby się dowiedzieć.

– Tak, zdziwiło mnie – rzekła w końcu. – Ojciec... nie wydawał się takim typem człowieka.

– Mimo to nie dopuszczasz do siebie myśli, że ktoś mógł go zabić.

– Nie. Zdecydowanie nie – oświadczyła z przekonaniem, nawet jeśli udawanym. – A teraz muszę wziąć prysznic i się ubrać. Koniec kredytu na pytania. – Wstała i łagodnie, ale stanowczo odprowadziła mnie do drzwi.

Właśnie przekraczałam próg, kiedy usłyszałam za sobą:

– Mogę ci zadać pytanie?

– Oczywiście.

– Lubisz tańczyć?

– Eee... że niby ja? – wymamrotałam. – To znaczy, tak. Lubię.

– To dobrze.

Zamknęła mi drzwi przed samym nosem.

Rozdział 7

Stałam po drugiej stronie drzwi sypialni dobre pół minuty, próbując odzyskać równowagę. Nie wiem, co mnie bardziej uderzyło: pytanie o taniec czy fakt, że gdzieś w tym, co Rebecca mi powiedziała, kryło się kłamstwo. Nie wiedziałam jeszcze tylko, w którym dokładnie miejscu.

Wróciłam do gabinetu, zdarłam ze ścian draperie i następne półtorej godziny poświęciłam na gruntowne przeszukanie pokoju. W tym czasie przetrząsnęłam każdą książkę na półce, scyzorykiem wykręciłam gniazdka w ścianach, szukając tam tajnych schowków, obmacałam podłogę, wypatrując luźnych desek, następnie centymetr po centymetrze sprawdziłam biurko.

Kompletnie nic. A może raczej tysiąc rzeczy, ale prawdopodobnie bez znaczenia dla sprawy.

Między kartkami książek tkwiło kilkaset świstków, w większości paragonów z księgarni. Były też anulowane czeki i kilka nieistotnych dokumentów firmowych. Oprócz tego znalazłam dwa tuziny zagubionych spinaczy do papieru, sporo kłębków kurzu i papieros schowany na tyłach szuflady, który pani Collins musiała sobie zostawić na czarną godzinę.

Żadnych rewelacji. Byłam rozczarowana, ale bynajmniej nie zaskoczona. Rzadko zdarzają się sprawy, kiedy dostajemy wszystko jak na tacy.

Upewniłam się, że kraty w oknie są solidne, a samego okna od dawna nikt nie otwierał, o czym świadczyła jednolita warstwa farby na ramie i framudze. Wykluczywszy wejście przez okno, następny kwadrans spędziłam, próbując zamknąć drzwi od zewnątrz swoimi wytrychami. Bez powodzenia. Można je było zamknąć tylko od wewnątrz.

Jedyną rzeczą, która naprawdę mnie zaintrygowała – chociaż nie nazwałabym jej tropem – była oprawiona fotografia rodzinna na jednej z półek. Przedstawiała Ala Collinsa siedzącego na schodach przed domem. Wyglądał równie mrocznie i nieprzystępnie, co na zdjęciach w prasie – szerokie czoło, rozległe zakola, starannie przystrzyżony wąs i usta wąskie niczym brzytwa.

Na kolanach trzymał uśmiechniętego brzdąca, przypuszczalnie Rebeccę, chociaż nie wyglądał na specjalnie zachwyconego tym, że musi z nią pozować. Obok niego siedziała Abigail, która starała się ukołysać małego płaczącego Randolpha. Na stopniu powyżej nich przysiadł mężczyzna – nieco młodszy od Alistaira, o specyficznej urodzie, chociaż bardzo przystojny.

Po kilku chwilach przypatrywania się zdałam sobie sprawę, że spoglądam na młodego Harrisona Wallace'a. Czas nie był dla niego łaskawy, ale za młodu mógł uchodzić za łamacza niewieścich serc. Na zdjęciu pochylał się między Collinsami, próbując, jak się domyślałam, pomóc uspokoić Randolpha. W tej pozycji niemal przytulał się do Abigail. Z wszystkich obecnych na zdjęciu – zarówno dzieci, jak i dorosłych – on uśmiechał się najszerzej.

Harry i Abigail. To była myśl.

Czyżby Abigail dzieliła się z obydwoma mężczyznami nie tylko swoimi umiejętnościami sekretarskimi? Żadne z bliźniaków nie było specjalnie podobne do ojca, choć do wujka Harry'ego również nie. Mimo wszystko to była rzecz warta przemyślenia.

Na parterze zastałam Randolpha, Rebeccę – a raczej Beccę, jak prosiła, by ją nazywać – Wallace'a i moją szefową siedzących w salonie. Randolph właśnie wygłaszał tyradę.

– Nie mówię, że jako ludzie biznesu nie powinniśmy zachowywać się etycznie, ale, na litość boską, toczyła się wojna.

Naszym patriotycznym obowiązkiem była pomoc w uzbrojeniu naszych żołnierzy – oświadczył.

Z łatwością zobaczyłam teraz w tej przystojnej twarzy rozwrzeszczanego bachora ze zdjęcia.

– A pańska matka była przeciwna? – zapytała pani P.

– Mówiła, że mamy na rękach krew każdego, kogo zabiły nasze bomby.

– Chociaż wcześniej wcale jej to nie przeszkadzało – wtrącił Wallace. – Aż do czasu, gdy się skumała z tą spirytystką. A mówimy tu o milionach. Nawet więcej, jeśli wliczyć w to ceny akcji firmy.

Podczas gdy Wallace dostawał białej gorączki, pani P. rzuciła mi porozumiewawcze spojrzenie. Miałam szperać dalej.

Przeszłam przez „skromną salę balową" do kuchni. Tam natknęłam się na przysadzistą kobietę po pięćdziesiątce. Miała na sobie fartuszek i krzątała się przy trzech parujących garnkach oraz czymś, co pachniało jak pół cielaka skwierczącego w piekarniku.

Odkaszlnęłam, a ona odwróciła się, by zobaczyć, kto wtargnął do jej królestwa.

– Mogę w czymś pomóc? – zapytała z lekkim irlandzkim akcentem.

– Willowjean Parker. Jestem asystentką pani Pentecost. – Imienia w pełnej formie używam wobec urzędników sądowych i kobiet w pewnym wieku. To pomaga ograniczyć zamieszanie do minimum.

– Jestem Dora. Kucharka, co chyba widać.

– Nie ma pani może czegoś chłodnego do picia? Może jakiś napój gazowany?

– Coś się znajdzie w lodówce. Sprawdzę.

– Proszę się nie fatygować – powiedziałam. – Potrafię sama otworzyć lodówkę. Trzeba uważać na sos, żeby nie porobiły się grudki.

– O tak, tego byśmy nie chcieli – zgodziła się, wracając do mieszania. – Szczerze mówiąc, pewnie i tak nikt by nie zauważył. Młody pan Collins ledwo coś tam skubnie, panna Collins je tyle co wróbelek, a pan Harry już nie zostaje u nas na posiłki. Ale w ciągu ostatnich dwudziestu lat spędziłam dużo czasu na przygotowywaniu tego sosu. Pan Collins, świeć Panie nad jego duszą, bardzo go lubił.

Dzięki Bogu za gadatliwą służbę domową.

Zajrzałam do lodówki i wzięłam butelkę czegoś, co się nazywało Cytrynowe Bąbelki. Otworzyłam i pociągnęłam łyk. Było obrzydliwe w smaku, ale napój w ręku daje wymówkę do ociągania się z wyjściem, a drugiej stronie utrudnia wyproszenie za drzwi. Siadłam przy stole w rogu kuchni, gdzie, jak przypuszczałam, jadali Sanford i Dora.

– Ja uwielbiam wszelkie sosy – zagaiłam. – Ale rozumiem, że niektórzy mają konkretne gusta i nie zadowolą się niczym innym. Pan Collins taki był?

– O tak. Żeby zajść tak daleko w życiu, wie panienka, być ważnym człowiekiem, szefem firmy, trzeba dbać o każdy szczegół. – Mówiąc, nie odrywała wzroku od naczyń na kuchence, tylko parę razy sięgnęła po szczyptę tego czy tamtego. Pani Campbell byłaby pełna uznania.

– To zupełnie jak moja szefowa – powiedziałam. – Ona potrafi usłyszeć z drugiego końca pokoju, że zrobiłam literówkę.

– Czytałam o niej w gazecie – stwierdziła Dora. – Te zabójstwa w Central Parku. Jak ona to rozgryzła... Świetna robota.

– O tak, żyłyśmy tym przez kilka tygodni.

– Robi wrażenie bystrej kobiety. Takiej, co potrafi niejedno wyniuchać.

Nie umiałam wywnioskować z tonu jej głosu, czy to był przytyk pod adresem pani Pentecost, czy wyraz uznania. Czekałam, aż Dora rozwinie ten wątek, ale jej uwagę odwrócił kipiący garnek z jarzynami.

– Pracuje pani u Collinsów już dwadzieścia lat, tak?

– Nawet trochę więcej. – Odmierzyła w p‹
tę soli. – Jeremy i ja przyszliśmy kilka lat prz‹
Collins i panna Abigail się pobrali.

Domyśliłam się, że to Sanford miał na imię Jeremy.
sposobu, w jaki to powiedziała, wywnioskowałam, że tych
dwoje jest parą. Jakoś trudno mi było ich sobie wyobrazić
w szczęśliwym pożyciu małżeńskim, ale staram się nie oce-
niać tego, jak ludzie dobierają partnerów życiowych.

– Pewnie wam tu dobrze, skoro zostaliście na tak długo.

– Mieliśmy szczęście, że się tu zaczepiliśmy. Zwłaszcza w tamtych czasach. To były ciężkie czasy – powiedziała. – A potem pojawiły się dzieci, bliźniaki. Byłam ich nianią,
więc spędziłam z obojgiem dużo czasu.

Uchyliła drzwiczki piekarnika i zerknęła na skwierczącą
pieczeń. Najwyraźniej była usatysfakcjonowana tym, co zobaczyła, gdyż zamknęła piekarnik, niczego nie dodając ani
nie ujmując.

– Kiedy powiedziałam, że pan Collins był wymagający,
nie miałam na myśli, że w złym sensie. – Otarła ścierką do
naczyń pot z czoła. – Zawsze był bardzo hojny. Na święta
i urodziny dostawaliśmy coś ekstra. Zawsze kiedy pozbywał
się mebli, ubrań albo czegoś w tym rodzaju, Jeremy i ja mieliśmy pierwszeństwo. Jeremy ma całkiem sporo marynarek,
w których kiedyś chodził pan Collins.

Za każdym razem, kiedy ktoś mi mówi, że taki a taki był
święty, zastanawiam się, jakie grzechy próbuje zatuszować.

– A pani Collins? – zapytałam. – Też była wymagająca?

Dora przez chwilę krzątała się w milczeniu.

– Ona w sumie też, biedaczka, niech spoczywa w pokoju.
Ale jej wymagania się zmieniały, jeśli panienka rozumie, co
mam na myśli.

– Żywiołowa kobieta?

Dora wydała z siebie szczekliwy dźwięk, który wzięłam
za śmiech.

– Żywiołowa. Tak, to dobre słowo. Ciągle próbowała czegoś nowego… Nowe hobby, nowe mody. Jazda konna, strzelanie z łuku, robienie na drutach przez jakiś tydzień, te meksykańskie tańce w wielkich sukniach. W jednym tygodniu uwielbiała jakieś danie, a w następnym grymasiła. – Pokręciła energicznie głową. – Nie powinnam mówić takich rzeczy. Nie była złym chlebodawcą. Może tylko trudno ją było zadowolić.

Właśnie wtedy odbiło mi się cytrynowymi bąbelkami.

– Przepraszam. Czy… czy ona i pan Collins żyli zgodnie?

– Byli małżeństwem – oświadczyła, jakby to wyjaśniało wszystko.

– Są małżeństwa i małżeństwa – naciskałam. – Na przykład moi rodzice. Całe życie jak gruchające gołąbki. Będą się trzymać za ręce i spijać sobie z dzióbków aż do grobowej deski. Ale moja ciotka, ta ze strony ojca, i jej mąż… Można przyjść do nich w dowolne popołudnie i to, co słychać zza drzwi, przypomina odgłosy ze speluny na Bowery.

Wszystko to było wierutną bujdą, ale nigdy nie wahałam się poświęcić prawdy w imię dobrej historii.

Dora odwróciła się do mnie. Usta miała zaciśnięte w wąską linię.

– Wiem, o co pani pyta. Nie jestem głupia.

– Nigdy bym tak nie pomyślała – odparłam. – Nikt, kto trzyma pod ręką miskę tłuszczu z bekonu i wie, jak go użyć, nie może być głupkiem.

– No dobrze – powiedziała. – Myślę, że przywiodła was tu ręka Pana. Mam przyjaciółkę, która pracuje w pensjonacie w Bronxie. Spotkała kilka razy panią Pentecost. Mówiła o niej same dobre rzeczy.

Wiedziałam, który pensjonat ma na myśli – zawsze trzymano w nim kilka wolnych pokojów dla kobiet, które nagle znalazły się w potrzebie. Pani P. wpadała tam czasem,

by udzielić darmowej porady prawnej. Najcz'
ło o nadużywanie alkoholu albo krewkiego n
no i drugie. Pani P. zwykle pomagała tym kobieton..
sposób, i to szybki, na wyjście z sytuacji.

Dora przykręciła kurki palników i ostatni raz zamieszała w garnkach.

– Nigdy nie widziałam, żeby doszło do rękoczynów. Kłótnie, owszem, się zdarzały. Jak to w małżeństwie. Zwykle o pieniądze. Chociaż starałam się nie słuchać.

– Oczywiście.

– W każdym razie nie byli zbyt romantyczną parą. Nie taką, która trzymałaby się za ręce. W wielu związkach tak jest.

Dora dokonywała nie lada słownej ekwilibrystyki, aby stworzyć wrażenie, że Al i Abigail byli małżeństwem jakich wiele, ale między wierszami wyczytałam aż nadto: pozbawiony uczuć związek dwojga oddalonych od siebie ludzi, którzy użerają się o pieniądze. Włożyła rękawice kuchenne, otworzyła drzwiczki piekarnika i sięgnęła do środka.

– Czy jego śmierć panią zaskoczyła? – spytałam.

Zamarła w bezruchu, tkwiąc prawie do połowy w piekarniku, na tyle długo, że myślałam już, czy nie zacząć ją ratować, zanim się upiecze.

– Tak, z pewnością – odpowiedziała, wyjmując parującą pieczeń. Postawiła ją na blacie i odwróciwszy się do mnie plecami, zaczęła ją kroić. – Coś takiego potrafi zaskoczyć. Człowiek nie zna dnia ani godziny.

Odniosłam wrażenie, że otarła łzę, ale stała tyłem do mnie, więc może to była kropla potu. Czułam, że zaraz wywinie mi się z haczyka, dlatego nie drążyłam tego tematu.

– A co pan Collins myślał o tym, że jego żona spotka się z doradcą duchowym?

Nieduża, krępa kobieta obróciła się gwałtownie w moją stronę, z widelcem do mięsa w jednej dłoni i rękawicą w drugiej.

– Doradcą?! – fuknęła. – Ta kobieta tylko sprowadziła na ten dom problemy. – Każdą wypowiedzianą sylabę akcentowała, dźgając widelcem powietrze.

– Na czym polegały?

– Pani Abigail może i była wymagająca. Ale przynajmniej był w tym jakiś sens. A potem poznała tę kobietę. Wszyscy myśleli, że to tylko jeden z jej kaprysów, że jej przejdzie po tygodniu czy miesiącu. Ale nie, dalej w tym tkwiła. A potem zaczęła sprowadzać tę kobietę tutaj.

– Ariel Belestrade? Po co?

– Żeby odczytała pokoje, czy jakoś tak. I żeby rozdzieliła energię przestrzeni. Tak powiedziała. Pamiętam to bardzo dobrze, bo ta kobieta weszła tu, kiedy akurat robiłam suflet czekoladowy, a to wymaga skupienia. Oznajmiła, że w tym pomieszczeniu jest zła energia. Nieżyczliwa energia. I jeszcze spojrzała na mnie, jakby to była moja wina.

Mówiąc to, wzniosła ręce tak raptownie, że rękawica wystrzeliła w górę, odbiła się od sufitu i omal nie wpadła do garnka z jarzynami.

– Widzi panienka? Na samą myśl o tym aż się we mnie gotuje. I oczywiście suflet się nie udał. Musiałam zrobić z niego pudding.

– Taki los dla sufletu to straszna rzecz. – Z przekonaniem pokręciłam głową. – A co inni o niej myśleli?

– Z tego, co mi wiadomo, to samo co ja. Pan Collins ją ignorował, pan Randolph robił miny za jej plecami. Panienka Becca unikała jej, jak mogła.

Zdjęła garnki z kuchenki i zaczęła nakładać chochlą ich zawartość na talerze.

– A pan Wallace? – zapytałam. – Bywa tu często, prawda?

– O tak – potwierdziła ze szczerym uśmiechem. – Pan Harry to praktycznie rodzina. Stary, bardzo stary przyjaciel pana Collinsa. No i oczywiście ojciec chrzestny jego dzieci.

– Co on myślał o tej Belestrade?

– Raczej nic dobrego. Zwłaszcza po tym, co do niego powiedziała. Trudno mu się dziwić.

– Oczywiście – przytaknęłam, sącząc to cytrynowe obrzydlistwo i próbując wyglądać, jakby mi smakowało. – Co dokładnie wtedy powiedziała?

– Że pan Wallace jest źródłem bardzo złej energii dla całego domu. Że spirytystycznie jest trujący. Pan Harry! Jeden z najmilszych ludzi, jakich znam. Dla bliźniaków jest jak drugi ojciec. Jeśli ten człowiek jest trujący, to ja jestem Tyfusowa Mary.

– Mówiła, dlaczego tak uważa?

– Mnie nie. Pewnie dlatego, jak sądzę, że pan Wallace i pan Collins zawsze rozmawiali o interesach. A ona twierdziła, że pieniądze zamulają duszę. – Jej słowa ociekały sarkazmem tak bardzo, że przemknęło mi przez myśl, czy nie sięgnąć po mopa. – Ktoś, kto opowiada takie rzeczy, nie musiał się martwić o pieniądze przez całe swoje życie.

– A pani Collins? Nie stanęła w obronie Harry'ego?

Zanim Dora zdążyła odpowiedzieć, do kuchni wszedł Sanford. Zobaczył mnie siedzącą przy stole i na ułamek sekundy jego maska wyniosłego lokaja opadła, ukazując... Sama nie wiem. Popłoch? Złość?

– Mogę w czymś pomóc, panienko? – zapytał, momentalnie nasuwając maskę na swoje miejsce.

– Nie, dziękuję. Znalazłam już to, czego potrzebowałam – odpowiedziałam, unosząc moją butelkę z cytrynowymi bąbelkami.

– Opowiadałam panience o tej Belestrade – wtrąciła Dora. – O tym, jak się tu przyssała.

Sanford jakby się wzdrygnął. Czy dlatego, że niepokoił go temat naszej rozmowy?

– Myśli pani, że mogła mieć coś wspólnego z tym, co się stało z panią Collins? – zapytałam.

Dora już otworzyła usta, by odpowiedzieć, gdy ubiegł ją mąż.

– Tego nie wiemy. Cały czas pomagaliśmy w kuchni. Także wtedy, gdy... wydarzył się ten incydent.

Jego żona od razu przyjęła tę wersję i tylko skinęła głową.

– Tak było – dodała od siebie. – Wszystko to już opowiadaliśmy policji.

– Sądzę, że w salonie już kończą – poinformował Sanford. Dał mi w ten sposób do zrozumienia, żebym stamtąd zmiatała.

Podziękowałam kucharce za poczęstunek i rozmowę i wyszłam.

Tymczasem towarzystwo w salonie rzeczywiście już się zbierało.

– Nie rozumiem, dlaczego to konieczne – właśnie mówił Wallace. – Ci ludzie są bardzo zajęci.

– Dlatego najlepiej będzie przesłuchać ich na miejscu, żeby nie musieli przyjeżdżać do mojego biura – odparła pani Pentecost.

Przekaz między wierszami był taki, że jeśli Wallace nie ulegnie, cała wierchuszka Collins Steelworks będzie musiała pofatygować się osobiście na Brooklyn.

– W porządku. Przekażę wszystkim, żeby byli do dyspozycji.

Pożegnałyśmy się, a pani Pentecost obiecała informować naszych zleceniodawców o wszelkich postępach w śledztwie. W drodze do domu dowiedziałam się, że jeszcze przed końcem tygodnia czeka mnie wizyta w fabryce Collinsów w Jersey City. Miałam tam przepytać rozmaitych menedżerów, kierowników i tym podobnych, którzy byli obecni na przyjęciu. Oczywiście mogłyśmy wezwać ich wszystkich do siebie, ale pani P. chciała, żebym przy okazji wybadała atmosferę na miejscu.

– Wydaje się, że krótko przed śmiercią pani Collins w firmie panował poważny kryzys – wyjaśniła pani Pentecost, usadowiona wygodnie na skórzanej kanapie z tyłu naszego sedana. – Zarząd zdecydowaną przewagą opowiedział się za odnowieniem kontraktów dla wojska. Tymczasem pani Collins przez ostatni rok życia najwyraźniej przeszła duchową metamorfozę. Domagała się, by firma wróciła do produkcji sprzętu biurowego. Czerpanie zysków z wojny było dla niej problemem natury etycznej.

– Czy to pani Belestrade tak ją natchnęła?

– Takie panuje wśród nich przekonanie. Jako że czterdzieści procent akcji firmy było pod kontrolą rodziny, możliwe, że mogła znaleźć posłuch wśród innych udziałowców o podobnych poglądach.

Szarpnęłam kierownicą, by wyminąć pieszego, który lazł pod koła, i pożegnałam go środkowym palcem. Nasz zderzak minął jego kolana o centymetry.

– Kto zarządza teraz tymi czterdziestoma procentami?

– Po podziale spadku akcje zostaną rozdzielone po równo między dzieci, które jednak będą mogły nimi dysponować dopiero, gdy ukończą dwadzieścia jeden lat, czyli od przyszłego roku. Do tego czasu ich udziałami będzie zarządzał opiekun prawny. Zgadniesz, kto nim jest?

– Jasna sprawa – mruknęłam. – Pan Wallace.

Zobaczyłam we wstecznym lusterku, że pani P. skinęła głową.

– A jakie stanowisko zajął wujek Harry?

– Nie opowiedział się po żadnej ze stron.

Zastanowiło mnie to. Nie miałam wątpliwości, że produkcja broni jest interesem bardziej dochodowym niż wytwarzanie zszywaczy biurowych. Ta decyzja wiązała się z mnóstwem pieniędzy. Jeśli pani Collins obstawała przy zszywaczach, był to pierwszorzędny motyw. Potem pomyślałam o oprawionym zdjęciu w gabinecie. A gdyby do pieniędzy dodać wątek zakazanej miłości?

Przerwałam ten ciąg myśli, aby streścić pani P. moje rozmowy z Beccą i kucharką, a potem podzieliłam się z nią moimi refleksjami na temat rodzinnej fotografii. Pominęłam tylko widok nagich pleców Bekki i pytanie o taniec.

– Jak pani sądzi? – zapytałam. – Czy wujek Harry może być tatusiem Harrym? Albo przynajmniej kochankiem Harrym?

– Z pewnością temat Abigail budzi w nim silne emocje, chociaż stara się tego nie okazywać – odparła, wiercąc się na tylnym siedzeniu w poszukiwaniu wygodniejszej pozycji. To oznaczało, że odczuwa ból, co oznaczało, że jest zmęczona, a to z kolei oznaczało, że muszę ją namówić na drzemkę przed obiadem, inaczej jutro może mieć zły dzień.

– Myślę, że właśnie tak mogło być – kontynuowałam. – Prosta dziewczyna uwodzi wielkiego szefa, zachodzi w bliźniaczą ciążę i ustawia się na resztę życia. Z drugiej strony, trudno orzec, ile w tym prawdy, bo praktycznie nie wiemy, jaką była kobietą.

– Niestety, ani pan Wallace, ani jego chrześniacy nie potrafili albo nie chcieli udzielić żadnych informacji na temat Abigail z okresu poprzedzającego jej małżeństwo – zauważyła pani Pentecost. – Do Nowego Jorku przyjechała w tysiąc dziewięćset dwudziestym czwartym, jesienią tego samego roku dostała pracę jako sekretarka u panów Collinsa i Wallace'a, następnie po niespełna roku zaszła w ciążę. Nikomu nie wiadomo, by przechowywała jakieś dokumenty czy pamiątki z okresu, zanim tu przyjechała.

– Na ile jest prawdopodobne, że ciąg zdarzeń, który doprowadził do jej śmierci, zaczął się w tak odległej przeszłości? – zapytałam.

Nie doczekałam się odpowiedzi z tylnego siedzenia. Zresztą pytanie było retoryczne. Wiedziałam, że moja szefowa nie uznaje uzupełniania luk w życiorysach ofiar własnymi wymysłami.

– Nawet bez kryształowej kuli przewiduję, że czeka mnie mnóstwo pracy wywiadowczej – stwierdziłam.

– To akurat nietrudno było przewidzieć.

– À propos przewidywania przyszłości, co z Belestrade? – spytałam.

– W jakim sensie?

– Była u Collinsów tamtego wieczoru. Zaaranżowała tę całą szopkę w gabinecie. Budzi u naszych zleceniodawców dużo emocji. Nie wiemy, czy maczała palce w morderstwie, ale na pewno namieszała Collinsom w życiu.

Żadnej reakcji z tylnej kanapy. Zerknęłam w lusterko i zobaczyłam, że pani Pentecost ma zamknięte oczy. Trudno było orzec, czy intensywnie myśli, czy tylko udaje.

– Chodzi mi o to, że ta kobieta jest mocną kandydatką na podejrzaną i ewidentnie cennym źródłem informacji. A skoro do Jersey mam jechać dopiero w piątek, może powinnyśmy jutro złożyć jej wizytę.

Znowu cisza. Już miałam ją ponaglić jeszcze raz, kiedy odezwała się, powoli cedząc słowa:

– Nie, nie sądzę. Jeszcze nie teraz.

– Ale na co czekamy? Poważnie, szefowo. Gdybym to ja trzymała ster, właśnie byśmy do niej jechały.

– Wiem. Ale nie ty go trzymasz, dlatego konfrontację z panią Belestrade odłożymy na później.

Pani P. zwykle nie stawia tak kategorycznie na swoim, dlatego odpuściłam.

– Okej, jasna sprawa. To jaki jest plan na następne dwa dni?

– Czas na wizytę u profesor Waterhouse – odpowiedziała.

Nasz sedan właśnie się wtoczył na Brooklyn.

– Obserwowała Ariel Belestrade przy pracy – dodała pani P. – Chciałabym wiedzieć, co dokładnie zobaczyła.

– Zadzwonię na uniwersytet i dowiem się, czy jest osiągalna. To zajmie godzinę, góra dwie. Co jeszcze?

Tak, roznosiła mnie energia. Chciałam się dobrać do tej Belestrade, i to już. Moja szefowa ignorowała te zapędy.

– Myślę, że zaoszczędzisz czasu podczas wizyty w Jersey, jeśli pojedziesz tam, już wiedząc, na jakim etapie jest policja w kwestii weryfikowania alibi tych ludzi i tak dalej – oświadczyła. – Użyj kontaktów. Śledczych z wydziału zabójstw zostaw na koniec. Nie chcę ryzykować, że przejrzą nasze plany.

Zajechałam pod nasz dom i zatrzymałam się zderzak w zderzak z nieoznakowanym, znajomo wyglądającym sedanem.

– Chyba właśnie zaoszczędziłyśmy dziesięć centów – rzuciłam, parkując.

Gliniarze już tu byli.

Rozdział 8

Porucznik Lazenby był na tyle uprzejmy, że poczekał w swoim samochodzie, aż wejdziemy do środka i nalejemy sobie coś do picia – wodę dla mnie, burbona dla pani P., by złagodzić jej bóle. Lekarz by tego nie pochwalił, ale nauczyłam się, by nie toczyć z nią bitew niewartych zachodu.

Trzy łyki później zadzwonił dzwonek do drzwi.

– Kto cię wynajął: rodzina czy firma?

Wciśnięty w największy z naszych foteli dla gości, Lazenby niewiele się zmienił od czasu, kiedy zobaczyłam go pierwszy raz po drugiej stronie stolika w pokoju przesłuchań. Przybyło mu parę centymetrów w pasie i dużo siwizny na brodzie, ale w nowojorskiej policji wciąż nie miał sobie równych w rozwiązywaniu najtrudniejszych spraw. Robił imponujące wrażenie już samym wyglądem, w tym swoim ciemnoszarym prążkowanym garniturze z wełny, który pasował kolorem do jego oczu. Jakość tego garnituru sprawiała, że niejeden się zastanawiał, czy facet nie bierze łapówek. Nie brał. Wiedziałam, że Lazenby ma kuzyna, który szyje ubrania dla potentatów z Madison Avenue.

– Rodzina czy firma? – powtórzył pytanie.

Pani P. oparła się wygodniej w fotelu i wysączyła łyk swojego burbona.

– A więc ty zająłeś się firmą – powiedziała z błyskiem w zdrowym oku. Było to bardziej stwierdzenie niż pytanie.

Lazenby łypnął na nią gniewnie.

– Sprawdzamy różne tropy.

– Mimo wszystko obstawiasz firmę. Myślisz, że tego morderstwa dokonano z pobudek biznesowych, nie osobistych.

– Myślę, że dla wielu ludzi biznes jest sprawą osobistą – zauważył. – Ale skąd ci przyszło do głowy...

– To proste.

Przerywanie mu w pół zdania strasznie go wkurzało. Wiedział jednak, że ona to wie, dlatego starał się tego nie okazywać.

– Nie zapytałeś, czy prowadzę dochodzenie w sprawie śmierci Abigail Collins. Wziąłeś to za pewnik. Nie wiem, jak się o tym dowiedziałeś, ale zaliczam to na konto twoich umiejętności śledczego.

Lazenby prychnął, chociaż komplement był szczery. Przypomniał mi się samochód, który nas śledził po tym, jak opuściłyśmy kostnicę.

– Nasze ścieżki krzyżowały się już nieraz w sprawach o przemoc domową – ciągnęła pani P. – Z obopólnym pożytkiem.

Kolejne parsknięcie.

– Martwisz się, że pracuję dla Collins Steelworks i że to będzie kolidowało z twoim śledztwem.

– Nadal nie odpowiedziałaś na moje pytanie – wycedził przez zaciśnięte zęby.

– Zgadza się – odpowiedziała, a na jej ustach pojawił się słaby uśmiech. – Nie mam obowiązku ujawniania, kto jest moim klientem. Chyba że przyszedłeś tu uzbrojony w nakaz.

Lazenby zaczął protestować, ale znowu mu przerwała:

– Niemniej odpowiem w imię zawodowej uprzejmości. Nie pracuję dla Collins Steelworks.

Porucznik wyraźnie się odprężył.

– Co nie oznacza, że nie sprawdzę, czy ktoś z firmy miał motyw – dodała. – W piątek będziemy przesłuchiwać kadrę kierowniczą zakładów w Jersey City. Skoncentrujemy się na osobach, które bawiły się tamtego wieczoru u Collinsów na przyjęciu z okazji Halloween.

Lazenby znowu się nastroszył.

– Pewnie zajmie to cały dzień – dodałam. – Może nawet przeciągnie się do poniedziałku albo wtorku. Mnóstwo ludzi, z którymi trzeba porozmawiać. – Wygładziłam dłońmi nieistniejące zagniecenia na spodniach. – Oczywiście gdybym już wiedziała, gdzie kto był podczas finału tej imprezy, uwinęłabym się znacznie szybciej. No i nie miałabym tylu okazji, żeby przypadkowo wściubić nos w cudze śledztwo.

– P r z y p a d k o w o. – W jego oczach błysnęło coś złowrogo. – Tak jakby któraś z was kiedykolwiek zrobiła coś przypadkowo.

Po kilku sekundach wewnętrznej burzy na jego twarz wrócił spokój.

– Sprawdzę, co już mamy. W imię zawodowej uprzejmości. – Tym razem to on wygładził nieistniejące zagniecenia. – A więc... dlaczego zakładasz, że firma nie ma z tym nic wspólnego?

To nie była słowna gierka. Naprawdę chciał wiedzieć. Zdarzało się już niejednokrotnie, że pani Pentecost włączała się do śledztwa i odkrywała przestępcę tam, gdzie policja nawet nie sprawdziła. Nic zatem dziwnego, że czuł przed nią respekt.

– Tego nie powiedziałam. Tylko tyle, że zaangażowałam się w tę sprawę na zlecenie rodziny.

– Jasne, ale wydaje mi się, że trochę mydlisz mi oczy. Gdybyś uznała, że to zabójstwo z pobudek biznesowych, sama pojechałabyś do Jersey City, a nie wysyłała tam swoją pomagierkę.

Już miałam w odpowiedzi palnąć coś dosadnego, ale pani P. mnie uprzedziła:

– Panna Parker jest moją asystentką i detektywem licencjonowanym w stanie Nowy Jork, a nie pomagierką. Nie lekceważ jej talentów.

Lazenby zbył ją machnięciem ręki.

– Pomagierka, asystentka, wspólniczka... Nazywaj to, jak chcesz. Znam was na tyle, że wiem, gdzie węszycie. Dlaczego uważasz, że to sprawka kogoś z rodziny, a nie firmy? Nasi ludzie od cyferek twierdzą, że gdyby Abigail Collins postawiła na swoim i firma wróciłaby do produkowania sprzętu biurowego, przez następną dekadę straciłaby dziewięciocyfrową kwotę. To cholernie poważny motyw. Wiesz coś, czego ja nie wiem?

– W tej sprawie z pewnością wiesz znacznie więcej ode mnie. Pracujesz nad nią od dwóch tygodni, ja pierwszy dzień. Na razie nie mogę wyciągać wniosków na podstawie zebranych informacji, dlatego kieruję się instynktem.

– I twój instynkt mówi ci, że to nikt z firmy?

Pani Pentecost wzruszyła ramionami. Nawet słynna pani detektyw potrafi się krygować, jeśli chce.

– Rób, jak uważasz. Tylko nie wchodź mi w drogę.

Dźwignął się z fotela i skierował ku drzwiom. Pobiegłam przodem, złapałam jego płaszcz z wieszaka w korytarzu i zadałam kilka własnych pytań:

– Ekspertyza narzędzia zbrodni nie wykazała żadnych odcisków palców, prawda? Skoro zostało wrzucone do kominka?

Spojrzenie, które mi posłał, było mieszaniną irytacji i podejrzliwości.

– My odkryłyśmy część kart – powiedziałam, wręczając mu płaszcz. – Proszę grać z nami fair.

– Problem z wami polega również na tym, że traktujecie to jak grę – odparł. – Owszem, znaleźliśmy odciski. Wszystkie te, których się spodziewaliśmy: spirytystki, jej asystentki, córki i innych gości, których wciągnęła do tej zabawy. Oraz jakieś smugi, które zdaniem naszego człowieka od daktyloskopii zostawił ktoś w rękawiczkach.

– Interesujące – zauważyłam. – Zabójca przyszedł przygotowany.

Lazenby zarzucił płaszcz na ramiona i otworzył drzwi. Właśnie miał przejść przez próg, kiedy podrzuciłam mu kolejne pytanie:

– Znaleźliście coś ciekawego na temat tej Belestrade?

Obrócił się i zmierzył mnie wzrokiem.

– Na przykład?

– Jej prawdziwe nazwisko?

– Muszę cię rozczarować, ale z tego, co mi wiadomo, to jest jej prawdziwe nazwisko. Chyba że ktoś zadał sobie naprawdę dużo trudu, żeby sfałszować jej dokumenty – oświadczył. – Nie każdy używa zmyślonego nazwiska – dodał z uśmiechem kata wieszającego skazańców.

A więc wiedział, że nie nosiłam nazwiska Parker od urodzenia. Czasem zapominam, jak dobry musi być ten facet w swoim fachu, skoro jest najlepszym śledczym w wydziale zabójstw tego miasta.

– Trzymaj się z dala od tej sprawy – rzucił na odchodnym. – I trzymaj z dala swoje noże.

Ten przytyk zabolał najbardziej. Lazenby i jego ludzie zwykle traktowali mnie jak małą dziewczynkę bawiącą się w detektywa. Bardziej maskotkę niż kogoś, z kim należy się liczyć. Trzy lata ciężkiej pracy i poręczeń pani P., a on nigdy nie pozwolił mi zapomnieć tego pierwszego razu, gdy siedzieliśmy naprzeciw siebie w pokoju przesłuchań.

Nie żebym dała poznać po sobie, że mnie to ubodło.

– To potwarz, poruczniku. Już nawet nie pamiętam, kiedy ostatni raz kogoś dźgnęłam – odgryzłam się.

On jednak był już trzy schodki dalej i nie okazał w żaden sposób, że w ogóle mnie usłyszał.

Kiedy wróciłam do biura, pani Pentecost stała przy barku i nalewała sobie kolejnego drinka. Spojrzałam na nią z dezaprobatą, ale ona zręcznie to zignorowała.

– Nikt z firmy, co?

Nie odezwała się.

– No to dlaczego nie? – zapytałam. – Ktoś dał pani cynk?

Usiadła za biurkiem, tuląc w dłoniach szklaneczkę pełną whiskey Kentucky Gold.

– Nie powiedziałam, że moim zdaniem to morderstwo nie ma związku z zaangażowaniem pani Collins w rodzinny biznes.

Zdążyłam wyartykułować pierwszą sylabę protestu, zanim uniosła dłoń.

– Poinformowałam jedynie naszego porucznika, że zostałam wynajęta przez rodzinę oraz że w tej chwili nie mam dość informacji, by przesądzać o sprawie, dlatego kieruję się intuicją. Całą resztę dopowiedział sobie sam. Podobnie jak ty.

Potrzebowałam dobre pół minuty, żeby przetrawić jej słowa.

– W ten sposób wyszedł od nas w przekonaniu, że będziemy maglować klan Collinsów, a moja wycieczka do fabryki to tylko standardowe sprawdzenie alibi. Dzięki czemu jest mniej prawdopodobne, że w Jersey jeden z chłopców Lazenby'ego będzie stał mi nad głową i patrzył na ręce.

Jej odpowiedzią był długi, powolny łyk burbona. Wiem, że dopiero co ją poznaliście, ale moja szefowa – gdybyście jeszcze tego nie zauważyli – jest genialna.

– Jakie mamy szanse, że porucznik podzieli się z nami tym, czego się dowie na temat uczestników przyjęcia? – zapytała.

– Dziesięć do jednego, że tego nie zrobi – odparłam. – Pięć do jednego, jeśli naprawdę obawia się, że wpadniemy na ten sam trop co oni. Nie wiadomo, czy w ogóle mają jakiś punkt zaczepienia. Może rzucił monetą i wyszło mu, że powinien wziąć w obroty firmę, a nie rodzinę Collinsów.

Pani Pentecost pokręciła głową.

– Nie. Uważam, że już coś mają. Powiedział: „nasi ludzie od cyferek". To znaczy, że zwrócili się o pomoc do wydziału przestępstw gospodarczych.

– Myśli pani, że właśnie z tym mamy do czynienia? Ktoś w firmie położył łapę na forsie i pani Collins go przyłapała?

– Myślę, że w firmie tak wielkiej i pogrążonej w kryzysie jak Collins Steelworks gruntowne śledztwo wykazałoby niejedną łapę na cudzych pieniądzach. Czy któraś z tych łap sięgnęła po narzędzie zbrodni, tego nie wiem.

Tym razem już nie potrzebowałam tyle czasu, by nadążyć za jej tokiem myślenia.

– Jeśli to coś w tym rodzaju, czyli ewidentna malwersacja, Lazenby dojdzie do tego pierwszy.

– Niemal na pewno – przyznała. – Nie możemy się równać potencjałem ludzkim z nowojorską policją ani nie mamy do dyspozycji nakazów rewizji.

– Poza tym Sid jest dobry, ale obawiam się, że taka sprawa byłaby dla niego za duża.

Sid był naszym człowiekiem od cyferek i eksczłonkiem pewnego zrzeszenia. Jego zadaniem było operowanie funduszami owego klubu w taki sposób, by stały się niewidoczne dla federalnych. Przy okazji podbierał trochę dla siebie, został przyłapany i miał uzasadnione obawy, że koledzy z klubu nie puszczą tego płazem. Pani Pentecost ocaliła mu skórę, rozwiązując wieloletnią zagadkę morderstwa wuja szefa klubu. Zamiast honorarium zażyczyła sobie, żeby oszczędzili Sida. On więc zawdzięcza jej życie i teraz spłaca dług, pomagając nam za każdym razem, kiedy napotykamy czyjeś finanse, które trzeba prześwietlić fachowym okiem.

– Masz rację – powiedziała pani Pentecost. – Co nie zmienia faktu, że w piątek powinnaś mieć uszy i oczy otwarte. Podpytaj o nakazy i o to, jakie pytania zadawała policja. Zobaczysz, kto i jak zareaguje.

– Tak jest – odparłam. – Zadawaj pytania. Zdobywaj odpowiedzi. Bądź uważna. Może nawet nie zapomnę zabrać ołówka i papieru, żeby zrobić notatki.

Mój sarkazm przeszedł bez echa.

– A teraz, jeśli nie mamy niczego pilniejszego do roboty, chciałabym zrobić rundę po niektórych redakcjach – stwierdziłam. – Sprawdzić, czy nie mają czegoś, co nie nadawało się do druku, ale może się przydać nam. Nie obawiałabym się tego, że nasz udział w tej sprawie wyjdzie na jaw. Jeśli gliniarze już to wiedzą, jestem pewna, że pismacy są nie dalej jak pół kroku za nimi.

– Zgadza się – przyznała. – Ale najpierw zadzwoń na uniwersytet i zapytaj o grafik profesor Waterhouse.

Tak zrobiłam i dowiedziałam się, że jest zajęta przez cały dzień: dwa wykłady rano, dwa po południu, a pomiędzy nimi ledwie dość czasu, żeby zjeść kanapkę. Postanowiłyśmy zrobić jej nalot po ostatnim wykładzie, bez uprzedzenia – jeszcze nie wiedziałyśmy, jaką odegrała rolę w tej sprawie.

Po ustaleniu tego wszystkiego złapałam płaszcz i kapelusz, po czym ruszyłam w miasto zrobić użytek z moich lekceważonych talentów.

Rozdział 9

Kiedy wzięłam się do spisywania tej historii, przekonałam się, że raz za razem muszę podejmować trudną decyzję. Co zostawić, a co wyrzucić?

W okresie, kiedy pracowałyśmy nad sprawą Collinsów, wydarzyło się wiele rzeczy, które nie miały bezpośredniego wpływu na nic ani na nikogo albo nie były warte przelania na papier – zwykłe, żmudne zajęcia, stanowiące nieodłączną część każdego dużego śledztwa. Te wątki łatwo było usunąć.

Zaszły również okoliczności, które nie były może tak istotne dla samego dochodzenia, jak dla mnie osobiście lub dla mojej szefowej. Prywatne sprawy – inaczej nigdy nie ujrzałyby światła dziennego, ale bywają pouczające. Z tymi miałam większy problem, dlatego każdą z nich rozpatruję z osobna.

No i w końcu sytuacje, w których nie sprawiłam się tak, jak bym tego chciała. Mówiąc prościej, wpadki. Jestem tylko człowiekiem. Ludziom zdarzają się potknięcia. Wtedy wciąż się uczyłam i od czasu do czasu dawałam plamę – wydaje mi się, że teraz robię to coraz rzadziej. Ale podam przykład sytuacji, kiedy naprawdę się wygłupiłam. Podejrzewam, że znalazłabym jakiś sposób, żeby przemilczeć ten incydent, ale szanuję was, czytelnicy, i mam nadzieję, że okażecie mi wyrozumiałość.

Zrobiłam dokładnie to, co zapowiedziałam pani P.: przeszłam się po redakcjach. Wielu dziennikarzy traktowało mnie trochę jak źródło informacji, a trochę jak początkującego reportera, co było mi na rękę. Niektórzy z nich dostrzegali we mnie również młodą niezamężną kobietę, która czasem stawiała im drinka, dlatego robili podchody. Nie miałam nic przeciwko łączeniu przyjemnego z pożytecznym, jeśli tylko rozumieli, że to przelotna znajomość, i nie przywiązywali się za bardzo. Nie żebym była przeciwna stałym związkom, ale trzymałam się zasady: żadnych glin, żadnych klientów, żadnych dziennikarzy. Niczego, co mogłoby kolidować z pracą.

Tym razem ograniczyłam się do zadania paru okrężnych pytań i złożenia mglistych obietnic, że w zamian podzielę się informacjami, kiedy je zdobędę. Potwierdziłam, że pani Pentecost pracuje nad sprawą, ale wymigałam się od ujawnienia, kto nam płaci. Natomiast na odwieczne pytanie „Kto jej zdaniem to zrobił?" odpowiadałam uniwersalnym „Bez komentarza".

W ten sposób udało mi się ustalić kilka faktów. Po pierwsze, Alistair Collins, aby zdobyć te kontrakty wojskowe, przebił cenowo oferty wielu rywalizujących z nim firm, przez co narobił sobie sporo potężnych wrogów. Po drugie, ktoś najwyraźniej płacił prasie za to, by w sprawie Collinsów zachowała wstrzemięźliwość i nie szalała z nagłówkami. Po trzecie, do momentu śmierci ojca Becca Collins miała opinię grzecznej dziewczynki. Teraz podobno rozwydrzyła się nie do poznania. Chociaż w tym przedziale podatkowym owo rozwydrzenie mogło oznaczać równie dobrze, że przy daniu głównym używała widelca do sałatki.

Pożegnawszy się z pismakami, udałam się do Nowojorskiej Biblioteki Publicznej na zbiegu Piątej Alei i Czterdziestej Drugiej. Przy wejściu potarłam na szczęście łapę jednego z lwów na postumencie. Moim celem był Hollis Graham, który prowadził archiwum periodyków. Zanim objął tę posadę, był światowej klasy reporterem. Śledził wzloty i upadki tego miasta od blisko trzech dekad – najpierw życie towarzyskie, potem przestępczość, następnie miejscowy magistrat, aż w końcu sam dopuścił się skandalu, który go usunął w cień. W czasach swojej świetności potrafił wskazać nie tylko, gdzie pochowano ciała, ale wiedział, kto je tam zakopał, a nawet jakiej marki była łopata, której do tego użyto.

Jego asystentka poinformowała mnie, że Hollis aktualnie przebywa – co zdarzało się rzadko – na urlopie i że do pracy wróci dopiero w następnym tygodniu. Zostawiłam mu wiadomość, żeby zadzwonił do mnie po powrocie. Potem poszłam przecznicę dalej zjeść późny lunch w knajpce na rogu.

Gdy już się uporałam z sałatką jajeczną na żytnim chlebie i kawałkiem tarty cytrynowej, pomaszerowałam czterdzieści przecznic na południe, do celu mojej wyprawy. Było rześko, ale pogodnie. Pomyślałam, że to jeden z ostatnich takich dni, zanim w Nowym Jorku rozpanoszy się zima.

Po drodze zahaczyłam o kiosk z gazetami, żeby kupić używany kryminał (z tych po dwanaście centów) za pięciocentówkę, dużą torbę popcornu i napój wiśniowy. Potem podążyłam za drogowskazami do małego osiedla w pobliżu Greenwich Village. Tam minęłam kwartał identycznych domów z czerwonobrunatnego piaskowca, urozmaicony tylko kościołem po jednej stronie i miniaturowym parkiem po drugiej.

Skierowałam kroki do parku, uważając przy tym, by nie odwracać się twarzą w kierunku numeru dwieście piętnaście. Kątem oka zdołałam odczytać słowa wygrawerowane w szkle drzwi wejściowych:

ARIEL BELESTRADE
ZAPRASZAMY POSZUKUJĄCYCH

Cały park składał się z pojedynczego drzewa i dwóch ławek, po jednej z każdej strony niewielkiego trawnika. Przysiadłam na wolnej ławce. Drugą zajęły dwie starsze kobiety w workowatych czarnych sukniach i kolorowych chustach okrywających ich głowy. Każda ze staruszek miała w ręce torebkę z karmą dla ptaków. Rozmawiały cicho po rosyjsku, a u ich stóp tłoczyły się gołębie, wydziobując ziarna.

Otworzyłam napój i zakupioną książkę. Przeżuwając popcorn, połowę uwagi poświęciłam bohaterowi kryminału, drugą połowę rezerwując na obserwację domu z numerem dwieście piętnaście. Miałam nań całkiem dobry widok przez bezlistne, wiszące nisko gałęzie drzewa. W oknie świeciło się światło i wydawało mi się, że w pewnej chwili zobaczyłam cień kogoś poruszającego się w środku. Zastałam więc naszą spirytystkę w domu.

Próbowałam usprawiedliwić się sama przed sobą, że tak naprawdę wcale nie działam wbrew instrukcjom pani Pentecost. Powiedziała, że nie jesteśmy jeszcze gotowe, by przesłuchać Belestrade. Nie zamierzałam jej przesłuchiwać. Chciałam się tylko przyjrzeć tej potencjalnej morderczyni. W gazetach nie było jej wyraźnego zdjęcia, a mnie ciekawiło, jak wygląda kobieta, która tak bardzo podnosiła ciśnienie mojej szefowej. Ostatecznie Belestrade była podejrzanym numer jeden. Uważałam za absurdalne, że odkładamy ją na później.

W każdym razie tak sobie mówiłam.

W rzeczywistości wciąż mnie bolał przytyk Lazenby'ego. Chciałam coś udowodnić. Jemu, pani P., sobie. Może również Becce.

Wypełniałam sobie czas, wizualizując scenariusze wyjęte żywcem z czasopisma „Black Mask". Wyobraziłam sobie, że nagle słyszę krzyk dochodzący z wnętrza domu Belestrade. Otwieram kopniakiem drzwi i zastaję tam tę wiedźmę z nożem przytkniętym do gardła Bekki.

„Rusz się tylko, a ona zginie", syczy do mnie starucha.

W mgnieniu oka wyszarpuję z kabury pod pachą moją trzydziestkę ósemkę i pakuję Belestrade kulkę prosto między oczy. Becca osuwa się w moje ramiona. Od tego momentu sprawy nabierają rumieńców.

Wreszcie słońce zaczęło zachodzić i babuszki opuściły swój posterunek. Przejęłam ich obowiązki, podkarmiając gołębie popcornem, ale kiedy mi się skończył, ptaki też mnie opuściły i zostałam sama. Między piątą a szóstą, kiedy mężczyźni i kobiety wracali z pracy do domu, natężenie ruchu na tej małej uliczce wyraźnie przybrało na sile. Potem znowu zrobiło się cicho, a jeszcze później w dodatku mroczno.

Zapadła noc i zapaliły się latarnie. Jednocześnie wzmógł się wiatr, a ja pożałowałam, że nie wzięłam ze sobą rękawiczek ani włóczkowej czapki zamiast kapelusza.

Dalej udawałam, że czytam, chociaż teraz, w świetle ulicznych latarni, wyglądało to coraz mniej wiarygodnie. Twardy detektyw z mojej książki właśnie rozważał, czy udać się za seksowną brunetką, która go wynajęła, do jej sypialni, a ja rozważałam, czy nie czas wrócić do domu, gdy pod dwieście piętnastym otworzyły się drzwi i na zewnątrz wyszła kobieta.

Pierwszą rzeczą, która rzuciła mi się w oczy, był jej wzrost. Tak na oko mierzyła około metra osiemdziesięciu i nie było to smukłe, zwiewne sto osiemdziesiąt centymetrów. Kobieta miała szerokie ramiona i klocowatą sylwetkę. Była ubrana w białe futro do kostek narzucone na obcisłą czarną suknię i dopasowane kolorem szpilki. Zauważyłam jeszcze czarne włosy przystrzyżone na boba, okalające łagodną, szeroką twarz, i duże ciemne oczy.

Żadnego złowrogiego wzroku ani jadowitego uśmiechu żmii. W każdym razie niczego takiego nie zauważyłam. Jeden z moich kontaktów wśród dziennikarzy powiedział mi, że Belestrade przypomina przerośniętą Myrnę Loy, tyle że bez jej seksapilu. Trafił w dziesiątkę.

Belestrade zeszła po schodkach na chodnik, skręciła w prawo i zaczęła się oddalać, stukając obcasami. Spontanicznie uznałam, że sam wygląd mi nie wystarcza. Puściłam ją przodem i zachowując odpowiedni dystans, ruszyłam w ślad za nią.

W myślach zrobiłam szybki inwentarz zawartości mojego portfela. Podejrzewałam, że kiedy tylko Belestrade dojdzie do głównej ulicy, złapie taksówkę, dlatego będę musiała zrobić to samo i zabawić się w „proszę jechać za tym samochodem". Miałam przy sobie dość gotówki, by zrobić rundę wokół Manhattanu, ale żywiłam nadzieję, że to będzie krótka przejażdżka. Taksówkarze, nawet jeśli udało się ich nakłonić do takiej zabawy, prawie zawsze partaczyli sprawę.

Belestrade mnie zaskoczyła. Zamiast machnąć na przejeżdżającą taksówkę, poszła do najbliższej stacji metra. Podążyłam za nią. Pojechała w kierunku centrum – ja też, w następnym wagonie. Z tym jej wzrostem i w białym futrze trudno było stracić ją z oczu.

Kilka przystanków dalej wysiadła i skierowała się na zachód. Minąwszy parę przecznic, wstąpiła do księgarni. Nie było w ofercie zbyt wielu tanich czytadeł, ale pani Pentecost wysyłała mnie tam co miesiąc po zapas europejskich czasopism.

Dałam Belestrade pół minuty, po czym weszłam sama. Nigdzie jej nie było. Spędziłam kilka nerwowych minut, miotając się między regałami, aż usłyszałam brzęk dzwonka przy drzwiach. Przez witrynę zobaczyłam, że jest już na ulicy i zmierza w kierunku, z którego przyszła.

Wyskoczyłam na dwór i zdążyłam zobaczyć, że Belestrade znowu schodzi do stacji metra. Dogoniłam ją w chwili, gdy wsiadała do pociągu jadącego w stronę centrum. Tym razem znalazłam się w tym samym wagonie co ona, ale było tłoczno i nawet na mnie nie zerknęła. Podjechałyśmy tylko parę przystanków i wysiadłyśmy na Times Square. Chociaż nie był to sezon turystyczny, ta okolica nigdy nie świeci pustkami. Starałam się nie zgubić Belestrade z oczu i jednocześnie nie zwrócić na siebie uwagi. Śledzenie jest jedną z niewielu czynności, przy których moja skromna postura jest atutem. Przemykałam między przechodniami, nie musząc specjalnie rozpychać się łokciami.

Kilka przecznic dalej raptownie skręciła i weszła do teatru. Teraz zrozumiałam, skąd ten strój. Widziałam to przedstawienie tydzień wcześniej. Grano nową komedię – zbyt sprośną jak na mój gust. Byłaby lepsza bez tego zadzierania spódnicy. Na szczęście rzeczoną spódnicę miała na sobie moja ulubiona aktorka, dlatego mój aplauz był gromki i szczery.

Uznałam, że powinnam wejść i się upewnić, że przyszła tu na przedstawienie, a nie po to, by się z kimś spotkać. Albo zatłuc kogoś na śmierć w damskiej toalecie. Właśnie podążyłam za grupką teatromanów do wejścia, gdy nagle drzwi się otworzyły i Belestrade śmignęła na ulicę. Minęła mnie tak blisko, że otarłyśmy się ramionami. Gdy tętno spadło mi poniżej dwustu uderzeń na minutę, ruszyłam za nią. Z powrotem do metra.

Przez następne dwie godziny szłam za Belestrade krok w krok, podczas gdy ona krążyła – najwyraźniej bez celu i planu – po całym Manhattanie. W tym czasie zatrzymała się w niedrogiej restauracji na Piątej Alei, serwującej zabójcze reubeny*. Odwiedziła też kolejne dwie księgarnie – jedną ze znakomitym wyborem kryminałów i drugą, dorabiającą sobie fałszerstwami na zapleczu, bar dla gliniarzy, który jest dobrym miejscem do wymiany plotek z komendy, oraz pewien nocny klub, nielubiący się reklamować. Do ostatnich dwóch miejsc nie weszłam za nią, ponieważ w obu mnie znano i nie chciałam, żeby ktoś mnie zdemaskował, wołając: „Hej, Will Parker! Jak się ma twoja szefowa, słynna pani detektyw?".

---

* Reuben Sandwich – grillowana kanapka z kapustą kiszoną, peklowaną wołowiną, serem i sosem rosyjskim.

Miałam dość czasu, by się zastanowić, co właściwie Belestrade kombinuje. Najpierw myślałam, że próbuje zgubić ogon, a przynajmniej przekonać się, czy ktoś jej nie śledzi. Jeśli jednak była na tyle rozgarnięta, by to zrobić, musiała być również na tyle bystra, by mnie zauważyć w ciągu pierwszych trzydziestu minut. W takim razie po co dalej się błąkała i ciągnęła mnie za sobą w te wszystkie miejsca?

Potem przyszło mi do głowy, że może sprawdza źródła. Jeśli była hochsztaplerką, potrzebowała nowych kandydatów na ofiary swoich przekrętów. Wszystkie lokale, które odwiedziła, wydały mi się dobrym miejscem na rekonesans i zasięgnięcie języka. Rozważałam to, ponownie idąc za nią do metra. Tym razem pojechałyśmy szybką kolejką miejską na Brooklyn i wysiadłyśmy na stacji, która była mi najbardziej znana. Belestrade minęła kilka przecznic, skręciła w prawo, potem w lewo i jeszcze raz w prawo. Kiedy zdałam sobie sprawę, dokąd zmierza, poczułam, jak włoski na moich przedramionach stają dęba.

Wyjrzałam zza rogu. Zobaczyłam, że Belestrade stoi na chodniku i patrzy na drzwi frontowe, do których klucze miałam w kieszeni. Sięgnęłam dłonią pod płaszcz i wymacałam rękojeść mojej trzydziestki ósemki, spoczywającej wygodnie w kaburze pod pachą. Od razu poczułam się lepiej.

Nie żebym z natury była wyrywna, jeśli chodzi o sięganie po broń. Teraz jednak przed naszym domem stała kobieta, przed którą pani P. miała się szczególnie na baczności, a moją szefową niełatwo przestraszyć. Poza tym w przeszłości już zdarzały się próby zamachu na jej życie.

Po paru minutach przyglądania się drzwiom naszego domu Belestrade obróciła się na pięcie i zaczęła kroczyć w moim kierunku. Pobiegłam na drugi koniec uliczki, schowałam się za rogiem i kucnęłam zdyszana za schodami jednej z szeregówek. Kilka chwil później usłyszałam, jak Belestrade przechodzi obok, stukając obcasami.

Ponownie ruszyłam za nią z powrotem do metra. Wysiadłyśmy w Greenwich Village. Tłok na schodach przy wyjściu ze stacji spowodował, że zostałam z tyłu dalej, niżbym chciała. Kilka razy zgubiłam ją z oczu i gdy skręciłam w ulicę, przy której mieszkała, drzwi pod numerem dwieście piętnaście były już zamknięte, a w środku paliły się światła.

Przechodząc obok, zerknęłam w okno. Miałam nadzieję dostrzec coś więcej, ale zobaczyłam tylko zaciągnięte zasłony. Idąc dalej przed siebie, głowiłam się, o co chodziło w tym wszystkim. Czy Belestrade przez cały wieczór zasięgała języka u swoich informatorów w różnych miejscach, następnie postanowiła złożyć wizytę pani Pentecost, ale w ostatniej chwili stchórzyła? Czy może było to coś bardziej przemyślnego i złowieszczego?

Mijając miniaturowy park, usłyszałam głos kogoś, kto zwracał się do mnie:

– Ma pani ogień?

Odwróciłam się i zobaczyłam ją: całe metr osiemdziesiąt czarnej wieczorowej sukni i białego futra. Siedziała wygodnie na tej samej ławce, którą okupowałam kilka godzin wcześniej. Spomiędzy jej długich palców zwisał niezapalony papieros.

– Chyba zostawiłam zapalniczkę w domu – dodała.

Usiłując oddychać miarowo, wyjęłam z kieszeni zapalniczkę. Sama nie palę, ale noszę ją właśnie na takie okazje.

Podeszłam i zapaliłam jej papierosa. Zaciągnęła się dymem; żarzący się tytoń rozbłysnął w ciemności jak oko. Założyła nogę na nogę i otuliła się futrem.

– Wieczory już takie zimne – zagadnęła głosem brzmiącym niczym doprawiony miód: głębokim i ciepłym, ale z pazurem. – Listopady takie są. Jeszcze jakby jesień, a praktycznie już zima. Wystarczy jeden powiew i od razu mrozi do szpiku kości.

Podniosła na mnie wzrok i się uśmiechnęła.

Wtedy to dostrzegłam. Odrobina żmijowatości w kącikach ust. Niecodzienny żar w dużych ciemnych oczach. Przez głowę przemknęło mi dwadzieścia różnych rzeczy, które mogłabym oznajmić w odpowiedzi, ale milczałam, jakbym zapomniała języka w gębie. Schyliła się i zdjęła szpilki.

– One też potrafią dać w kość. Jedna z tych rzeczy, którymi mężczyźni nie muszą się przejmować. Pochwalam twój wybór. Wygodne oksfordy. Ja niestety za bardzo lubię to postukiwanie obcasami o bruk. Brzmi, jakbym nadawała tajnym szyfrem, który potrafią odczytać tylko wtajemniczeni. Rozumie pani, prawda, panno Parker?

Reakcja „walka lub ucieczka", znana mi z wykładu, na który wysłała mnie pani P., powinna była zadziałać samoistnie. Ale głos tej kobiety – głęboki, gęsty i rytmiczny – był niczym eliksir. Łagodny i odprężający.

Wstała i po raz drugi tego wieczoru otarła się o mnie. Trzymając buty w dłoni, podążyła boso na drugą stronę ulicy, ciągnąc za sobą smużkę dymu z papierosa. Weszła po schodkach i otworzyła drzwi, wolną ręką muskając wygrawerowany w szkle napis:

ZAPRASZAMY POSZUKUJĄCYCH

Znikła wewnątrz domu. Czekałam na odgłos zamykanych drzwi, ale na próżno. Zostawiła je uchylone. Snop żółtego światła padał na ulicę jak zaproszenie.

Pomyślałam o tym. Miałam pytania, a odpowiedzi znajdowały się po drugiej stronie ulicy. Zrobiłam krok, potem następny. Stałam już u dołu schodów, kiedy gdzieś w głębi ulicy usłyszałam pisk hamulców i klakson poirytowanego kierowcy.

Ta muzyka miasta wyrwała mnie z transu. Uznałam, że dowiodłam sobie wystarczająco wiele jak na jeden wieczór. Pospieszyłam z powrotem na Szóstą Aleję, z jej witrynami sklepowymi i wciąż zatłoczonymi chodnikami.

Złapałam taksówkę. W drodze na Brooklyn myślałam o pytaniach, które zostawiłam pod tamtymi drzwiami. Kiedy zorientowała się, że ją śledzę? Skąd znała moje nazwisko? Jak się dowiedziała, że pracujemy nad tą sprawą? Czy ktoś dał jej cynk? Co by się wydarzyło, gdybym otworzyła tamte uchylone drzwi i weszła do środka?

Taksówka minęła nocny klub, który dopiero zaczynał tętnić życiem. Czwórka kobiet właśnie szła do wejścia, wystukując obcasami tajemny kod.

„Rozumie pani, prawda, panno Parker?"

Nagle zrozumiałam. Cały ten wieczór przewinął mi się przed oczami i walnął mnie prosto w twarz niczym fala przypływu na plaży Rockaway. Wymamrotałam pod nosem kilka soczystych przekleństw – na tyle głośno, że taksówkarz zerknął na mnie nerwowo.

Ten teatr, księgarnie i bary... Stale bywałam w niektórych z tych miejsc; pozostałe odwiedzałam rzadziej, choć regularnie. Nie ze wszystkimi byłoby łatwo mnie powiązać, szczególnie z tym nocnym klubem. A jednak jej się to udało.

Miejsca te układały się w mapę mojego życia w Nowym Jorku. A ten ostatni gest i uchylone drzwi? To była wiadomość: „Znam cię. Jeśli ty chcesz poznać mnie, wystarczy zapukać".

Cały ten wieczór był jednym długim seansem. Zorganizowanym i przeprowadzonym specjalnie dla mnie.

Rozdział 10

– Zmarli odgrywają kluczową rolę w każdej cywilizowanej kulturze, od Amazonii po pustynie Arabii. Nawet tu, w Nowym Jorku. Otaczamy ich czcią. Rozmawiamy z nimi. Prosimy ich o wskazówki. Są obecni w każdej czynności naszego życia, nawet jeśli nie jesteśmy tego świadomi. Pod wieloma względami jesteśmy rządzeni przez zmarłych.

Zdusiłam ziewnięcie. Nie dlatego, że prowadząca wykład kobieta nudziła. Spędziłam zbyt wiele bezsennych godzin, odtwarzając w głowie każdy ruch, który wykonała Belestrade, każde słowo, które wypowiedziała. Powinnam była zorientować się wcześniej, co jest grane. Pozwoliłam, by przeciągnęła mnie po mieście jak cyrkowego kucyka.

Co gorsza, wiedziała o mnie rzeczy, którymi nie chciałabym się chwalić. W tamtym nocnym klubie byłam tylko kilka razy, ostatnio ponad pół roku temu. Gdyby jednak się rozniosło, że spędzam czas w takich miejscach – i z kim go spędzam – nie wiem, jak daleko dotarłyby te plotki.

Pani Pentecost i ja narobiłyśmy sobie wrogów. Niektórzy z nich nosili policyjne odznaki. A kodeksy zawierają wiele paragrafów, których mogliby użyć przeciwko nam, gdyby tylko chcieli.

Nie powiedziałam pani P. o mojej wieczornej eskapadzie. Jakżebym mogła? Wybrałam się dowieść, że zasługuję na miano detektywa, a wyszło dokładnie odwrotnie.

Było mi wstyd.

Ona jednak wiedziała, że coś mnie gryzie. Podczas lunchu trzykrotnie pytała mnie, czy nie chcę dokładki potrawki z owoców morza, którą przyrządziła nam pani Campbell. Jak na nią, było to wręcz nadskakiwanie.

Teraz siedziałyśmy obie w tylnym rzędzie, słuchając ostatniego, popołudniowego wykładu profesor Olivii Waterhouse. Ta drobna kobietka o niemal dziecięcej posturze wyglądała bardziej jak któraś z jej studentek niż jak nauczycielka akademicka po czterdziestce. Jej wizerunku dopełniały burza rozwichrzonych kasztanowych loków, które wyglądały, jakby chronicznie opierały się szczotce, oraz okulary w drucianych oprawkach. Była ubrana w brązową wełnianą spódnicę i żakiet, który najlepsze czasy miał już za sobą; obie te rzeczy kupiła pewnie w dziale dla nastolatków.

– Wiem, co sobie myślicie – powiedziała do na wpół wypełnionej auli. – Myślicie sobie: „Jestem nowoczesnym, rozumnym człowiekiem dwudziestego wieku. Przekonanie, że martwi przemawiają, że jesteśmy kontrolowani przez naszych przodków, zostawiliśmy dawno za sobą. We współczesnym świecie nie ma miejsca na takie gusła. Jesteśmy obdarzeni wolną wolą i sami wykuwamy nasz los. Uodporniliśmy się na przesądy". Jestem tu po to, żeby wam dowieść, jak bardzo się mylicie.

Jej głos był wysoki i niezbyt mocny, ale miał w sobie siłę i pasję. Profesor Waterhouse była osobą, jakiej nie obdarzylibyście nawet drugim spojrzeniem, mijając ją na ulicy. Kiedy jednak przemawiała z akademickiej mównicy, biła od niej charyzma. Jej studenci, których było około setki, z pewnością słuchali w skupieniu mimo późnej pory.

– Sami pomyślcie – kontynuowała Waterhouse. – Ile kościołów jest w tym mieście? Ile cmentarzy? Ile krypt? Ile pomników wykutych na podobieństwo zmarłych osób? Wszystko to istnieje, ponieważ wierzymy, że zmarli są czymś więcej niż tylko kośćmi i prochem. Większość współczesnych religii, w szczególności chrześcijaństwo, stworzyła złożone hierarchie zmarłych, których nie powstydziliby się starożytni Egipcjanie. Wpaja się nam, że zmarli są obecni wśród nas. Unoszą się. Powyżej albo, w przypadku naszych bardziej wolnomyślicielskich przodków, poniżej.

Po tej ostatniej uwadze zachichotała sama do siebie.

– Przeprowadźmy teraz małą próbę. Ilu z was, będąc dzieckiem, coś ukradło? Coś małego, jak cukierek ze sklepu.

Nie wiedziałam, dokąd to zmierza, ale podniosłam rękę, podobnie jak parę innych osób. Waterhouse ostentacyjnie policzyła nieliczne uniesione ręce.

– A ilu z was – kontynuowała – w dzieciństwie myślało o tym, żeby coś ukraść, ale się powstrzymało?

Tym razem uniosło się pięć razy więcej rąk. Waterhouse się uśmiechnęła i pokiwała głową.

– Ci z was, którzy niczego nie ukradli, niech teraz pomyślą. Co was powstrzymało? – zapytała. – Czy nagły przypływ obywatelskiej dumy, który sprawił, że nie chcieliście naruszać praw naszego społeczeństwa?

Zaczynałam rozumieć, o co jej chodzi. Już za pierwszym razem, kiedy pani P. i ja miałyśmy okazję posłuchać profesor Waterhouse, uderzyło mnie, jak dobrą jest mówczynią. O większości nauczycieli akademickich nie można tego powiedzieć. Jakby nie zdawali sobie sprawy, że występują na scenie, gdzie ich zadaniem jest przykuć uwagę publiczności i już nie puścić. Waterhouse wiedziała, jak gestykulować, kiedy podnieść głos, a kiedy go obniżyć, by słuchacze odruchowo się pochylili i nadstawili uszu.

– Czy może tym, co utrzymało was na ścieżce prawości, była obawa przed poczuciem winy? Wpojone wam w dzieciństwie przekonanie, że gdzieś tam wysoko nad wami są ludzie, którzy wszystko widzą i oceniają? Znacznie trudniej ukraść batonik Mars, kiedy myślisz, że to czyn godny potępienia. Albo gdy wierzysz, że babcia Grace spogląda ci przez ramię.

Wśród słuchaczy przetoczyła się fala śmiechu; żarcik nieco rozładował panujące w sali napięcie.

– Tak więc sami widzicie, że my, kobiety i mężczyźni z dwudziestego wieku, wcale nie różnimy się tak bardzo od starożytnych kultur, które badamy. Jesteśmy równie przywiązani do naszych przesądów, co oni do swoich – oświadczyła z przekonaniem. – Nie mówię tego, by was prowokować, lecz po to, aby wam uświadomić, że nie wyszliśmy z jaskini aż tak daleko, jak się nam wydaje. A teraz otwórzcie, proszę, książki na rozdziale piętnastym.

Przeszła do bardziej tradycyjnego wykładu, poświęcając następną godzinę Sumerom, których bogowie – z tego, co zdążyłam się zorientować – byli o wiele bardziej interesujący niż święci z naszej katedry Świętego Patryka.

Kiedy skończyła, przecisnęłyśmy się między opuszczającymi aulę studentami, przedstawiłyśmy się i poprosiłyśmy, by poświęciła nam parę minut.

– Oczywiście – zgodziła się. – To były moje ostatnie zajęcia tego dnia, a jak zwykle nie mam żadnych planów towarzyskich na wieczór. Zapraszam do mojego biura.

Gdy szłyśmy za nią labiryntem wąskich korytarzy, zapytała:

– Co panie myślą o wykładzie?

– Zaskakujący – odparła moja szefowa. – Nie tyle ze względu na to, co pani powiedziała, ile na to, co pani pominęła.

– To znaczy?

– Pani wywód zmierzał, jak sądziłam, do konkluzji, że od wieków używa się religii do trzymania ludzi w ryzach prawa – wyjaśniła pani P. – Że nad nami unoszą się nie tylko dusze zmarłych, ale i wszyscy ci, którzy sprawują władzę, niezależnie od tego, kim są.

– Rzeczywiście tak by się zdawało, nieprawdaż? – rzekła profesor Waterhouse, przystając przed drzwiami swojego pokoju. – Szkoda, że moi studenci nie potrafią tak dedukować – dodała, gmerając w kieszeni w poszukiwaniu klucza. – Niestety, większość z nich przychodzi tylko po to, żeby zdobyć zaliczenie. Natomiast ci nieliczni, którzy potrafią sami wyciągać wnioski... Cóż, nieraz przekonałam się, że życie już ich nauczyło, co to jest władza i czym są jej nadużycia.

Otworzyła drzwi i weszłyśmy do gabinetu, który na oko był wielkości dwóch kabin toaletowych. Profesor Waterhouse wcisnęła się za maleńkie biurko, a my usiadłyśmy na chybotliwych drewnianych krzesłach.

Pokój, nie licząc porozrzucanych tu i ówdzie papierów i książek, był praktycznie pusty. Jedynym elementem wystroju, który zauważyłam, była gablotka na ścianie ponad biurkiem. Zawierała rząd kamiennych grotów strzał, takich jak te, które znajdowałam na świeżo zaoranych polach, tam gdzie dorastałam. Moja szefowa też zwróciła na nie uwagę.

– Z Illinois? – zapytała i skinęła głową w stronę gabloty.

Waterhouse sprawiała wrażenie zaskoczonej.

– Kolor kamienia – oświadczyła pani P., odpowiadając na niezadane pytanie. – I krawędzie z zadziorami.

Pani profesor się uśmiechnęła.

– Muszę przyznać, że naprawdę jest pani tak spostrzegawcza, jak o pani piszą – powiedziała i przewróciła stronę w egzemplarzu „Timesa", który leżał na jej biurku.

Na trzeciej szpalcie zamieszczono kolejny odcinek serialu kryminalnego, zatytułowany *Słynna detektyw włącza się w sprawę morderstwa u Collinsów*. Relację ilustrowało zdjęcie pani P. sprzed co najmniej pięciu lat. Odnotowałam w pamięci, by zorganizować sesję zdjęciową, nie bacząc na to, czy słynnej pani detektyw spodoba się ten pomysł, czy nie.

– Była pani na przyjęciu tamtego wieczoru, kiedy zabito Abigail Collins? – zapytała pani P. Miękka zagrywka, ale od czegoś musiałyśmy zacząć.

– Owszem, byłam. Chociaż nie jestem pewna, jak mogłabym pomóc. – Profesor Waterhouse zdjęła okulary, zmrużyła oczy i z powrotem wsunęła okulary na nos. – Oczywiście policja już ze mną rozmawiała. Chyba nie uznali moich zeznań za szczególnie interesujące. Od tamtego czasu natężam umysł, jak tylko mogę, żeby przypomnieć sobie coś więcej.

– Zacznijmy od początku – zaproponowała pani Pentecost. – Jak doszło do tego, że wybrała się tam pani w towarzystwie pani Belestrade?

125

– Cóż, początkowo nic nie wskazywało na to, że tak się stanie – odpowiedziała profesor Waterhouse. – Zaprosiła mnie jakiś czas temu, a ja odmówiłam. Szczerze mówiąc, nie przepadam za tego typu imprezami. Są jak spotkania kadry uczelnianej. Zawsze czuję się niezręcznie i nie na miejscu, a potem zaczynam mówić o nieformalnym systemie kastowym we współczesnej kulturze amerykańskiej, o tym, jak pod pewnymi względami jest on bardziej regresywny niż w starszych cywilizacjach, szczególnie w kwestii tego, jak traktowane są kobiety, i... No cóż, ludzie na przyjęciach nie chcą się wdawać w tego typu konwersacje, ale kiedy próbuję zmienić temat, mam wrażenie, że tylko pogarszam sytuację. Rozmawiałam jednak ostatnio ze swoim wydawcą i stwierdził, że do ostatniego rozdziału potrzebuję czegoś, co nazwał konkretem. Dlatego pomyślałam, że może właśnie nadarza się okazja.

Zerknęłam na moją szefową i z ulgą zauważyłam, że jest równie zdezorientowana, co ja. Odczekała, aż Waterhouse zrobi przerwę na zaczerpnięcie oddechu, i podniosła rękę.

– Może powinnyśmy zacząć od bardziej podstawowych rzeczy – zasugerowała. – Jak pani poznała panią Belestrade?

Będąc bladym rudzielcem, potrafię się rumienić jak mało kto, ale pani profesor jednak mnie przebiła.

– Przepraszam, kiedy nie mam planu wykładu, łatwo zbaczam z tematu – odpowiedziała. – Otóż pracuję nad książką. Właściwie złożyłam tekst u wydawcy, tak więc większość pracy została już wykonana. Książka zawiera moje wywiady z jasnowidzami, z osobami uważającymi się za medium, ze spirytystami i tak dalej. Z mężczyznami i kobietami, którzy twierdzą, że mają nadprzyrodzone moce albo kontakt ze zmarłymi. Z tego typu ludźmi.

– Wywiady miały na celu ich zdemaskowanie? – zapytała pani P.

– Nie używam słowa „zdemaskować". W każdym razie nie w wywiadach – odparła Waterhouse. – Mniej interesuje mnie, jak robią to, co robią, a bardziej to, jak się wpasowują w ogólny obraz naszej kultury. Nasza gotowość do wierzenia w rzeczy niewiarygodne, jeśli tylko przynosi nam to wytchnienie. Jako że większość tych spirytystów obiera sobie na cel osoby biedne, z klasy robotniczej, ta ulga zwykle przybiera formę nadziei. Że będzie lepiej. Że, jak oni to mówią, słońce im jeszcze zaświeci.

– Klientela pani Belestrade raczej nie należy do klasy robotniczej – zauważyła moja szefowa.

– Zgadza się! Ariel, to znaczy pani Belestrade, jest jakby reliktem minionej epoki. Wyrafinowane seanse, ich teatralność... To ewidentnie wyszło z mody. Ten trend rozpoczęły postępy nauki i techniki, ale prawdziwym katalizatorem okazał się wielki kryzys. Rozumiecie, szanowne panie?

Nie rozumiałyśmy i od razu przyznałyśmy się do tego.

– Dla możnych tego świata spirytyści mają krzepiące przesłanie, że będzie po staremu. Że wszystko było dobrze i takie pozostanie. Nawet po śmierci. – Waterhouse balansowała na krawędzi krzesła, znowu robiąc nam wykład, jakby przemawiała do swoich studentów. – Krach na giełdach pokazał, że owo przesłanie było kłamstwem, a kolejne lata tylko to potwierdziły. Okazało się, że dobre czasy też nie trwają wiecznie. Nawet dla bogatych.

W końcu zamilkła, by wziąć głębszy oddech, a pani P. wykorzystała ten moment, żeby podrzucić jej pytanie:

– Dlaczego więc pani Belestrade nadal prosperuje, podczas gdy inni okazali się prorokami fałszywej wiary?

Waterhouse wybita z rytmu przez chwilę zastanawiała się nad odpowiedzią.

– Inne przesłanie, jak sądzę – odrzekła w końcu. – W jej przypadku chodzi nie tyle o komunikowanie się ze światem duchów, co o maksymalizację sukcesu klienta w tym świecie. Oczywiście nie bez znaczenia jest jej niewątpliwy talent.

– Talent?

Pani profesor oparła się wygodniej na krześle, co – jeśli wziąć pod uwagę, że jej biuro miało rozmiary celi w policyjnym areszcie – nie było łatwe.

– Poznałam ją na jakimś przyjęciu, na które dałam się zaciągnąć lata temu. Słyszała o moich badaniach i zaprosiła mnie do siebie do domu. Przeprowadziłam z nią kilka wywiadów i byłam obecna podczas paru jej spotkań z klientami. Bardzo szybko stała się główną postacią mojej książki. W tamtym czasie jej usługi jeszcze nie cieszyły się takim wzięciem jak obecnie, ale byłam pewna, że to tylko kwestia czasu.

– Ze względu na jej talent? – podsunęła moja szefowa.

– Ariel ma bardzo... silną osobowość – odpowiedziała Waterhouse.

Okulary na stół, zmrużenie oczu, okulary z powrotem na nos. Gdybym nie miała okazji poznać Belestrade osobiście, pomyślałabym, że pani profesor straciła dla niej głowę. Przekonałam się jednak na własnej skórze, co potrafi ta kobieta.

– Wiedzą panie, co to jest zimny odczyt? – zapytała.

Moja szefowa spojrzała na mnie.

– Mam pewne doświadczenie z tego typu... specjalistami – odezwałam się. – Zadają ogólnikowe pytania albo mówią rzeczy, które mogą pasować do każdego. Na przykład: „Wyczuwam, że straciłeś kogoś". Jeśli ten ktoś potwierdzi, logiczną kontynuacją jest: „Wyczuwam, że był to ktoś ci bliski", ponieważ jeśli myślisz o tym w sensie straty, to na pewno był to ktoś bliski. Od tego miejsca zawęża się obszar, aż klientowi zaczyna się wydawać, że wróżbita wie rzeczy, których nie powinien wiedzieć, podczas gdy w rzeczywistości klient sam bezwiednie ujawnia te informacje.

– Tak, dokładnie tak! – W oczach pani profesor znowu pojawił się żar, który wcześniej widziałam u niej, gdy prowadziła wykład. – Podoba mi się słowo „specjalista". Szkoda, że nie użyłam go w swojej książce. W każdym razie ktoś udający się do medium czy wróżbity niemal zawsze jest, w taki czy inny sposób, podatny emocjonalnie. Nawet ci, którzy nie wierzą, w głębi ducha chcą uwierzyć.

– A jeśli wróżbita od razu trafi w dziesiątkę – dodałam – narzuca wrażenie, że wie rzeczy, o których inni nie mają pojęcia. Dlatego nawet jeśli później spudłuje, nadal będzie korzystał z kredytu zaufania, jakim obdarzył go klient.

Waterhouse pokiwała głową w zamyśleniu. Odniosłam wrażenie, że właśnie ujrzała mnie w zupełnie nowym świetle.

Moja szefowa przejęła ster rozmowy.

– Co sprawia, że pani Belestrade różni się od pozostałych tak zwanych specjalistów?

– Ariel nie tylko potrafi wydobyć informacje z każdego słowa czy gestu jej klientów, ale jest obdarzona niezwykłym magnetyzmem – wyjaśniła pani profesor. – Potrafi tak odprężyć swojego rozmówcę, że ten zdradza znacznie więcej informacji, niżby chciał. Jej sposób bycia, głos, intonacja… Wszystko to sprawia, że uspokaja tę drugą osobę, która przez to staje się uległa.

– W pani relacji brzmi to jak hipnoza. – Ton pani Pentecost wyraźnie zdradzał, co myślała o takich praktykach.

Waterhouse pokręciła głową.

– Nie, nie. Wymuszona hipnoza bez użycia środka nasennego to mit. Ariel jest dużo subtelniejsza.

Przypomniałam sobie głos Belestrade lejący się niczym miód do mojego ucha.

– Ponadto w moich rozmowach z nią zdarzało się, że wiedziała o mnie rzeczy, których sama absolutnie nie ujawniłam, mimowolnie czy nie – oznajmiła pani profesor. –

Rzeczy, o których wie bardzo mało osób. Twierdziła, że dowiedziała się tego od duchów.

– Uwierzyła jej pani? – zapytała pani P.

Na twarzy Waterhouse pojawił się zawstydzony uśmiech.

– Muszę przyznać, że niemal tak. Pewnie byłam taka jak wszyscy. Chciałam uwierzyć.

– Ale ostatecznie tak się nie stało?

– Nie, ponieważ rozpoznałam jej asystenta – odparła. – Swego czasu tu studiował. Neal jakiś tam. Watkins. Neal Watkins. Studiował historię i antropologię, ale odpadł przed egzaminami końcowymi. Z braku funduszy, jak sądzę. Popytałam i wykładowcy zapamiętali go jako znakomitego zbieracza informacji. Uświadomiłam sobie, że Belestrade go najęła, żeby dowiedział się o mnie mało znanych faktów.

– A więc ostatecznie zdemaskowała ją pani jako hochsztaplerkę?

– Niczego nie mogłam dowieść. W każdym razie niczego, co mogłabym zamieścić w książce. Nie mam zwyczaju rzucać bezpodstawnych oskarżeń. Poza tym...

– Tak? – podchwyciła moja szefowa.

– Pewne rzeczy, które wiedziała o mnie... To nie były fakty, które można łatwo ustalić. Nie wiem, jak to zrobiła. Nawet z czyjąś pomocą.

Po sposobie, w jaki to powiedziała, było dla mnie jasne, że nie chce wchodzić w szczegóły. Pani P. musiała odnieść takie samo wrażenie, ponieważ zmieniła temat.

– Z opisów tamtego przyjęcia w Halloween wynika, że podobnie postąpiła z Rebeccą Collins. Jakie są pani wrażenia z tego spektaklu?

– To ciekawe, że użyła pani słowa „spektakl" – odrzekła profesor Waterhouse – ponieważ jej seanse tym właśnie są. Spektaklem. W dodatku zwykle bardzo dobrym. Ale tamtego wieczoru... – Oparła się i przymknęła oczy. – Początkowo było rutynowo. Czytanie z kart, drobne sztuczki. A potem nastąpił ten... incydent... z dziewczyną Collinsów i przywołaniem ducha jej ojca. Żadnej finezji ani wyczucia.

– Była pani wcześniej obecna na seansach, podczas których Belestrade rzekomo nawiązywała kontakt ze zmarłymi? – zapytała pani P.

– Dwukrotnie. Żaden nie wyglądał tak jak ten.

– Czy była pani nadal obecna na przyjęciu, kiedy znaleziono ciało?

Waterhouse potrząsnęła głową i znowu pochyliła się do przodu.

– Nie. Wyszłam zaraz po seansie.

– Miała pani okazję porozmawiać z panią Belestrade o jej występie tamtego wieczoru?

– Nie. Zostawiłam jej wiadomości, ale nie oddzwoniła.

W głosie profesorki pobrzmiewał żal. Uznałam, że jej zainteresowanie spirytystką zdecydowanie wykracza poza sferę zawodową.

Pani P. zadała jeszcze kilka pytań na temat tamtej imprezy, uczestników przyjęcia oraz tego, co Waterhouse tam słyszała i widziała, ale nie dowiedziałyśmy się niczego nowego. Podziękowałyśmy jej za poświęcony nam czas i właśnie zmierzałyśmy labiryntem korytarzy do wyjścia, kiedy usłyszałyśmy, że biegnie za nami.

– Pani Pentecost, czy zgodziłaby się pani udzielić mi wywiadu w wolnej chwili? – zapytała, łapiąc oddech. – Bardzo bym chciała się dowiedzieć, jak pani stosuje te same techniki, których używają moi szarlatani, w służbie sprawiedliwości. Zrobiłabym z tego znakomity rozdział do przyszłych wydań mojej książki.

Przez moment myślałam, że pani P. przystanie na tę propozycję. Ona jednak pokręciła głową.

– Nie, nie sądzę, profesor Waterhouse. Podobnie jak pani szarlatani, nie lubię odkrywać kart.

*

Pani P. nie odezwała się ani słowem przez całą drogę powrotną na Brooklyn. Ja też milczałam. Rozpoznałam po jej minie, że pogrążyła się głęboko w myślach, i nie chciałam przeszkadzać. Poza tym robiłam to samo co ona. Miałam własne przemyślenia na temat Ariel Belestrade i Abigail Collins oraz tego, co spowodowało, że zabawa w Halloween zmieniła się w horror.

Gdy zajechałyśmy pod dom, zauważyłam samochód zaparkowany po drugiej stronie ulicy. Zwróciłam na niego uwagę, ponieważ kasztanowy pierce-arrow – model V12 z 1935 roku, jak sądzę – był na naszej ulicy równie nie na miejscu, co pierścionek z brylantem w pudełku Cracker Jack*.

Za kierownicą siedział mężczyzna, młody i szczupły, ze starannie wymodelowaną grzywą czarnych włosów. Kiedy wchodziłyśmy po schodach, zauważyłam, że się nam przygląda.

Ledwie wsunęłam klucz w zamek, gdy pani Campbell otworzyła drzwi. Na jej zwykle kamiennej twarzy stróża miru domowego malował się wyraz troski.

– Jesteście – warknęła tonem, w którym słychać było jednocześnie irytację i ulgę. – Powiedziałam jej, że was nie ma, ale ona nie przyjęła tego do wiadomości. Oświadczyła, że będzie czekała do skutku. I że to sprawa życia i śmierci. A potem poszła prosto do biura i się tam rozsiadła.

Pani Pentecost zapytała, czy owa kobieta się przedstawiła, ale ja od razu się domyśliłam, z kim mamy do czynienia. Nie trzeba było do tego geniuszu. Za panią Campbell na wieszaku w holu wisiało znajome długie białe futro.

---

* Cracker Jack – popularna w USA marka karmelizowanego popcornu. W opakowaniach umieszczano nagrody niespodzianki.

Rozdział 11

– Proszę wybaczyć, że wtargnęłam do pani domu, ale miałam przeczucie, bardzo silne przeczucie, że musimy się spotkać. I że musi to nastąpić dzisiaj.

Spirytystka rozsiadła się w najwygodniejszym z naszych foteli dla gości, eksponując długie nogi i obcięte na boba czarne włosy. Była ubrana w luźne białe spodnie i fioletową bluzkę, które żywo kontrastowały z ziemistymi barwami ubioru pani Pentecost. Także tym razem włożyła buty na wysokim obcasie, dobrane pod kolor bluzki.

– Dlaczego akurat dzisiaj? – zapytała pani P., pozornie przyjmując nagłe pojawienie się Ariel Belestrade w jej biurze ze stoickim spokojem.

Wiedziałam jednak, że ta nonszalancja jest na pokaz. Tuż pod powierzchnią kryło się napięcie. Rozpoznawałam je po oczach i po tym, w jaki sposób zaciskała palce na podłokietnikach fotela. Wyglądała, jakby patrzyła na klatkę z tygrysem i zastanawiała się, na ile solidne są pręty krat.

– Nie wiem dlaczego, ale wiem, że to ważne – odparła Belestrade. W jej głosie było dzisiaj mniej miodu. Nie żeby pani P. była jego entuzjastką. – Ona nawołuje – oznajmiła z wystudiowanym dramatyzmem. – Potrzebuje pomocy. Czuję, że jest pani jedyną osobą, która może jej udzielić.

– Kto potrzebuje mojej pomocy?

– Abigail – odpowiedziała Belestrade, jakby to było oczywiste. – Ktoś, kto zginął gwałtowną śmiercią, może długo trwać w zawieszeniu, zanim uda się w dalszą drogę. Takie osoby tkwią w sidłach bólu i strachu. Gniew wiąże je z tym światem. Niczym potworny kamień młyński u szyi.

Dostrzegłam na twarzy mojej szefowej, że w myślach ma gotowy tuzin argumentów, by sprowadzić spirytystkę na ziemię i ośmieszyć jej wizje. Widziałam, co potrafi zrobić choćby z kimś, kto podważa teorię ewolucji. Tymczasem mnie zaskoczyła.

– Czy Abigail Collins przekazała jeszcze jakieś informacje? – zapytała całkowicie poważnym tonem. – Na przykład tożsamość zabójcy?

Belestrade ze smutkiem pokręciła głową. Jej oczy były szeroko rozwarte i biła z nich szczerość, nawet jeśli udawana.

– Obawiam się, że nie. Duchy ludzi, którzy odeszli w wyniku przemocy, nie wyrażają się tak jasno, jak te pozostałe. Ich gniew zaburza przekaz.

Moja szefowa tego nie skomentowała, więc ją wyręczyłam.

– Mam ten sam problem, kiedy próbuję się wczuć w grę Dodgersów – rzuciłam, okraszając mój żart złośliwym uśmieszkiem.

Belestrade pokręciła głową, ni to ze smutkiem, ni to z politowaniem.

– Nie spodziewałam się, że znajdę tu zrozumienie.

– A czego się pani spodziewała? – zapytała moja szefowa.

– Że będziemy mogły to przedyskutować. Wiem, że budzę pani ciekawość. Nie rozumiem, dlaczego nie mogłyśmy się po prostu spotkać. Czy tak nie byłoby lepiej, zamiast wysyłać pannę Parker, żeby mnie inwigilowała?

Pani P. spojrzała na mnie i uniosła brew. To był jej sposób, aby mi zakomunikować: „Porozmawiamy o tym później". Mój żołądek skręcił się w rulon na myśl o tym, jak Belestrade mnie rozegrała.

Dla spirytystki wszystko to było jasne jak na dłoni.

– Ach – zwróciła się do mnie. – Więc nie została pani wysłana służbowo. Może nasze spotkanie było zbiegiem okoliczności.

Znowu ten żmijowaty uśmiech. Zastanawiałam się, ile jadu ma w sobie ta kobieta. Nie dowiedziałam się jednak, ponieważ moja szefowa przyszła mi z odsieczą.

– Przyzwalam pannie Parker na wykazywanie się inicjatywą w zbieraniu informacji na temat podejrzanych – oświadczyła.

– Jestem podejrzaną? Jakież to ekscytujące – odparła Belestrade z przewrotną uciechą w głosie. – To oczywiście absurd. Nie miałam żadnego powodu, by źle życzyć Abigail. Mimo wszystko to emocjonujące, chociaż w dość upiorny sposób.

– Podobnie jak całe pani życie, w sensie jak najbardziej dosłownym – zrewanżowała się pani P.

– Moja praca w znacznie większym stopniu dotyczy żywych niż zmarłych – obruszyła się Belestrade. – Polega na dostarczaniu otuchy i wskazywaniu życiowej drogi.

Pani P. poruszyła się w fotelu, sadowiąc się w sposób, który nazywałam pozą oficera śledczego.

– A teraz, skoro już przekazała nam pani wiadomość od tragicznie zmarłej, czy byłaby pani tak uprzejma i odpowiedziała na kilka pytań?

Spirytystka rozważyła to pytanie, a przynajmniej udawała, że je rozważa, ponieważ musiała się go spodziewać.

– Bardzo cenię sobie prywatność, pani Pentecost – powiedziała w końcu.

– Mimo to nie stroni pani od rozgłosu medialnego, jeśli wierzyć doniesieniom prasowym.

Cięta riposta.

– Przegląda pani doniesienia prasowe na mój temat? Musiała pani specjalnie kwerendować w tym celu czy sięgnęła pani do swojego obszernego archiwum? Tego na strychu.

Najwyraźniej nie byłam jedyną mieszkanką tego domu, którą Belestrade wzięła pod lupę. Jeśli moja szefowa była zbita z tropu, nie dała tego po sobie poznać.

Spirytystka machnęła ręką, jakby zbywała własne pytanie.

– Mniejsza z tym. Prasa zawsze wspomina o mnie w kontekście wspierania innych, nigdy nie pisze o mnie samej. A pewnie właśnie takie rzeczy panią interesują.

Znowu zrobiła zadumaną minę. Przypomniały mi się partyjki pokera w czasach, gdy pracowałam w cyrku. Szczególnie mój kumpel Pauly, klaun. Nawet z trzema warstwami szminki aktorskiej na twarzy nie potrafił ukryć, że trafiła mu się dobra karta.

– Zawrzyjmy umowę – zaproponowała Belestrade. – Poświęcę wam godzinę, tu i teraz, odpowiadając na wszystkie wasze pytania. W rewanżu obie przyjdziecie do mnie z wizytą i poświęcicie mi godzinę swojego czasu.

Wysoka stawka.

– W jakim celu? – zapytała pani P.

– Aby odczytać waszą przeszłość i przepowiedzieć przyszłość – odparła rzeczowo spirytystka. – Oraz udzielić wskazówek w miarę moich możliwości.

Zapadła długa cisza. Niemal słyszałam, jak w głowie mojej szefowej obracają się tryby. W środku krzyczałam: „Pasuj! Pasuj, do cholery!".

Nie mogłyśmy wierzyć na słowo w odpowiedzi tej kobiety. Poza tym wszystko to, czego pragnęłyśmy się o niej dowiedzieć, mogłyśmy wygrzebać same przy odpowiednim nakładzie czasu i pracy. Nie chciałam, żeby pani P. brnęła w tę pajęczynę. Nie żebym uważała ją za muchę, ale przezorny zawsze ubezpieczony.

– Zgoda – rzekła pani P.

Próbowałam nie dać po sobie poznać, jak bardzo mnie rozczarowała ta decyzja. Biorąc jednak pod uwagę spostrzegawczość obu kobiet, z którymi znalazłam się w pokoju, prawdopodobnie była to przegrana sprawa.

Uśmiech Belestrade pasował do kogoś, kto właśnie zebrał kolor i tylko czeka, żeby zgarnąć całą pulę.

– A zatem proszę pytać.

Rozdział 12

Jednym z pierwszych szkoleń, które musiałam zaliczyć po zatrudnieniu się u pani P., była stenografia. Dwudziestojednoletnia ja, wciąż upierająca się przy ogrodniczkach i flanelowych koszulach, wylądowałam na kursie między dwoma tuzinami schludnych i poprawnych do bólu sekretarek z firm w centrum miasta. Nie były to moje ulubione trzy godziny w tygodniu, ale nabyte wtedy umiejętności z czasem okazały się przydatne.

Podczas godziny, którą poświęciła nam Ariel Belestrade, praktycznie nie odrywałam oczu od notatnika. Zgodnie z danym nam słowem spirytystka odpowiedziała na wszystkie zadane jej pytania. Żadnego wahania czy dobierania słów. Mówiła płynnie i pewnie, a jeśli coś kręciła, to tak, że nie mogłam jej na tym przyłapać.

Jeśli wierzyć temu, co powiedziała Waterhouse, ta kobieta była mistrzynią w mataczeniu, dlatego miałam się na baczności.

Oto najważniejsze fragmenty stenogramu:

LILLIAN PENTECOST: Gdzie się pani urodziła, pani Belestrade?

ARIEL BELESTRADE: Proszę mi mówić Ariel. Urodziłam się w Nowym Orleanie, ale dorastałam w wielu miejscach: Luizjana, Floryda, Tennessee, Teksas, Kalifornia, przez krótki czas Londyn i Paryż. Jako nastolatka mieszkałam głównie w Savannah w stanie Georgia.

L.P.: Jaki był tego powód?

A.B.: Moja matka podróżowała.

L.P.: Zawodowo czy dla przyjemności?

A.B.: To... trudne pytanie. Otóż moja matka była profesjonalną damą do towarzystwa. Mężczyźni wynajmowali ją, aby im towarzyszyła przez tydzień lub miesiąc. Czasem dłużej. A czasem na jakąś jedną, specjalną okazję. Albo na wakacje. Raz pewien mężczyzna wynajął ją na sześciomiesięczne tournée po Europie, stąd mój pobyt w Londynie i Paryżu. Szokuje to panią?

L.P.: Szokuje mnie nieco, do czego kobiety muszą się posuwać, aby ustawić się w życiu. Towarzyszyła jej pani wszędzie?

A.B.: Nie zawsze, ale kiedy tak było, jechała z nami niania albo inna osoba. Czasem matka zostawiała mnie u zaufanej przyjaciółki. Podczas podróży po Europie towarzyszyła nam moja babcia. Oczywiście na koszt klienta.

L.P.: Pani matka musiała być niezwykle piękna.

A.B.: Otóż nie, pani Pentecost. Nie była. A raczej była atrakcyjna i zgrabna, ale bynajmniej nie oszałamiająco piękna. Niemniej miała ujmującą osobowość. Mężczyźni lubili i cenili jej towarzystwo.

L.P.: Wspomniała pani babcię. Aprobowała profesję pani matki?

A.B.: Zdecydowanie nie. Szybko jednak zrozumiała, że cokolwiek powie, moja matka nie zejdzie z obranej drogi. Nawiasem mówiąc, jej dezaprobata nie dotyczyła sfery seksualnej, ale wynikała z obaw o mnie, moją edukację i wyszkolenie.

L.P.: Pani wyszkolenie?

A.B.: To właśnie w trakcie naszej podróży za granicę ujawnił się mój dar. Babcia zwróciła uwagę, że podczas samotnych zabaw rozmawiam z osobami, których tam fizycznie

nie ma. Moja matka zauważyła to już wcześniej, ale byłam dzieckiem – ośmio- czy dziewięciolatką – a w tym wieku zmyśleni przyjaciele nie są niczym wyjątkowym.

Babcia postanowiła jednak zbadać sprawę. Kiedy mnie zapytała, z kim rozmawiam, odpowiedziałam, że z Charlotte. A gdy spytała, kim jest Charlotte, powiedziałam jej, że małą dziewczynką, taką jak ja, która bardzo chorowała, potem pewnego ranka się obudziła i nikt jej nie słyszał ani nie widział – ani matka, ani ojciec czy brat. I bardzo się bała.

L.P.: Charlotte była duchem?

A.B.: Nie lubię słowa „duch". Kojarzy się z historiami o duchach, których celem jest straszenie nas. Nie mamy powodów, żeby obawiać się zmarłych. Tego nauczyła mnie babcia. Przekonała moją matkę, by pozwoliła mi zamieszkać z nią w Savannah. Dar, który otrzymałam, pochodził od tej gałęzi naszej rodziny. Babcia go nie miała, ale jej siostra i matka tak. Wiedziała, jak mi pomóc i jak mnie wyszkolić w użyciu tych zdolności.

Teraz parę słów ode mnie, od Will. Pominę relację z czasów, gdy Belestrade dorastała w Savannah i uczyła się rozmawiać z duchami: dużo siedzenia po turecku na kryptach i czekania, aż któryś się objawi. Odpuszczę też cały wątek poboczny na temat kart tarota i tego, która talia jest lepsza – wersja francuska, osiemnastowieczna, czy ta bardziej współczesna, Ridera-Waite'a-Smith. Ciekawe rzeczy, jeśli ktoś się tym interesuje, ale dla mnie ważniejszy był wątek morderstwa i naszego śledztwa w tej sprawie. Jedna uwaga. Belestrade opowiedziała nam udramatyzowaną historię swojego dzieciństwa z kunsztem, który świadczył o wieloletniej wprawie. Podejrzewam, że tych jakoby głęboko osobistych wynurzeń wysłuchało przed nami wielu jej klientów. Wróćmy do stenogramu.

L.P.: Jak poznała pani Abigail Collins?

A.B.: Na gali w muzeum dwa lata temu. Przedstawił mi ją mój inny klient. Nie pamiętam kto. Od razu nawiązałyśmy świetny kontakt. Umówiła się na wizytę u mnie w następnym tygodniu.

L.P.: Ten świetny kontakt... Może go pani opisać?

A.B.: Z każdym klientem jest inaczej. Dla mnie oznacza to przejrzystość danej osoby. Czuję i widzę jak na dłoni trujące elementy w ich życiu. Dla nich z kolei oznacza to, że widzą we mnie coś, czego potrzebują. Niektórzy są zagubieni, inni z czymś się zmagają, jeszcze inni odkrywają, że ze mną rozmawia im się tak swobodnie, jak z nikim innym.

L.P.: To brzmi jak relacja między pacjentem a psychiatrą.

A.B.: Zapewne. Chociaż w przeciwieństwie do psychiatrów ja uznaję, że świat wewnętrzny nie zawsze może dostarczyć odpowiedzi. Jest jeszcze inny świat poza tym tutaj.

L.P.: Jakiego typu klientem była pani Collins? Zagubionym, zmagającym się czy takim, który potrzebował kogoś do pogadania?

A.B.: Była osobą poszukującą. Chciała czegoś więcej od życia.

L.P.: Może pani to rozwinąć?

A.B.: Nie.

L.P.: Nie?

A.B.: Szczegóły moich rozmów z klientami, duchowych podróży, które odbywamy, są nietykalną świętością. Jestem zobligowana dochować tajemnicy.

L.P.: Pani Belestrade, doradca duchowy to nie to samo co radca prawny. Poufność w pani profesji nie jest usankcjonowana prawnie. Nawet gdyby tak było, owa poufność przestała obowiązywać wraz ze śmiercią pani Collins.

A.B.: Ależ bynajmniej! Abigail opuściła swoje ciało, ale nie porzuciła tej płaszczyzny swojej egzystencji. Jej pasje i sekrety nadal należą do niej i muszę to uszanować. I proszę nazywać mnie Ariel.

L.P.: Ariel... musisz zrozumieć, że gdzieś pośród tego, o czym rozmawiałaś z panią Collins, może znajdować się klucz do zagadki jej morderstwa. Jeśli, jak twierdzisz, ona sama odezwała się zza grobu i pokierowała cię do mnie, może odpuśćmy sobie tę klauzulę poufności.

A.B.: Rozumiem to i zgadzam się z panią. Nie chcę jednak ujawniać obcym ludziom najintymniejszych detali jej życia. Ujmę to tak: małżeństwo Abigail było... trudne. Została przy mężu ze względu na dzieci, ale zapłaciła za to wysoką cenę – w swoim umyśle, sercu i w swej duszy.

L.P.: Mówiąc „trudne", masz na myśli to, że była ofiarą przemocy domowej?

A.B.: Obawiam się, że nie mogę powiedzieć więcej.

L.P.: Na czym polegała twoja pomoc?

A.B.: Pokazałam jej, że w tej ciemności jest światło. Że nie tkwi w pułapce. Że istnieją ścieżki wiodące z powrotem do życia, w którym może być szczęśliwa.

L.P.: To było na krótko przed śmiercią jej męża?

A.B.: Coś pani insynuuje?

L.P.: Tylko ustalam chronologię wydarzeń.

A.B.: Powiem to jasno. Abigail nie przyczyniła się w żaden sposób do śmierci męża. Nie mam powodu, by sądzić, że to było cokolwiek innego niż samobójstwo. Mówiła mi to samo wiele razy.

L.P.: A miała jakieś wyobrażenie na temat tego, z jakiego powodu jej mąż odebrał sobie życie?

A.B.: Znowu naruszamy jej intymną sferę, czego wolałabym nie robić.

L.P.: Skąd u niej ten nagły zwrot dotyczący zaangażowania firmy w działania wojenne? O tym możemy porozmawiać?

A.B.: Tak, ona sama mówiła o tym publicznie. Sumienie Abigail nie pozwalało jej dłużej przykładać ręki do okrucieństw, jakie ludzie wyrządzają sobie nawzajem.

L.P.: Czy ta przemiana nastąpiła pod twoim wpływem?

A.B.: Jak najbardziej. Kiedy się rozumie, jak cienka jest kurtyna oddzielająca świat żywych i zmarłych oraz że ból doświadczony za życia trwa jeszcze długo po wydaniu ostatniego tchnienia, znacznie trudniej jest zaakceptować pozbawianie życia przemocą. Nawet w tak zwanej słusznej sprawie.

L.P.: À propos świata żywych i zmarłych... przejdźmy do wydarzeń z przyjęcia w Halloween. Kto wpadł na pomysł, żebyś tam wystąpiła?

A.B.: Abigail, nikt inny. Rzadko kiedy przepowiadam przyszłość publicznie. Tak wielu ludzi, tyle negatywnej energii... Moje talenty sprawdzają się lepiej, kiedy mogę skoncentrować się na zawiłościach pojedynczej osoby, jednego serca. Występy publiczne to bardziej show.

L.P.: Dlaczego się zgodziłaś?

A.B.: Przeczucie. Bardzo silne przeczucie, że powinnam tam być. Że jest wiadomość do przekazania.

L.P.: Zapłacono ci za ten występ?

A.B.: Otrzymałam hojne wynagrodzenie.

L.P.: Czy Abigail była równie hojna przez resztę waszej znajomości?

A.B.: Po co te chwyty poniżej pasa? To niegodne. Proszę po prostu zapytać, czy brałam pieniądze za swoje usługi.

L.P.: A brałaś?

A.B.: Owszem, i to niemałe. Kto jak kto, ale pani – również kobieta o rzadkim talencie, świadcząca usługi, na które jest duże zapotrzebowanie – powinna to rozumieć.

L.P.: Opisz, proszę, z własnej perspektywy wydarzenia z tamtego wieczoru.

A.B.: Przyjechałam krótko po jedenastej. Abigail chciała, żeby to wszystko było niespodzianką, dlatego miałam się nie pokazywać wcześniej gościom. Weszłam tylnymi drzwiami. Zaprowadzono mnie szybko na górę, do gabinetu, który przygotowano zgodnie z moimi instrukcjami. Następne pół godziny spędziłam tam, medytując i zbierając energię. Potem Abigail przyprowadziła gości. Zaczęłam od prostych rzeczy, mających mniej wspólnego z czytaniem przeszłości i przepowiadaniem przyszłości, a więcej z pokazaniem danej osobie, jakie ścieżki są dla niej dostępne. Szło raczej dobrze, chociaż goście byli niesforni, trochę pijani i niezbyt otwarci.

Potem rozpoczęłam seans.

Poczułam silną potrzebę pomówienia z Rebeccą Collins i poprosiłam ją, by podeszła.

Przypuszczam, że rozmawiałyście już z innymi o tym, co się wydarzyło. Obawiam się, że niewiele mogę wam powiedzieć na temat samej wiadomości. Kiedy łączę się z drugą stroną, potem bardzo mało z tego pamiętam.

L.P.: Według relacji świadków przemówiłaś głosem przypominającym głos nieżyjącego pana Collinsa. Powiedziałaś: „Proszę, pozwól mi zaznać spokoju. Nie zdradź mnie, moja miłości".

A.B.: Zatem pewnie tak było.

L.P.: Masz jakieś przypuszczenia na temat tego, co duch Alistaira Collinsa chciał wyrazić?

A.B.: Przykro mi, ale nie. W najlepszym wypadku mogę ułatwić rozmowę. Najczęściej jednak, podobnie jak tym razem, jestem tylko pośrednikiem.

L.P.: To chyba bardzo frustrujące być wykorzystywaną w ten sposób. Wbrew własnej woli.

A.B.: To przywilej, pani Pentecost. Nieliczni potrafią to co ja. Uważam za swój obowiązek realizować to powołanie. Podobnie jak – jestem pewna – uważa pani za swój obowiązek realizować własne.

L.P.: Kiedy już... wyszłaś z transu, co zrobiłaś?

A.B.: Gdy wróciła mi świadomość, Abigail właśnie mówiła wszystkim, żeby wyszli. Wyproszono mnie z gabinetu razem z resztą obecnych. Wkrótce potem opuściłam dom Collinsów.

L.P.: Dokąd się stamtąd udałaś?

A.B.: Do domu. Neal, mój asystent, mnie odwiózł.

L.P.: Był obecny na przyjęciu?

A.B.: Czekał w samochodzie. Uprzedzę pytanie: tak, był tam cały czas, i nie, nie widział niczego istotnego. Wzięłabym go ze sobą, ale i tak nadużywałam już gościnności Abigail, przyprowadzając ze sobą kogoś innego.

L.P.: Masz na myśli profesor Waterhouse, jak sądzę. Zaprosiłaś ją, żeby cię obserwowała? Dlaczego?

A.B.: Rzadko zdarza mi się prowokować sceptyków, ale Olivia była tak zawzięta w swoim niedowierzaniu i tak bardzo chciała zdemaskować moje rzekome sztuczki, że uległam i dałam jej taką szansę.

L.P.: Rozmawiałyśmy z profesor Waterhouse. Wspomniała o twoich niezwykłych umiejętnościach czytania ludzi. Zgodzisz się, że tak jest?

A.B.: Ludzie to nie książki. Nie otwieram ich i nie wertuję stron. Raczej otwieram siebie. Staję się niezwykle czuła na świat i dusze wokół mnie.

L.P.: Czy podczas obecności w domu Collinsów... wyczułaś... coś godnego uwagi od innych gości?

A.B.: Większość ludzi tam była bardziej zainteresowana pokazaniem się i nie czerpała żadnej przyjemności z przebywania w towarzystwie pozostałych. Wielu sprawiało wrażenie obecnych tylko ciałem. Jedni szukali okazji, by porozmawiać o interesach, inni czekali, aż będą mogli już sobie pójść. Smutne, doprawdy. Trwonić w ten sposób życie.

L.P.: Wierzysz, że Abigail Collins została zamordowana przez ducha jej męża?

A.B.: Wiele razy byłam świadkiem przechodzenia duchów przez kurtynę oddzielającą ich świat od naszego. Widziałam, jak manifestują swoją obecność fizycznie. Czułam, jak przenikają do mojego ciała i używają mnie do rozmów ze swoimi bliskimi. Widziałam, jak wchodzą do ciał innych ludzi i poruszają się z nimi. Byłam w domach nawiedzonych przez poltergeisty – duchy tak zagubione i zapomniane, że są tylko kłębkami bezrozumnej furii. Nigdy jednak nie widziałam, żeby duch zamordował istotę ludzką. Wie pani równie dobrze, jak ja, jeśli nie lepiej, że my, ludzie, świetnie potrafimy mordować się nawzajem. Nie potrzebujemy do tego duchów.

Rozdział 13

– Skoro już zaspokoiłam pani ciekawość, kiedy mogę się spodziewać rewizyty? – zapytała Belestrade na koniec rozmowy. – Zapraszam do mojego studia w dowolny dzień, o każdej porze.

Niewzruszona pani detektyw wzdrygnęła się na samą myśl, ale zgodziła się przyjść w następną środę późnym popołudniem. Pewnie miała nadzieję, że do tego czasu zakończymy śledztwo i będzie mogła się wykręcić.

Odprowadziłam Belestrade do drzwi.

– Mam nadzieję, że dołączy pani do nas, panno Parker – oświadczyła takim tonem, że aż mnie przeszły ciarki. – Zaproszenie dotyczy obu pań.

– Nie mogę się doczekać – odparłam, ale mój sztuczny uśmiech nikogo nie oszukał.

Po powrocie do biura usiadłam w fotelu, który dopiero co zwolniła Belestrade, odetchnęłam głęboko i opowiedziałam wszystko, co wydarzyło się wieczorem poprzedniego dnia, niczego nie pomijając. Zakończyłam wyrazem skruchy:

– Przykro mi, że wcześniej nic nie powiedziałam. Zostałam przyłapana i było mi głupio.

– Jest ci przykro, że się nie przyznałaś, ale nie dlatego, że w ogóle tam poszłaś... Pozwól, że dokończę! Zignorowałaś moje wyraźne polecenie, żeby nie zbliżać się do tej kobiety. Z tego powodu nie jest ci przykro?

Czułam, że płoną mi policzki. W pierwszej chwili chciałam polemizować w kwestii „wyraźnego polecenia" i „niezbliżania się", ale ugryzłam się w język.

– Tak, jest mi przykro – powiedziałam słabym, drżącym głosem. Nienawidziłam tego. Tak, było mi wstyd. Moja szefowa obdarzyła mnie zaufaniem, a ja zawiodłam. – Z drugiej strony...

– Tak? – zapytała pani P. – Masz jeszcze coś do dodania?

– Mam – odparłam, zbierając się na odwagę. – Żałuję, że dałam się przyłapać. Żałuję, że dałam się rozegrać. Ale nie żałuję, że próbowałam się przyjrzeć tej kobiecie. Jest podejrzaną w sprawie o morderstwo. W tym gronie ona najbardziej się wyróżnia. A pani reaguje na nią tak nerwowo, jak na nikogo innego.

Moja szefowa otworzyła usta, żeby zaprzeczyć, ale nie dałam jej szansy.

– Ta kobieta wie o mnie rzeczy, których nie powinna wiedzieć – kontynuowałam. – Wie, gdzie bywam. Zna nawet miejsca, w których nie afiszuję się ze swoją obecnością. Tak więc, o ile nie ma bezpośredniej linii łączności ze zmarłymi, musiała zacząć nas obserwować znacznie wcześniej, na długo przed tym, jak wzięłyśmy sprawę Collinsów. Wiem, że są sprawy, nad którymi pracuje pani sama, i zwykle nie mam nic przeciwko temu. Ale tym razem muszę wiedzieć. Myślę, że jest mi pani winna wyjaśnienie, co tu jest grane.

Zapadła kamienna cisza, trwająca jakieś trzy głębsze oddechy. W tym czasie ważyłam w myślach, jakie jest prawdopodobieństwo, że wylecę z roboty. Było tak cicho, że niemal słyszałam wirującą w powietrzu monetę.

Potem wylądowała i pani P. skinęła głową.

– Masz rację, Will. Jestem ci to winna – powiedziała zmęczonym głosem.

Wstała, podeszła do regału w głębi pokoju i sięgnęła po książkę. Trzykrotnie się przy tym zachwiała – dwa razy, idąc do regału, i raz w drodze powrotnej. Dopiero teraz zdałam sobie sprawę, jak bardzo wyczerpała ją rozmowa ze spirytystką.

– Co wiesz o Jonathanie Markelu? – zapytała.

– O mężczyźnie, którego morderstwo sprawiło, że się poznałyśmy? O ile pamiętam, nie wspomniała mi pani o nim ani słowem.

– Jak dopiero co pokazałaś, nie wahasz się szukać odpowiedzi z własnej inicjatywy.

Musiałam przyznać jej rację. Przywołałam w pamięci wszystkie godziny spędzone na wertowaniu starych gazet.

– Jonathan Markel, lat trzydzieści pięć, kawaler, najstarszy syn bogatego rodu – zaczęłam. – Nie tak bogatego, jak Collinsowie, ale z majątkiem blisko górnej granicy sześciocyfrowych kwot. Dusza towarzystwa. Najchętniej całymi dniami wałęsał się po mieście, trwoniąc rodzinny majątek. Popołudnia spędzał w swoim klubie, wieczory w teatrze lub operze, noce w bardziej szemranych przybytkach, takich, w których dziedzice fortun raczej nie bywają. Co wieczór z nową towarzyszką uwieszoną na ramieniu. Jak to ujął jeden z pismaków, z którym wypiłam piwo, ten facet był chodzącym *carpe diem*.

– Celnie powiedziane – skwitowała pani P. i pokiwała głową. – Tyle że niemające wiele wspólnego z prawdą. Nie wiń siebie, że dałaś się nabrać na ten wizerunek. Po prostu Jonathan umiał doskonale udawać kogoś, kim nie był. Chociaż jego rodzina dawniej rzeczywiście była niezwykle majętna, wielki kryzys obszedł się z nimi bardzo szorstko. Jonathan odziedziczył znacznie mniej, niż się to wielu wydaje. Dorabiał sobie jako swego rodzaju broker.

– Broker czego? – zapytałam.

– Głównie informacji. Jonathan zręcznie poruszał się w wielu różnych środowiskach. Czuł się równie swobodnie w gabinetach decydentów, co w śródmiejskich klubach, rozmawiając z gangsterami. Miał niezwykły talent do wynajdywania nawet najbardziej poufnych informacji. Czasem chodziło o szpiegostwo przemysłowe albo szantaż, innym razem powody były mniej kryminalnej natury. Brał zlecenia od klientów wszelkiej maści, jeśli tylko w zamian oferowali wystarczająco dużo pieniędzy. Ludzie płacili wielkie kwoty za jego usługi.

– Była pani jedną z tych osób?

– Tak – przyznała. – I to nie raz. Choć ta współpraca nie kosztowała mnie tak wiele, jak Jonathana.

Otworzyła książkę, którą zdjęła z regału, przekartkowała ją mniej więcej do połowy i wyjęła mały świstek papieru. Uniosła go delikatnie w dwóch palcach.

– W latach zanim się poznałyśmy, kiedy nie byłam jeszcze tak sławna, a stan mojego zdrowia pozwalał mi na nieco więcej, często z własnej woli badałam rozmaite przypadki przestępstw, mimo że nikt nie zlecił mi śledztwa w tych sprawach. Wiele razy mogłam przekazać swoje sugestie policji albo prasie.

Skinęłam głową.

– W ten sposób pracowała pani na swoją markę.

– Też, ale nie tylko.

Nie musiała mówić, co się kryło za tym „nie tylko". Pani Pentecost z nadwyżką wolnego czasu była przekleństwem przestępców. Brała się do spraw, których nikt inny nie zdołał rozwiązać.

– Zdarzały się przypadki, które opierały się moim talentom – ciągnęła. – Z czasem zaczęłam dostrzegać w niektórych pewien schemat. Prezes banku spadł z mostu Brooklińskiego. Potentat branży odzieżowej spłonął żywcem we własnym luksusowym apartamencie. Komisarz do spraw warunków zabudowy i zagospodarowania terenu zniknął ze swojej sypialni, w której obok spała jego żona, i nigdy więcej go nie widziano. Było więcej takich zdarzeń. Mogę pokazać ci akta. Wszystkie dotyczą majętnych osób, uwikłanych w działalność, jeśli nie kryminalną, to co najmniej podejrzaną. Zgony lub zaginięcia tych ludzi miały dalekosiężne skutki i we wszystkich tych sprawach pojawiają się niewyjaśnione wątki.

Teraz rozumiałam, dlaczego podczas robienia prasówek miałam wypatrywać między innymi informacji według określonego klucza. Zawsze myślałam, że moją szefową po prostu interesują nietypowe przestępstwa. Teraz okazało się, że szukała kolejnych wątków pasujących do schematu.

– Oprócz pewnego... podobieństwa okoliczności nie mogłam znaleźć... innego wspólnego wątku – mówiła dalej. – Jednocześnie sprawy, które udało mi się... rozwiązać, napędzały pod moje drzwi coraz więcej klientów. Miałam przez to coraz mniej czasu na tamte przypadki, którymi zajmowałam się... hobbystycznie. Zwróciłam się więc do Jonathana. Powiedziałam mu, że... szukam osoby lub osób powiązanych z kilkoma, a może i wszystkimi przestępstwami, które badałam. Dałam mu... zaliczkę, chociaż wtedy była to dla mnie bardzo duża kwota. Wziął się do pracy. To było pięć miesięcy przed jego śmiercią.

Zaczynałam rozumieć, dokąd to zmierza, i czułam, że wcale mi się to nie spodoba. Nie podobało mi się również to, jak bardzo zmęczony był głos mojej szefowej.

– Nie musi mi pani opowiedzieć wszystkiego teraz – wtrąciłam. – Proszę odpocząć, zdrzemnąć się przed obiadem. Możemy wrócić do tego później.

– Zrobimy to teraz – fuknęła.

Wiedziałam, że nie jest zła na mnie. Złościła się na swoją chorobę. Podeszłam do wózka barowego i nalałam jej wody. Podziękowała skinieniem głową. Wypiła duży łyk i zaczęła kasłać. Wręczyłam jej moją chusteczkę.

– Wybacz, Will.

– W porządku. Spokojnie, mamy czas.

Kolejny łyk, tym razem ostrożniejszy.

– Jonathan skontaktował się ze mną dzień przed śmiercią. Poinformował mnie, że coś znalazł. A właściwie kogoś – kontynuowała pani P. – Zapytałam... kto to jest. Nie chciał powiedzieć. Stwierdził, że to, co ma dla mnie, jest... warte więcej niż pieniądze, które mu zapłaciłam. Chciał, żebym się z nim spotkała... po południu następnego dnia. W miejscu publicznym. W parku. W jego głosie wyczułam... strach. Zgodziłam się. Miałam... przynieść resztę jego... wynagrodzenia. Tamtego wieczoru został... zamordowany.

Właśnie tego się spodziewałam. I miałam rację – wcale mi się to nie podobało. Facet z informacjami na temat wielu zbrodni ukatrupiony niecałą dobę przed tym, jak miał ujawnić, co wie?

– Co pani mówi? – zdumiałam się. – Więc McCloskey tego nie zrobił?

– Och, jestem pewna, że zrobił – odparła. – Pamiętasz jego ostatnie słowa?

Sięgnęłam pamięcią do tamtego wieczoru.

– O ile dobrze pamiętam, to było coś w rodzaju: „Jak się powiedziało A i tak dalej...". Tego, co mówił wcześniej, nie dosłyszałam. Byłam zbyt zajęta szykowaniem się do wbicia mu noża w plecy. Ale pamiętam, że cokolwiek to było, podniosło pani ciśnienie.

– Wiesz, co wtedy powiedział? „Ona mówiła, że mogę być spokojny, bo czuwa nade mną".

Potrzebowałam chwili, by przetrawić w myślach tę informację.

– Domyślam się, że nie miał na myśli swojej nieodżałowanej matki.

– Pan McCloskey nie sprawiał wrażenia kogoś, kto szczególnie często wspomina swoją matkę.

– No dobrze, więc o kim mówił?

– Właśnie o to go zapytałam – przypomniała mi. – Niestety, chwilę później nie był już w stanie udzielić odpowiedzi.

Miałam na końcu języka sarkastyczne przeprosiny za to, że uratowałam jej życie, ale zanim je wyartykułowałam, podała mi przez blat tamten świstek papieru.

– Wyjęłam to z zegarka Jonathana. Ze skrytki, o której mało kto, jeśli w ogóle, wiedział. To jest wiadomość, którą zamierzał mi przekazać.

Na świstku było napisane zwartym, zamaszystym pismem: *Ariel Belestrade.*

Pani Pentecost osunęła się głębiej w fotelu, jakby samo podzielenie się ze mną tą wiedzą wyczerpało ją ponad miarę. Wpatrywałam się w nazwisko widniejące na papierku, układając w głowie pytania.

Przypomniałam sobie, co jeszcze zdołałam ukradkiem dowiedzieć się o incydencie, który sprawił, że zeszły się drogi życiowe pani P. i moja. Wiedziałam, że jeśli chodzi o morderstwo Jonathana Markela, policja nie ma wątpliwości co do winy McCloskeya. Jak tylko zaczęli prześwietlać jego życie, odkryli kilkanaście innych napadów z gazrurką w ręku, które mógł mieć na sumieniu. Także w paru z tamtych przypadków ofiara nie przeżyła.

– Jakieś powiązania między Belestrade a McCloskeyem? – zapytałam.

Pokręciła głową.

– Nie znalazłam żadnych.

– Czy Belestrade interesowała panią już przedtem?

– Nie. Nigdy wcześniej nie słyszałam o tej kobiecie.

– A co z tamtymi innymi sprawami? Czy jej nazwisko przewija się w którejś z nich?

– W żadnej.

– Mogła mieć jakiś interes w tych morderstwach?

– Niczego takiego nie udało mi się ustalić. W żadnej ze spraw nie znalazłam niczego, co mogłoby przynieść jej korzyść, pośrednio czy bezpośrednio. Wygięła plecy, próbując znaleźć wygodniejszą pozycję. Widziałam, że cierpi. Po części był to ból fizyczny, a po części mentalny, spowodowany poczuciem zabrnięcia w ślepą uliczkę.

– Może zemsta? – zasugerowałam. – Może wszyscy ci mężczyźni byli klientami jej matki i źle ją potraktowali?

– Teraz, kiedy wiem więcej o przeszłości Belestrade – oczywiście przy założeniu, że cokolwiek z tego, co nam powiedziała, jest prawdą – będę musiała rozważyć taką możliwość. Chociaż jak na sprawę tak złożoną i wielowątkową zemsta wydaje się motywem nader… przyziemnym.

Pomyślałam o mojej matce i o tym, jak była traktowana w życiu. Ile bym dała, gdyby tylko nadarzyła się ku temu okazja, żeby wyrównać rachunki w jej imieniu. Czasem najbardziej przyziemne motywy są najtrwalsze.

– Po co tu przyszła? – zapytałam. – Prowadzi z nami jakąś grę?

– Z pewnością – odpowiedziała pani P., osuwając się jeszcze głębiej w fotelu i przymykając oczy. – Wiedziała, że wkrótce się do niej zgłosimy. Uprzedziła nasz ruch. W ten sposób narzuciła nam swoje warunki.

Rozważałam to przez chwilę. Nie żebym miała nadzieję znaleźć rozwiązanie, na które nie wpadła jeszcze moja szefowa. Coś jednak wymyśliłam.

– Jakie są szanse, że Markel się mylił?

– Zbudował… swoją reputację na tym, że… jego informacje były rzetelne – odrzekła, wciąż siedząc z opuszczonymi powiekami.

– Okej, może więc celowo podsunął fałszywy trop?

– Co sugerujesz? – Zerknęła na mnie jednym okiem.

– Powiedziała pani, że potrzebował pieniędzy. Że żył jak krezus, którym nie był. Może podsunął pani nazwisko Belestrade, żeby wyłudzić więcej kasy?

Raptownie otworzyła oczy, a na jej twarzy odmalował się kalejdoskop emocji.

– Jonathan nigdy... by tego... nie zrobił. Jego moralność... była wątpliwa, ale dbał o swoją... reputację. Ufałam mu... tak... jak ufam... tobie.

– Okej – skwitowałam. – Jeśli pani mu ufała, to znaczy, że był godny zaufania.

Nie wymazałam całkiem tego pomysłu – raczej odłożyłam go na mentalną półkę z zamiarem sięgnięcia po niego później. Nie wątpiłam w to, że pani Pentecost zna się na ludziach. Ostatecznie zatrudniła mnie. Po prostu wydawało mi się – a jej reakcja tylko mnie w tym utwierdziła – że być może jej relacje z tym mężczyzną wykraczały poza sferę zawodową.

Przez tych parę lat, które spędziłam z panią Pentecost, nigdy nie okazała zainteresowania nikim, mężczyzną ani kobietą, w sensie relacji uczuciowych. Oczywiście zdecydowana większość ludzi, których poznaje, to kryminaliści, ofiary albo gliniarze. Takie życie nie sprzyja znalezieniu kogoś, w kogo warto inwestować uczucia.

Z drugiej strony, nie byłam tak głupia, by myśleć, że jest niezdolna do uczuć wyższych. Czasem udzielała mi porad, mówiąc rzeczy, których nie znajdzie się w babskich czasopismach, co sugerowało, że miała doświadczenie w tym względzie. Zastanawiałam się, czy Markel stanowił część tej historii. Pewnie, że „jego moralność była wątpliwa". Był jednak przystojnym, błyskotliwym bywalcem salonów, który z łatwością przekraczał linie podziału klasowego. Brzmi znajomo?

Pani Pentecost znowu zamknęła oczy, a jej oddech zwolnił. Chwilę później zaczęła lekko pochrapywać. Wymknęłam się na palcach do kuchni, przekazałam pani Campbell, by wniosła parę poprawek do planów obiadowych, a następnie wróciłam do biura i delikatnie potrząsnęłam panią P. za ramię.

Słynna detektyw zachrapała głośno i się ocknęła.

– Chodźmy – powiedziałam. – Położy się pani do łóżka.

– Nic mi nie jest – wymamrotała. – Zaraz będzie obiad.

– Obiad będzie trochę później. Pani Campbell przerobi pieczeń z kurczaka na sandwicze. Przyniosę kilka na górę.

Nie opierała się. Już samo to świadczyło, jak bardzo jest zmęczona. Pomogłam jej wstać i wejść po schodach. Przy drzwiach do sypialni podałam jej laskę.

– Pomóc pani się położyć?

– Nie jestem inwalidką – fuknęła. Potem wzięła głębszy, łapczywy oddech. – Nic mi nie jest, Will. Dziękuję. Jeśli będę spała, kiedy przyjdziesz na górę, zostaw obiad przy drzwiach.

– Tak jest, szefowo.

Odmeldowałam się i wróciłam na dół do mojego biurka. Stamtąd nasłuchiwałam w skupieniu jej kroków. Pokręciła się po sypialni, zaliczyła łazienkę i udała się do łóżka. Nie przestawałam słuchać, dopóki nie rozpoznałam skrzypienia sprężyn.

Posiedziałam chwilę sama, myśląc o Belestrade, Markelu i klanie Collinsów. Przekładałam w myślach elementy tej układanki. Nie dość, że nie mogłam ich do siebie dopasować, to nawet nie wiedziałam, jaki obraz razem przedstawiają.

Pomyślałam też o tym, co powiedziała pani P.

„Nie jestem inwalidką".

Szczególnie myślałam o słowie, którego spodziewałam się dodatkowo na końcu. Chociaż go nie wypowiedziała, ewidentnie tam majaczyło.

Nieme i straszne.

„Jeszcze".

Rozdział 14

Nazajutrz wypadał piątek – dzień, który miałam w całości poświęcić na przesłuchania w Collins Steelworks. Lazenby nie raczył nam przekazać, co ustalili jego ludzie, dlatego musiałam zacząć od zera.

Wstałam przed świtem, tak wcześnie, że omal nie zjawiłam się w kuchni jeszcze przed panią Campbell.

– Wyglądasz szykownie – powiedziała na mój widok. – Jak czyjaś sekretarka.

– Dokładnie o to chodziło – odparłam, zarzucając wełniany blezer na oparcie krzesła i podciągając wąską spódnicę, by usiąść przy kuchennym stole. – Liczę, że ta banda kierowników, którą muszę przepytać, trochę opuści gardę, jeśli będę wyglądała bardziej jak ich sekretarki i mniej jak...

– Jak ktoś, kto nosi w kieszeni pistolet? – podsunęła nasza gosposia.

– Właśnie.

Zatknęłam serwetkę za kołnierzyk i dobrałam się do smażonych jajek z ciastkami serowymi. Chciałam poczekać przynajmniej do lunchu, zanim będę miała pierwszą plamę na białej bluzce.

Zanim wyszłam, poprosiłam panią Campbell, by w porze lunchu zajrzała do szefowej i sprawdziła, co robi: śpi, je czy zajmuje się czymś innym.

Czy to absolutnie konieczne? Nie. Kiedy jednak pracujemy nad jakąś sprawą, zaczynam się zachowywać trochę jak matka kwoka, a pani P. toleruje to, chociaż tylko do pewnego momentu.

Kiedy wyjeżdżałam z Brooklynu, słońce właśnie dźwigało się ponad horyzont. Ruszyłam do Jersey City razem z rzeszą tych, którzy jechali do pracy na dziewiątą, a kończyli o piątej. Kierując się po drodze wskazówkami, dotarłam do rozległej dzielnicy przemysłowej nad brzegami Hudsonu. To, co zobaczyłam na miejscu, przerosło moje najśmielsze oczekiwania. Fabryka Collinsów może i początkowo mieściła się w jednym budynku, ale w ciągu lat rozrosła się niczym grzyb z betonu i stali.

W samym środku tego kompleksu znajdował się pięciokondygnacyjny kwadratowy budynek z cegły, mieszczący biura kadry kierowniczej. Architekt, który go projektował, najwyraźniej nie silił się na kreatywność. Przy wejściu powitał mnie Harrison Wallace. Trudno orzec, czy to ja byłam powodem jego kwaśnej miny, czy może ktoś inny. A może po prostu miał taki wyraz twarzy od urodzenia.

– Zorganizowałem pani spotkania ze wszystkimi, którzy byli obecni na przyjęciu – oznajmił, prowadząc mnie przez labirynt korytarzy do małej salki konferencyjnej z rzędem okien wychodzących na rzekę. – Będą się zgłaszali pojedynczo. Wszyscy oprócz Johna Mereditha, jednego z naszych kierowników produkcji. Z nim będzie pani musiała porozmawiać na terenie hali produkcyjnej.

Nie tak to sobie wyobrażałam. Chciałam zobaczyć tych ludzi w ich naturalnym środowisku zawodowym, a zapowiadało się, że będą tu przychodzić jak na sparing, z uniesioną gardą.

Wallace był jednak naszym klientem, a ja musiałam się sprężyć, tak aby do końca dnia porozmawiać z czterdziestoma osobami.

– Policja wciąż węszy? – zagadnęłam.

– Na Boga, tak. – Wallace przybrał pozę męczennika. – Godzinami. Dwóch z nich spędziło całą środę i czwartek na grzebaniu w naszych finansach. Nie jestem pewien, czy nawet przesłuchali wszystkich, którzy byli na przyjęciu. Jak już powiedziałem, są niekompetentni – oświadczył, po czym wyszedł zawołać mojego pierwszego rozmówcę.

Zastanawiałam się, jaki trop podjęli Lazenby i jego chłopcy. Wallace się mylił. Lazenby'emu można było zarzucić wiele rzeczy, ale na pewno nie to, że marnował czas. Jeśli szli tropem pieniędzy, znaczyło to, że znaleźli jakiś punkt zaczepienia.

Oszczędzę wam szczegółów tego całodniowego sparingu. To był jeden z najdłuższych i najżmudniejszych dni roboczych w moim życiu. Przeprowadziłam rozmowy z czterdziestoma trzema menedżerami – czterdziestu z nich to mężczyźni. Większość żonata, rozwiedziona, owdowiała, a siedmiu na dziesięciu już dawno nie było w kwiecie wieku. Scenariusz rozmowy sprowadzał się do następujących pytań:

Od jak dawna pracuje pan w Collins Steelworks?

Czy to była pierwsza pańska wizyta w rezydencji Collinsów? Jak się tam panu podobało?

Jak bliskie były pańskie relacje z Alistairem Collinsem lub jego żoną?

Co pan robił podczas przyjęcia? Z kim pan rozmawiał?

Czy przed północą widział pan Abigail Collins lub z nią rozmawiał? Jeśli tak, to o czym?

Czy widział pan Rebeccę albo Randolpha Collinsów lub z nimi rozmawiał?

Czy był pan obecny w gabinecie podczas seansu spirytystycznego? Co pan o nim sądzi?

Jak inni odebrali ten seans? Czy ktoś z obecnych, oprócz Abigail i Rebekki, był szczególnie poruszony?

Kiedy opuścił pan przyjęcie?

Czy był pan w domu Collinsów, kiedy znaleziono ciało?

O której godzinie najlepiej zadzwonić do pańskiej żony? Obiecuję, że nie będę jej nękała. Naprawdę, obiecuję.

Zdarzały się odstępstwa od tego schematu, ale tak mniej więcej wyglądał cały mój dzień. Pani Pentecost pewnie po-

157

trafiłaby wyłuskać jakąś igłę z tego stogu siana, ale ja niczego takiego nie mogłam dojrzeć.

Jedyne ciekawostki, które udało mi się wyłowić, brzmiały następująco.

Al Collins był człowiekiem, którego niemal powszechnie w równym stopniu podziwiano i się bano. Spędzał w pracy więcej czasu niż którzykolwiek dwaj z jego podwładnych razem wzięci.

Abigail Collins była... mniej podziwiana. Wszyscy wyrażali żal z powodu tego, co ją spotkało, ale odniosłam wrażenie, iż większość kierownictwa miała jej za złe, że po śmierci męża zaczęła się wtrącać w sprawy firmy. To, że nagle nabawiła się wyrzutów sumienia i nalegała, by firma wycofała się z kontraktów dla wojska, u wielu moich rozmówców budziło odruch zgrzytania zębami.

Mężczyzna, którego plany przejścia na emeryturę Belestrade jakoby zdemaskowała podczas przyjęcia, stwierdził, że tak naprawdę nie był to żaden sekret. Wcześniej powiedział kilku przyjaciołom i współpracownikom, że przechodzi na pracę w niepełnym wymiarze godzin. Nawet gdyby nikt się nie wygadał, nietrudno było wydedukować, co zamierza.

Kobieta, której ciążę rzekomo odkryła Belestrade? Mąż owej damy przyznał, że jego żona jest znana ze słabości do szampana. Co bynajmniej nie znaczy, że jest pijaczką, jak wyraźnie podkreślił. Raczej... koneserką. W każdym razie fakt, że tym razem poprzestała na bezalkoholowym piwie imbirowym, łatwo było zauważyć.

À propos alkoholu – odkryłam, że w żargonie białych kołnierzyków „niedysponowany" oznacza rzyganie w toalecie. Na przykład Conroy z księgowości był niedysponowany w łazience na piętrze od końca seansu aż do chwili, gdy inni zaczęli krzyczeć: „Pożar!". W tym czasie nie słyszał, żeby ktoś wchodził do gabinetu. Niewiele jednak to wnosiło do sprawy, ponieważ niedyspozycja Conroya była głośna. Opuścił łazienkę, kiedy pozostali wyważali drzwi do gabinetu, ale twierdził, że on sam nie wszedł do środka.

Żona jednego z menedżerów niedawno odkryła w sobie pasję do robienia zdjęć i przyniosła na imprezę nowiutkiego kodaka. Cały wieczór pstrykała fotki. To mnie zainteresowało, ale mąż owej pani, kierownik średniego szczebla w dziale sprzedaży, przekonywał mnie, że wszystkie zdjęcia wyjdą poruszone, prześwietlone albo jedno i drugie. Wymogłam na nim, żeby przysłał mi odbitki, kiedy tylko wywołają film.

Czy wszystkie te rzeczy były istotne? Czy tylko umiarkowanie mniej nudne od reszty farmazonów, których musiałam wysłuchać tamtego dnia? Wolałam się nad tym nie zastanawiać. Odłożyłam to sobie na później.

Wpół do pierwszej po południu zrobiłam sobie przerwę na lunch, który zjadłam w firmowej kafeterii w podziemiach budynku. Była przestronna, czysta i serwowała całkiem przyzwoite żarcie. Korzystali z niej zarówno ludzie w garniturach, jak i ci z produkcji, ale między obiema grupami istniała bardzo wyraźna, chociaż niewidzialna linia podziału.

Usadowiłam się przy stole dla sekretarek. Zgrywałam zahukaną i czekałam, aż któraś z kobiet wykona pierwszy ruch.

W końcu jedna z nich, w okularach w szylkretowych oprawkach i z kruczoczarnym kucykiem, nachyliła się w moją stronę i zapytała niemal konspiracyjnym szeptem:

– Jesteś od Lillian Pentecost, prawda? Jak to jest dla niej pracować?

Zaczęłam od kilku ulubionych anegdot i po chwili wszystkie panie przy stole nadstawiły uszu. Kilka przewracało oczami i się krzywiło, słysząc, że kobieta babrze się w gwałtach i morderstwach. Zauważyłam jednak, że kiedy relacjonowałam co bardziej dramatyczne momenty, one również wytężały słuch, by nie uronić ani słowa.

Jedną z rzeczy, których dowiedziałam się na kursie stenografii, było to, że sekretarka żyje w świecie plotek. Nie trzeba było wiele, by moim współbiesiadniczkom rozwiązać języki. Tym bardziej że tragiczna śmierć wdowy po prezesie firmy to bardzo nośny temat. W ten sposób dowiedziałam się paru faktów, których nie usłyszałam od ich szefów.

Od śmierci Ala Collinsa Harrison Wallace nie był już tym samym człowiekiem. Przewijały się określenia: „markotny", „przygnębiony" i „drażliwy", a wszystko to były cechy, jakich wcześniej nie przejawiał. Może więc jednak nie urodził się z kwaśną miną.

Jedna ze starszych sekretarek twierdziła, że ta przemiana nastąpiła jeszcze przed samobójczą śmiercią jego przyjaciela i że poróżnił ich jakiś konflikt. Wallace i Collins swego czasu mieli gabinety połączone wspólnym sekretariatem, ale kilka miesięcy przed śmiercią Collinsa Wallace przeniósł się do nowego biura na drugim końcu budynku.

– Mówił, że to z powodu słabo działającej klimatyzacji w starym gabinecie – powiedziała siwowłosa kobieta – ale nie sądzę, żeby to była prawda.

Gdy zapytałam dlaczego, odparła, że Wallace wcale nie sprawiał wrażenia, jakby się przeprowadzał z własnej woli.

Kilka obecnych przy stole kobiet pracowało w firmie na tyle długo, by pamiętać czasy, kiedy Abigail była wspólną sekretarką Harrisona i Alistaira.

– Jej ciąża była wielkim skandalem – oznajmiła inna szpakowata sekretarka. – A kiedy pan Collins ujawnił, że to on jest ojcem... To było niesłychane!

– Nikt wcześniej nie podejrzewał, że tych dwoje łączy coś więcej niż relacje zawodowe?

– Skądże – odrzekła. – Ale wcale mnie to nie zaskoczyło. Abigail była... przyjacielska.

– Czy był ktoś jeszcze, z kim... łączyły ją przyjacielskie więzi?

Miałam nadzieję, że moja rozmówczyni wskaże Harrisona Wallace'a, ale ona pokręciła głową.

– Aż tak się nią nie interesowałam – odpowiedziała. – Po prostu, pracując tu, takie rzeczy się wiedziało. Była rozrywkową dziewczyną, jeszcze zanim to stało się modne.

Siwowłose sekretarki, słysząc ten komentarz, zachichotały i pokiwały głowami. Wkrótce potem wszystkie panie przy stole pożegnały się i pospieszyły z powrotem do pracy.

A więc Abigail Collins była „przyjacielska". Interesujące.

Oczywiście taka plotka sprzed dwudziestu lat mogła nic nie znaczyć. Atrakcyjna młoda kobieta, która usidliła swojego bogatego szefa, przez przypadek albo celowo... Kogoś takiego z pewnością chętnie obsmarowywano, nawet po tylu latach.

Chociaż może potencjalnych kandydatów na ojca młodych Collinsów było więcej.

Z sekretarek udało mi się wydusić jeszcze jedno: policjanci wręczali mnóstwo nakazów sądowych. Żądali dostępu do rozmaitych ewidencji, akt pracowniczych oraz raportów wydatków, i to z wielu działów. Generalnie biuro prokuratora okręgowego zrobiło z tego śledztwa grę w trzy karty. Zastanawiałam się, która z nich była tą właściwą.

Rozdział 15

Po lunchu odbębniłam jeszcze kilka godzin w salce konferencyjnej, a następnie o wpół do czwartej ponownie zjawił się Wallace, by towarzyszyć mi do głównego budynku fabryki. Otrzymałam kask ochronny i zaprowadzono mnie do hali produkcyjnej.

Kontrast między cichymi, sterylnymi biurami a tym miejscem był porażający. Tutaj wszystko cuchnęło chemikaliami i rozgrzanym do czerwoności metalem. Skwar był nie do wytrzymania i natychmiast zaczęłam się pocić w moim blezerze. Wallace zdawał się nie zważać na panujący w hali upał i nawet raz czy dwa się wzdrygnął, jakby go owiał arktyczny chłód, którego nie odczuwał nikt inny.

Wszędzie wokół łomotała maszyneria, ubijając, wyginając i generalnie zmieniając kawałki metalu w formy o bardziej wyszukanych kształtach. Większość z nich miała docelowo zawierać materiały wybuchowe, które następnie można było zrzucić albo wystrzelić w celu wysłania kogoś na tamten świat. Wojna może i się skończyła, ale wojenny biznes kręcił się po staremu.

W tym ukropie uwijało się kilkuset ludzi ubranych w podobne niebieskie kombinezony robocze. Z satysfakcją odnotowałam, że co najmniej połowa robotników to kobiety, ale wiedziałam, że taki stan długo się nie utrzyma. Mężczyźni, którzy dotąd walczyli na odległych frontach, wracali do kraju, a firmy zadeklarowały publicznie, że trzymają dla nich stanowiska pracy. Rózia Nitowaczka* wracała do kuchni albo do kolejki przed urzędem pracy.

Wallace i ja lawirowaliśmy wśród zakamarków hali produkcyjnej, uważając przy tym na łokcie i wózki widłowe oraz generalnie próbując uniknąć koszmarnej śmierci. Trochę jak w cyrku, z tą różnicą, że tutaj zamiast smrodu łajna w powietrzu unosił się swąd palonego metalu.

Podążyłam za moim przewodnikiem po schodkach na górującą nad halą kładkę. Tam zastaliśmy Randolpha prowadzącego burzliwą rozmowę z osobnikiem, który mógłby uchodzić za cyrkowego siłacza – ponad metr osiemdziesiąt wzrostu, zupełnie łysy, o barach i bicepsach tak wydatnych, że szwy jego kombinezonu musiały trzeszczeć przy każdym ruchu.

---

* Rózia Nitowaczka – symbol kobiet pracujących w amerykańskich fabrykach podczas drugiej wojny światowej.

W pierwszej chwili pomyślałam, że to szlifierz, wytapiacz albo ktoś podobnego fachu, wymagającego dźwigania ciężkich przedmiotów, ale biała koszula i krawat wystające spod kombinezonu zdradzały przynależność mężczyzny do kadry kierowniczej. Randolph i siłacz raptownie przerwali rozmowę, kiedy tylko nas zobaczyli.

– Panno Parker, to jest John Meredith, nasz starszy kierownik hali produkcyjnej! – zawołał Wallace, przekrzykując łoskot maszyn. – Meredith, to jest... eee... osoba, o której ci mówiłem. Odpowiedz, proszę, na wszelkie pytania, jakie będzie miała do ciebie.

– Tak, panie Wallace – odpowiedział. Miał głos, jakby ktoś dosypał mu żwiru do płatków śniadaniowych.

– Chcesz, żebym był przy tym obecny? – zapytał Randolph Mereditha.

Zabrzmiało to dziwnie, zważywszy, że pierwszy z nich był współwłaścicielem firmy, a drugi kierownikiem hali. Z tego, jak Wallace się skrzywił, wywnioskowałam, że on także zauważył tę niezręczność, ale nie odezwał się ani słowem.

– Nie ma potrzeby, Randy – odparł Meredith z ironicznym uśmieszkiem. – Skoro radzę sobie z całą halą, myślę, że poradzę sobie z tą dziewczynką i jej pytaniami.

Zmilczałam ten kąśliwy przytyk. Przecież właśnie takie wrażenie chciałam sprawiać swoim przebraniem.

– Chodź, Randolph – powiedział Wallace. – Musimy przedyskutować sprawozdania kwartalne, jeśli chcesz wziąć udział w następnym posiedzeniu zarządu. Panno Parker, czy będzie mnie pani jeszcze potrzebować, kiedy pani tutaj skończy?

– Nie sądzę – odparłam. – A jeśli tak, to wiem, jak pana znaleźć.

Wallace skinął głową i podążył za Randolphem w dół schodów.

Meredith poprowadził mnie kładką do drzwi. Za nimi ciągnął się wąski, zatęchły korytarz, na którego drugim końcu znajdowały się kolejne drzwi i biuro. A raczej schowek na miotły zaadaptowany na coś w rodzaju biura. Były tam metalowe krzesło i drewniane biurko o blacie tak pooranym bruzdami, że z pewnością nie nadawało się do tego, aby na nim pisać.

Hałas maszyn przenikał do środka mimo zamkniętych drzwi. Zajęłam jedyne krzesło w pomieszczeniu, a on przysiadł na biurku. Na moment zamarłam, przekonana, że ten umęczony mebel załamie się pod jego ciężarem, ale o dziwo wytrzymał.

– Nie używam go za często – rzucił Meredith. – Nie mam do czego.

Siedział tak blisko, że czułam jego zapach – krochmal, talk i pot. Jego twarz znajdowała się niewiele ponad metr od mojej. Nie była to facjata, którą warto było oglądać z bliska. Jego nos musiał być złamany niejeden raz, a wokół oczu Meredith miał małe blizny, które wskazywały, że nie stronił od bójek na pięści.

– Co chce pani wiedzieć? – zapytał tym swoim chrapliwym głosem.

– Od dawna pracuje pan tutaj?

Roześmiał się.

– Od czasu, gdy byłem na tyle duży, by używać młotka i nie zrobić sobie przy tym krzywdy. Zacząłem w hali, kiedy miałem piętnaście lat. Targałem złom. Potem awansowałem na układacza skrzyń w magazynie. Później zostałem nitowaczem, pomocnikiem kierownika hali, brygadierem i w końcu kierownikiem hali. Teraz nadzoruję dziesięć zmian tygodniowo.

Miał około czterdziestu pięciu lat, co czyniło go jednym z najdłużej zatrudnionych tu pracowników, z jakimi rozmawiałam.

– Musiał pan znać Abigail Collins, kiedy jeszcze nosiła nazwisko Pratt.

– Nieszczególnie – odpowiedział. – Znałem ją tylko z widzenia. Przychodziła do hali ze swoim starym, znaczy się, z szefem. Robiła notatki i takie tam. On tu przyłaził cały czas. Nie ufał nam, że robimy, co do nas należy. To był ten typ człowieka. Ale ją znałem tylko na tyle, żeby się przywitać.

– Z jej synem chyba się pan zaprzyjaźnił? – zauważyłam.

– Nie wiem, czy to można nazwać przyjaźnią – odparł, ocierając pot z łysej głowy. – Mamy niezłe relacje. To dobry chłopak. Oprowadziłem go po hali, kiedy tu przyszedł pierwszy raz. Wtedy on i jego siostra byli jeszcze tacy mali, że sięgali mi najwyżej do kolan.

– Czy to on zaprosił pana na tamto przyjęcie? – spytałam.

– Zostałem zaproszony, ponieważ należę do kierownictwa – stwierdził, nachylając się w moją stronę jeszcze parę centymetrów. – Wie pani, zgłosiłem się do wojska na ochotnika, ale mnie nie wzięli. Powiedzieli, że moja praca tutaj jest ważna dla działań wojennych.

Dało się zauważyć, że facet miał krewki charakter, ale tym razem się opanował.

– Okej, rozumiem. Był pan tam, ponieważ należy pan do grona osób stanowiących fundament tej firmy. Z kim pan wtedy rozmawiał?

– Głównie z Randym. Z paroma facetami z transportu i dystrybucji. Zamieniłem parę słów z szefem kadr. Nigdy nie zaszkodzi być miłym dla gościa, który zatwierdza twoje nadgodziny, prawda?

Uśmiechnęłam się i skinęłam porozumiewawczo głową, jakbym chciała potwierdzić, że oboje jesteśmy pracownikami fizycznymi przebranymi za białe kołnierzyki.

– Rozmawiał pan w ogóle z panią Collins?

Meredith zmienił pozycję. Biurko, na którym siedział, alarmująco zaskrzypiało.

– Trochę – przyznał. – Podziękowałem, że mnie gości w swoim domu. Takie tam uprzejmości, rozumie pani?

– A ona?

– To znaczy?

– Była dla pana uprzejma?

Teraz naprawdę się pocił, ale ja też. W jego biurze nie było wentylacji i czułam się jak w piekarniku.

– Pewnie, że była uprzejma. Dlaczego miałaby nie być?

– Rozmawiałam tu z wieloma osobami i odniosłam wrażenie, że nie była szczególnie lubiana. Zwłaszcza przez ludzi, którzy znali ją wcześniej.

– Nic dziwnego. Była ambitna i się z tym nie kryła.

– Skąd pan to wie?

– Po takiej dziewczynie od razu to widać. Po dziewczynie, która uważa się za coś lepszego niż wszyscy dookoła.

Jeśli miał to być przytyk do mnie, wyszło dość grubiańsko, ale to zignorowałam.

– Co pan myśli o tamtym seansie spirytystycznym?

Wygiął usta w grymasie pogardy.

– Bzdury. Na takie rzeczy marnują pieniądze ci, którzy mają ich za dużo i nie wiedzą, co z nimi zrobić. Dlatego tam nie poszedłem.

– Nie było pana wtedy w gabinecie?

– Nie, droga pani. Poszedłem do jednego z barmanów, żeby nalał mi czegoś mocniejszego niż szampan. A potem wyszedłem zapalić i niuchnąć. Nie miałem o niczym pojęcia, aż przyszedł Randy i mi powiedział.

– Co konkretnie?

– Że ta szamanka, czy jak to się tam nazywa, zrobiła jakieś sztuczki i Becca bardzo się zdenerwowała. – Splótł palce i powoli chrupnął kłykciami, jednym po drugim. – To było nie w porządku.

Odniosłam wrażenie, że przykrość wyrządzoną wówczas Rebecce traktował osobiście.

– Czy z panną Collins jest pan w równie przyjacielskich stosunkach, co z jej bratem? – zapytałam.

– Nie, aż tak to nie – odrzekł. – Nie znam jej tak dobrze, jak Randy'ego.

– Nie było okazji, żeby ją lepiej poznać, czy aż tak jej pan nie lubi?

– Bardzo ją lubię. Po prostu jest bardziej... zdystansowana. Zdecydowanie coś tu było na rzeczy. Rozgoryczenie? Może próbował przypodobać się Becce, a ona go spławiła. Zastanawiałam się, czy aby Meredith nie zabujał się w córce szefa.

– W każdym razie jeśli ktoś zasłużył sobie na to, by oberwać po głowie, to ta Belestrade – oświadczył. – Za to bawienie się ludźmi. Ktoś powinien poczekać na nią w ciemnej uliczce i dać jej nauczkę.

Z każdym słowem pochylał się coraz bardziej, aż jego twarz znalazła się ledwie pół metra od mojej. Nie mogłam oderwać wzroku od jego sfatygowanego nosa. Ciekawe, kto miał odwagę złamać mu ten kinol i jak wyglądał później.

Metalowe krzesło zaczęło mnie uwierać. Założyłam nogę na nogę, a Meredith zerknął lubieżnie. Wcale się z tym nie krył. Kiedy podniosłam oczy, nasze spojrzenia się spotkały i już wiedział, że został przyłapany. Nawet nie mrugnął. Tylko skwitował to uśmieszkiem, jakby chciał powiedzieć: „I co mi zrobisz?".

Nagle zdałam sobie sprawę, jak odizolowani jesteśmy. Od hali produkcyjnej oddzielało nas dwoje drzwi, a hałas maszynerii był tak głośny, że zagłuszyłby każdy dźwięk dochodzący z tego pomieszczenia.

– To pan, jak rozumiem, wyważył drzwi do gabinetu?

– Do dzisiaj mam siniaka na ramieniu – odpowiedział.

– Co pan zobaczył w środku?

– Najpierw nic nie widziałem, wszędzie był dym. Potem zobaczyłem, że się pali, i przydusiłem ogień jedną z tych czarnych zasłon. Później Becca krzyknęła, a ja zobaczyłem... panią Collins.

– Kto był tuż za panem?

– Wallace i Randy. Conroy chyba nie wszedł do pokoju. Becca też tam była. I ten, jak mu tam... kamerdyner. No i ta szamanka.

Uniosłam wzrok znad notesu.

– Belestrade wciąż tam była?

– Tak, wydaje mi się, że na korytarzu, z Conroyem. Tuż za nim.

Conroy nie wspomniał, że widział spirytystkę po tym, jak drzwi do gabinetu zostały wyważone. Z drugiej strony, sam przyznał, że wypił dwie butelki szampana i że jest krótkowidzem.

– Jest pan pewien, że to była ona? – zapytałam. – Czy to mógł być ktoś inny?

– Tak, jestem pewien – odpowiedział. – Ta kobieta zapada w pamięć, że się tak wyrażę.

A więc Belestrade była obecna w rezydencji Collinsów, kiedy znaleziono ciało, ale znikła, zanim przyjechała policja. Ta ciekawostka mogła sprawić, że moja całodzienna harówka miała sens.

Uśmiechnęłam się niemrawo i spróbowałam zdobyć jeszcze jeden punkt.

– Ma pan swojego kandydata na mordercę?

Zeskoczył z biurka i spojrzał na mnie z góry jak na szczura, który przedostał się przez pułapki.

– Nie, nie mam – burknął. – Czy to wszystko? Zaraz zaczyna kolejna zmiana i muszę przy tym być.

– To wszystko – stwierdziłam z jeszcze mizerniejszym uśmiechem. – Dziękuję za poświęcony czas, panie Meredith.

Mój rozmówca już otworzył drzwi i właśnie wychodził.

Rozdział 16

Opuściłam fabrykę razem ze zmianą, która właśnie zakończyła pracę. Na zewnątrz było dobre piętnaście stopni chłodniej niż w środku, a ja byłam zlana potem. Całą drogę do samochodu dygotałam. Podkręciłam ogrzewanie do oporu, wyjechałam z parkingu i od razu wpadłam w korek, jak to w godzinach szczytu.

Przynajmniej miałam więcej czasu, by pomyśleć o moim ostatnim rozmówcy. Niewątpliwie był paskudnym, skorym do bójek awanturnikiem, ale to jeszcze nie czyniło z niego mordercy. Był jednak pierwszą osobą w tym śledztwie, która wyglądała, jakby mogła bez skrupułów zatłuc kogoś na śmierć.

Czułam, że nie wycisnęłam z tej rozmowy tyle, ile bym mogła. Ciasnota tamtej klitki i lubieżne spojrzenie, którym próbował sięgnąć pod moją spódnicę, zdekoncentrowały mnie bardziej, niż myślałam. Teraz cisnęły mi się na usta pytania, które powinnam była zadać, a których nie zadałam. Może Meredith nie tyle chciał podejrzeć moje uda, co z premedytacją próbował zbić mnie z tropu. Ale jaki mógłby mieć motyw, żeby zabić? Zawiść, że Abigail awansowała w hierarchii społecznej? Zakochał się w Rebecce, lecz na drodze do ich szczęścia stanęła matka? Jakoś mi się to nie kleiło, przynajmniej nie na tym etapie.

Trzeba też pamiętać, że to on jako pierwszy podważył zeznania Belestrade. Znalazłam świadka, który potwierdził jej obecność w domu w czasie, gdy doszło do morderstwa. Decyzje, decyzje... Na szczęście nie płacono mi za ich podejmowanie. Od tego była moja szefowa.

Kiedy dotarłam do domu, zastałam panią P. nadal w łóżku, powoli jednak dochodziła do siebie. To był zły dzień, ale bywały gorsze. Siedziała oparta o górę poduszek i przeglądała popołudniową prasę. Jej świeżo wyszczotkowane włosy opadały swobodnie na ramiona, a siwe pasemka gubiły się pośród brązowych loków.

– Właśnie wróciłam z wojny – oznajmiłam, osuwając się w narożny fotel. – Chce pani teraz pełną relację czy tylko przegląd najważniejszych wydarzeń?

– To drugie – odpowiedziała, odkładając gazetę. – A potem przepisz na maszynie notatki z rozmów. Chciałabym je przeczytać jutro wieczorem.

– To nie będzie ani długa, ani porywająca lektura – uprzedziłam.

Streściłam to, czego udało mi się dokonać, połowę czasu poświęcając Meredithowi. Z tego, co mogłam się zorientować, pani P. nie zareagowała ani razu przyspieszoną akcją serca, nawet kiedy powiedziałam, że Belestrade widziano już po tym, jak zostały sforsowane drzwi do gabinetu.

– To otwiera nowe możliwości – rzekłam z przekonaniem. – Belestrade puka do drzwi. Pani Collins wpuszcza ją do środka. Belestrade ją zabija, zamyka drzwi od środka na klucz, wznieca pożar i czeka. Drzwi zostają wyważone, ale pokój jest pełen dymu. Wymyka się niezauważona na korytarz i zwiewa do domu, zanim przyjeżdża policja.

Jedyną reakcją ze strony złożonej niemocą szefowej było:

– Hmmm.

– Nie podoba się pani?

– Wręcz przeciwnie – odparła. – To znakomita teoria. Tłumaczy w logiczny sposób zagadkę zamkniętych od wewnątrz drzwi.

Byłam tak nienawykła do komplementów dotyczących moich umiejętności dedukcyjnych, iż nie do końca wierzyłam, że pani Pentecost mówiła poważnie. W każdym razie przyjęłam do wiadomości.

– Współczuję, że musiałaś tyle się namęczyć, ale to było konieczne – powiedziała pani P., ponownie sięgając po gazetę. – Kolacja będzie trochę później. Pani Campbell udało się po południu zdobyć trochę przegrzebków na targu rybnym. Teraz je namacza w jakiejś maślanej miksturze.

To oznaczało, że mogę się odmeldować. Poszłam do swojego pokoju i pod prysznicem spłukałam z siebie smród, którym przesiąkłam w fabryce. Rozważałam spalenie spódnicy, którą tego dnia miałam na sobie, ale uznałam, że może jeszcze kiedyś będę musiała użyć przebrania sekretarki. Włożyłam ogrodniczki i męski podkoszulek, które mi zostały z czasów cyrkowych. Przy kolacji nie obowiązywały stroje wieczorowe i podejrzewałam, że pani P. zjawi się w piżamie.

Jako że zostało jeszcze trochę czasu, postanowiłam zacząć przepisywać na maszynie moje notatki. W soboty zwykle dużo się u nas działo, dlatego wolałam mieć już część roboty za sobą. Właśnie wkręcałam w maszynę pierwszą czystą kartkę papieru, kiedy zadzwonił telefon.

Było już po godzinach, ale gdy pracujemy nad jakąś sprawą, odbieram o każdej porze dnia i nocy.

– Biuro Lillian Pentecost, mówi Will Parker.

– Will... Tu Becca Collins. – Usłyszeć ten zmysłowy głos wypowiadający moje imię było całkiem przyjemnym doznaniem.

– Dobry wieczór, panno Collins. Co mogę dla pani zrobić?

– To trochę... Nie wiem, czy...

– Śmiało, proszę walnąć prosto z mostu.

– Chciałam zapytać o plany na dzisiejszy wieczór.

– Jest już po godzinach. Pani Pentecost nie przyjmie nikogo aż do jutra rana.

Jej śmiech przywodził na myśl potok obmywający gładkie kamienie.

– Nie, Will – powiedziała, a po jej głosie poznałam, że się przy tym uśmiecha. – Chciałam zapytać o twoje plany na wieczór.

Czy wspominałam już, że czasem jestem mało bystra?

– Dzwonię, ponieważ wybierałam się do klubu, a osoba, która miała mi dzisiaj towarzyszyć, musiała zrezygnować. Wiem, że tak bez uprzedzenia, ale wspominałaś, że lubisz tańczyć.

– Panno Collins...

– Becco.

– Becco... To nie byłoby zbyt profesjonalne. Wyjście towarzyskie z...

– Z podejrzaną?

– Z klientką.

– Proszę... – zamruczała do słuchawki jak kot. – Piosenkarka, którą uwielbiam, występuje w takim małym klubie niedaleko Columbii, a ja nie chcę iść sama. Bardzo proszę. Bądź nieprofesjonalna, ten jeden raz.

Poprosiłam, żeby się nie rozłączała, następnie pobiegłam na piętro i zajrzałam do sypialni pani P.

– Przegrzebki gotowe? – odezwała się na mój widok.

– O to trzeba zapytać panią Campbell – odpowiedziałam. – Ja mam na linii jednego z naszych klientów, właściwie klientkę. Tę z blond lokami i długimi nogami. Chce mnie zabrać dzisiaj do klubu na tańce.

Obie brwi pani P. wystrzeliły ponad centymetr w górę.

– Nie wiem, co jej chodzi po głowie – kontynuowałam – ale jeśli to ten klub, który mam na myśli, to ona raczej chce czegoś więcej niż towarzystwa kogoś, kto wypełni wolne miejsce przy stoliku dla pary. Wiem, że to nasza klientka... No, może niezupełnie, ale córka chrzestna naszego...

– Powinnaś pójść – przerwała mi w pół zdania pani P.

W odpowiedzi wydałam z siebie jakiś dźwięk, ale nie jestem pewna, co to było.

– Musimy dowiedzieć się więcej o tej rodzinie od jej członków – oświadczyła. – Za dużo z tego, co już mamy, pochodzi od osób postronnych.

Odetchnęłam głębiej, próbując zebrać myśli.

– Mam pójść z Beccą Collins na tańce i wyciągnąć od niej, ile się da?

– Nie bądź oślicą – żachnęła się pani P. i chyba nawet trochę się zarumieniła. – Pokładam zaufanie w twoim wyczuciu sytuacji. Nie rób niczego, z czym nie czujesz się komfortowo.

– Zdaje pani sobie sprawę, że kiedyś ubierano mnie w strój tancerki z nocnego klubu i rzucano mi noże w twarz? Mój próg tego, z czym nie czuję się komfortowo, jest dość wysoki.

Pani P. uniosła gazetę – dałabym głowę, że po to, by ukryć uśmiech.

– Liczę na twój rozsądek – skwitowała.

Zbiegłam na dół przekazać Becce dobre wieści. Odpowiedziała, że podjedzie taksówką mniej więcej za godzinę.

– Do zobaczenia wkrótce, Will – zamruczała i odwiesiła słuchawkę.

Posiedziałam przy biurku jeszcze przez pół minuty, zestresowana, ale podekscytowana. Potem opuściłam wzrok i spojrzałam po sobie.

– Cholera – mruknęłam pod nosem. – Znowu muszę się przebrać.

Rozdział 17

Podeszłam do Świętego Piotra.
Zapytałam: „Hej, co możesz zrobić?".
Odpowiedział: „Raduj się,

Utrzymuj kurs,
A i ty będziesz w niebie.
W niebie będziesz śpiewać też".

Zeszłam więc do Diabła,
Co bram piekieł strzegł.
„Co mi powiesz ty?
Mam rachunki do zapłacenia
I tylko duszę do sprzedania.
To wszystko, co mi zostało".

„Ciężkie czasy mamy,
Aniele, takie mamy czasy".

Piosenkarka była ubrana w obcisłą sukienkę do kostek, zszytą cekinami na słowo honoru. Ściskała kurczowo mikrofon, jakby to była ostatnia deska ratunku, i mimo gęstej zawiesiny dymu z tytoniu i marihuany spoglądała każdemu widzowi prosto w oczy. Zawodziła przy tym o życiu, śmierci i trudnych wyborach, których musimy dokonywać na co dzień.

Na scenie było ciasno jak w budce telefonicznej, ale gwiazda wieczoru zdołała się tam pomieścić razem z perkusistą, saksofonistą, pianistą i szarpiącym za struny kontrabasu facetem o posturze fasolki szparagowej. Muzyka, którą wyczarowali na tym kawałku podłogi, łagodnie rozkołysała wszystkich obecnych.

Klub zlokalizowany na skraju Harlemu był piwnicznym lokalem bez szyldu na zewnątrz. Jednym z tych, które można spotkać to tu, to tam w całym mieście, zepchniętych do podziemia przez wysoki czynsz i wścibskich sąsiadów.

Nigdy wcześniej nie byłam w tej konkretnej spelunce, ale o niej słyszałam. Była znana jako późnowieczorny azyl dla ludzi bardzo różnej proweniencji. Wszyscy byli tu mile widziani, dopóki płacili za wstęp, kupowali drinki, oklaskiwali wykonawców i nie stwarzali problemów.

Większość dzisiejszej publiki pochodziła z Harlemu – podobnie jak piosenkarka i jej zespół. Cały dochód za wstęp i połowa wpływów z baru były przeznaczone na pokrycie kosztów pogrzebu Charliego Silverhorna, wokalisty jazzowego, którego parę dni wcześniej znaleziono martwego z igłą w ramieniu.

Becca zaklepała stolik w kącie sali. Odniosłam wrażenie, że jest tu znana. Mięśniak na bramce przywitał się, zwracając się do niej po imieniu, a wszystkie kelnerki uśmiechały się szeroko na jej widok, spodziewając się sutych napiwków. Becca wydawała się w swoim żywiole.

– Szałowo wyglądasz – zagaiła, sącząc firmowego drinka, który w zasadzie składał się z dżinu z odrobiną wody sodowej.

– Dzięki – odpowiedziałam. – Ty też nieźle się prezentujesz.

Szczerze mówiąc, nie miałam z nią szans. Wyobraźcie sobie Veronicę Lake w... w czymkolwiek, a będziecie mieli obraz bliski tego, jak wyglądała Becca tamtego wieczoru. Miała na sobie czerwoną satynową suknię, z przodu sięgającą kolan, z tyłu niebezpiecznie powłóczystą i opadającą do ziemi. Kreację uzupełniały szpilki pod kolor i perłowe kolczyki.

Przez godzinę przed przyjazdem Bekki przymierzałam na zmianę pół tuzina strojów. Decyzję utrudniał fakt, że tak naprawdę nie wiedziałam, na jaką okazję mam się ubrać. Czy to była randka, miałam robić za ochroniarza, czy może Becca szukała okazji, żeby wyrzucić z siebie wszystko to, czego nie powiedziała mi ostatnim razem? Powinnam popracować nad seksapilem czy zrobić z siebie babochłopa?

Miałam turkusową sukienkę kopertową z rozcięciem z boku tak głębokim, że w niektórych stanach byłaby nielegalna. Pasowała do każdego klubu na Manhattanie. Tyle że właśnie spędziłam osiem godzin w spódnicy ołówkowej i marzyłam o czymś swobodniejszym.

Ostatecznie zdecydowałam się na granatowy prążkowany garnitur z marynarką na dwa guziki, uszyty przez tego samego pochodzącego z Włoch krawca, którego fanką jest pani Pentecost. Marynarka była tak przemyślnie skrojona, że wyglądałam w niej, jakbym miała biodra. Ponadto krawiec specjalnie dla mnie wszył w podszewkę po lewej na wysokości żeber kieszeń na moją trzydziestkę ósemkę, którą tam wsunęłam przed wyjściem z domu. Kreację dopełniały biała koszula z otwartym kołnierzykiem i czarne skórzane czółenka na pięciocentymetrowym obcasie. Takie buty dodawały mi prezencji, a nie utrudniały tańczenia. Poza tym, mając je na nogach, stąpałam w sposób, który z jakiegoś powodu podobał się zarówno kobietom, jak i mężczyznom.

Na miejscu okazało się, że moje obawy, czy nie będę za bardzo odstawała, były nieuzasadnione. Nie ja jedna przyszłam w szytym na miarę garniturze, a Becca i ja nie byłyśmy jedynymi kobietami bawiącymi się w swoim towarzystwie przy dwuosobowym stoliku. Klub rzeczywiście był otwarty na wszystkich. Bezpośrednio przed sceną znajdował się mały parkiet, na którym kilka par rozmaitej orientacji tańczyło do melodii, które serwowali muzycy.

Nawet w miarę wysztafirowana, przy mojej towarzyszce czułam się jak brzydkie kaczątko. Usiłowałam bez większego powodzenia zamaskować pudrem piegi i wypróbowałam cztery różne cienie do powiek, szukając takiego, który pasowałby do błotnistego koloru oczu. W końcu jednak dałam za wygraną, zmyłam z siebie to wszystko i postawiłam na samą szminkę, która była tak jaskrawa, że odwracała uwagę od całej reszty. W każdym razie taką miałam nadzieję.

– Wyglądasz na podenerwowaną. – Becca musiała się nachylić prawie przez cały stół, żebym mogła ją słyszeć.

Odległość jej ust od swoich mogłam liczyć w centymetrach. Zaciągnęłam się jej lawendowymi perfumami.

– To ja tak na ciebie działam czy ten lokal? – dodała.

Miałam ochotę ją zapytać, czy przeglądała się ostatnio w lustrze.

– Jestem trochę niespokojna, bo nie wiem, czego się spodziewać – odparłam wymijająco. – Nie mam zwyczaju fraternizować się z klientami.

– Fraternizować się... – powtórzyła, cedząc każdą sylabę. – Co za okropne słowo. To miał być dla mnie kubeł zimnej wody?

– Wiesz, co miałam na myśli. Czego chcesz?

– Czego chcę? – Wypowiedziała to, jakby moje pytanie było zupełnie nie na miejscu. – Zabawić się na mieście. Przestać się martwić. Przestać żyć w ciągłym strachu. Uwolnić się od poczucia, że stąpam po kruchym lodzie.

Pochyliła się bardziej w moją stronę. Pomyślałam, że jeszcze parę centymetrów i zaliczymy pierwszy pocałunek.

– Chcę po prostu potańczyć – oświadczyła.

No cóż. Moja szefowa praktycznie wydała mi polecenie służbowe. A ja przecież jestem przykładnym pracownikiem.

Powiodłam ją, lawirując między gęsto obsadzonymi stolikami, na parkiet, gdzie dotarłyśmy akurat w chwili, gdy zabrzmiały pierwsze takty swingowej składanki. Becca pozwoliła mi prowadzić, za co byłam jej wdzięczna.

Tańczyć nauczyłam się od dziewczyn z cyrku i zaklinaczy węży. Myślę, że całkiem nieźle dawałam sobie radę. Wywijałyśmy przez trzy szybkie numery z rzędu. Potem zagrali wolny kawałek i większość tańczących pospieszyła do baru, ale Becca i ja zostałyśmy na parkiecie.

Przez następne trzy minuty kompletnie zapomniałam o morderstwach, duchach, prawdzie i kłamstwach, może ona też. Nie wiem, co czuła Becca, ale mnie świat się skurczył do moich palców na jej nagich plecach, jej policzka na moim ramieniu, zapachu perfum i papierosów.

Kiedy muzyka umilkła, wróciłyśmy chwiejnym krokiem do stolika. Czułam się trochę na haju – z powodu tańca, a może od wdychania oparów marihuany. Becca zamówiła kolejny dżin, a ja następne piwo imbirowe.

– Na pewno nie chcesz nic mocniejszego? – zapytała.

– Obawiam się, że nie. Trzymam się z daleka od alkoholu.

– Nie wiesz, co tracisz. Ten dżin jest wyborny. Już nie trzeba go robić w wannach*.

– Czasem mnie kusi – przyznałam – ale mój ojciec żłopał tyle, że wyrobił limit dla całej rodziny.

– Nie masz nic przeciwko temu, że ja piję?

– Ani trochę. Upijaj się do woli.

Becca pociągnęła spory łyk.

– Ja chyba za bardzo lubię alkohol – wyznała. – Randy uważa, że o wiele za bardzo.

– To nie był łatwy rok.

– Co prawda, to prawda.

– Byłaś zżyta z matką? – spytałam jakby mimochodem.

– To zależy, do kogo porównujesz. Ty byłaś ze swoją?

– Zapytałam pierwsza.

Ze sceny rozbrzmiał kawałek, którego wcześniej nie słyszałam – szybki, z dobrym beatem. Wiele osób ruszyło na parkiet i stoliki wokół nas opustoszały. Nagle znalazłyśmy się w ustronnym miejscu, z odrobiną prywatności.

– Może zróbmy tak... – zaproponowała z szelmowskim uśmiechem. – Pytanie za pytanie. Musimy odpowiedzieć i być szczere.

---

* Jeden z mitów czasów prohibicji w USA, według którego dżin produkowano w domowych wannach.

Czułam się bardziej komfortowo, wydobywając cudze sekrety niż dzieląc się własnymi, ale się zgodziłam.

– Ja zapytałam pierwsza – powtórzyłam. – Jak ci się układało z twoją mamą?

– W porządku, jak sądzę.

– Musisz wypełnić czymś ten szkic, jeśli mamy się w to bawić.

– Okej. Myślę, że po prostu ojciec był mi bliższy. To wszystko.

– Naprawdę? Odniosłam wrażenie, że nie był... szczególnie ciepłym człowiekiem.

– Był twardy – odpowiedziała. – Ale przecież musiał taki być. Żeby prowadzić firmę. Czasem musiał być okrutny.

Nie byłam przekonana, że okrucieństwo jest niezbędnym składnikiem recepty na sukces, ale zachowałam tę refleksję dla siebie. Becca wypiła kolejny haust dżinu i kontynuowała:

– Wobec mnie nigdy nie był okrutny. Pozwalał mi siedzieć na podłodze swojego gabinetu, czytać, bawić się lalkami, czy co tam jeszcze chciałam robić, podczas gdy on zajmował się sprawami firmy. Nigdy nie byłam jego śliczną małą księżniczką. Zawsze byłam jego bystrą małą dziewczynką, zbyt rezolutną, żeby robić za maskotkę. Kiedy pierwszy raz... zadurzyłam się w dziewczynie, był jedyną osobą, której się zwierzyłam.

Mimowolnie uniosłam brwi. Ciekawe, czy pozwalał jej też malować kredkami po ścianach swojego gabinetu. Gdzie leżały granice jego ojcowskiej pobłażliwości?

– To znaczy, nie do końca się zwierzyłam – sprostowała. – Powiedziałam o tym okrężną drogą. Ale on... się domyślił. Chodziło o moją przyjaciółkę ze szkoły. Bywała u nas w domu, więc widywał nas razem. Również to, jak ją traktuję. Zapytał mnie, czy mam na myśli tę przyjaciółkę. W końcu przyznałam, że tak.

– Jak zareagował? – zapytałam.

– Myślałam, że się zdenerwuje. Że będzie próbował wybić mi to z głowy. Tymczasem on powiedział, żebym była ostrożna. Że świat nie jest życzliwym miejscem i żebym nie obnosiła się z uczuciami, jeśli chcę w nim przetrwać.

Pogrążona w myślach, wodziła długim, smukłym palcem po krawędzi kieliszka.

– Zaczęłam więc ukrywać, co mam w sercu – ciągnęła ledwie słyszalnym głosem. – A potem on odszedł i zachowywanie ostrożności już nie wydawało się takie istotne.

Odliczyłam w myślach do dziesięciu, zanim zadałam kolejne pytanie:

– Matce nigdy nie powiedziałaś?

Wyrwana ze swoich rozmyślań, pokręciła głową.

– Ona by nie zrozumiała. Wyśmiałaby mnie. Uważała, że najlepsze, co kobieta może zrobić, to uśmiechać się, stroić i znaleźć sobie męża.

Znałam wiele niegłupich kobiet, które zrobiły z siebie szare myszki, byle wyjść za mąż i osiągnąć stabilizację. Nie znałam Bekki za dobrze, ale trudno mi było wyobrazić sobie, że ukrywa przed kimkolwiek swoje prawdziwe, płomienne ja.

– Moja kolej – powiedziała. – A jak tobie układało się z rodzicami?

– Matka zmarła, kiedy byłam jeszcze dość młoda, więc nawet nie miałam okazji ułożyć sobie z nią relacji.

– Przykro mi. – Położyła dłoń na mojej, drobne włoski na moich przedramionach stanęły dęba. – Jak zmarła?

– Zapalenie płuc. Przede wszystkim.

– Przede wszystkim?

Cofnęłam dłoń i udałam, że zaintrygowała mnie skórka przy paznokciu.

– Nigdy nie była okazem zdrowia. Zawsze chodziła posiniaczona, rozumiesz? Byłam mała, więc nie pojmowałam dlaczego. Lekarz powiedział, że zapalenie płuc potrafi zabić nawet kogoś w świetnej formie. A ona nigdy nie miała szansy, żeby być w takiej formie.

Mogłam skłamać. Jestem dobrym kłamcą. Do diabła, potrafię łgać jak najęta. Nie wiem, dlaczego wyznałam jej prawdę. Becca na szczęście nie powiedziała, że mi współczuje, nie poklepała mnie po ręce ani nic w tym guście. Po prostu dała mi chwilę.

– W każdym razie – mówiłam dalej – potem zostałam tylko z ojcem. Jeśli kiedykolwiek się dogadywaliśmy, to tego nie pamiętam. Uciekłam z domu, kiedy miałam piętnaście lat, i nigdy nie obejrzałam się za siebie.

Łyknęłam swojego piwa imbirowego i pożałowałam, że to nie było coś mocniejszego.

– Moja kolej – stwierdziłam. – Co myślisz o Johnie Meredisie?

– W jakim sensie?

– Wszystko jedno. Pytam, ponieważ jak na kogoś, kto stoi tylko szczebel wyżej od kierownika zmiany, wydaje się mieć wiele wspólnego z waszą rodziną.

– Cóż, był z nami praktycznie od zawsze – odparła. – Poza tym, mówiąc między nami, Randy trochę stracił dla niego głowę. W sensie platonicznym oczywiście. Myślę, że John jest dla niego wzorem do naśladowania. Takim stuprocentowym mężczyzną.

– A jak ty go widzisz?

– Sama nie wiem... Dla mnie to pracownik firmy. Jest miły, chociaż trochę... szorstki.

– Nie chowa jakiejś urazy wobec waszej rodziny?

– On? Nigdy w życiu.

Powiedziała to z takim przekonaniem, że aż uniosłam brwi. Nawet jeśli Meredith nie dawał sygnałów, że jest nazbyt zainteresowany Beccą, miałam poważne wątpliwości, czy pracownik z tak długim stażem nie dusił w sobie żadnej urazy do swojego szefa.

– Z tego, co wiem, muchy by nie skrzywdził – oświadczyła. – Przysięgam z ręką na sercu. – Położyła na obleczonej w czerwoną satynę piersi dłoń z wymanikiurowanymi paznokciami. – Teraz ja. Najniebezpieczniejsza sytuacja w twoim życiu?

Gdybym chciała być w stu procentach szczera, odpowiedziałabym, że ojciec nieraz przychodził do domu kompletnie pijany, a ja spędzałam noc ukryta na polu kukurydzy. Ale zamiast tego opowiedziałam jej, jak poznałam panią Pentecost. Gdy doszłam do momentu, w którym sięgałam po nóż, by załatwić McCloskeya, Becce opadła szczęka, a ona sama siedziała jak na szpilkach. Jej niebieskie oczy lśniły ekscytacją.

– Niesamowite! – zawołała, gdy skończyłam. – Jesteś zdecydowanie najciekawszą osobą, z jaką kiedykolwiek poszłam na tańce.

– Dziękuję – odparłam i lekko skinęłam głową. – Moja kolej?

– Jak mogłabym przebić taką historię?

– To nie jest rywalizacja – zapewniłam ją – tylko przyjacielska zabawa we wzajemne przepytywanie.

Dopiła swój dżin i skinęła na kelnerkę, by przyniosła jej następny.

– Dopóki faktycznie jest przyjacielska – zauważyła.

Rozważałam następne pytanie. Uznałam, że zdołam wydobyć z niej jeszcze jedną odpowiedź, zanim zmęczy się tą zabawą albo wypije tyle dżinu, że dalsze indagowanie będzie nieetyczne.

– Na ile ufasz wujkowi Harry'emu? – zapytałam. – I dlaczego?

W tej samej chwili podeszła kelnerka z kolejnym dżinem. To dało Becce dodatkowy czas na przechwycenie podkręconej piłki, jaką było moje pytanie.

– Nie mam powodu, żeby mu nie ufać – stwierdziła. – Zawsze o nas dbał. Mój ojciec miał do niego zaufanie, a ja ufałam ojcu.

– A twoja matka? Ufała Harry'emu?

– Nigdy o to nie pytałam.

– Ale jak myślisz?

– Myślę, że próbujesz przemycić dodatkowe pytania.

W trakcie tej ostatniej wymiany zdań coś się zmieniło. Wcześniej twarz Bekki emanowała otwartością. Teraz skryła ją maska. Odnotowałam w pamięci, aby się dowiedzieć, dlaczego tak bardzo chroniła starego, dobrego „wujka Harry'ego".

– Okej – rzuciłam. – Twoja kolej.

Zmrużyła oczy, jakby intensywnie nad czymś myślała, po czym uśmiechnęła się szeroko.

– Już wiem.

– Uff, nie wiem, czy podoba mi się to spojrzenie.

– Twój absolutnie najbardziej niezapomniany pocałunek w życiu.

Zarumieniłam się, przyznaję. Też byście się spłonili, patrząc na tę uśmiechniętą od ucha do ucha buzię po drugiej stronie stołu. Przejrzałam w myślach dostępne możliwości.

– Carmine Vincenzio.

Jej uśmiech przygasł.

– Ale ten pocałunek jest niezapomniany tylko dlatego, że Carmine miał na sobie jaskrawożółty trykot i jedną nogę owiniętą dookoła głowy.

Przedstawiłam pokrótce mój letni romans z włoskim człowiekiem gumą.

– Jeśli natomiast mówimy o najlepszym pocałunku – kontynuowałam – to z Sarah. Bez nazwiska.

Becca przyłożyła dłoń do ust w udawanym geście oburzenia.

– Bez nazwiska? Co za skandal!

– Jej imienia właściwie też nie znam. Nazwałam ją Sarah, ponieważ wyglądała jak Sarah.

– To kolejna historia z cyrku?

– Nie inaczej – potwierdziłam. – To było tak... Zatrzymaliśmy się na weekendowe występy w jakimś zapyziałym miasteczku pośrodku Ohio. Któregoś wieczoru pomagałam wprowadzać i wyprowadzać ludzi, którzy jeździli na diabelskim młynie. Zobaczyłam dziewczynę na randce z jakimś kmiotkiem. Ewidentnie była to pierwsza randka, a dziewczyna zdecydowanie nie bawiła się dobrze. Ona chce się przejechać młynem, ale on ma lęk wysokości. Ona nie chce jechać sama, ale wszystkie pozostałe pojedyncze osoby w kolejce to mężczyźni, a kmiotek nie chce, żeby podziwiała widoki z jakimś innym facetem. No więc zgłaszam się na ochotnika, że pojadę z nią, i wszyscy są szczęśliwi.

Piosenkarka właśnie zakończyła kolejny numer. Odczekałam, aż ucichnie aplauz, i ciągnęłam:

– Dojeżdżamy na samą górę i koło się zatrzymuje. Żeby każdy miał szansę na małe migdalenie. Sarah mówi: „Na koniec wieczoru on mnie pocałuje. To będzie mój pierwszy pocałunek, a ten chłopak mi się nawet nie podoba". Więc mówię do niej: „To może ja cię pocałuję? Nawet jeśli ten twój Johnny później cię cmoknie, przynajmniej to nie będzie twój pierwszy raz".

– No i co odpowiedziała? – zapytała Becca, znowu siedząc jak na szpilkach.

– Nic. Po prostu zamknęła oczy i się nachyliła. Więc ją pocałowałam.

Becca roześmiała się rozkosznie.

– I ta bezimienna dziewczyna z jakiejś pipidówy w Ohio całowała tak dobrze, że awansowała na sam szczyt twojego rankingu? – zapytała z niedowierzaniem.

Odliczyłam na palcach argumenty:

– Piętnaście metrów nad ziemią. Upalna letnia noc. Światła neonów poniżej. Liczy się klimat, nie technika.

Na scenie zespół ogłosił, że robi sobie przerwę. Wstałyśmy, by dołączyć do braw, podczas gdy piosenkarka kłaniała się nisko.

– Zwijamy się stąd? – zaproponowała Becca. – W domu mam mnóstwo dżinu, gramofon i szafę pełną płyt.

Wyjście na tańce to jedno, prywatna wizyta w jej domu to zupełnie co innego. Zastanawiałam się, jak daleko się posunie. Dostałam jednak polecenie służbowe, więc się zgodziłam. Becca uregulowała rachunek i wyszłyśmy na zewnątrz. Prószył śnieg i ulice były nim już zaścielone.

Becca drżała w swojej sukni bez pleców. Zręcznie przełożyłam broń do kieszeni w spodniach i zarzuciłam jej na ramiona swoją marynarkę. Ruszyłyśmy do najbliższego skrzyżowania, gdzie miałyśmy większą szansę na złapanie taksówki.

Nie trzymałyśmy się za ręce, ale nasze dłonie były na tyle blisko siebie, że ocierały się o siebie kłykciami, kiedy tak szłyśmy ramię w ramię.

Byłyśmy w połowie drogi, gdy z mroku bocznej alejki wynurzyła się jakaś postać i chwyciła Beccę za ramię. Obróciłam się raptownie i potknęłam. Tracąc równowagę, poślizgnęłam się na świeżym śniegu i walnęłam plecami o chodnik. Zanurkowałam ręką do kieszeni spodni. Bałam się, że jest już za późno.

Rozdział 18

Kurek mojej trzydziestki ósemki zaczepił o podszewkę i tylko dlatego Randolph nie oberwał porcji ołowiu w bebechy.

– Zwariowałeś, Randy?! – wrzasnęła Becca, wyrywając się bratu. – Prawie mnie wystraszyłeś na śmierć!

– Czekam tu prawie od godziny – wysyczał nienawistnie.

– To nie moja wina – burknęła, pomagając mi wstać. – Mogłeś wejść do środka.

– Żeby ktoś nas tam zobaczył? – Jego mina wyrażała dobitnie, co myślał o „tam". – Co ci mówiłem o chodzeniu w takie miejsca?

– A co ja ci mówiłam o próbach kontrolowania mnie? – wyrzuciła z siebie wściekłym tonem. – Pieniądze i pozory. Tylko na tym ci zależy. Boisz się, że przyniosę wstyd przyszłemu rekinowi biznesu?

Nie sądziłam, że jego twarz może się zrobić jeszcze bardziej purpurowa, a jednak tak się stało.

– Gdyby policja zrobiła nalot na ten lokal, kiedy byłaś w środku, jutro twoje zdjęcie znalazłoby się na pierwszych stronach gazet! „Córka Collinsów aresztowana w..." Nawet nie wiem, jak się ta speluna nazywa. A gdyby jeszcze zastali cię z nią? Jezu Chryste, Becca!

To śmieszne. Jeszcze niedawno nazwałam go jedną z najpiękniejszych istot ludzkich, jakie w życiu widziałam. Teraz to wrażenie gdzieś zniknęło. Jego twarz była pokraczną maską wykrzywioną złością i pogardą. Już kiedyś widziałam taką twarz. Właśnie z jej powodu uciekłam z domu.

– Przysięgam na Boga, Randy! Będę robiła to, na co mam ochotę i z kim tylko będę chciała!

– Ile wypiłaś?

– Nie twój interes!

– Czuję od ciebie alkohol, Becca! Czuję dżin!

Z każdym słowem coraz więcej głów odwracało się w naszą stronę. Mięśniak stojący na bramce zaczął wchodzić po stopniach, żeby zobaczyć, co się dzieje.

Wzięłam Beccę pod rękę, chcąc przenieść tę wymianę zdań do bocznej uliczki. Randolph najwyraźniej opacznie zinterpretował ten ruch. Złapał mnie za ramię i ścisnął.

– Łapy precz od mojej siostry – warknął.

Byłam zdumiona tym, jaki jest silny. Ta postura pływaka nie była tylko na pokaz.

– Wujek Harry o wszystkim się dowie – powiedział, pryskając mi w twarz śliną. – I twoja szefowa też. Dopilnuję, żebyś do jutra straciła pracę.

– Opowiedz to, komu tylko chcesz – odparłam, posyłając mu najwredniejszy uśmiech, na jaki było mnie stać. – Pani Pentecost już śpi, ma za sobą długi dzień, dlatego sugeruję nie zakłócać jej odpoczynku aż do jutrzejszego ranka.

Sięgnęłam do ręki trzymającej mnie za ramię i złapałam jego nadgarstek w obie dłonie. Szarpnęłam, jednocześnie obracając się na pięcie i wykręcając mu rękę. Następnie, blokując ją w łokciu, wygięłam jego przegub pod bardzo nienaturalnym kątem.

Randy syknął z bólu, a ja puściłam jego rękę.

– Jeszcze raz tak zrobisz, a nie puszczę, dopóki coś nie pęknie – ostrzegłam. – A teraz, jeśli naprawdę tak się martwisz o prasę, proponuję, żebyś nie robił z siebie głupka na środku ulicy. Masz trzydzieści sekund, zanim podejdzie tu bramkarz, a on wygląda na kogoś, kto lubi dać wycisk takim o połowę mniejszym od siebie.

Randolph łypnął spode łba na bramkarza, który wyszedł już na chodnik przed klub, obserwując całe zajście i rozważając, czy musi się angażować, zanim przyjedzie policja.

– Po prostu się martwię, że…

– Wiem – przerwałam mu w pół zdania. – Poczuwasz się do roli opiekuńczego starszego brata. Daj nam chwilę.

Odciągnęłam Beccę w uliczkę, gdzie nie sięgało światło latarni. Zagryzła dolną wargę, w oczach miała łzy.

– Strasznie mi przykro – odezwała się. – A tak dobrze się bawiłyśmy...

– Wieczór był wspaniały. Jeden z najlepszych w moim życiu. Twój brat w roli oficera porządkowego nam tego nie odbierze. Ale ma rację.

– Z czym?

– Policja ma na ciebie oko. Kiedy tu jechałyśmy, pilnowałam, czy nie mamy ogona, ale mogą obserwować twój dom.

Becca szybko rozważyła sytuację i najwyraźniej doszła do tego samego wniosku.

– Nie będzie dżinu ani muzyki z gramofonu?

– Nie dzisiaj – odpowiedziałam. – Myślę, że powinnaś wrócić do domu z bratem.

Otarła łzy dłonią w rękawiczce.

– Jaka ty jesteś pragmatyczna. Myślałam, że lubisz zaszaleć.

– Jestem... złożona.

To wywołało uśmiech na jej twarzy, ale taki z kącikami ust skierowanymi lekko w dół.

– W porządku, Randy. Dostąpiłeś zaszczytu odwiezienia mnie do domu.

Randy, który wpatrywał się niespokojnie w ochroniarza, odetchnął z ulgą.

– Przyprowadzę samochód – oświadczył i ruszył żwawym krokiem w głąb ulicy.

Becca obróciła się do mnie.

– Zobaczymy się jeszcze?

– Niewykluczone – odparłam. – Jest sprawa morderstwa do ogarnięcia.

– Zawsze taka profesjonalna...

– Nie zawsze. Ale czasem mi się udaje.

Podjechał do nas dwudrzwiowy lincoln i z piskiem hamulców zatrzymał się przy krawężniku.

– Mój transport – westchnęła Becca.

Zsunęła z siebie moją marynarkę i zarzuciła mi ją na ramiona.

– Dobranoc, Will. Nieźle tańczysz.

– Dobranoc, Becca. Ty też sobie radzisz na parkiecie.

Była już dwa kroki od samochodu, gdy nagle obróciła się i podbiegła do mnie. Potem się nachyliła i mnie pocałowała. To nie było jakieś tam cmoknięcie – pełne trzy sekundy kontaktu. Nie żebym w myślach odmierzała czas, ponieważ mój umysł momentalnie się wyłączył.

Randolph wykrzyknął zza kierownicy coś niecenzuralnego. Gdy otworzyłam oczy, właśnie znikała we wnętrzu auta. Ryknął silnik i odjechali.

Wyszłam chwiejnym krokiem z alejki i oprzytomniałam na tyle, by się rozejrzeć, czy ktoś mnie nie obserwuje. Bramkarz już wrócił na swoje miejsce i nikt nie zwracał na mnie najmniejszej uwagi.

Maszerując na południe, minęłam pięć przecznic, zanim przypomniałam sobie, że nie przyjechałam autem, i złapałam taksówkę.

Bez dwóch zdań.

Strąciła bezimienną z diabelskiego młyna na drugie miejsce.

Rozdział 19

W sobotę było u nas – jak zawsze w ten dzień – niczym w domu wariatów. Kobiety zaczęły przyjeżdżać około jedenastej i trwało to aż do pory obiadowej. Pokojówki i kucharki, studentki i nauczycielki, barmanki i tancerki rewiowe. Z Brooklynu, Bronxu, Harlemu – z wszystkich tych okolic, których unikali tacy jak Randy.

Niektóre przychodziły po poradę, inne z autentycznymi przestępstwami, wymagającymi przeprowadzenia śledztwa. Była wśród nich niania, którą pracodawca oskarżył o kradzież brylantowej bransoletki i zwolnił. Po dwóch telefonach znałyśmy nazwisko pasera. W trzeciej rozmowie ustaliłyśmy właściciela lombardu. Kilka szybkich pytań, niezbyt subtelna pogróżka, że przekażemy jego dane policjantom zajmującym się obrotem kradzionymi towarami, i już wiedziałyśmy, że winowajczynią była pasierbica pracodawcy. Właściciel lombardu przypuszczał, że dziewczyna przeputała pieniądze na używki.

Pani P. obiecała niańce, że napisze do jej ekspracodawcy wyważony list, ale zasugerowała, by kobieta zamiast przywrócenia do pracy zażądała miesięcznej odprawy i świetnych referencji. Gdy niania wyszła od nas ze łzami wdzięczności w oczach, moja szefowa odwróciła się do mnie i powiedziała:

– Dwadzieścia minut mojego czasu. Tyle wystarczyło, by uchronić ją i jej rodzinę przed przytułkiem dla ubogich. Albo czymś jeszcze gorszym.

Nie przechwalała się. Po prostu stwierdzała fakt.

Już od dłuższego czasu naciskałam, by ograniczyła te sobotnie „drzwi otwarte" w naszym domu. Kumulowanie dwóch tuzinów spraw w ośmiogodzinnym dniu pracy odbijało się na jej zdrowiu. Rzadko zdarzało się, by niedzieli nie przeleżała w łóżku. Mimo to upierała się przy swoim. Uważała, że skoro poświęca tyle czasu i energii ludziom pokroju rodziny Collinsów, powinna to czymś równoważyć.

Każda nowojorczanka z dolnego przedziału podatkowego wiedziała, że dla takich jak ona nasze drzwi są otwarte w soboty. W te dni pani Campbell przyrządzała tyle jedzenia, że oprócz dwudziestu minut czasu pani Pentecost petentki dostawały jeszcze gorący posiłek.

Moja szefowa kultywowała tę tradycję na długo przed tym, jak się poznałyśmy, nie bacząc, jaki miała akurat dzień – gorszy czy lepszy – i nie zamierzała przestać. Pomagałam więc, jak tylko mogłam, namierzając paserów, przygotowując wstępne wersje listów i tym podobne.

Przypadek niani był wyjątkiem – sprawy na ogół nie były nawet w przybliżeniu tak złożone. Zwykle trafiające do nas kobiety miały ten problem, że mieszkały pod jednym dachem z kimś, kto robił z ich życia piekło. Wiele przychodziło z podbitym okiem, rozciętą wargą, a czasem nawet ze złamaną kończyną.

Niedługo po tym, jak zaczęłam pracować dla pani Pentecost, zażartowałam, że te kobiety tak naprawdę nie potrzebują detektywa, lecz rewolweru, adwokata od rozwodów albo przynajmniej kogoś, kto je nauczy, jak porządnie dać w mordę. To było jeszcze, zanim zrozumiałam, że użyteczna sugestia, nawet wypowiedziana półżartem, może zdziałać równie wiele, co pięść.

Uprzątnęłyśmy naszą piwnicę, zagraconą starymi meblami, odzyskując tam dużą, otwartą przestrzeń. Wyłożyłyśmy ją starymi materacami gimnastycznymi, które wysępiłam w pobliskim liceum. W następną sobotę, podczas gdy pani P. prowadziła na górze swoje konsultacje, zaprosiłam petentki na szybki kurs samoobrony, który sama prowadziłam. Boksowania nauczyłam się od siłacza, zapasów podczas feralnego romansu z człowiekiem gumą, a chwytów poniżej pasa i innych wrednych sztuczek od Kaliszenki. Początkowo nie było wielu chętnych. Potem jednak pokazałam kilku kobietom, które się skusiły, jak sparować cios, obalić napastnika na ziemię i, jeśli wszystko poszło dobrze, złamać mu rękę.

Wieści rozeszły się po mieście pocztą pantoflową.

Tamtej soboty miałam na materacach prawie dwadzieścia kobiet. Zainspirowana zachowaniem Randy'ego poprzedniego wieczoru, uczyłam je, jak obronić się przed facetem, który nie potrafi trzymać rąk przy sobie.

– W większości przypadków będzie to ktoś na tyle duży, żeby się wam wyrwać, zanim zdążycie mu zrobić krzywdę – wyjaśniłam, demonstrując wykręcenie ręki na gospodyni domowej, która przychodziła na moje zajęcia już od ponad roku. – Ale jeśli dzięki temu napastnik cofnie łapska, zdobędziecie trochę pola manewru. Wtedy wykonajcie jeden z chwytów, które ćwiczyłyśmy. Jeśli macie pod ręką broń, użyjcie jej. Jeżeli jest taka możliwość, bierzcie nogi za pas.

Nawiązałam kontakt wzrokowy kolejno z każdą osobą na materacu, by się upewnić, że mnie słuchają.

– Nie ma znaczenia, jakie znacie chwyty, jeśli zaatakuje was facet, który ma nad wami przewagę trzydziestu kilogramów. Dlatego jeśli tylko możecie, zwiewajcie, aż znajdziecie się w bezpiecznym miejscu.

Podzieliłam moje kursantki na grupy według umiejętności i postury. Zaczęłyśmy ćwiczyć. Właśnie pokazywałam drobnej pani, która mogłaby być moją babcią, jak fachowo wyprowadzić cios w wątrobę, gdy usłyszałam głos naszej gospodyni, stojącej u szczytu schodów do piwnicy.

– Will! Pani cię prosi.

Zostawiłam trening w rękach osoby, która uczęszczała tu najdłużej, i poszłam na górę do biura szefowej. W jednym z foteli dla gości zastałam kobietę w średnim wieku, z muskularnymi ramionami i twarzą niczym ostrze siekiery – wąską, kanciastą i równie przyjazną.

– To jest pani Nowak – oznajmiła moja szefowa. – Pani Nowak, to jest Will Parker, moja wspólniczka.

– Żadna tam ze mnie pani – powiedziała kobieta akcentem, który pochodził z okolic gdzieś na wschód od Renu. – Jestem Anna. Panią Nowak byłam, jak miałam męża. Teraz mam pijaka, którego nie wpuszczę więcej do domu.

Pani P. skinęła głową na znak, że przyjmuje to wszystko do wiadomości.

– Anna opowiadała, jak spędziła pięć lat, pracując u Vincenta i Dianny Lance'ów.

To nazwisko nic mi nie mówiło.

– Szczerze mówiąc, nie kojarzę nikogo takiego.

– Nie ma powodu, żebyś ich znała – wyjaśniła moja szefowa. – Pan Lance był wiceprezesem skromnej firmy importerskiej, która specjalizowała się w azjatyckich jedwabiach. Pani Lance dbała o dom. Anna mówi, że byli dobrze sytuowani, chociaż nie należeli do krezusów.

Znaczy się bogaci, ale nie na tyle, by się przewijać przez rubryki towarzyskie.

– Anna właśnie mi mówiła o swoim ostatnim roku u państwa Lance'ów – kontynuowała pani P. – To było około pięciu lat temu, zgadza się?

Pani Siekiera skinęła głową.

– Tak. Byłam kucharką. Teraz też jestem, ale u innej rodziny. Tę kobietę, o którą pani pyta, widziałam wiele razy. Nie lubiła cebuli. Kto nie lubi cebuli?

Czułam, że tracę wątek.

– Chwilkę, momencik – wtrąciłam. – Kto nie lubił cebuli? Pani Lance?

– Nie, nie, nie – zaprzeczyła kucharka. – Ta wiedźma. Belestrade.

Obróciła głowę i splunęła na dywan, zanim przypomniała sobie, gdzie jest. Zaczęła przepraszać, ale uniosłam rękę.

– W porządku – powiedziałam. – Ja ciągle pluję na podłogę.

Muszę tu się do czegoś przyznać. Nasz sobotni kurs samoobrony faktycznie był darmowy, co jednak nie oznaczało, że nie czerpałyśmy innych korzyści, jeśli zachodziła taka potrzeba. Kiedy szukałyśmy konkretnych informacji, rozpuszczałyśmy wici. Kobiety, które przychodzą do nas, wiedzą, jakie rzeczy nas interesują, więc jeśli dowiadują się czegoś ciekawego, dzielą się tym z nami. Ponadto rozpytują wśród swoich znajomych i sąsiadów. Wiadomość, którą pani Pentecost puściła w obieg tydzień wcześniej, brzmiała: „Przysługi albo gotówka w zamian za konkrety na temat Ariel Belestrade".

– Pani Lance zaczęła się widywać z tą kobietą. Potem przyprowadziła ją do domu. Zaprosiła na obiad. Właśnie wtedy powiedziano mi, że żadnych cebul – wyjaśniła Anna. – Jak przyszła pierwszy raz, była miła. Za drugim razem zaczęła zadawać pytania. Pani Lance powiedziała, że mam odpowiadać. Że to pomoże coś zrobić… jakąś dobrą energię.

Sposób, w jaki Anna to wypowiedziała, nie pozostawiał wątpliwości, co ona sama myśli o „dobrej energii".

– Jakiego typu pytania zadawała? – zainteresowałam się.

– Różne. Wypytywała o pana i panią Lance'ów. Co jedzą? Ile wydaję na jedzenie? Kiedy jadają razem? Kiedy osobno? Jakie mają nastroje? Co jedzą, kiedy są smutni? Co jedzą, kiedy są szczęśliwi? – Anna uniosła ręce w geście desperacji. – To było śmieszne. Absurd.

Pani P. rzuciła mi spojrzenie. Skinęłam głową na znak, że też to zauważyłam.

– Niech zgadnę… – powiedziałam. – Pytała, czy ostatnio pan Lance często odwoływał kolacje? Jaka była jego energia następnego dnia? Czy przyszedł na śniadanie? Czy pan Lance jadał ostatnio nowe produkty? Ograniczał słodycze? Próbował zrzucić oponkę?

– Tak, tak, tak! – podekscytowała się Pani Siekiera. – Dokładnie w tym stylu.

– W jakim czasie po tych pytaniach państwo Lance'owie się rozeszli? – zapytała pani P.

Anna wzruszyła ramionami.

– Dwa miesiące? Może trzy? Pan Lance bardzo się zmienił. Zrobił się bardzo nieszczęśliwy. Krzyczał na mnie. Bardzo podejrzliwy. A potem pani Lance odeszła, a ja straciłam robotę.

Pani P. zapytała jeszcze o kilka rzeczy. Kiedy uznała, że wiemy już wszystko, wstała i uścisnęła Annie dłoń.

– Pomoże pani z właścicielem kamienicy? – zapytała kucharka. Wyglądała, jakby znowu chciała splunąć, ale się powstrzymała.

– Przekażę pani dane grupie, która specjalizuje się w sprawach przeciwko nieuczciwym kamienicznikom – obiecała moja szefowa. – Wkrótce się z panią skontaktują. Jeśli to nie poskutkuje, odwiedzę go osobiście.

Twarz Anny rozpromienił uśmiech i wszelkie podobieństwo do siekiery zniknęło.

– Dziękuję, pani Pentecost. Bardzo dziękuję. Życzę dużo powodzenia z tą wiedźmą.

Powiedziawszy to, Anna skierowała się przez kuchnię do tylnych drzwi. Łatka konfidenta nie jest nikomu potrzebna do szczęścia.

– Intrygujące – podsumowałam, kiedy zostałyśmy we dwie.

– Dostrzegasz schemat. – To było bardziej stwierdzenie niż pytanie.

– Pewnie. Belestrade wyciąga od pani Lance informacje na temat problemów małżeńskich. Wtedy mówi: „Hej, macie złą energię w domu, pozwólcie mi się z nią rozprawić". Potem ciśnie gosposię, aż ustala, do czego się posunął pan Lance. Albo raczej kogo posunął.

Pani P. zmarszczyła nos na tę grę słów, ale nie zaprotestowała.

– Biorąc pod uwagę, jak zmienił się pan Lance w okresie między przepytywaniem a separacją, szczególnie to, jak bardzo stał się podejrzliwy, możemy wnioskować, że Belestrade zrobiła użytek z pozyskanych informacji – orzekła.

– Jeśli mówiąc „użytek", ma pani na myśli szantaż, to doszłyśmy do tego samego wniosku.

– Pytanie, czy Belestrade posłużyła się tymi samymi metodami w przypadku rodziny Collinsów. Jeśli tak, to jakie tajemnice odkryła?

Zastanowiłam się przez chwilę.

– Nie żebym chciała dokładać do pieca – powiedziałam – ale mam kolejne pytanie do tej listy. Jakim sposobem Belestrade awansowała od średniozamożnych ludzi w rodzaju Lance'ów aż do elity z Gramercy Park? Przeskoczyła po drodze kilka progów podatkowych.

Pani P. osunęła się niżej w fotelu i zamknęła oczy.

– Za dużo pytań i za mało odpowiedzi – mruknęła. – Ale przynajmniej wiemy, jakie pytania zadać, kiedy odwiedzimy panią Belestrade w środę.

Pani Campbell wsunęła głowę do biura. Miała wypieki na policzkach, a po jej zwykle zaciśniętych ustach błądził uśmiech. Nasza gospodyni narzekała na soboty – dodatkowe zakupy, tyle gotowania i jeszcze te obce buciory roznoszące błoto po całym domu – ale podejrzewałam, że w głębi ducha popierała naszą tradycję otwartych drzwi. W te dni starała się trzymać swoją naturalną szorstkość na wodzy i dzielnie pełniła honory domu.

– Gotowe na następną? – zapytała. – Możecie się nią zająć same? Muszę pilnować chleba sodowego.

– Tak, jak najbardziej – odpowiedziała pani P., ospale otwierając oczy i podsuwając się wyżej w fotelu. – Poproś ją do nas.

Jako że nie byłam dłużej potrzebna w biurze, wróciłam na dół ćwiczyć ciosy i chwyty obezwładniające. Gdy zajęcia dobiegły końca, a ja podjadłam trochę pieczeni, poszłam do swojego pokoju, wydobyłam z szafy mojego przenośnego remingtona i zaczęłam przepisywać notatki z przesłuchań w fabryce Collinsów. Pani Pentecost chciała wszystko, nie tylko najistotniejsze ustalenia, miałam więc co robić aż do wieczora. Gdy wyszli ostatni goście, przeniosłam się z robotą na swoje biurko i tam zjadłam kolację.

Na dokładkę dorzuciłam od siebie sprawozdanie z wieczoru spędzonego z Beccą. Oczywiście pominęłam kilka osobistych szczegółów, na przykład flirtowanie, wspólny taniec i pocałunek. Uwzględniłam natomiast spotkanie z Randym oraz mój wniosek, że Becca przypuszczalnie jest bywalczynią szemranych klubów, które odwiedza z przygodnie poznanymi kobietami.

Jeśli Belestrade zamierzała wykopywać rodzinne brudy Collinsów, to ten wątek nie był trudny do odkrycia.

Właśnie sprawdzałam ostatnie strony raportu, kiedy do biura zajrzała szefowa. W jednej ręce trzymała talerz z chlebem sodowym, pokaźną porcją masła jabłkowego domowej roboty i nożem do smarowania; w drugiej dzierżyła wielki kielich miodu pitnego.

– Gdybyś czegoś potrzebowała, będę w archiwum.

– Proszę – powiedziałam, kładąc jeszcze ciepły maszynopis na jej biurku. – Dodatek do lektury na strychu.

Nie wyglądała na zachwyconą widokiem nowego zadania domowego. Pewnie zamierzała znowu zagłębić się w nasze akta na temat Belestrade.

– Jak się pani czuje? – zapytałam.

Soboty zawsze były wyczerpujące, a ona miała za sobą ciężki dzień. Odstawiła talerz i kielich, rozłożyła ręce, by mi pokazać, że radzi sobie bez laski, i na koniec dygnęła.

– Śmiem twierdzić, że bardzo dobrze – oświadczyła. – Bardziej niż nawrót choroby doskwiera mi czkawka.

Uśmiechnęłam się ochoczo.

– Super. Proszę nie siedzieć tam za długo.

Nawet nie raczyła skomentować tego odruchu matczynej troski. Wzięła mój maszynopis pod pachę, sięgnęła po kielich i talerz, po czym udała się na górę. Słuchałam odgłosu jej powolnych, ostrożnych kroków i szalonego grzechotania noża do masła o talerz.

Pamiętajcie o jednym: Lillian Pentecost jest światowej klasy detektywem, co oznacza, że jest również wytrawnym kłamcą. Musiałam mieć na nią oko.

Niedługo później udałam się do łóżka, żarłocznie pochłaniając ostatnie opowiadanie w najnowszym numerze „Strange Crime", po czym zgasiłam światło.

Zamiast liczyć owce, liczyłam podejrzanych. Belestrade i jej asystent, Randy i Becca, Harrison Wallace, John Meredith, którykolwiek z tysięcy akcjonariuszy Collins Steelworks, nie biorąc pod uwagę osób z mrocznej, a w każdym razie nieznanej nam przeszłości Abigail. Dorzuciłam jeszcze Dorę i Sanforda. No i oczywiście był też duch Alistaira Collinsa. Zliczałam ich po raz trzynasty, gdy w końcu zmorzył mnie sen.

Rozdział 20

Pani Campbell jako jedyna w naszym domu była osobą zdecydowanie religijną. Niemniej moja szefowa i ja próbowałyśmy przestrzegać szabatu, nawet jeśli wypadał w samym środku intensywnie prowadzonego śledztwa. Gdybyśmy tego nie robiły, pracowałybyśmy non stop przez miesiąc, co nie było dobre dla nikogo, zwłaszcza dla pani Pentecost.

Spałam do południa, a potem wyskoczyłam do fryzjera na Brooklynie, który miał otwarte w niedzielę i wiedział, jak ogarnąć moje rude kudły. Po południu wybrałam się do kina na film pod tytułem Seans, w nadziei, że historia o sceptycznym powieściopisarzu i duchu jego pierwszej żony podsunie mi jakieś pomysły. Jedyne przemyślenia miałam na temat

Constance Cummings grającej drugą żonę pisarza, która musiała się zmagać z duchem tej byłej. Niestety, nie znalazłam żadnych odniesień do sprawy Collinsów.

Do domu wróciłam o zmierzchu. Szefową zastałam przy biurku, sączącą wino i nadrabiającą zaległości prasowe z ostatniego miesiąca. Jako że nie miała dla mnie nic pilnego do roboty, kolację, złożoną głównie z resztek pieczeni, zabrałam do siebie. Tam trzymam swoje radyjko, a nie chciałam przegapić najnowszego odcinka *The Shadow*.

Wiedząc, jakie zło czai się w sercach ludzi, Lamont Cranston uwinął się ze swoim dochodzeniem w pół godziny. Gdy prezenter życzył wszystkim dobrej nocy, ja też się odmeldowałam.

Następnego dnia rano, gdy zeszłam na dół, na moim biurku czekała na mnie kartka.

Prześwietl rodzinę Abigail Collins. Za mało wiemy o jej życiu z okresu przed przyjazdem do Nowego Jorku.

Doceniałam wiarę szefowej w moje umiejętności, czego dowodem był fakt, że nie zaczęła zdania od „Spróbuj prześwietlić". Chciała Abigail podaną na tacy i zleciła to mnie.

Zaczęłam od zadzwonienia do rezydencji Collinsów. Po krótkiej utarczce z Sanfordem zostałam przełączona do sypialni Bekki. Minęło pół minuty, zanim się zgłosiła.

– Halo? – odezwała się półprzytomnie zachrypniętym głosem.

– Dzień dobry, słoneczko.

Odchrząknęła i wykrzesała z siebie odrobinę entuzjazmu:

– Dzień dobry, panno Parker. Myślałam, że już nigdy cię nie usłyszę, sądząc po tym, jak skończył się nasz wspólny wieczór.

– Pamiętam, że skończył się całkiem uroczo – odparłam. – Jeśli masz na myśli ten mały incydent z rodzinnym oficerem porządkowym, prawie już o nim zapomniałam.

– Dzwonisz, żeby się umówić na kolejną randkę? – zapytała.

– Kusząca perspektywa, ale tym razem mam sprawę służbową. Wspomniałaś, że twoja matka pochodziła z północy stanu. Wiesz może, skąd dokładnie?

W słuchawce zaległa cisza.

– Matka nie lubiła mówić o swoim dzieciństwie – usłyszałam w końcu. – Pochodziła z Prattsville albo Pattsville. Jakoś tak – powiedziała bez przekonania. – Zapamiętałam tę nazwę, ponieważ była podobna do jej panieńskiego nazwiska.

– Czy kiedykolwiek poznałaś kogoś z tej strony rodziny?

– Nie, nigdy. Jej rodzice zmarli, kiedy była nastolatką. Nie miała rodzeństwa i nie utrzymywała bliższych relacji z dalszymi krewnymi.

Zamyśliłam się na moment.

– Na ile twoim zdaniem jest możliwe, że nie nosiła nazwiska Pratt od urodzenia?

– Skąd ci to przyszło do głowy?

– Dziewczyna pojawia się w Nowym Jorku, aby zacząć nowe życie. Żadnej rodziny, żadnych zaszłości. Świeże rozdanie. Nie ona pierwsza zrobiłaby coś takiego. Pozbyła się nazwiska, jakby zrzuciła z siebie starą skórę. – Ten opis pasował do mnie samej, z tą różnicą, że zamiast w ramiona potentata przemysłu zbrojeniowego, trafiłam do ekscentrycznej pani detektyw.

– Z tego, co mi wiadomo, Pratt to jej autentyczne nazwisko – stwierdziła Becca. – Przez ostatnie dwa tygodnie przeglądaliśmy jej osobiste papiery i wszędzie figuruje pod nazwiskiem Pratt.

To oczywiście o niczym nie przesądzało. Wiedziałam z własnego doświadczenia, jak łatwo załatwić sobie lipną metrykę.

– Jeśli to nie problem, czy mogłabyś przejrzeć albumy ze zdjęciami, jeśli miała takowe? – zapytałam. – Daj mi, proszę, znać, jeżeli natrafisz na kogoś, kto wygląda jak jej krewny.

– Wątpię, czy coś znajdę. Moja matka nie była zbyt sentymentalna. Dlaczego interesuje cię jej rodzina?

– Zawsze staramy się wiedzieć o ofierze jak najwięcej – odpowiedziałam, serwując jej tę samą gadkę co rodzinie każdej ofiary, kiedy musiałyśmy trochę powęszyć. – Nigdy nie wiadomo, co się może przydać.

Na chwilę zapadła niezręczna cisza, po czym znowu przemówiła Becca:

– A więc co do kolejnego spotkania…

W pierwszym odruchu chciałam się wykręcić. Pojedynczy wypad na tańce to jedno, ale druga randka oznaczała coś więcej. Wtedy jednak przypomniałam sobie plakaty, które widziałam wczoraj wieczorem; było nimi wyklejone całe metro.

– Co robisz w piątek wieczorem? – zapytałam.

– Co tylko każesz. – Ten tekst aż ociekał dwuznacznością.

– Tym razem ja przyjadę po ciebie. Powiedzmy o szóstej – zdecydowałam. – Stroje wieczorowe nie obowiązują. Ubierz się raczej na spacer po parku niż na dancing.

– Idziemy do parku na spacer?

– Cierpliwości – odrzekłam. – Dowiesz się wszystkiego w swoim czasie. Założę się, że ci się spodoba. Stawiam dwa do jednego, że będziesz zachwycona.

– Przyjmuję zakład – zamruczała jak kocica.

Trzy minuty po odłożeniu słuchawki wciąż miałam głupkowaty uśmiech na twarzy. W końcu go starłam i ruszyłam na poszukiwanie naszego atlasu stanu Nowy Jork. Prattsville faktycznie istniało. Według mapy znajdowało się godzinę drogi na południowy zachód od Albany w hrabstwie Greene i zgodnie z ostatnim spisem ludności liczyło ośmiuset czterdziestu ośmiu mieszkańców. Czyli nie metropolia, ale też nie kompletna dziura zabita dechami. Wyskoczyłam do biblioteki i zdobyłam egzemplarz książki telefonicznej hrabstwa Greene. Prattsville leżało blisko hrabstw Delaware i Schoharie, dlatego przejrzałam również ich lokalne książki telefoniczne. Potem zapisałam numery do wszystkich Prattów, jakich znalazłam. Moja lista liczyła w sumie dwieście dziewięćdziesiąt cztery pozycje. Zanotowałam, które dotyczyły miejscowości w promieniu trzydziestu kilometrów od Prattsville. W ten sposób ograniczyłam listę do osiemdziesięciu dwóch numerów. Już nie tak strasznie, ale wciąż huk roboty, żeby wszystkie obdzwonić.

Przy okazji wypisałam sobie numery do wszystkich biur szeryfów, magistratów i bibliotek we wszystkich trzech hrabstwach. Lepiej mieć pod ręką niż później szukać.

Wróciłam do biura i zaczęłam wydzwaniać.

Wiedziałam, że wieści o śmierci Abigail Collins mogły już dotrzeć do jej ziomków na prowincji, dlatego trzymałam się prawdy. Mówiłam, że zostałam zatrudniona przez dzieci Abigail do odnalezienia jej krewnych. Na pytania o powód tych poszukiwań odpowiadałam wymijająco. Nie wyprowadzałam nikogo z błędu, że może chodzić o jakieś pieniądze w spadku, co – jak miałam nadzieję – tylko zachęcało tych ludzi do współpracy.

Dzwoniłam przez całe poniedziałkowe popołudnie i cały wtorek. Wykręciłam tyle numerów, że sama nie wiedziałam, co przegrzeje się pierwsze: telefon czy moje ucho. Zasłużyłam na bukiet kwiatów od Ma Bell[*].

Muszę rozczarować tych z was, którzy myślą, że praca detektywa to ekscytująca, widowiskowa jazda po bandzie. Dziewięć na dziesięć godzin pracy polegało właśnie na mo-

---

[*] Ma Bell – potoczna nazwa Bell Telephone Company, ówczesnego potentata na amerykańskim rynku telekomunikacyjnym.

zolnym ślęczeniu, nudnym i często bezproduktywnym. Poza tym szanse na to, że krewni Abigail w ogóle mają telefon, były pół na pół. Jeśli faktycznie wychowała się w takiej biedzie, o jakiej wspominali Becca i Randolph, całkiem możliwe, że dla jej rodziny telefon w domu to nieosiągalny luksus.

Mimo wszystko udało mi się znaleźć Abigail Pratt. W istocie namierzyłam aż siedem osób o takim imieniu i nazwisku. Najbardziej spodobała mi się osiemdziesięcioczteroletnia imigrantka ze Szkocji, mówiąca z tak ciężkim akcentem, że musiałam zawołać panią Campbell, żeby robiła za tłumacza. Miałam nadzieję, że Abigail okaże się zaginioną wnuczką, ale niestety. Ta rozmowa przyniosła jednak jakiś pożytek – pani Campbell zdobyła przepis na nadzienie do kiełbasek.

We wtorek w porze obiadowej pani P. była gotowa położyć kres moim wysiłkom. Ona też wisiała na telefonie, obdzwaniając żony i partnerki gości z imprezy halloweenowej, co okazało się zajęciem równie nudnym i niewdzięcznym, jak to moje.

– Możliwe, że zmieniła nazwisko – uznała pani Pentecost. – Jeśli tak, obawiam się, że zmarnowałaś ostatnie dwa dni.

Trudno było się z nią nie zgodzić. Ale kiedy obudziłam się w środę rano, przyszedł mi do głowy pewien pomysł. Może źle się do tego zabrałam. Nie powinnam była szukać Abigail Pratt. Oczywiście, że mogła zmienić nazwisko. Prattsville było jednak tak małe, że nie wspomniałaby o nim własnej córce, gdyby nie znała tego miejsca osobiście. Powinnam była pytać o dziewczynę w wieku od siedemnastu do dwudziestu lat, przypuszczalnie jedną z najładniejszych w okolicy, blondynkę z niebieskimi oczami, która wyjechała stamtąd około 1924 roku.

Zaczęłam od lokalnych bibliotek, używając tej samej gadki co wcześniej. Dodawałam tylko, że interesująca mnie osoba mogła zmienić nazwisko. Nikt nie podał mi odpowiedzi na tacy, ale wcale mnie to nie zdziwiło. Proponowałam moim rozmówcom, żeby przemyśleli sprawę i popytali, a gdyby coś z tego wynikło, by do mnie oddzwonili.

Poprosiłam również o nazwisko i numer telefonu najstarszej i najlepiej poinformowanej kobiety w mieście. Nie użyłam określenia „największej plotkary w okolicy", ale nie musiałam. Każda bibliotekarka od razu wiedziała, o kogo mi chodzi. Potem zaczęłam obdzwaniać te dobrze poinformowane panie; w jednym przypadku był to pewien bardzo rozmowny wdowiec.

W efekcie zebrałam sporo pikantnych ciekawostek z zakulisowego życia miasteczek hrabstwa Greene, jak choćby to, że pewien hotelik ze śniadaniem wliczonym w nocleg był także burdelem. Poznałam również nazwiska kilku radnych miejskich, którzy brali w łapę. Po południu znalazłam właściwą osobę. Była to pani Bettyanne Casey-Hutts z Cockerville, pipidówki położonej około dwudziestu kilometrów na północ od Prattsville.

Z tego, co mi powiedziała Bettyanne, przy Cockerville ich sąsiad z południa mógł uchodzić za Paryż.

– Nasza mieścina jest tak mała, że jak się dobrze wychylisz, to z jednego końca widać drugi – rzuciła do słuchawki chrapliwym głosem zdradzającym nałogowego palacza. – Nic dziwnego, że dziewczyna stąd wyjechała. Nie było tu dla niej niczego. Zwłaszcza po tym, co zaszło.

Ową dziewczyną była niejaka Abby Crouch, która sądząc po szczegółowym opisie przedstawionym przez Bettyanne, była naszą Abigail.

– Nie było w promieniu trzydziestu kilometrów mężczyzny ani chłopaka, który by nie znał Abby Crouch. Nie mam na myśli tego, że była puszczalska. Po prostu przykuwała spojrzenia – powiedziała mi Bettyanne. – Nie żeby była z niej nie wiadomo jaka piękność, chociaż urody jej nie brakowało. Po prostu miała w sobie to coś. Taką pewność siebie. Mężczyznom się to podoba, dopóki nie podejdą bliżej. Wtedy zaczynają myśleć, że może łatwiej by im poszło z jakąś bardziej potulną.

Po pięciu minutach byłam gotowa zaadoptować Bettyanne jako moją zbzikowaną babcię, której nigdy nie miałam.

– Pamiętaj, że to wszystko wiem tylko ze słyszenia – kontynuowała. – Mój mąż i ja chodziliśmy do metodystów, podobnie jak rodzina Crouchów. Jednej niedzieli słyszeliśmy, że Abby widuje się z takim a takim. Dwie albo trzy niedziele później, że już z nim zerwała.

– Czy jej rodzice żyją?

– Nie. Matka zmarła młodo. Nie podczas porodu, ale wkrótce potem, tak mi się zdaje – odparła Bettyanne. – Abby została wychowana przez ojca i starszego brata. Nie pamiętam, jak ten brat miał na imię. Jakoś dziwnie. Brzmiało to bardziej jak nazwisko. Orlando? Orren? Coś w tym rodzaju.

Podczas gdy próbowała sobie przypomnieć to imię, jej głos zaczął zanikać i przez chwilę myślałam, że nas rozłączyło. Wówczas jednak usłyszałam w słuchawce nowy potok słów:

– Jej ojciec prowadził małe gospodarstwo. Cichy człowiek. Trzymał się na uboczu. Potem zmarł. Nie pamiętam dokładnie kiedy. Wydaje mi się, że już po tym, jak wyjechała. Zmieniłam kościół, kiedy Clarence, to znaczy mój mąż, odszedł. Nie myślałam o Crouchach od lat.

– Wspomniała pani, że Abby miała powód, by wyjechać – powiedziałam, naprowadzając ją z powrotem na interesujący mnie wątek. – Że stało się coś paskudnego. Co to było?

– Och, straszna rzecz, po prostu straszna. – Jej głos drżał. – Nigdy wcześniej ani potem nic takiego nie wydarzyło się w tych stronach. Przynajmniej nie w przypadku kogoś tak młodego. Ten chłopak miał przed sobą całe życie.

– Co się stało? – zapytałam.

– Billy McCray. Chłopak, z którym chodziła Abby. Tak mi się wydaje, że z nim chodziła. Może z nim zerwała, zanim to się stało. To było tak dawno temu. Człowiek myśli, że ma pamięć ostrą jak brzytwa, a potem okazuje się...

Gdyby Ma Bell miała w ofercie usługę delikatnego potrząsania osobą po drugiej stronie linii, chętnie bym teraz skorzystała z tej opcji.

– Co się stało z tym Billym McCrayem?

– Och, zabił się, moja droga – oświadczyła, jakby to było coś oczywistego. – Palnął sobie w łeb ze strzelby swojego ojca.

Rozdział 21

Zaparkowałam cadillaca po drugiej stronie ulicy, bezpośrednio naprzeciwko numeru dwieście piętnaście. Spojrzałam w stronę parku, wypatrując babć w chustach. Było już jednak po zachodzie słońca i nawet jeśli wcześniej tu siedziały, pewnie już sobie poszły.

Potrzebowałam dobrych piętnastu minut, żeby uwolnić się od Bettyanne. Odniosłam wrażenie, że mało kto ją odwiedza, a telefon z biura detektywistycznego w Nowym Jorku był dla niej najbardziej ekscytującą rzeczą, jaka się jej przydarzyła w ostatnich miesiącach.

Nie potrafiła mi powiedzieć wiele więcej. Dowiedziałam się jeszcze, że Billy McCray był bystrym, przystojnym młodzieńcem, po którym spodziewano się, że z czasem przejmie sklep żelazny ojca. Jego samobójstwo było szokiem dla całego miasteczka. McCrayowie niedługo później zwinęli interes i przenieśli się dalej na południe, gdzie zimy były łagodniejsze i łatwiej było zapomnieć.

Zadałam jeszcze kilkanaście pytań, ale to źródełko wiedzy wyczerpałam do cna. Bettyanne obiecała, że rozpyta się o numer do brata Abigail i oddzwoni do mnie. Tak czy inaczej, zasłużyła na bukiet róż. Najchętniej dorzuciłabym jeszcze jedną z tych gadatliwych papużek, żeby dotrzymywała jej towarzystwa.

Przekazałam pani Pentecost najświeższe nowiny w drodze do Greenwich Village, podrzucając na tylne siedzenie szczątkowe informacje na temat wczesnej młodości Abigail.

– Myśli pani, że to ona go zabiła? – zapytałam. – To nie może być zbieg okoliczności. Dwóch mężczyzn w jej życiu zginęło od strzału z broni palnej, rzekomo z własnej ręki.

Pani P. stanowczo nie wyciągała tak daleko idących wniosków.

– Chłopak, z którym randkowała przez kilka tygodni, kiedy miała szesnaście lat. Mąż od dwóch dekad, kiedy miała prawie czterdzieści lat. – Widziałam we wstecznym lusterku jej dłonie, którymi balansowała jak szalami wagi, aby zademonstrować, jak się mają do siebie te dwa incydenty z biografii Abigail. – Rzeczywiście pewne podobieństwo istnieje – stwierdziła – ale trudno to nazwać schematem działania. Za dużo dzieli te dwa wydarzenia.

– Trochę to naciągane – przyznałam – ale wiem, jakie jest pani zdanie na temat przypadków w sprawach o morderstwo.

Tylko się skrzywiła i mruknęła coś pod nosem. Resztę podróży odbyłyśmy w milczeniu, nie licząc okazjonalnych inwektyw rzucanych przeze mnie pod adresem innych kierowców. Nie chciałam jej teraz rozpraszać, kiedy szykowała się mentalnie na starcie z trudnym przeciwnikiem.

Właśnie tak myślałam o Belestrade – jak o przeciwniku. Bystra, przebiegła, atrakcyjna i niebezpieczna. Może nikogo nie zabiła, ale najprawdopodobniej była szantażystką, z pewnością oszustką i zdecydowanie kimś, kogo nie należało lekceważyć.

Na szczęście moja szefowa nie miała tego w zwyczaju.

Oznajmiła mi, że plan jest taki, by pozwolić Belestrade poprowadzić ten wieczór. Dać jej wolną rękę. A na koniec zaszachować ją pytaniem o szantaż.

– Im więcej czasu z nią spędzimy, tym lepiej zorientujemy się w jej metodach działania – wyjaśniła pani P.

Gdy wysiadła z samochodu, przez dłuższą chwilę poprawiała ubranie – szara garsonka z gabardyny, krwistoczerwona bluzka, czarny krawat spięty srebrną spinką. To był jej strój na wojnę. Uwydatniał wszystkie jej cechy: podbródek wydawał się ostrzejszy, usta szersze, nos odrobinę bardziej haczykowaty. Jej oczy – zarówno prawdziwe oko, jak i to szklane – wręcz lśniły.

Dzisiaj nie zapomniała swojej laski. Lepiej było pokazać, że korzysta się z podparcia, niż się chwiać, kiedy tego nie chciała.

Zapukałyśmy do drzwi.

ZAPRASZAMY POSZUKUJĄCYCH

Chwilę później otworzył nam Neal Watkins – kruczoczarne włosy ufryzowane w nienaganną falę i garnitur, w którym nawet przedsiębiorca pogrzebowy wyglądałby zbyt ponuro.

– Dobry wieczór – powiedział. Chyba usiłował naśladować hipnotyczny głos swojej szefowej, ale wyszło bardziej tak, jakby był zaspany. – Pani Belestrade będzie gotowa za parę minut, jeśli zechcą panie poczekać.

Usadowił nas w wąskim pokoju z wyściełanymi ławkami po obu stronach i masywnymi dębowymi drzwiami na jednym końcu. Pani P. i ja zajęłyśmy jedną z ławek. Zapytawszy, czy chciałybyśmy coś do picia – żadna z nas nie chciała – Neal przysiadł na drugiej ławce.

– Pani Belestrade nie mogła się doczekać tej wizyty – zagaił.

– Doprawdy? A dlaczegóż to? – zainteresowała się pani P.

– Myślę, że traktuje panią jak wyzwanie – stwierdził Neal. – Sceptyk, który jednak stawia sobie te same cele.

– A jakie miały być te cele?

– Niesienie pomocy tym, którzy tego potrzebują.

– To dlatego się pan u niej zatrudnił? – zapytała. – Zapewniła panu okazję, by dał upust swojemu altruizmowi, której to okazji pan nie miał na uniwersyteckim wydziale historii?

Jeśli Neal był poruszony tym, czego się o nim dowiedziałyśmy od Olivii Waterhouse, nie dał tego po sobie poznać.

– Między innymi. Ale to również ciekawa praca. Poza tym pani Belestrade dobrze płaci. Więcej niż wyciągałem z asystentury. – Neal znowu odgarnął z czoła swoją bujną grzywę. – Odpowiedź na pani pozostałe pytania brzmi jednakowo. Nie, obawiam się, że nie.

– Moje pozostałe pytania?

– Nie, tamtego wieczoru, gdy odbywało się przyjęcie, nie wysiadałem z samochodu. Nie, nie zauważyłem niczego podejrzanego. Nie, obawiam się, że nie wiem, kto zamordował Abigail Collins. – Uraczył nas czymś, co zapewne w jego przekonaniu było czarującym uśmiechem. W rzeczywistości tylko dopełniło wizerunku niedoszłego pracownika naukowego, który teraz się szkolił, by zostać poślednim kanciarzem.

Nie zdążył przewidzieć naszych kolejnych pytań, ponieważ zza podwójnych drzwi dobiegł nas delikatny dźwięk dzwonka.

– Pani Belestrade prosi – oświadczył, wstając.

Podążyłyśmy za nim. Z rozmachem otworzył na oścież dębowe drzwi.

Przekroczyłyśmy próg, wchodząc do pomieszczenia, które na pierwszy rzut oka nie różniło się niczym specjalnym od salonu w domu dobrze prosperującego mieszkańca Nowego Jorku. Było tam sześć foteli, szezlong pod jedną ze ścian, kilka niskich stolików i lamp Tiffany oraz mały świecznik elektryczny, który w miły dla oka sposób kontrastował z drewnem.

Obrazy na ścianach przedstawiały gustowne akty i amerykańskie pejzaże. Nie znam się na tym za bardzo, ale jestem prawie pewna, że dostrzegłam w tej kolekcji oryginalnego Hoppera.

Żadnych udrapowanych jedwabiów. Żadnych ezoterycznych symboli na ścianach. Żadnych okien i zasłon, za którymi mógłby się ukryć Neal.

Jedynym elementem w tym pokoju, który nie zawiódł moich oczekiwań, była pani domu. Stała na środku pokoju, boso, w szacie z białego jedwabiu, która wyglądała jak skrzyżowanie sukni wieczorowej z koszulą nocną. Na każdym palcu miała pierścień, a włosy upięła spinką z jadeitu w kształcie pająka.

Uśmiech, którym nas powitała, był szeroki i szczery. Nie wzbudził we mnie ani krzty zaufania.

– Pani Pentecost, panno Parker, witam w moim domu – przemówiła. – Usiądźcie, proszę, tam, gdzie poczujecie się komfortowo.

Kusiło mnie, by wrócić do samochodu, ponieważ z wszystkich dostępnych opcji właśnie tam czułabym się najbardziej komfortowo. Neal jednak zamknął drzwi za nami, dlatego poszłam za przykładem pani P., która usiadła w jednym z trzech stojących w półkolu foteli. Zajęłam miejsce obok niej, wcześniej obracając mebel o parę stopni tak, by siedzieć twarzą do zamkniętych podwójnych drzwi. Nie spodziewałam się, że coś nagle wpadnie tamtędy do pokoju i spróbuje nas zabić, ale nie zapomniałam, że w kaburze pod kamizelką mam swoją trzydziestkę ósemkę.

Belestrade wyglądała na ubawioną tym, jak przesunęłam fotel.

– Jest pani tu bezpieczna, panno Parker – zapewniła. – Nie ma pani czego się obawiać.

– Powiedziała pani, żebyśmy czuły się komfortowo – przypomniałam jej. – Nigdy nie czuję się komfortowo, siedząc tyłem do drzwi.

Jej uśmiech znikł, ustępując miejsca wyrazowi współczucia.

– To bardzo przykre – stwierdziła. – Pani doświadczenia życiowe nauczyły panią traktować drzwi jak coś, czego należy się bać, a nie jak przepustkę do rzeczy nowych i wspaniałych.

Od razu przyszło mi do głowy kilka ciętych ripost, ale wszystkie zawierały określenia niepasujące do takich salonów. Poza tym to był show pani Pentecost. Dlatego tylko uśmiechnęłam się uprzejmie. Spirytystka rozsiadła się w trzecim fotelu, zakładając nogę na nogę i przy okazji prezentując kolejną kolekcję srebrnych pierścieni, tym razem na palcach u nóg.

Przez dłuższą chwilę żadna z nas nie zabierała głosu. Pani P. i Belestrade mierzyły się nawzajem wzrokiem. Moja szefowa miała usta zaciśnięte w prostą linię, spirytystka lekko się uśmiechała. Rozważałam w myślach, czy nie opowiedzieć dowcipu o listonoszu i córce farmera, gdy Belestrade przerwała ciszę.

– Zdaję sobie sprawę, jak wyjątkowym doświadczeniem jest to spotkanie. Dla nas obu – powiedziała, lejąc w nasze uszy ten swój doprawiony na ostro miód. – Zdarzało mi się już wcześniej zapraszać do mojego domu sceptyków, na przykład profesor Waterhouse. Ale tylko jako obserwatorów, nigdy jako uczestników moich seansów. Jestem pewna, że to pani zawsze jest tą, która szuka odpowiedzi i nie pozwala, by odkryto jej duszę.

Nie wiem, jak pani Pentecost odebrała te słowa, ale mnie one zdecydowanie zjeżyły. Jeśli ktoś miał tu coś odkrywać, to z pewnością była to moja szefowa, nikt inny.

– Nie chciałam, by to zabrzmiało groźnie – dodała Belestrade. – W pani świecie proces odkrywania niesie ze sobą negatywne emocje. Kojarzy się z ujawnieniem zbrodniczych czynów. W moim oznacza otwarcie się na światło, wyjście na wolność, wydobycie z mroków rzeczy, które w ten sposób mogą w końcu wzrosnąć i rozkwitnąć.

Pani P. oparła rękę na kolanach.

– Czy możemy już zacząć? – zapytała.

– Proszę zamknąć oczy – poinstruowała Belestrade. – Pani też, panno Parker. Proszę się nie martwić. Żadna krzywda się tu pani nie stanie.

Widząc, że pani P. zamknęła oczy, zrobiłam to samo. Możecie być jednak pewni, że nasłuchiwałam, czy nie skrzypną drzwi albo nie zabrzęczą te jej pierścionki na palcach u nóg.

– Opróżnij umysł z dzisiejszego dnia – poleciła spirytystka. – Od pierwszych chwil poranka aż do tego momentu. Opróżnij go ze wszystkich wydarzeń, spotkań, obowiązków, myśli, pragnień. Weź to wszystko w ramiona, przyciśnij do piersi, a potem puść. Oddychaj głęboko i odpuszczaj.

Ostatnie zdanie powtarzała raz za razem jak mantrę:

– Oddychaj głęboko i odpuszczaj. Oddychaj głęboko i odpuszczaj. Oddychaj głęboko i odpuszczaj. Oddychaj głęboko i odpuszczaj...

Jej słowa zaczęły się ze sobą zlewać, aż stały się jednym ciągiem sylab. Kiedy zamykałam oczy, moje nerwy były napięte jak postronki. Ta kobieta, ten głos, jego rytm, intonacja sprawiały jednak, że mimowolnie się odprężałam.

– Oddychaj głęboko i odpuszczaj.

W tle jej głosu usłyszałam ledwie słyszalne, przytłumione tykanie. Jakby gdzieś w ścianach tego pokoju był ukryty zegar. Albo tykotki, o których opowiedziała mi babcia na pogrzebie mojej matki. Te, które zbierają się w ścianach, kiedy zbliża się śmierć*.

– Oddychaj głęboko i odpuszczaj.

Zaczęłam lewitować w fotelu.

– Oddychaj głęboko i odpuszczaj.

Potem zamilkła na dłuższą chwilę. Jedyne, co słyszałam, to delikatnie tykanie. Tyk, tyk, tyk, tyk... Traciłam poczucie czasu. Jak długo już siedziałyśmy w tym pokoju? Nie miałam pojęcia.

Tyk, tyk, tyk, tyk...

– Zatrzymajcie się na chwilę w tym pustym miejscu, w tej ciepłej wnęce w waszych sercach – powiedziała Belestrade. – A teraz się wsłuchajcie. Słuchajcie głosów tych, którzy przeszli na drugą stronę kurtyny. Oni nie odeszli na zawsze, tylko ich nie widać. Przysłoniły ich pragnienia dnia codziennego. Słuchajcie. Nasłuchujcie ich głosów. Ich szeptów.

Wytężyłam słuch.

Tyk, tyk, tyk, tyk... Czy w tle tego dźwięku nie było słychać czegoś jeszcze?

– Tylu ich jest wokół was – wyszeptała spirytystka. – Ciągniecie za sobą tak wiele duchów. S ł u c h a j c i e.

Prawie ich usłyszałam. W każdym razie tak mi się wydawało. Łagodny szmer.

Z ciemności pod moimi powiekami zaczęły wypływać na powierzchnię twarze. Mojej matki. Mojej babci. Cudnej Lulu, która zmarła na oddziale zakaźnym dwa miesiące przed

---

* Tykotek rudowłosy – gatunek chrząszcza żerującego w martwym drewnie starych budynków. Jego angielska nazwa to *deathwatch beetle*.

213

tym, jak odeszłam z cyrku. McCloskey, z twarzą wykrzywioną grymasem bólu i zdziwienia, próbujący wyrwać nóż, który tkwił w jego plecach. Dziewczyna, którą zobaczyłam zasztyletowaną w portowym barze. Wszystkie ciała, które widziałam w kostnicy u Hirama.

Ujrzałam każde z nich przez krótką chwilę, zanim opadli z powrotem w ciemność.

– Teraz otwórzcie oczy.

Otworzyłam. Spirytystka siedziała tam gdzie przedtem, ale coś się zmieniło. Reszta pokoju była pogrążona w mroku. Całe światło wydawało się koncentrować w wąskim kręgu wokół naszych foteli, jakby cała rzeczywistość skupiała się wokół nas.

O ile nasze oczy były otwarte, o tyle Belestrade miała je zamknięte. Głowę przechyliła w bok, jakby nasłuchiwała.

– Tak ich wiele – wyszeptała. – Tak wielu zmarłych podąża za wami. Orszak zagubionych.

Spojrzałam kątem oka na panią P. Na środku jej czoła widniała głęboka bruzda, której wcześniej nie widziałam. Zastanawiałam się, czyje twarze zobaczyła moja szefowa.

– Słyszycie ich, prawda? – zapytała spirytystka. – Słyszycie, jak nawołują. W waszych snach, skrytych myślach, tylko nie rozumiecie, co chcą powiedzieć. Myślicie, że domagają się zemsty, sprawiedliwości, ale nie wiecie.

Jej palce zacisnęły się na podłokietnikach. Paznokcie wpiły się w miękkie obicie.

– Słyszę ją – wysyczała, wijąc się w fotelu. – Woła do ciebie. Boisz się, że jej śmierć nie zostanie pomszczona. Ona mówi... żebyś... odpuściła. Pozwoliła jej odejść. Odpuść. Nie duś tego w sercu. To tylko przynosi jej ból. Tobie przynosi tylko ból.

Zerknęłam na panią P. W kącikach jej ust dojrzałam ledwie widoczny szyderczy uśmieszek.

– Jeśli ta zagrywka ma mnie przekonać, żebym porzuciła śledztwo w sprawie morderstwa Abigail Collins, to jest bezcelowa i uwłacza godności nas obu – oznajmiła.

Belestrade, wciąż z zaciśniętymi kurczowo powiekami, pokręciła głową.

– Nieeeee... – To słowo wydobyło się z jej ust jak ostatnie tchnienie umierającego.

Nagle, szybka niczym wąż, wyciągnęła rękę i złapała mnie za nadgarstek. Próbowałam się wyrwać, ale jej uścisk był jak ze stali.

– Odpuść, Willowjean. Pozwól mi odejść.

Teraz jej głos był inny. Miał – jakże znajome – płaskie brzmienie Środkowego Zachodu z akcentami głębokiego Południa. Znałam ten głos.

– Miałaś rację – powiedziała. – Zawsze to wiedziałaś. To on mnie zabił. Nie pociągnął za spust, ale na jedno wychodzi.

Po policzkach Belestrade ciekły łzy. Jej powieki trzepotały, ukazując białka oczu.

– Pozwól mi odejść – wychrypiała. – Nie mogłaś nic zrobić. Musisz przestać się obwiniać. Byłaś tylko dzieckiem. Byłaś tylko...

W tym miejscu nastąpiła przerwa. Pijacy nazywają to urwanym filmem, z tym że ja nie piję. Wiem tylko, że słyszałam głos mojej matki, naśladowany przez tę hochsztaplerkę, a w następnej chwili stałam, celując z rewolweru w głowę tej wiedźmy i wrzeszcząc:

– Zamknij się! Zamknij tę cholerną gębę!

Fotel, na którym wcześniej siedziałam, leżał przewrócony na podłodze. Neal z otwartymi ustami stał w drzwiach. Belestrade milczała. Całkowicie opanowana, wpatrywała się w lufę broni. W jej wielkich ciemnych oczach nie było ani krzty strachu. Tylko triumf.

Pani Pentecost bardzo powoli położyła dłoń na mojej ręce – tej, w której trzymałam rewolwer.

– Will – szepnęła. – Schowaj to. Ona nie jest tego warta. Oddychaj i odpuść.

Czymkolwiek było to, co mnie naszło, wycofało się. Opuściłam rewolwer i wsunęłam go z powrotem do kabury.

– Przepraszam – bąknęłam, chociaż nie wiem, kogo właściwie chciałam przeprosić.

– W porządku – odpowiedziała moja szefowa. – Wychodzimy.

Następnie zwróciła się do pani domu głosem zimnym i twardym jak wieko trumny:

– Popełniła pani dzisiaj wielki błąd. Prowokowanie konfrontacji ze mną było ryzykowne. Ale żeby dręczyć moją asystentkę?

Stuknęła końcem laski o podłogę. Kłykcie jej dłoni zaciśniętej na mosiężnej rączce były białe.

– Może pani jeszcze żałować, że powstrzymałam Will od pociągnięcia za spust.

Wzięła mnie za wciąż drżącą rękę i wyprowadziła na zewnątrz.

Rozdział 22

Pani Pentecost chciała złapać dla nas taksówkę, uparłam się jednak, że nie zostawię naszego cadillaca przed domem tej kobiety.

Jakimś cudem dowiozłam nas na Brooklyn. Początkowo byłam oszołomiona i odrętwiała, ale w miarę jak dochodziłam do siebie, odrętwienie przeradzało się w złość. Albo Belestrade nawiązała kontakt z duchem mojej matki, albo ktoś dostarczył jej wystarczająco dużo informacji na mój temat, żeby mogła zrobić ze mnie ofiarę swoich machinacji.

Przychodziła mi do głowy tylko jedna osoba, której zwierzyłam się ostatnio ze szczegółów na temat śmierci mojej matki.

Gdy wróciłyśmy do domu, pani P. zasugerowała, żebym udała się do swojego pokoju i odpoczęła albo przynajmniej pozwoliła, by nasza gospodyni zrobiła pudding ryżowy – zawsze mi pomagał, kiedy miałam zły nastrój. Ja jednak poprosiłam, bym mogła zostać sama w biurze.

Podniosłam słuchawkę i wykręciłam numer. Becca odebrała po trzecim dzwonku. Ledwie zdążyła powiedzieć „Halo", gdy ją zaatakowałam:

– Zapłaciła ci za informacje czy po prostu je przekazałaś?

– Nie wiem, o czym...

– Mam nadzieję, że coś z tego masz – warknęłam. – Stówkę, całusa. Coś.

– Will, o czym ty mówisz? Co się stało? Nie rozumiem. Chodzi o moją matkę?

– Chodzi o to, że przekazałaś szczegóły na temat śmierci mojej matki tej... Belestrade.

– Dlaczego miałabym przekazywać cokolwiek tej kobiecie?

– Nie wiem. Może byłaś pijana. – Mój głos ociekał goryczą. Sama ledwie go poznawałam. – Może ona właśnie w ten sposób zdobywa wszystkie te brudy, które wykorzystuje do szantażowania ludzi. Poi ładne dziewczyny dżinem, aż mówią jej wszystko, co chce wiedzieć. Może jedynym powodem zaproszenia mnie na tańce było pociągnięcie mnie za język. Jeśli tak, świetnie ci poszło.

Po drugiej stronie zapadła cisza. Przez chwilę myślałam, że Becca się rozłączyła.

– Will, zakończmy tę...

Uprzedziłam ją i walnęłam słuchawką.

Gapiłam się na telefon dobrą minutę, czekając, aż serce przestanie mi kołatać. Podniosłam wzrok i zobaczyłam panią Pentecost stojącą w progu.

– Dobra, wiem, że się wygłupiłam, okej? – rzuciłam. – Dałam się im podejść i rozegrać jak...

Zaczęłam płakać, już drugi raz tego wieczoru. Pani P. podeszła do mnie, obchodząc biurko, przy którym siedziałam, objęła mnie i zaprowadziła na górę do mojego pokoju. Poczekała, aż wyjdę z łazienki z obmytą twarzą i przebrana w piżamę.

– Nie jestem dzieckiem – zaprotestowałam, kiedy kładła mnie do łóżka. – Nie musi mnie pani tak traktować.

Spojrzała na mnie zdziwiona.

– Nie uważam, że jesteś dzieckiem – powiedziała. – Uważam cię za moją wspólniczkę i przyjaciółkę. Ty pomagałaś mi położyć się do łóżka więcej razy, niż jestem w stanie zliczyć.

Potem wyszła, a ja zasnęłam. W każdym razie próbowałam zasnąć. Nie mogłam pozbyć się tych słów z mojej głowy. „Musisz przestać się obwiniać".

Trafnych słów, ponieważ tak właśnie robiłam.

Racjonalna część mnie dobrze wiedziała, że byłam wtedy tylko dzieckiem. Nic nie mogłam zrobić, żeby powstrzymać ojca przed tłuczeniem mojej matki. Nie miałam wówczas rewolweru w kaburze pod pachą ani noża przywiązanego do łydki. Nie znałam też żadnych słów, które mogłyby ją przekonać, by go zostawiła, póki jeszcze da radę.

Ale ta część mnie, która wyszarpnęła broń i wycelowała ją w Belestrade? Ta, która zawiązuje mi na supeł żołądek za każdym razem, kiedy myślę o tamtych czasach? Ona nie słucha głosu rozsądku. Nadal uważa, że coś jednak powinnam była zrobić. I że jeśli teraz uratuję dostatecznie wiele kobiet, pomogę wsadzić do więzienia iluś tam zabójców, to może pozbędę się tego poczucia winy.

*

Następny poranek był, jak to mówi pani Campbell, zwykły do bólu. Pobudka, śniadanie, korespondencja, telefony, cierpliwe czekanie, aż moja szefowa zejdzie na dół.

Nie zapomniałam wydarzeń z poprzedniego wieczoru, ale nabrałam do nich nieco dystansu. Moja złość w dużej mierze wywietrzała.

Jedynym cierniem w boku było poczucie winy z powodu tego, jak potraktowałam Beccę. Nadal uważałam, że to ona jest źródłem przecieku. Co jednak, jeśli Belestrade użyła którejś ze swoich sztuczek, żeby wydobyć z niej te informacje? Może ją zahipnotyzowała?

Tak czy inaczej, Becca była jedną z głównych postaci w toczącym się śledztwie i nie zasługiwała na to, by jej ubliżać. Postanowiłam, że zadzwonię dopiero wczesnym popołudniem, aby mieć pewność, że już nie śpi, i wtedy ją przeproszę. Albo pofatyguję się do niej osobiście, jeśli zgodzi się mnie przyjąć.

Pani Pentecost zeszła na dół około drugiej – później niż zwykle. Może chciała dać mi więcej czasu na ogarnięcie się. Właśnie miałam zapytać, jakie ma dla mnie zadania na ten dzień, gdy rozległo się pukanie do drzwi wejściowych. Pięć ostrych, szybkich uderzeń.

– Znam ten kod Morse'a – powiedziałam, wstając od biurka, żeby otworzyć.

Byłam zaskoczona, że porucznik Lazenby nie zjawił się sam. Tym razem przyszedł w asyście dwóch umundurowanych sierżantów.

– Parker – powiedział do mnie głosem, który nie wróżył niczego dobrego – czy już wstała?

Ta obcesowość mnie zmroziła. Nawet on nie bywał tak szorstki na powitanie. Jego twarz miała w sobie to podobieństwo do granitu, które dostrzegłam tamtego wieczoru, kiedy go poznałam.

– Jestem pewna, że będzie zachwycona, mogąc ugościć swego ulubionego stróża prawa.

Wprowadziłam całą trójkę do biura. Lazenby natychmiast wyjął z kieszeni płaszcza złożony dokument i wręczył go pani P.

– To nakaz przejęcia wszystkich sztuk broni palnej znajdujących się w obrębie tej posesji.

Odczekał, aż moja szefowa przeczyta dokument do samego dołu kartki. Gdy skończyła, skinęła do mnie głową.

Miałam wiele pytań, ale wyciągnęłam moją trzydziestkę ósemkę z szuflady biurka i czterdziestkę piątkę z sejfu.

Pani P. wydobyła ze swojego biurka dwulufowego derringera. Strzelał celnie na niewiele ponad pół metra, ale tyle wystarczyłoby do pozbycia się intruza, gdyby takowy wtargnął do biura.

Lazenby polecił szczuplejszemu sierżantowi, by zabrał broń.

– To wszystko? – zapytał.

– Myśli pan, poruczniku, że mamy tu cały arsenał? – rzuciłam półżartem.

Obdarzył mnie spojrzeniem, które nie podobało mi się ani trochę. Kiedy tylko pierwszy sierżant wyszedł z naszymi pukawkami, Lazenby wyjął z kieszeni kolejny dokument.

– A to jest nakaz w sprawie istotnego świadka, Willowjean Parker – oświadczył.

Pani P. zerwała się na równe nogi i wyrwała mu papier z ręki. Szybko przebiegła wzrokiem po kartce. Zerkałam jej przez ramię.

Nakaz w sprawie istotnego świadka uprawnia policję do zatrzymania danej osoby i zażądania od niej udzielenia informacji dotyczącej przestępstwa będącego przedmiotem śledztwa. Odmowa złożenia zeznań jest traktowana jako obraza organu ustawodawczego. Gliniarze często używali tego środka zapobiegawczego przed wystawieniem nakazu aresztowania.

Moją uwagę przykuła rzucająca się w oczy niewypełniona rubryka w dokumencie. Moja szefowa jak zwykle mnie uprzedziła.

– Nie wymieniono tu żadnego przestępstwa. Jest podejrzana o posiadanie wiedzy dotyczącej czego?

– Nie mamy obowiązku udzielania takiej informacji – odparł Lazenby.

Wzrok pani Pentecost wypaliłby dziurę w kimś pośledniejszym, ale porucznik był jak wyciosany z kamienia.

Zobaczyła jego determinację i jej twarz złagodniała.

– Nathan – powiedziała łagodnym głosem. Jedno słowo. Bardzo spokojnie.

Skinął głową i przeniósł na mnie spojrzenie swoich ciemnych oczu.

– Morderstwo Ariel Belestrade.

Rozdział 23

To był dokładnie ten sam pokój przesłuchań co wtedy. Ten sam lichy metalowy stolik. To samo chybotliwe krzesło. Różnica polegała na tym, że tym razem nie musiałam opowiadać tego samego kolejnym funkcjonariuszom coraz wyższego szczebla. Od razu trafiłam przed oblicze tego najważniejszego.

– Mamy cię, Parker – warknął. – To nie jest kwestia tego, czy jesteś winna, czy niewinna. Pytanie, czy było to zabójstwo z premedytacją, czy w afekcie. Jeśli zdołamy wykazać, że zostałaś sprowokowana, może unikniesz krzesła elektrycznego.

Pochylił się nad stołem. Jego głos był łagodny i niski.

– To, co ci zrobiła Belestrade, było paskudne – powiedział. – Wykorzystała twoją osobistą tragedię, żeby cię rozegrać w ten sposób. Gdyby zrobiła coś takiego mnie, może sam bym ją zatłukł, i to od razu. Wykazałaś się większym opanowaniem niż ja. Muszę wiedzieć jedno. Kiedy poszłaś tam jeszcze raz zeszłego wieczoru, co ci powiedziała? Coś takiego jak wcześniej? Kolejne kłamstwa i czary-mary?

Każdy detektyw ma własny styl przesłuchiwania. Pani Pentecost gra rolę dobrej cioci. Nie wesołej cioci, z którą można się napić, ale tej, do której człowiek się zwraca, kiedy potrzebuje poważnej rady albo poważnych pieniędzy.

Ja wykorzystuję mylne wyobrażenia moich rozmówców. Jeśli widzą we mnie dziewczynkę bawiącą się w detektywa, wykorzystuję to. Jeżeli biorą mnie za sekretarkę, nie wyprowadzam ich z błędu. Oprócz tego chętnie wcielam się w ulubioną postać detektywa z tych wszystkich tanich kryminałów, na których się wychowałam – szorstki urok i cięty dowcip. W każdym razie próbuję. Kaliszenko zwykł mawiać: „Żaden numer nie jest tak dobry, żeby nie mógł być lepszy".

Lazenby miał styl ojca spowiednika. Być może uznał, że skoro wygląda jak szesnastowieczny mnich, powinien grać tę rolę. Każde jego pytanie zawiera ofertę zrozumienia, rozgrzeszenia. Nie bywając za często po drugiej stronie, czasem zapominam, jak dobry jest w swoim fachu.

Na jego nieszczęście znałam te triki na wylot. Nawet gdybym ich nie znała, byłam zbyt wściekła na niego, żeby dać się podejść ten sposób. Zawsze miałam nadzieję, że jego uwagi, abym już więcej nie wbijała noży w ludzi, to swego rodzaju gra. Nieszkodliwe docinki, które się zdarzają między zawodowcami. To, co działo się teraz, nie było jednak grą. Lazenby poszedł z nakazem do sędziego i uzyskał jego podpis. Może nie wierzył tak do końca, że to ja zastrzeliłam Belestrade, ale najwyraźniej tego nie wykluczał. Musiałam się pogodzić z faktem, że dla porucznika wciąż byłam cyrkową dziewczyną z trupem na koncie.

Kusiło mnie, by na wszystkie jego pytania odpowiadać monosylabami. A potem zastanowiłam się, jak pani Pentecost poradziłaby sobie na moim miejscu. Nie na darmo spędziłam trzy lata w jej towarzystwie. Ona by nie pozwoliła, żeby Lazenby zaszedł jej za skórę, a nawet gdyby, z pewnością nie dałaby tego po sobie poznać.

Pomyślałam o swoich tanich kryminałach, rozparłam się wygodnie na tyle, na ile było to możliwe na moim chybotliwym krześle, i uśmiechnęłam się szeroko.

– Niezły tekst – rzuciłam. – Ja też lubię Hammetta. Nawet bardziej niż Gardnera.

– Will, to nie czas na żarty. Sprawa jest cholernie poważna.

– A czy ja wyglądam, jakby mi było do śmiechu?

Wyrecytowałam nazwisko i numer, których wyuczyłam się na pamięć dawno temu – prawnika, który był do dyspozycji pani P. przez całą dobę. Nie żeby to było absolutnie konieczne. Byłam pewna, że on i pani P. już przebywali gdzieś w tym budynku, próbując mnie stąd wyciągnąć.

Lazenby najwyraźniej zdał sobie sprawę, że – winna czy nie – nie dam się urobić jego zwykłymi metodami, dlatego w końcu zaczął zadawać sensowne pytania. Kiedy, gdzie, jak i tak dalej. Opowiedziałam mu z grubsza o naszej wizycie u Belestrade, przemilczając kilka soczystych szczegółów.

Ku memu zaskoczeniu uzupełnił wszystkie elementy układanki, które zachowałam dla siebie.

– Mierzyłaś do tej kobiety z broni – oświadczył. – A twoja szefowa groziła jej śmiercią.

– Poruczniku, wie pan, że Nealowi nie można wierzyć na słowo – odparłam. – Cokolwiek knuła Belestrade, on był częścią tych machinacji.

– Mamy dużo więcej niż jego zeznanie.

To zabrzmiało bardzo pewnie. Uwierzyłam mu. W połączeniu z całą resztą, którą ujawnił do tej pory, mogło to oznaczać tylko jedno.

– Macie nagranie – powiedziałam. To było stwierdzenie, nie pytanie. – W pokoju był zamontowany podsłuch.

Nie był to popis dedukcji klasy pani Pentecost. Pytania, które zadawał Lazenby. To, że przytaczał wypowiedzi Belestrade słowo w słowo. Ponadto przypomniałam sobie przytłumione tykanie, które wtedy słyszałam. To nie był zegar, ale obracające się szpule ukrytego magnetofonu.

– Jak daleko w przeszłość sięgają te nagrania? – zapytałam. – Nagrywała wszystko, co się działo w tym pokoju? Macie cały zbiór?

Pokerowy wyraz twarzy porucznika wciąż był bez zarzutu, ale dostrzegłam grymas frustracji.

– Nie macie, prawda? Brakuje reszty nagrań.

Jego twarz przybrała ten śmieszny kolor purpury, który tak mnie u niego bawił.

– Ja tu zadaję pytania! – krzyknął.

– Oczywiście, że pan – odparłam. – Nigdy nie miałam co do tego wątpliwości. Niemniej... Jeśli nagrała zeszły wieczór, to znaczy, że nagrywała wszystkie wieczory. Dlaczego by nie? Co oznacza, że miała na taśmie swoje sesje z Abigail Collins.

Puściłam w ruch trybiki w swojej głowie.

– Ktoś dał wam wczoraj taśmę. Domyślam się, że Neal – powiedziałam. – Rodzi się więc pytanie: czy Neal jest w posiadaniu reszty nagrań? Czy może nigdy ich nie miał? A jeśli nie on, to kto?

Muszę przyznać, że Lazenby przyhamował. Jeszcze chwilę pogotował się w milczeniu, po czym wrócił do zadawania rzeczowych pytań na temat moich kontaktów z Belestrade. Tym razem niczego nie zataiłam, opowiadając również o moim pierwszym, nieudanym rekonesansie i spotkaniu w parku przed jej domem.

W sumie zajęło nam to około dwóch godzin. Gdy skończyliśmy, czułam się jak wyżęta ścierka. Lazenby też nie wyglądał jak prosto spod igły.

Rozparł się na krześle, które zatrzeszczało pod jego ciężarem.

– Wkrótce będziemy mieli wyniki badań balistycznych – oświadczył. – Chcesz dodać coś jeszcze do swojej wersji?

Przyjęłam tę samą pozę co on, ale w moim krześle jedna noga się chwiała, dlatego efekt był nie do końca identyczny.

– Ani słowa – stwierdziłam. – Pokażcie badania balistyczne.

Skinął głową. Gdybym miała wówczas wyrokować, w moim przekonaniu szala jego wewnętrznej wagi przechyliła się na moją korzyść. Nawet jeśli tylko nieznacznie.

– A więc – powiedział – dlaczego twoim zdaniem Belestrade tak się na ciebie zawzięła?

Wzruszyłam ramionami.

– Myślę, że tu nie chodziło o mnie. Chciała dopaść moją szefową. Przy okazji zdobyła trochę informacji o mnie i postanowiła zrobić z nich użytek.

Lazenby parsknął śmiechem. To było dziwne wrażenie – patrzeć na śmiejący się posąg.

– Ona niczego nie zdobyła przy okazji, Parker – sprostował. – Znaleźliśmy w jej biurze całe akta. Wywiady z twoimi kumplami z prasy. Z ludźmi, którzy cię znali. Wygląda na to, że dodzwoniła się nawet do paru twoich starych przyjaciół z cyrku.

Ścisnęło mnie w dołku. W Hart & Halloway's było mnóstwo osób, które znały szczegóły moich wczesnych lat. Becca nie miała z tym nic wspólnego, a ja naskoczyłam na nią zupełnie bez sensu.

– Najwyraźniej obserwowała ciebie i twoją szefową od dawna – kontynuował Lazenby. – O tobie miała znacznie więcej niż o Pentecost, ale Lillian zawsze była dobra w zacieraniu śladów. Wierz mi, sam próbowałem. Ciekawi mnie, co Belestrade zamierzała zrobić z tymi wszystkimi informacjami. Poza wkurzeniem cię.

Też byłam ciekawa.

Czy Belestrade wiedziała, że pani P. interesowała się nią przez ostatnich kilka lat? Czy to dlatego zbierała haki na nas, aby ich użyć przeciwko nam, gdybyśmy zaczęły deptać jej po piętach? Jeśli tak, mogła się bardziej postarać. Scena w jej salonie? Tamta wieczorna wycieczka po Nowym Jorku? Pretensjonalne efekciarstwo. Takie zachowanie praktycznie gwarantowało, że będziemy miały na nią oko.

Wciąż rozważałam to wszystko, gdy otworzyły się drzwi. Szczupły sierżant, który przedtem skonfiskował naszą broń, wszedł, trzymając w ręce notatkę. Wręczył kartkę porucznikowi, który ją przeczytał i machnął dłonią. Sierżant czmychnął z powrotem za drzwi.

– Balistyka – mruknął Lazenby. – Masz ostatnią szansę, żeby zmienić zeznanie.

Przez krótką, pełną trwogi chwilę próbowałam oszacować, na ile to możliwe, że ktoś zakradł się do naszego domu, pożyczył sobie którąś ze spluw, zastrzelił z niej Belestrade, a następnie podrzucił broń z powrotem na miejsce, aby mnie wrobić. Ale, jak by to ujęła pani Pentecost, to były wymysły rodem z tanich kryminałów.

– Więcej grzechów nie pamiętam. Wszystkie już wyznałam – oznajmiłam.

Przez kilka długich sekund mierzył mnie wzrokiem. Potem wskazał kciukiem w kierunku drzwi.

– Skończyliśmy – powiedział. – Twoja szefowa czeka.

Z ulgą ewakuowałam się z mojego chybotliwego krzesła.

– Badania balistyczne nic nie wykazały? – zapytałam, chociaż znałam odpowiedź.

– Idź już. I spróbuj w najbliższym czasie nie mierzyć do nikogo z broni.

– Nie mogę. Zabraliście mi spluwę. No właśnie...

– Dostaniecie je z powrotem za jakiś czas. Robota papierkowa, rozumiesz?

Przypuszczałam, że pod jego brodą skrył się uśmiech, ale nie traciłam czasu na przyglądanie się. Zgrzytnął zamek, drzwi się otworzyły i wyszłam na korytarz.

Rozdział 24

Kiedy Lazenby poinformował, że moja szefowa na mnie czeka, nie spodziewałam się, że zastanę ją zaraz za drzwiami, lecz tak było. Siedziała na ławce w korytarzu.

– Trzymał się długo, ale w końcu go złamałam – oświadczyłam, podczas gdy ona sięgała po swój płaszcz i laskę.

– To dobrze – odparła. – Chciałabym już stąd wyjść. Jestem wściekła na Nathana. Obawiam się, że mogę powiedzieć coś, czego oboje będziemy żałowali.

Przed komisariatem złapałyśmy taksówkę. W drodze na Brooklyn wymieniłyśmy się nowinami. Ja zdałam jej relację z przesłuchania, przy okazji dzieląc się domysłami, że Belestrade nagrywała swoich klientów i że gdzieś muszą być taśmy, na których Abigail Collins mówi o... No właśnie: o czym? Tego nie wiedziałam. Jeśli pani P. miała w tej kwestii własne przypuszczenia, nie zdradziła ich ani słowem.

Jak się okazało, ona też nie próżnowała. Podczas gdy nasz prawnik próbował podważyć zasadność nakazów, które przyniósł Lazenby, pani Pentecost wybrała się do kostnicy. Nie zastała Hirama, a przed drzwiami stał na straży umundurowany sierżant. Nie był przyjaźnie nastawiony, ale znał wartość dolara. Ściślej mówiąc, stu dolarów.

– A więc to prawda? – zapytałam.

– Tak. Ariel Belestrade nie żyje.

– Wie pani, czytałam, że są narkotyki, które potrafią spowolnić pracę serca do tego stopnia, że człowiek sprawia wrażenie martwego.

Pani P. zdecydowanie zaprzeczyła.

– Dwie dziury po kulach w głowie. Myślę, że szalbierstwo możemy wykluczyć.

Cholera. Do tej pory wszystko wskazywało, że to Belestrade stała za morderstwem Abigail Collins. Jeśli wierzyć wiadomości od nieodżałowanego Jonathana Markela, Belestrade maczała palce w wielu podejrzanych sprawkach.

– Chwileczkę – powiedziałam. – Jej śmierć nie przesądza o winie czy niewinności w sprawie zabójstwa Abigail Collins. Przecież ta przeklęta spirytystka mogła zostać zabita z całkiem innego powodu. Pewnie miała wielu wrogów.

– Być może – przyznała pani P. – Chociaż zbieżność czasowa sugeruje związek.

– Słowo „związek" jest bardzo pojemne. Główna rozgrywająca, wspólniczka, niewygodny świadek, szantażystka... Od czego mamy zacząć?

Pani P. się zamyśliła. Ta cisza panowała przez pozostałą drogę do domu. Po powrocie do biura usiadłam przy biurku i wykręciłam numer do rezydencji Collinsów. Tym razem odebrał ten mniej lubiany przeze mnie bliźniak.

– Nie chce z tobą rozmawiać – stwierdził Randy. – Nie wiem, co jej wczoraj nagadałaś, ale zamknęła się w swoim pokoju i nie wyszła stamtąd do tej pory.

– W porządku – odrzekłam. – Przyjadę za pół godziny. Może szybciej, jeśli nie będzie korków.

– Przecież mówię: Becca nie chce...

Odwiesiłam słuchawkę. Uznałam, że pozwolę mu dokończyć to zdanie w cztery oczy.

– Muszę się pofatygować z przeprosinami – poinformowałam panią P. – Nie jestem pewna, czy już wiedzą o Belestrade. Mam im powiedzieć i obserwować, jak zareagują?

– Rób, jak uznasz za stosowne – odparła. – Pamiętaj tylko, żeby nie ujawnić żadnych szczegółów. Nie chcemy, żeby porucznik oskarżył nas o ingerencję.

Wzięłam naszego sedana i z powodu korków w śródmieściu przybyłam do Collinsów w czasie bliższym pięćdziesięciu niż trzydziestu minut. W drzwiach powitał mnie Randy. Nadął się na mój widok, wypełniając sobą całą framugę, jakbyśmy byli na boisku futbolowym, a on szykował się do odparcia szarży przeciwnika.

– Powiedziałem, że nie chce z tobą rozmawiać – oznajmił.

Zastanawiałam się, czy tę butną pozę przećwiczył przed lustrem.

– A pytałeś ją?

– Nie muszę o nic pytać. Nie zapominaj, że to mój dom i jeśli nie chcę, żebyś...

Jego tyradę przerwało wołanie z salonu:

– Kto przyszedł? – Z głębi domu wyszedł Wallace. – Jeśli to znowu policja...

Był zaskoczony moim widokiem, ale raczej pozytywnie. Wyglądał na wykończonego. Jego ramiona obwisły jeszcze bardziej, przez co wydawał się niższy o parę centymetrów. Kosmyki jego rzedniejących włosów zsunęły się na wysokie czoło.

– Och, to panna Parker.

– Przepraszam za najście, panie Wallace.

– Nie ma sprawy – odpowiedział. – Pani szefowa też tu jest?

– Tylko ja.

– Randy, wpuść dziewczynę.

Randolph szybko przekalkulował, co będzie dla niego lepsze: wpuścić mnie czy tłumaczyć się swojemu ojcu chrzestnemu, dlaczego ma z tym problem. Ta druga opcja otworzyłaby puszkę Pandory, ponieważ – jak podejrzewałam – drogi wujek Harry o wielu rzeczach nie miał pojęcia. Niechętnie przepuścił mnie w drzwiach.

– Jakieś wieści? – zapytał Wallace, prowadząc mnie do salonu, w którym kilka dni wcześniej moja szefowa rozmawiała z Collinsami.

– Tak, chociaż nie takie, jakich mógłby się pan spodziewać – odpowiedziałam, zajmując miejsce w jednym z foteli. – Będzie lepiej, jak usiądziemy.

Nie żebym się obawiała, że pod którymś z mężczyzn ugną się nogi. Po prostu chciałam mieć ich twarze na linii wzroku, kiedy podzielę się z nimi wieściami. Obaj zajęli miejsca na wyściełanej sofie – Wallace niespokojny, Randy nadąsany i markotny.

– Zatem – Wallace wsunął okulary połówki głębiej na nos – co to za news?

– Wczoraj w nocy zamordowano Ariel Belestrade.

Chciałam zobaczyć ich reakcję i się nie zawiodłam.

– Zamordowano? Jak? Kto? – To był Randy. Na jego twarzy malowała się idealna mieszanka zaskoczenia i zmieszania.

– To potworne... Znaczy się... była, jaka była. Ale mimo wszystko to potworne. Kiedy to się stało? – To powiedział Wallace. Na jego twarzy dał się zauważyć ten sam melanż emocji, ale z dodatkiem czegoś jeszcze. Może strachu?

Właśnie zamierzałam odpowiedzieć, w miarę swoich możliwości, na ich liczne pytania, gdy usłyszałam odgłos kroków na schodach. Becca zeszła z półpiętra, skąd, jak sądzę, podsłuchiwała, co się dzieje w salonie. Nie wyglądała, jakby dopiero co wstała z łóżka. Była przyzwoicie ubrana w bluzkę i szerokie spodnie – zupełnie jak Katharine Hepburn w *Filadelfijskiej opowieści*, tyle że bez makijażu. Oczy miała podpuchnięte, jakby długo płakała. Poczucie winy ukłuło mnie w serce.

– Ta kobieta nie żyje? – zapytała.

– Zeszłej nocy. Została zastrzelona – wyjaśniłam, jednym okiem obserwując Beccę, a drugim zerkając na twarz Wallace'a.

– To dobrze.

– Becca! – żachnął się Wallace. – To straszne!

– O n a była straszna, wujku Harry. Sam tak mówiłeś.

– Tak, ale... Nikt nie powinien... – Porzucił ten wątek i nagle jakby przypomniał sobie, że jest prawnikiem. Zwrócił się do mnie: – Co to dla nas oznacza? Czy śmierć tej kobiety ma coś wspólnego ze śmiercią Abigail? Czy policja uważa, że stoi za tym ten sam sprawca?

– Bóg jeden raczy wiedzieć, co uważa policja – odparłam. – Niewykluczone, że Belestrade podpadła wielu ludziom. Na pewno sprawdzają każdy możliwy wątek.

Oczywiście się nie przyznałam, że również jestem w gronie podejrzanych.

– Może pan być pewny, że jeśli policja nie wpadnie tu z wizytą jeszcze dzisiaj, to na pewno zjawi się jutro z samego rana.

– A czego policjanci mieliby chcieć od nas? – zapytał Randy.

– Dziwię się, że jeszcze ich nie było – powiedziałam. – Belestrade była podejrzaną w sprawie śmierci waszej matki. Wy wszyscy tu obecni otwarcie wyrażaliście swoją antypatię do Belestrade. Gliniarze z pewnością poświęcą parę godzin na sprawdzenie waszych alibi. Musieliby być bardzo tępi albo leniwi, żeby tego nie zrobić, ale na to bym nie liczyła.

Cała trójka poruszyła się niespokojnie – Becca, stojąc, dwaj mężczyźni na kanapie. Nikt nie lubi usłyszeć, że jest podejrzanym w sprawie o morderstwo, zwłaszcza jeśli jest to druga zbrodnia w ciągu dwóch tygodni.

– Siedziałem w biurze prawie do północy – oznajmił Wallace. Nerwowo splatał palce i zamiast patrzeć mi w oczy, przyglądał się usilnie swoim dłoniom, które trzymał na kolanach. – Potem udałem się do domu.

– Byłem tu całą noc – dorzucił Randy. – Podobnie jak Becca. Służba może to potwierdzić.

Lazenby pytał mnie, co robiłam między dwunastą a drugą w nocy, dlatego domyśliłam się, że Belestrade zginęła właśnie w tym przedziale czasowym. O tej porze kamerdyner i kucharka Collinsów już spali. Natomiast alibi Wallace'a było tak cienkie, że nawet nie wydmuchałabym sobie w nie nosa.

Postanowiłam uderzyć poniżej pasa.

– Jedno pytanie policja zada z całą pewnością. Jakie brudy Belestrade miała na waszą rodzinę?

U Bekki i Wallace'a nie zauważyłam niczego, co wskazywałoby, że mają jakąkolwiek wiedzę na ten temat. Randolph z kolei zakipiał.

– Mam po dziurki w nosie tych insynuacji! – wybuchnął. – Najpierw policja, a teraz ona?! To nasza rodzina, nasza matka jest tu ofiarą!

Widziałam już wcześniej, jak osiąga ten stan wrzenia, toteż tym razem odniosłam wrażenie, że trochę udaje. Mimo wszystko był na tyle rozjuszony, że przezornie zrobiłam to, co zawsze radziłam moim kursantkom z piwnicy – rozejrzałam się za drogą odwrotu, zanim dojdzie do rękoczynów.

Wallace położył swojemu chrześniakowi rękę na ramieniu.

– Randy, uspokój się.

Randolph trochę przyhamował. Wciąż gotował się w środku, ale ochłonął na tyle, by zadać mi pytanie, od którego powinien był zacząć:

– Co rozumiesz przez „brudy"?

Wyjaśniłam, co pani Pentecost i ja ustaliłyśmy na temat metod działania Belestrade, a właściwie jakie były nasze przypuszczenia w tej kwestii. Jak nadużywała zaufania swoich klientów, by wydobyć od nich osobiste sekrety, które następnie mogła wykorzystać do szantażu.

– Policja zrobi wam kipisz we wszystkich szafach – ostrzegłam. – Jeśli trzymacie tam jakieś trupy, zaczną wypadać jeden po drugim.

Żadne z nich nie wyglądało na specjalnie ubawione tym, co powiedziałam, ale trudno było im się dziwić.

– W każdym razie sugeruję zadzwonić jeszcze dzisiaj do waszych prawników i uprzedzić ich, że od teraz mogą być potrzebni w każdej chwili, na wypadek gdyby policja próbowała was ściągnąć na posterunek.

Wallace skinął głową i wstał.

– Zadzwonię od razu do Simpsona.

Gdy wyszedł, popatrzyłam na Beccę.

– Masz chwilę?

Randy znowu zaczął się srożyć, ale Becca rzuciła mu takie spojrzenie, że ugryzł się w język i ostentacyjnie wyszedł do pokoju obok. Zastanawiałam się, na ile ten jego wybuch złości był na pokaz i co naprawdę wiedział na temat spraw, którymi Belestrade mogła szantażować jego matkę.

Becca poprowadziła mnie przez dom na werandę. Słońce już zaszło i zerwał się przenikliwie zimny wiatr, który wzbijał resztki zalegającego na ziemi śniegu. Natrętne białe diabełki wirowały wokół naszych kostek. Zauważyłam, jak na jej rękach pojawia się gęsia skórka. Zdusiłam w sobie przemożną chęć objęcia jej ramieniem.

– Nie jest ci zimno? – zapytałam.

– Potrzebowałam trochę powietrza. Cały dzień siedziałam zamknięta w swoim pokoju.

Bez szminki i cienia do powiek jej rysy były tak niewyraźne, że zlewały się z resztą bladej twarzy. Przypominała jeden z marmurowych posągów, które stały w rogach werandy. One jednak nie ciskały we mnie błękitnymi sztyletami spod przymkniętych powiek.

– Przepraszam za zeszły wieczór – powiedziałam. – Nie zasłużyłaś sobie na to.

– Ani trochę – odparła, wysuwając podbródek. – Nigdy bym nie powiedziała niczego tej kobiecie.

– Teraz wiem.

Streściłam jej to, czego dowiedziałam się od policji – że Belestrade gromadziła informacje na mój temat.

– Dlaczego chciała uderzyć w ciebie?

Wzruszyłam ramionami.

– Prawdopodobnie w ten sposób chciała dopaść moją szefową. Albo wyprowadzić mnie z równowagi do tego stopnia, żebym zrobiła coś głupiego. Na przykład zadzwoniła do ciebie i urządziła ci awanturę.

Wyciągnęła rękę i ujęła moją dłoń. Teraz ja też miałam gęsią skórkę.

– Wybaczam ci – oświadczyła, zaszczycając mnie uśmiechem.

– Wciąż jesteśmy umówione na jutrzejszy wieczór? – zapytałam.

– Oczywiście. Ale nalegam, żebyś mi powiedziała, dokąd się wybieramy. Choćby po to, żebym nie zjawiła się w nieodpowiednim obuwiu.

Powiedziałam jej.

Od razu się rozpromieniła.

Rozdział 25

Odpowiedź pani Pentecost na moje pytanie: „Od czego mamy zacząć?" brzmiała: „Od początku". W piątkowy poranek zaczęłyśmy przeglądać wszystko, co dotąd ustaliłyśmy. Typowy zabieg, gdy śledztwo się przeciąga, a my nie możemy złapać wiatru w żagle.

Pani P. zwykła mawiać: „Jeśli nie spojrzymy wstecz, by ocenić, co już mamy, możemy nie dostrzec schematu, który istnieje w tym chaosie". Ale mawiała też: „Jeśli ciągle będziesz przeżuwała to, co już masz, możesz nie zauważyć nowego kąska, który przejdzie ci koło nosa".

To pierwsze powiedzonko było bardziej w jej stylu. Drugie brzmiało, jakby zasłyszała je od kogoś dużo bardziej wsiowego.

Pani P. zeszła na dół o wpół do jedenastej. Zjadłyśmy szybkie śniadanie i udałyśmy się do biura. Pani Campbell była na nogach jeszcze przed świtem i wytwarzała pęta kiełbasy domowej roboty. To było zajęcie na cały dzień; w całym domu unosił się zapach wieprzowiny i świeżo zmielonego pieprzu.

O drugiej po południu wciąż byłyśmy w szale pracy, dlatego lunch zjadłyśmy przy biurkach. Kuchnia nadal była zajęta produkcją wędlin, więc zadzwoniłam do knajpki na rogu, skąd przysłali nam chłopaka z kanapkami i dwiema torbami ociekających tłuszczem frytek.

Właśnie zabierałam się do drugiej sałatki jajecznej na pajdzie żytniego chleba, gdy zauważyłam jeden z tych schematów w chaosie. Chwilę wcześniej przejrzałam po raz trzeci notatki z rozmów przeprowadzonych z uczestnikami tamtego feralnego przyjęcia. Pierwszy raz potraktowałam moje wywiady z fabryki i rozmowy telefoniczne pani P. z żonami i ze służbą jako jedną całość.

– Nie sposób dojść, gdzie kto był – mruknęłam do siebie. Moja szefowa uniosła wzrok znad swojej roboty. Jej kanapka z grillowanym pastrami wciąż leżała przed nią nietknięta.

– W tej całej dramie nie sposób dokładnie ustalić, jak uczestnicy imprezy przemieszczali się po domu od zakończenia seansu do momentu, gdy znaleziono ciało – stwierdziłam. – Wszędzie są luki. Że nie wspomnę nawet o tych wszystkich ludziach z firmy, którzy mieli z Abigail na pieńku, ponieważ antagonizowała akcjonariuszy. Może z wyjątkiem Waterhouse, która wyszła wcześniej.

Moja szefowa nawet nie mrugnęła.

– Już to pani sama zauważyła, prawda?

– Można było się tego spodziewać – odpowiedziała, wzruszając ramionami. – Na przyjęciu z tyloma gośćmi ludzie tasują się cały czas. Fakt, że sporo wypili, tylko dodatkowo zaciemnia obraz. Zadzwoniłam jeszcze raz do pani Buckley, tej od kodaka. Obiecała, że natychmiast wywoła film i przyśle odbitki. Może te zdjęcia pomogą nam rozeznać się bardziej w sytuacji. Ale nawet wtedy będą luki w tym, jak goście poruszali się po rezydencji Collinsów.

– A co pani powie na dwudziestominutową lukę?

Uniosła brew.

Pokazałam jej strony, które sobie zaznaczyłam, zaginając ich rogi.

– Wallace zeznał, że rozmawiał z prezesem zarządu, niejakim Henrym Chamblisem, a następnie wyszedł na werandę, by zamienić parę słów z Randym. Chamblis jednak powiedział, że po rozmowie z Wallace'em dość długo żegnał się z kilkoma członkami zarządu, po czym udał się na werandę, aby się pożegnać z młodym Collinsem.

Przerzuciłam kilka kartek dalej, na wywiad pani P. z klanem Collinsów.

– Proszę spojrzeć na to. – Pokazałam palcem na fragment pośrodku strony. – Randy stwierdził, że Chamblis pożegnał się i opuścił dom. Około dziesięciu minut później na werandę wyszedł Wallace.

Pani P. odchyliła się na oparcie fotela, zamknęła oczy i sprawdziła w myślach moje kalkulacje.

– Długie pożegnanie z członkami zarządu, a potem z Randolphem Collinsem. Tak, ten kwadrans mógł się przeciągnąć nawet do dwudziestu minut – powiedziała, ni to do mnie, ni to do siebie. – Albo mógł trwać tylko dziesięć minut, jeśli Collins ma słabe wyczucie czasu.

– Dziesięć minut to wciąż dziesięć minut – upierałam się. – Możemy ustalić, gdzie Wallace był w tym czasie, jeśli przejrzymy zeznania innych. Facet w stroju Wuja Sama musiał rzucać się w oczy.

– Całkiem możliwe – przyznała moja szefowa. Następnie otworzyła oczy, sięgnęła po telefon i wykręciła numer. – Proszę z panem Wallace'em. Proszę przekazać, że dzwoni Lillian Pentecost.

Chwila ciszy.

– Dobry wieczór, panie Wallace… Nie… Tak, też mnie to niepokoi… Tak, to było rozsądne… Panie Wallace, dzwonię, ponieważ mam do pana pytanie. Tamtego wieczoru, kiedy odbywało się przyjęcie, powiedział pan, że rozmawiał z Henrym Chamblisem, a następnie od razu dołączył pan do swojego chrześniaka na werandzie. Zgadza się?… Na pewno nic pana nie zatrzymało po drodze?… Ach, rozumiem… Tak… Tak, oczywiście… To zrozumiałe… W której, jeśli mogę zapytać?… Dziękuję. Będziemy w kontakcie.

Odwiesiła słuchawkę, nie dając Wallace'owi szansy na zasypanie nas zbędnymi pytaniami.

– Powiedział, że policja przesłuchała jego i Randolpha w biurze, a Beccę u nich w domu dzisiaj rano – przekazała. – Oraz że wtedy, zanim dotarł na werandę, zaszedł do łazienki.

– No proszę... Ciekawe, że nie wspomniał o tym wcześniej – zauważyłam.

– Ciekawe to mało powiedziane.

– Tak w sumie, co w tym dziwnego, że po drodze skoczył do kibelka?

– Powiedział, że był w tym na piętrze.

Zajęło mi to sekundę, ale zajarzyłam. Przewertowałam kartki, aż trafiłam na właściwy wywiad.

– W toalecie na piętrze siedział od seansu aż do pożaru w gabinecie „niedysponowany" Conroy. Jestem pewna, że tego nie zmyślił.

To zaś oznaczało, że Wallace nas okłamał. Tylko dlaczego?

– Nie wierzę, że to zrobił – zaprotestowałam. – Przecież to on nas wynajął do tej roboty. I zapłacił nam z własnej kieszeni.

– Ludzie robią dziwne rzeczy z jeszcze dziwniejszych pobudek – odparła genialna kobieta zza biurka. – Jak pamiętasz, pierwszego dnia powiedział, że moja kandydatura została zasugerowana przez zarząd firmy. Być może bardzo stanowczo zasugerowana, nawet wbrew obiekcjom Wallace'a.

Nie potrafiłam sobie wyobrazić, jak ten schludny starszy pan morduje Abigail Collins, tłukąc ją po głowie kryształową kulą. Pamiętałam jednak, jak zareagował, kiedy oznajmiłam, że Belestrade nie żyje. Może tym niezidentyfikowanym składnikiem było poczucie winy.

Popracowałyśmy jeszcze parę godzin, ale nic więcej nie wymyśliłyśmy. O szóstej się odmeldowałam i poszłam na górę się przebrać. Wychodząc z Beccą na miasto po raz drugi, postawiłam na wygodę. Odprasowałam plisowane spodnie i wypolerowałam moje brązowe oksfordy. Wybrałam jednak moją najbardziej przejrzystą bluzkę z bladozielonego jedwabiu, którą pani Campbell nazywa „wiszącym w powietrzu skandalem".

Potem próbowałam ułożyć rude loki w coś przypominającego bardziej fryzurę Carole Lombard niż Harpo Marxa, ale w końcu dałam za wygraną. Zarzuciłam na mój jedwabny skandal kurtkę bosmankę i powiedziałam pani P., że wrócę, ale nie wiem kiedy.

– Uważaj na siebie – rzuciła za mną.

Obróciłam się zaskoczona. Nadal siedziała przy swoim biurku, otoczona niebezpiecznie wysokimi stertami papierów. „Troskliwa matka" to nie był jej styl. Uznałam jednak, że w zaistniałych okolicznościach – jedna kobieta zatłuczona na śmierć, druga z dwiema kulami w głowie – jej obawy nie były całkiem bezzasadne.

– Proszę się nie martwić – odpowiedziałam. – Tam, gdzie się wybieram, będę praktycznie w domu.

Dygnęłam na pożegnanie i wyszłam w mrok na zewnątrz.

Rozdział 26

Kobieta runęła w przepaść, nieubłaganie zbliżając się do ziemi. Tłum wokoło jęknął. Becca zakryła dłońmi usta, patrząc szeroko rozwartymi oczami. Nagle nie wiadomo skąd pojawił się mężczyzna. Śmignął w powietrzu, łapiąc kobietę za ręce i mocno zaciskając palce na jej nadgarstkach. Zaczepiony nogami o trapez, kontynuował lot po łuku z wiszącą pod nim, uczepioną jego rąk kobietą.

Tłum w Garden, łącznie ze mną i z Beccą, wybuchł żywiołowym aplauzem, gdy małżeński zespół wylądował bezpiecznie na platformie cztery piętra ponad naszymi głowami.

Po akrobatach była tresura lwów, następnie popis jazdy konnej w wykonaniu kobiety galopującej na parze białych ogierów – woltyżerka wykonywała rozmaite ewolucje, jeździła tyłem i z gracją przeskakiwała między grzbietami rumaków.

Cyrk braci Darning nie był największy, ale ich show robił takie wrażenie, że w piątkowy wieczór bez trudu zapełnili halę Madison Square Garden.

– A więc to było twoje życie, zanim zostałaś detektywem? – zapytała Becca, kiedy z areny wyprowadzono konie, a ich miejsce zajęli klauni jeżdżący na trójkołowym rowerku. Miała na sobie czarną trapezową spódnicę, białe pończochy i czerwony pulower, tak obcisły, że zostawiał niewiele miejsca dla wyobraźni.

– Mój H&H w porównaniu z tym to była prześna tandeta – przyznałam. – Byliśmy dobrzy jak na ligę prowincjonalną, ale kiedy przyjeżdżaliśmy do Nowego Jorku, rozbijaliśmy obóz na Long Island albo na pustej działce na Brooklynie. Połowa wpływów pochodziła ze straganów, z karuzel i tym podobnych. W hali takiej jak ta tylko byśmy się ośmieszyli.

Bracia Darning nie mieli żadnych dodatkowych atrakcji – gościa, który wbijał sobie gwóźdź do nosa, kobiety wytatuowanej od stóp do głów ani połykacza mieczy albo ognia. Tylko widowiskowe numery dla dużej publiki.

Becca skubnęła trochę waty cukrowej z patyka, który trzymałam w dłoni.

– Chętnie bym cię zobaczyła w tym stroju z cekinami – mruknęła i językiem zagarnęła do ust porcję różowego cukru.

Z wielkim trudem oderwałam od niej oczy, by spojrzeć na arenę.

Klauni właśnie wyjeżdżali ze sceny, żegnani gromkim śmiechem i oklaskami. Po nich ponownie zjawili się akrobaci – tym razem cała rodzina, dwanaście osób.

Pomachali do tłumu, wspinając się po drabinkach. Przy złowieszczym akompaniamencie werbli siatka zabezpieczająca została opuszczona na ziemię i zabrana. Gawiedź obserwowała z zapartym tchem, jak pierwszy z akrobatów rzucił się w powietrze, potem zrobiło to trzech następnych, aż po chwili cały tuzin kobiet i mężczyzn w czerwonych strojach śmigał w tę i we w tę, na przekór śmierci i grawitacji.

Zerknęłam na Beccę. Siedziała oniemiała z zachwytu, wodząc wzrokiem za akrobatami. Widziałam po drgającej tętnicy na jej szyi, że ma przyspieszony puls – ze strachu, z ekscytacji albo jednego i drugiego.

Nikt nie spadł.

Widownia piała z zachwytu.

Becca chwyciła mnie za rękę i ją uścisnęła.

Powiedziałyśmy taksówkarzowi, żeby nas wysadził dziesięć przecznic na południe od jej domu. Chciałyśmy się jeszcze przespacerować. Gdy tak szłyśmy niespiesznie, opowiedziałam jej więcej o moim niezwykłym życiu w Hart & Halloway's.

– Tęsknisz za tym? – zapytała.

– Nie za wszystkim. Brakuje mi tamtych ludzi. Podróży. W każdym razie niektórych ludzi i niektórych podróży.

Nie tęskniłam za kombinowaniem, jak przeżyć z dnia na dzień, jak zarobić na siebie w kolejnej miejscowości. Nie brakowało mi też tych wszystkich bigotów o nalanych czerwonych gębach, którzy w jednej ręce ściskali Biblię, a drugą szczypali mnie w tyłek.

Tego nie powiedziałam. Wieczór był zbyt miły na takie wspomnienia.

– To niesamowite, w jakich okolicznościach dorastałaś – stwierdziła Becca.

Właśnie mijałyśmy opustoszałe skrzyżowanie.

– Wspominałam już, że musiałam szuflować klatki tygrysów?

– Miałaś wokół siebie całą cyrkową rodzinę, która kochała cię taką, jaka jesteś – odparła. – Za coś takiego warto poszuflować trochę łajna.

Już miałam zażartować, że w przypadku tygrysów słowo „trochę" nie jest najtrafniejszym określeniem, ale powstrzymałam się, by nie rujnować nastroju.

– I zobacz, jak się potoczyło twoje życie – kontynuowała. – Czynisz dobro. Pomagasz ludziom. Prawdziwy detektyw.

Roześmiałam się, zanim zdążyłam się pohamować.

– Co w tym śmiesznego? – żachnęła się.

– Jeśli nie liczyć mojej szefowej, jesteś chyba jedyną osobą, która uważa mnie za prawdziwego detektywa. Większość ludzi widzi we mnie w najlepszym wypadku asystentkę. A w najgorszym pozera.

Zatrzymała się na środku chodnika i obróciła w moją stronę.

– A ty? Też masz o sobie takie zdanie?

Wzruszyłam ramionami, żałując, że w ogóle poruszyłam ten temat.

– Nie wiem. Czasami.

Jej brew wygięła się w idealny łuk.

– Okej, częściej niż czasami. Dużo częściej – przyznałam. – Przy pani Pentecost trudno mi się oprzeć wrażeniu, że jestem tylko statystką. Małą dziewczynką, która próbuje nauczyć się swojej roli.

Ujęła obie moje dłonie. Spojrzałam w lewo i w prawo. Było późno, nikogo w zasięgu wzroku.

– Od początku uważałam cię za prawdziwego zawodowca – oświadczyła. Potem wygięła usta w szelmowskim uśmieszku i dodała: – A już na pewno nie myślałam o tobie jak o małej dziewczynce.

Ruszyłyśmy dalej. Becca nadal trzymała mnie za rękę. Tak przeszłyśmy resztę drogi.

W miarę jak zbliżałyśmy się do jej domu, wzmogłam czujność. Byłam ciekawa, czy policja nadal ma Collinsów na oku. Nie zawiodłam się – w głębi ulicy dostrzegłam mężczyznę, który na nasz widok cofnął się w cień bramy. Najwyraźniej w wydziale nowojorskiej policji były nadgodziny do wyrobienia. Delikatnie wyswobodziłam dłoń z uścisku Bekki.

Zatrzymałyśmy się przed drzwiami jej domu. Była dopiero dziesiąta, z okien padało jasne światło.

– Wiesz – zagaiła – nadal mam te płyty i gramofon.

– Trochę za późno na puszczanie jazzu, nie sądzisz?

Wyciągnęła rękę i odgarnęła rudy lok z mojego czoła.

– Nie musimy słuchać jazzu – wyszeptała.

Poczułam, jak jej długie palce jakby bezwiednie bawią się dolnymi guzikami mojej bluzki. Proste czynności, takie jak oddychanie i myślenie, nagle stały się bardzo trudne.

Jeden guzik rozpięty.

Potem drugi.

Trzeci.

Nagły podmuch wiatru przetoczył się ulicą, zdmuchując śnieg z okapów i ciskając drobinkami lodu w mój nagi brzuch.

Momentalnie wróciła mi zdolność myślenia. Chociaż pani Pentecost mówiła takie rzeczy jak „działaj według własnego uznania", nie sądzę, żeby ta swoboda działania obejmowała wskoczenie do łóżka chrześnicy naszego klienta.

– Wybacz. – Delikatnie odsunęłam jej dłonie i zapięłam bluzkę. – Może jak uporamy się z tym wszystkim.

Sposępniała, ale momentalnie próbowała zatrzeć to wrażenie.

– Dawno nie bawiłam się tak dobrze, jak dzisiaj.

– Ja też – odpowiedziałam. Nie kłamałam.

A potem, ponieważ jestem tylko człowiekiem, pchnęłam Beccę w cień bramy, gdzie nie mógł nas dojrzeć żaden tajniak, i ją pocałowałam.

Cofnęłam się i wzięłam głębszy oddech, patrząc, jak Becca znika wewnątrz domu. Mogłabym teraz latać jak ta rodzina akrobatów.

Obróciłam się na pięcie i ruszyłam na południe, tam, gdzie mogłam złapać taksówkę. Dochodząc do końca ulicy, kątem oka dostrzegłam ruch. Ledwie zdążyłam się odwrócić, gdy poczułam cios w lewą stronę głowy.

Zatoczyłam się na ścianę budynku. Zasłoniłam się rękami, zanim spadło drugie uderzenie. Wymierzone w nos, trafiło mnie w lewy nadgarstek. Dotkliwy ból przeszył mi rękę aż do barku. Zrewanżowałam się słabym kuksańcem, a potem solidnym prawym prostym w twarz mężczyzny zamaskowaną naciągniętą na głowę pończochą.

Jęknął ochryple, a ja usłyszałam chrupnięcie. Nie wiedziałam, co to było: jego nos czy moje palce.

Znowu natarł na mnie. Sięgnęłam do kieszeni po rewolwer i w tej samej chwili przypomniałam sobie, że mi go skonfiskowano. Próbowałam się cofnąć, ale zapomniałam, że mam za sobą ścianę. Moja głowa nie działała najlepiej. Tamten walnął mnie w nerki.

Pochyliłam się nisko i natychmiast raptownie się wyprostowałam, zginając rękę w łokciu i celując nim w podbródek napastnika. Paskudnie chybiłam. Kolejny cios, tym razem w żołądek, obalił mnie na ziemię.

Uczestniczkom mojego piwnicznego kursu samoobrony zawsze powtarzam, by próbowały uciekać, sięgnęły po coś, co może posłużyć za broń, a w najgorszym wypadku chroniły głowę.

Skuliłam się na ziemi, osłaniając ramionami głowę. Tamten kopnął mnie – raz, drugi. Trzeci kopniak przebił się przez moją gardę i trafił mnie prosto w twarz. Próbowałam wołać pomocy, ale brakowało mi tchu. Pociemniało mi w oczach i czułam, że zaraz stracę przytomność.

Podniosłam wzrok i zobaczyłam nad sobą zwalistą postać jak z horroru, majaczącą w mroku. Gdzieś obok rozległ się tupot nóg. Ktoś biegł i krzykiem wzywał policję. Napastnik cofnął się o krok, biorąc zamach do kolejnego kopniaka.

Potem była już tylko ciemność, która pochłonęła mnie całą.

Rozdział 27

Ocknęłam się wśród białych ścian, w wykrochmalonej na sztywno pościeli, wyczuwając charakterystyczny zapach szpitala – koszmarną mieszaninę sterylności i ludzkiej niedoli. Przez wąskie okno wpadały do środka promienie słońca. W nogach mojego łóżka krzątała się pielęgniarka.

Nie czułam bólu, co mnie zaskoczyło. Szczerze mówiąc, w ogóle niewiele czułam.

– Wróciłaś do nas, kochanie? – zapytała, podchodząc do wezgłowia i pochylając się nade mną. – Ona się ucieszy.

Pielęgniarka skinęła głową przez ramię. „Ona" spała na krześle w rogu. Wiedziałam, że śpi, ponieważ słynna pani detektyw siedziała z głową odchyloną do tyłu i opartą o ścianę, chrapiąc na cały regulator.

– Nie daje żyć lekarzom.

– Jak długo? – zapytałam. A właściwie usiłowałam zapytać. To, co zdołałam z siebie wydobyć, brzmiało bardziej jak charczenie niż pytanie, ale pielęgniarka pojęła, w czym rzecz.

– Przywieźli cię w piątek wieczorem. Jest niedziela rano. Cały dzień nieprzytomna? To niedobrze. Potem zaczęłam mieć przebłyski. Szalona jazda ambulansem. Ktoś mnie usadzał do zrobienia zdjęcia rentgenowskiego. Jęki bólu, gdy zimne dłonie w rękawiczkach obmacywały mi żebra.

Podczas gdy pielęgniarka sprawdzała moje parametry życiowe, sama oszacowałam swój stan. Lewy nadgarstek w gipsie. Dwa palce prawej dłoni w szynie. Wyczułam bandaże ciasno opinające klatkę piersiową, a moja głowa sprawiała wrażenie ogromnej – jak poduszka z nadmiarem pierza w środku. Uniosłam dłoń do twarzy, ale pielęgniarka mnie powstrzymała.

– Nie rób tego, kochanie – powiedziała, ostrożnie odsuwając moją rękę z powrotem na łóżko. – Przez jakiś czas wszystko będzie wrażliwe na dotyk.

– Odrętwiała – wychrypiałam.

Pielęgniarka skinęła głową.

– Daliśmy ci mocne środki, żebyś mogła odpocząć. Jak przestaną działać, to poczujesz wszystko. Aż za bardzo.

– Will? – Pani P. patrzyła na mnie ze swojego krzesła. Oczy miała szeroko otwarte, a spojrzenie czujne i taksujące.

– Obecna... i przytomna.

– Zostawię was same – powiedziała pielęgniarka. – Niedługo zajrzy doktor, żeby sprawdzić, jak się masz. Panią też będzie chciał obejrzeć, pani Pentecost. – Popatrzyła znacząco na moją szefową, po czym ruszyła kontynuować obchód.

Chciałam zapytać: „Dlaczego panią też?", ale język odmówił mi posłuszeństwa. Pani P. wstała i ostrożnie podeszła do mojego łóżka. Niepewnie stawiała kroki, a jej ręce się trzęsły. To była odpowiedź na moje pytanie.

Sięgnęła po szklankę z wodą ze stolika przy łóżku i wsunęła mi do ust słomkę do picia. Wysiorbałam kilka długich łyków.

– Wysoki. Silny. Ciemne ubranie. Buty robocze. Na twarzy pończocha – wyrecytowałam. – Czekał na nas.

Pani Pentecost uniosła rękę, ale mówiłam dalej:

– Raz porządnie przywaliłam mu w twarz. Myślę, że coś uszkodziłam. Będzie po nim widać.

– Nie zawracaj sobie teraz tym głowy.

– Niech pani przekaże opis... gliniarzom. Niech go szukają.

– Już to robią. Mają jego rysopis od panny Collins.

Czy Becca też została zaatakowana? Wydawało mi się, że widziałam ją, jak wchodzi do domu, ale przez prochy, które mi dali, nie mogłam zebrać myśli. Musiało to być widoczne.

– Panna Collins wyszła z powrotem przed dom i zobaczyła stojącego nad tobą mężczyznę – wyjaśniła pani Pentecost. – Zaczęła wzywać pomocy. Pewnie dlatego napastnik przerwał atak właśnie w tym momencie.

Pamiętałam odgłos kroków i czyjś głos wzywający głośno policję. Czyli gdyby nie Becca, mogło się skończyć dużo gorzej. Byłam jej winna kolejnego całusa. Kiedy tylko wróci mi czucie w ustach.

Po raz pierwszy zauważyłam, że moja szefowa ma na sobie to samo ubranie, w którym ją widziałam ostatnim razem.

– Była tu pani cały ten czas? – zapytałam.

– Nie chciałam polegać na lekarzach czy policji, że będą mnie informować przez telefon – odparła. – Krzesło w kącie nie jest aż tak niewygodne, na jakie wygląda.

Rzuciłam jej wymowne spojrzenie. A raczej próbowałam. Nie za bardzo panowałam nad tym, co robiła moja twarz. Najwyraźniej pani P. zrozumiała, co chcę wyrazić.

– Miałam incydent w kafeterii na dole – wyznała i chociaż raz wyglądała na autentycznie zawstydzoną. – Starałam się manewrować jednocześnie tacą i moją laską. Upadłam. Lekarze przejęli się bardziej, niż powinni.

Nie miałam siły, by palnąć jej kazanie. Zresztą ta pielęgniarka – musiałam się dowiedzieć, jak się nazywa – już mnie chyba wyręczyła. Wyglądała na taką, która potrafi zmusić nawet moją szefową, by posiedziała spokojnie i poczekała, aż obejrzy ją lekarz.

Pani P. właśnie mówiła coś o tym, że musi tylko porządnie zjeść i dobrze się wyspać, gdy jej słowa zaczęły docierać do moich uszu bez ładu i składu. W jednej chwili, jakby ktoś zgasił światło, zapadłam w głęboki sen.

Kiedy się obudziłam, było późne popołudnie. Inna pielęgniarka powiadomiła mnie, że pani Pentecost pojechała do domu się przebrać i wróci później.

W głowie trochę mi przejaśniało, pewnie dlatego, że prochy przestawały działać. Pojawił się za to ból i było go całe mnóstwo. Bolało wszystko: od loków na głowie po czubki palców u stóp, w niektórych miejscach tak intensywnie, że czegoś takiego nie doświadczyłam nigdy wcześniej. Nawet oddychanie sprawiało mi ból – to dlatego, jak poinformowała mnie pielęgniarka, że miałam złamane dwa żebra.

– Wspaniale – stęknęłam. – I tak miałam rzucić oddychanie.

Byłam przytomna od pół godziny, gdy przyszedł do mnie lekarz. Wyglądał na niewiele starszego ode mnie i nie owijał w bawełnę.

– Ma pani złamany nadgarstek, dwa zwichnięte palce, dwa złamane żebra, paskudne rozcięcie na twarzy, które zszyliśmy, i pęknięty bębenek w uchu – wymienił bardzo rzeczowym tonem.

Pęknięcie bębenka tłumaczyło, dlaczego nie rozumiałam co czwartego słowa.

– To cud, że nie doznała pani urazu czaszki. Ma pani dużo szczęścia. Powinna pani bardziej na siebie uważać – podsumował.

Dodał, że zostanę w szpitalu jeszcze kilka dni i że w tym czasie będę regularnie dostawała morfinę. Odpowiedziałam, że wolałabym coś słabszego. Chciałam zachować jasność umysłu.

– Obawiam się, że pożałuje pani tej decyzji – oświadczył. – Zapewne około drugiej w nocy, gdy będzie pani próbowała zasnąć. Kiedy zmieni pani zdanie, proszę zadzwonić po pielęgniarkę.

Gdy wyszedł, pomyślałam o jego słowach, że powinnam „bardziej na siebie uważać". Jakby to była moja wina, że się tu znalazłam.

Potem zaczęłam się zastanawiać, czy może jednak nie byłam sama sobie winna, prowadząc się tak z Beccą. Upper East Side to nie to samo co klub nocny. W końcu zezłościłam się na siebie, że tak myślę. I na lekarza. I na faceta, który mnie pobił.

Zanim wróciła pani Pentecost, ubrana w swój szary strój bojowy, byłam już gotowa iść na wojnę z całym światem.

– Jakieś wieści z policji? – zapytałam.

– Na razie nic. Nasz porucznik powiedział mi, że sprawdzają tropy.

– Lazenby się tym zajął?

– Przejął śledztwo – wyjaśniła, sadowiąc się na krześle w rogu.

Lazenby musiał uznać, że napaść na mnie miała coś wspólnego z morderstwami. Jeśli jednak był to ten sam sprawca, dlaczego mnie po prostu nie zastrzelił? Dlaczego zostawił mnie przy życiu, skoro kula mogła załatwić sprawę szybciej, łatwiej i znacznie trwalej?

Wzdrygnęłam się na samą myśl. Nawet gęsia skórka mnie bolała.

– Mogłaby mi pani pożyczyć swoją laskę? – zapytałam. – Chciałabym przejść się do łazienki i ocenić szkody.

Pani P. się zawahała.

– Może będzie lepiej, jeśli poczekasz, aż opuchlizna trochę zejdzie.

Jej słowa powiedziały mi więcej niż spojrzenie w lustro, ale i tak chciałam to zobaczyć na własne oczy.

– Muszę odwiedzić łazienkę również z bardziej oczywistego powodu – skłamałam. – Wiem, że to szpital z kompleksową obsługą, ale pewne rzeczy wolę robić sama. – Spróbowałam się uśmiechnąć, ale to też sprawiało mi ból.

Pani P. zamiast laski użyczyła mi swojego ramienia. Moje nogi wydawały się działać bez zarzutu. Nic w dolnej połowie ciała nie odniosło obrażeń, a prochy już nie działały. Zamknęłam za sobą drzwi do łazienki i spojrzałam w lustro.

Oszczędzę wam szczegółów. Powiem tylko, że nie wyglądałam atrakcyjnie i zapowiadało się, że ten stan utrzyma się jeszcze dość długo. Wiedziałam, że opuchlizna i siniaki z czasem zejdą, ale po szarpanej ranie na policzku, biegnącej w poprzek największego skupiska piegów, zostanie blizna.

Rozpłakałam się. To też bolało, chociaż nie tak jak uśmiech.

Kiedy otworzyłam drzwi, pani Pentecost stała tam, gdzie ją zostawiłam. Objęła mnie ramieniem i przycisnęła do piersi. Zabolało mnie w żebrach, ale się nie skarżyłam.

Rozdział 28

W szpitalu spędziłam w sumie trzy dni i cztery bezsenne noce. Rzeczowy młody doktor oczywiście miał rację. Morfina nad ranem bardzo by mi się przydała, ale wytrzymałam i każdej nocy udawało mi się przespać kilka godzin.

Kiedy tak tkwiłam w moim białym, wykrochmalonym więzieniu, wydarzyły się cztery godne uwagi rzeczy. Przede wszystkim przyszła do mnie Becca. Rozpłakała się. Mnie tym razem jakoś udało się powstrzymać od łez. Jej obecność powodowała u mnie dziwny dyskomfort.

Początkowo myślałam, że to z powodu mojego wyglądu. Ona, nawet zapłakana, wyglądała jak wyjęta żywcem z okładki „Vogue'a". Tymczasem ja przypominałam postać z filmowego horroru.

Kiedy jednak przyłapałam się na tym, że po raz piąty w ciągu minuty zerkam w kierunku otwartych drzwi, dotarło do mnie, co jest nie tak. Jakaś część mnie obawiała się, że zamaskowany mężczyzna wróci i dokończy robotę.

Lazenby przydzielił policjanta do patrolowania mojego piętra, więc mój strach był irracjonalny. Mimo to nie mogłam się z niego otrząsnąć.

Odłożyłam psychoanalizy na później i najgrzeczniej, jak potrafiłam, poprosiłam Beccę, żeby nie odwiedzała mnie więcej w szpitalu. Nie chciałam, by mnie taką oglądała. Powiedziała, że rozumie, i może naprawdę tak było.

Drugim godnym uwagi wydarzeniem była wizyta Lazenby'ego, który przyniósł mi całą torbę moich ulubionych kryminałów w miękkiej oprawie.

– Leżałem tu trzy tygodnie, kiedy mnie postrzelono. Bez dobrej książki można oszaleć. Chociaż nie wiem, czy którąś z tych nazwałbym dobrą – stwierdził.

Puściłam tę literacką krytykę mimo uszu i podziękowałam. Potem przeszliśmy do prawdziwej przyczyny jego pojawienia się – Lazenby chciał usłyszeć z moich własnych ust, co się wydarzyło tamtego piątkowego wieczoru. Opowiedziałam wszystko, łącznie z kilkoma pomysłami, od czego mógł zacząć. Nie dał mi fałszywej nadziei, ale też nie zbył mnie od ręki. Ponadto – co było miłe z jego strony – w przeciwieństwie do lekarza nie wmawiał mi, że sama jestem sobie winna.

Skorzystałam z okazji, by zapytać, jak policja sobie radzi ze sprawą Collinsów.

– Nawet półżywa w szpitalu nie odpuszczasz – skomentował.

– Jak sam pan zauważył, tutaj jest mało do roboty i dużo czasu na myślenie. Jakieś nowe tropy?

– Nic, o co musiałabyś się martwić. Zajmij się złoczyńcami u Raymonda Chandlera, a tych prawdziwych zostaw policji. Nam też od czasu do czasu udaje się kogoś złapać.

Tą błyskotliwą refleksją zakończył wizytę i wyszedł.

Jakiś szczegół z tej naszej pogawędki nie dawał mi spokoju. Odtworzyłam ją sobie w pamięci i w końcu zrozumiałam, co mi nie pasowało. Porucznik był spokojny. Nie zgrzytał zębami jak zwykle. Coś już miał.

Nie musiałam długo czekać, by się przekonać co.

Później tego popołudnia zagadnęła mnie pielęgniarka, która przyszła zmienić mi opatrunek.

– Pracujesz dla Lillian Pentecost, prawda? Właśnie słyszałam w radiu, że aresztowali kogoś w tej sprawie morderstwa u Collinsów.

Nie wiedziała kogo. W radiu powiedziano jedynie, że „dokonano aresztowania". Nie miałam w pokoju telefonu, narzuciłam więc szlafrok i poszłam do kafeterii w piwnicy, gdzie był aparat na monety.

Po dziesięciu minutach i trzech próbach udało mi się dodzwonić do biura.

– O co chodzi z tą nowiną, że przymknęli kogoś w sprawie Collinsów? – zapytałam, kiedy tylko zgłosiła się pani P.

– Właśnie skończyłam rozmawiać z Randolphem Collinsem – odpowiedziała. – Lazenby przyjechał około poludnia do biura Collins Steelworks i aresztował Harrisona Wallace'a.

– Za morderstwo?

– Za malwersacje finansowe. Najwyraźniej mają mocne dowody na to, że pan Wallace wyprowadzał pieniądze z firmy. Zakładają, że pani Collins to odkryła i Wallace ją zabił, żeby go nie wydała.

Byłam w szoku. Wallace wydawał się taki nieszkodliwy. Było mi równie trudno wyobrazić go sobie jako złodzieja, co wcześniej jako mordercę, który ma na sumieniu Abigail Collins.

– Na ile są przekonani, że w tej sprawie chodzi o pieniądze?

Nie musiałam zadawać tego pytania. Lazenby nie dokonałby aresztowania w tak głośnej sprawie, gdyby nie miał wszystkiego zapiętego na ostatni guzik.

– Porucznik sprawiał wrażenie bardzo pewnego wątku defraudacji – stwierdziła szefowa. – Ujawnił, że trwało to co najmniej od roku. W tym czasie z kasy Collins Steelworks wyparowało dwieście tysięcy dolarów, jeśli nie więcej. Wciąż badają, dokąd te pieniądze zawędrowały.

Dwieście tysięcy nie było zawrotną kwotą jak na firmę, której roczne zyski sięgały liczb ośmiocyfrowych. Z drugiej strony, grosze to też nie były. Ludzie od finansów w nowojorskiej policji zdobyli doświadczenie przy śledzeniu forsy pranej przez mafię i znali się na swojej robocie. Wallace był umoczony po uszy. Zastanawiałam się, czy stosik banknotów w naszym sejfie to część tej kasy.

– Powiedział coś jeszcze? – dopytywałam. – Co z Belestrade? Gdzie ona jest w tym wszystkim?

Według pani P. Lazenby nie pisnął na ten temat nawet słówkiem. Nietrudno było jednak pokojarzyć fakty. Abigail powiedziała swojej ulubionej spirytystce, co odkryła, a Belestrade jakoś przekazała to Wallace'owi. Być może, jak to ona, próbowała go szantażować.

– Co teraz robimy?

– Ty dochodzisz do siebie – odparła pani P. – Ja spróbuję zobaczyć się z panem Wallace'em. Rozprawa o zwolnienie za poręczeniem majątkowym została odroczona, ponieważ spodziewany jest osobny akt oskarżenia o morderstwo.

Morderstwo pierwszego stopnia i ukryta gotówka oznaczały duże ryzyko ucieczki, dlatego prokuratura zamierzała nie dopuścić do wyjścia oskarżonego za kaucją.

Dałam za wygraną i pozwoliłam szefowej robić swoje. Zadzwoniłam jeszcze do kilku znajomych z „Timesa" i „Mirror", ale mieli więcej pytań niż odpowiedzi. W końcu poddałam się i wróciłam do mojej sali. Przez chwilę zastanawiałam się, czy wbrew zaleceniom lekarza nie wypisać się na własne żądanie, ale zdałam sobie sprawę, że gdybym tylko zjawiła się w domu, natychmiast zostałabym odstawiona z powrotem do szpitala.

Dawno nie czułam się tak bezużyteczna.

Ostatnia godna uwagi rzecz wydarzyła się w czwartek rano. Miałam już opuścić szpital, czekałam więc spakowana i gotowa do wyjścia, ale pani P. się spóźniała. Siedziałam więc na krześle w rogu, z małą walizką, do której upchnęłam ubrania, książki i papierową torbę z medykamentami.

Wiedziałam tylko tyle, że Wallace nadal przebywa w areszcie. Pani P. nie udało się z nim zobaczyć. Zarzut morderstwa wciąż wisiał w powietrzu.

Kiedy moja szefowa w końcu weszła do sali, jeszcze nigdy nie wyglądała na tak skołowaną. Jej konstrukcja z warkoczy uległa katastrofie i zsunęła się na bok głowy.

– Wybacz – oznajmiła, przysiadając na łóżku i próbując ogarnąć fryzurę. – Właśnie wyjeżdżałyśmy, kiedy zadzwonił osobisty adwokat pana Wallace'a.

– Niech zgadnę... Chce wszystko, co mamy w sprawie Collinsów, i chce to na wczoraj.

– Nie – odpowiedziała z grymasem. – Podziękował mi za dotychczasowe wysiłki i przekazał, że moje usługi już nie będą dłużej potrzebne.

Krótko mówiąc, odebrano nam sprawę Collinsów.

Rozdział 29

Potem nastąpiły najbardziej frustrujące dni w moim życiu. Wallace, co było do przewidzenia, usłyszał zarzut morderstwa – we wtorek pod koniec dnia. Nieoczekiwanie jednak dotyczyło to Belestrade, a nie Abigail Collins. Jakiś przedsiębiorczy policjant znalazł narzędzie zbrodni w studzience kanalizacyjnej kilka ulic od domu Belestrade. Był to pistolet samopowtarzalny Colt, trzydziestka ósemka, zarejestrowany na Harrisona Wallace'a.

Tego wszystkiego dowiedziałyśmy się – razem z resztą miasta – w środę z porannej prasy. Nikt nie chciał z nami rozmawiać: ani Lazenby, ani adwokat Wallace'a, ani nawet rodzina Collinsów. Jedyną osobą, do której udało mi się dodzwonić, był Sanford, ich kamerdyner. Oświadczył, że „państwo nie życzą sobie z nikim rozmawiać w tych trudnych chwilach".

Kusiło mnie, żeby wybrać się tam osobiście i rzucać kamykami w okno Bekki, aż się pojawi, ale to byłoby trudne. Lekarze zalecali, bym nie przeciążała żeber. Ponadto pani Pentecost, chociaż z prawnego punktu widzenia nie mogła mnie więzić w łóżku, miała sposoby na to, żebym się zbytnio nie oddalała.

Nasz sedan był poza moim zasięgiem, a w rolę strażnika wcieliła się pani Campbell. Przechwytywała mnie za każdym razem, kiedy zbliżałam się do drzwi wyjściowych.

– A ciebie gdzie znowu niesie? – burczała. – Pani Pentecost dała ci pracę i dach nad głową, więc przynajmniej mogłabyś zadbać o siebie tak, jak cię o to prosiła. A jeśli myślisz, że nie posunę się do tego, by wykręcić ci rękę i odprowadzić cię na górę do łóżka, to się zdziwisz.

I tym podobne tyrady.

Siedziałam więc w domu i zdrowiałam. W tym czasie zjadłam tyle domowej kiełbasy, ile sama ważyłam. Spędzałam całe godziny w piwnicy, rzucając nożami w kloc drewna, najpierw prawą ręką z dwoma palcami w szynie, później lewą ze złamanym nadgarstkiem.

Pierwszego dnia miałam szczęście, jeśli trafiałam w promieniu pół metra od celu. Drugiego dnia, chociaż wciąż brakowało mi siły, znacząco poprawiłam celność. Przy każdym rzucie widziałam oczami wyobraźni zamaskowaną twarz napastnika, który mnie tak urządził.

Kiepsko sypiałam. Raz za razem wracałam myślami do odebranego nam śledztwa. A kiedy już uspokoiłam głowę, mój nadgarstek albo żebra dawały mi popalić. Lekarze przepisali mi środki przeciwbólowe – zażyłam raz i miałam po nich koszmary. Majaczące w mroku wielkie cienie rzucały się na mnie z każdego kąta. To było gorsze od bezsenności.

Prawnik Wallace'a najwyraźniej miał już dosyć tego, że wydzwaniałyśmy kilkanaście razy dziennie. W czwartek otrzymałyśmy list polecony, podpisany osobiście przez Wallace'a, w którym oficjalnie podziękowano nam za współpracę. Następnie zatelefonował Lazenby, który powiedział nader stanowczo, że nie mamy już klienta ani zlecenia, dlatego nie ma żadnego powodu, byśmy nadal wtykały nos w sprawy Collinsów.

Więcej dowiedziałyśmy się z gazet. „Journal" napisał, że Wallace i Steelworks dystansowali się od siebie nawzajem. Zarówno firma, jak i adwokat Wallace'a ogłosili, że ten ostatni był tylko tymczasowym prezesem i że biznes pozostał w rękach rodziny. Prasa cytowała różnych mądrali z Wall Street, którzy twierdzili, że podobna taktyka miała na celu stworzenie sprzyjającego klimatu do wznowienia realizacji kontraktów dla wojska.

Najwyraźniej nawet malwersacje i morderstwo nie były w stanie zniechęcić amerykańskiego rządu do dalszej współpracy.

Swoją drogą, Wallace nie wydał żadnego oświadczenia, w którym podważyłby stawiane mu zarzuty. Z naszej perspektywy wyglądało to tak, jakby zamierzał dać za wygraną i poddać się woli prokuratury.

Po rozmowie z porucznikiem pani P. osunęła się głębiej w fotelu i zamknęła oczy. Po kilku minutach ciszy odezwałam się pierwsza:

– Gdybyśmy skontaktowały się z Beccą, albo może nawet z Randolphem, pewnie udałoby się ich nakłonić, żeby ponownie nas zatrudnili. Nawet nie musimy żądać za to żadnego honorarium, bo ich wujek już nam zapłacił. Dopóki nie przyklepią Wallace'owi morderstwa Abigail Collins, sprawa jest otwarta.

Otworzyła oczy. To zdrowe było przekrwione i bardziej podkrążone niż zwykle.

– Wina Wallace'a w obu tych morderstwach jest wysoce prawdopodobna – powiedziała – niezależnie od tego, czy policja znajdzie dość dowodów, aby postawić mu zarzut zabójstwa Abigail.

– Tak czy inaczej, jeśli Collinsowie podpiszą, że chcą, byśmy kontynuowały śledztwo, może przynajmniej uda się nam poskładać to wszystko do kupy – argumentowałam. –

Spróbuję nawiązać kontakt z Beccą. Jeśli zjawię się tam osobiście, jestem pewna, że...

– Nie! – warknęła. – Zostawisz pannę Collins w spokoju. Nie będziesz więcej pracowała nad sprawą Collinsów. Nasza rola w tej aferze dobiegła końca. Mamy inne sprawy, którymi trzeba się zająć.

Byłam w szoku. Widziałam już, jak moja szefowa nagina wszelkie możliwe zasady i przepisy w imię dojścia do prawdy. To byłoby niczym porzucenie niedokończonej układanki.

– Nie kupuję tego – oznajmiłam. – Przecież nie zostawi pani tak tej sprawy. Dwa morderstwa, w tym zabójstwo osoby, którą tropiła pani od lat. I teraz tak po prostu rzucamy to wszystko?

Wzruszyła ramionami.

– Ostrzegałam cię, żebyś nie angażowała się emocjonalnie w swoją pracę.

– Brednie! – Zerwałam się z fotela. – Angażowała się emocjonalnie? I to mówi kobieta, która całymi dniami i nocami ślęczy nad aktami, ponieważ obawia się, że ktoś może wymknąć się sprawiedliwości? Zapracowuje się pani na śmierć. I pani mi mówi, żebym się nie angażowała?

Zdałam sobie sprawę, że krzyczę, ale nie mogłam się powstrzymać. W drzwiach pojawiła się nasza gospodyni, ale pani Pentecost ją odprawiła skinieniem ręki.

– Proszę mi nie mówić, że to było śledztwo jak każde inne. Belestrade była dla pani sprawą osobistą. Wiem, że tak. Obie to wiemy. I proszę nie udawać, że Jonathan Markel był tylko zwykłym informatorem. Albo że... że...

Zabrakło mi sił. Na szczęście, bo jeszcze słowo lub dwa, a przeciągnęłabym strunę.

Opadłam z powrotem na fotel, ciężko dysząc i krzywiąc się z bólu w żebrach. Pani P. rzekła powoli, ważąc każde słowo, jakby szła na palcach po polu minowym:

– To nie moja praca sprawia, że jest ze mną coraz gorzej. Moja pasja do pracy też nie ma z tym nic wspólnego. Wykańcza mnie stwardnienie rozsiane. Pracuję więcej, niż powinnam, ponieważ wiem, że nie będzie mi to dane wiecznie. Właśnie dlatego twoje bezpieczeństwo, fizyczne i emocjonalne, jest dla mnie tak ważne. Dbam o nie, żebyś pewnego dnia mogła wziąć to wszystko na swoje barki, kiedy ja nie będę już w stanie tego udźwignąć.

Po raz pierwszy powiedziała to wprost. Nie byłam tylko jej asystentką. Szykowała mnie na swoją następczynię.

Cała złość momentalnie ze mnie wyparowała.

– Zostałaś poważnie poturbowana – ciągnęła pani P. – Jestem twoją pracodawczynią, a nie matką, dlatego nie mogę cię do niczego zmuszać. Niemniej jako twoja szefowa oraz, mam nadzieję, jako twoja przyjaciółka życzyłabym sobie, żebyś zostawiła tę sprawę i dała sobie czas na wydobrzenie.

Patrząc jej w oczy, zastanawiałam się, jak mogłam kiedykolwiek pomyśleć, że są zimne. Nie wiedziałam, co powiedzieć. Czułam się bardzo zmęczona. Żadne słowa nie przychodziły mi na myśl. Skinęłam głową, usprawiedliwiłam się, że muszę wyjść, i poczłapałam na górę do swojego pokoju, by się położyć.

Nie myślcie sobie jednak, że nie odnotowałam w pamięci pewnego faktu: nie odpowiedziała na moje pytanie, czy naprawdę zamierza porzucić sprawę Collinsów.

Rozdział 30

Gdy obudziłam się następnego dnia, pani Pentecost już nie było.

– Wynajęła kierowcę, z którego usług korzystała, zanim ty się pojawiłaś – poinformowała mnie pani Campbell przy śniadaniu. – Wzięła ze sobą walizkę, tę mniejszą. Mówiła, że wyjeżdża na co najmniej jedną noc, ale najwyżej na trzy. I że zadzwoni wieczorem, byśmy wiedziały, że dojechała bezpiecznie.

– Dojechała bezpiecznie gdzie? – zapytałam.

– Tego nie powiedziała.

Pani P. zdarzało się już wcześniej wyjeżdżać w pojedynkę, gdy pracowała nad którąś ze swoich ulubionych spraw, ale do tej pory zawsze wiedziałam przynajmniej w ogólnym zarysie, co zamierza. To, że tym razem nie powiedziała, dokąd się wybiera, mogło oznaczać tylko jedno: pracowała nad sprawą Collinsów i nie chciała, żebym ruszyła w ślad za nią.

Byłam zła i zaniepokojona. Zła z oczywistych względów. Zaniepokojona, ponieważ zawsze się o nią martwiłam, kiedy wyjeżdżała sama. A co, jeśli dopadnie ją naprawdę zły dzień? Rozejrzałam się po jej sypialni i biurze. Z ulgą zauważyłam, że przynajmniej nie zapomniała zabrać laski.

Usiadłam przy biurku i próbowałam pracować. Trzeba było uzupełnić notatki z poprzednich śledztw, uaktualnić listy kontaktowe i ogarnąć wiele innych spraw. Po godzinie jedyne, czego zdołałam dokonać, to podzielić jeden stos papierów na pięć mniejszych. Rozważałam już, czy nie sięgnąć po mydło z olejkiem Murphy i nie wyszorować nim biurka, gdy zadzwonił telefon.

– Dzięki Bogu – mruknęłam, pewna, że to pani P.

Tymczasem usłyszałam spanikowany głos Olivii Waterhouse.

– Czy to prawda, co piszą? – zapytała. – Ariel szantażowała ludzi?

Kiedy Wallace został oskarżony o morderstwo Belestrade, wszystko zaczęło wyciekać. Prasa tylko na to czekała, ochoczo nadstawiając uszu. Gazety nie wiedziały, co dokładnie wydarzyło się w rezydencji Collinsów podczas imprezy z okazji Halloween, ale znały już najważniejsze fakty. Co bardziej zaradni reporterzy namierzyli wcześniejszych klientów Belestrade – albo ich małżonków – którzy zaczynali mówić. Gdzieś pośród pięciu stosików na moim biurku znajdowało się kilka próśb dziennikarzy o komentarz. Prędzej czy później coś musiałam im powiedzieć, ale jeszcze nie byłam w nastroju do takich pogawędek.

Jako że profesor Waterhouse pomogła nam ustalić parę faktów z życia Belestrade, miałam poczucie, że jestem jej winna szczerość.

– Obawiam się, że tak, pani profesor. W każdym razie na to wygląda.

– To okropne! – wykrzyknęła. – To, że wykorzystywała swój talent do krzywdzenia innych w ten sposób.

Kusiło mnie, by ją zapytać, dlaczego jest taka zdziwiona. Z pewnością ktoś, kto kłamał, że potrafi się komunikować z duchami zmarłych, nie miałby skrupułów, aby się posunąć o krok dalej. W pewnym sensie to, że Belestrade, szantażując swoich klientów, odkrywała karty, czyniło ją uczciwszą od innych hochsztaplerów jej pokroju.

Te refleksje zachowałam jednak dla siebie.

– Tak, to wielki szok dla wszystkich – skłamałam.

– Musiałam poprosić wydawcę, żeby się wstrzymał z wysłaniem mojej książki do druku. Nie mogę zamieścić całego rozdziału na temat Ariel i nie wspomnieć ani słowem o t y m. Naraziłabym się na śmieszność.

– Wkurzył się? Pani wydawca.

– Wręcz przeciwnie. Powiedział, że rozdział o Belestrade zawierający opis jej morderstwa z rąk... jednej z jej ofiar... Cóż... – Zamilkła. Oczami wyobraźni zobaczyłam, jak zdejmuje okulary, przeciera oczy i z powrotem zakłada okulary.

– Dodanie wątku jej morderstwa zwiększy sprzedaż? – zasugerowałam.

– Zasadniczo tak – przyznała. – W moim przekonaniu to groteskowe. Moja książka jest pracą naukową, a nie tanią sensacją.

Nie spierałam się, ale nie dlatego, że się z nią zgadzałam. Z własnego doświadczenia wiedziałam, że naukowcy lubią rozlew krwi i dobrą intrygę tak samo jak zwykli śmiertelnicy. Ponadto, chociaż Waterhouse stwierdziła, że to groteskowe, nie wspomniała, by miała coś przeciwko pomysłowi.

Pomyślałam, że skoro już mam ją na linii, może przy okazji coś od niej wyciągnę.

– Miała pani jakiekolwiek pojęcie, że dzieją się takie rzeczy? – zapytałam.

– Szantaż? Nie. W żadnym wypadku. Myślałam, że najgorsze w tym wszystkim było to, że... No cóż, że Ariel jest taka jak oni wszyscy. Prześwietla swoich klientów i daje im to, czego chcą.

– Kiedy obserwowała pani te seanse w jej salonie, nigdy nie zauważyła pani niczego niezwykłego? Nic, co pani tam widziała, nie wskazywało na to, że ona nagrywa tych ludzi, by ich szantażować?

– Właśnie tak to robiła?

Szczegóły na temat nagrań jeszcze nie dostały się do gazet.

– Na to wygląda – powiedziałam. – Prawdopodobnie nakłaniała ich do kompromitujących wyznań, a potem używała nagrań do wyłudzenia pieniędzy.

Po drugiej stronie linii zapadła cisza.

– Pani profesor? Jest pani tam?

– Tak, tak, jestem – odpowiedziała niemal szeptem.

– Coś pani wiedziała?

– Wiedziałam... że nagrywa.

– Naprawdę?

– Widziałam, jak wyjmuje taśmę. Magnetofon był ukryty za panelem w regale. Twierdziła, że robi to, by wiedzieć, co mówiła, kiedy przemawiały przez nią duchy.

– Nie wydało się to pani podejrzane? – zapytałam.

– Wtedy nie.

To oznaczało, że pani profesor kupiła bajeczkę, jakoby Belestrade nie była świadoma tego, co mówi, kiedy wprowadza się w trans spirytystyczny. Zaczęłam podejrzewać, że Waterhouse nie tylko była zauroczona Belestrade, ale też skrycie wierzyła w jej nadprzyrodzone moce.

Potem przyszło mi do głowy coś jeszcze.

– Co zrobiła z taśmą?

– Nie wiem. Poszła na piętro. Wtedy usłyszałam ten dudniący dźwięk.

– Dudniący?

– Tak. W pierwszej chwili pomyślałam, że gdzieś w oddali przejeżdża pociąg, ale tam nie ma żadnej linii kolejowej.

Zapamiętałam sobie to spostrzeżenie.

– Czy pomogłam w jakiś sposób? – zapytała Waterhouse.

– Być może. Przekażę to policji. Oficjalnie pani Pentecost już nie zajmuje się tą sprawą.

– Ach... Ten mężczyzna w areszcie... Myślicie, że on to zrobił?

– Niewykluczone.

– Co z moją książką? – zajęczała płaczliwym tonem. – Nie mogę czekać aż do procesu. To się może ciągnąć miesiącami.

Biorąc pod uwagę, że Wallace praktycznie się nie bronił, osobiście wątpiłam, czy jego proces potrwa tak długo.

– Proszę często używać ulubionego przez prasę słowa „rzekomo" – podsunęłam. – Poza tym sednem pani książki jest to, co robiła Belestrade, a nie to, kto ją kropnął.

Waterhouse podziękowała i obiecała, że przyśle mi egzemplarz, kiedy książka się ukaże.

Ledwie odłożyłam słuchawkę, gdy rozległo się znajome pukanie do drzwi. Otworzyłam je i ujrzałam chmurne oblicze porucznika Lazenby'ego.

– Obawiam się, że ma pan pecha – oświadczyłam. – Pani domu wyruszyła na poszukiwanie przygód, a ja nie mam pojęcia, dokąd się udała.

– Nie szkodzi. Przyjechałem po ciebie.

Już miałam wrzasnąć do pani Campbell, żeby dzwoniła po prawnika, gdy Lazenby dodał:

– Mamy go.

Nie musiałam pytać kogo. Pojechałam z porucznikiem za most, do komisariatu na południe od Midtown. Tam zaprowadził mnie do jednego z mniej przytulnych pokojów przesłuchań.

Załomotał do drzwi i zawołał:

– Dajcie na niego światło!

– Włączone! – odkrzyknął głos ze środka.

Lazenby otworzył drzwi.

Na metalowym krześle siedział, na wpół oślepiony snopem światła skierowanym prosto w jego twarz, John Meredith.

Na nosie miał opatrunek, który wyglądał na kilkudniowy. Najwyraźniej tamten prawy prosty uszkodził coś więcej niż moje palce. Reszty tego, co zobaczyłam, nie mogłam jednak przypisać sobie. Miał rozciętą w dwóch miejscach wargę, podbite oko i siedział wykręcony, jakby nie mógł się wyprostować na krześle.

Lazenby skinął głową na sierżanta, a ten ponownie zamknął drzwi.

– Stawiał opór przy zatrzymaniu – rzucił porucznik, jakby czytając mi w myślach.

– Coś powiedział?

– Początkowo nie był rozmowny. Zaczęliśmy więc sumować dowody przeciwko niemu: rozbity nos, krew na butach, opiłki.

Metalowe odpryski znalazłam sama. Kiedy leżałam w szpitalu, tamten młody, przemądrzały doktor wspomniał, że wydobył z mojej twarzy – z miejsc, w które trafił but napastnika – trochę ostrych metalowych wiórków. Takie same musiałam wydłubywać z podeszew moich butów po wizycie w Collins Steelworks.

To jeszcze nie przesądzało o niczyjej winie. Napastnikiem mógł być równie dobrze Meredith, jak i Randolph Collins, ewentualnie ten pierwszy napuszczony przez drugiego. Albo inny pracownik firmy działający na czyjeś zlecenie. Podzieliłam się z porucznikiem moimi wnioskami już wtedy, gdy odwiedził mnie w szpitalu.

– Mało dowodów – zauważyłam. – I wszystkie poszlakowe.

– Prawda – przyznał Lazenby, a pośród jego brody zamajaczył uśmiech. – Wtedy jednak powiedziałem mu o naszym świadku.

– Macie świadka?

– Pewna starsza pani, która wyjrzała przez okno akurat w chwili, gdy Meredith naciągał na twarz maskę z pończochy. Przemiła staruszka. Typ babci, która natychmiast podbija serca wszystkich. Powiedziałem mu, że nasz świadek na sali sądowej zrobi furorę, a jej zeznania w sprawie o usiłowanie zabójstwa będą jak ostatni gwóźdź do jego trumny. Wtedy pękł i wyjawił, że dowiedział się o twojej... o twoim spotkaniu z Beccą od jej brata.

– Randolph nasłał go na mnie?

Lazenby pokręcił głową.

– Nie. W każdym razie tak zeznał Meredith. Twierdzi, że działał na własną rękę. Chyba się zadurzył w tej dziewczynie.

Przypomniałam sobie, w jaki sposób mówił o Becce podczas naszej rozmowy w fabryce. Od razu wtedy wyczułam, że coś jest na rzeczy. Kiedy zobaczył nas razem publicznie, musiał dostać szału.

– Przemiła staruszka? – zapytałam. – Panie poruczniku, naprawdę wcisnął pan ten kit?

Lazenby wzruszył ramionami i zrobił minę niewiniątka.

– Porozmawiam z prokuratorem. Nakłonię go, żeby obstawał przy zarzucie usiłowania zabójstwa, a potem zgodził się zawrzeć ugodę i zmienił kwalifikację na czynną napaść z użyciem niebezpiecznego narzędzia. Miasto zaoszczędzi na procesie.

Oznaczało to, że nie będę musiała opowiadać ławie o życiu prywatnym Bekki i moim ani ryzykować, że przysięgli wydadzą werdykt uniewinniający, argumentując, że sama się prosiłam o kłopoty. Wymieniliśmy się z porucznikiem spojrzeniami – podziękowałam mu skinieniem głową.

Grzecznie odmówiłam, gdy zaproponował, że odwiezie mnie do domu, wyszłam z komisariatu i ruszyłam przed siebie na piechotę. Poprzedniego tygodnia zima przyszła na dobre i teraz lodowaty wiatr przeszywał mój płaszcz niczym nóż. Przynajmniej zapomniałam o moich obolałych żebrach, twarzy i całej reszcie.

W ogóle przestałam myśleć.

W drodze do domu trochę łaziłam po mieście. Zatrzymałam się w mojej ulubionej narożnej knajpce na sandwicza z indykiem na ciepło, którego ledwie tknęłam. Potem zawędrowałam do księgarni, gdzie snułam się między półkami blisko godzinę.

Gdy w końcu złapałam się na tym, że przeglądam po raz piąty ten sam regał z romansidłami, zdałam sobie sprawę, że podświadomie odwlekam moment, w którym wrócę do pustego biura. Nie chciałam się mierzyć z poczuciem bezużyteczności i czekaniem.

Kiedy to sobie uświadomiłam, wyszłam żwawym krokiem na ulicę, zamachałam na taksówkę i po kwadransie byłam z powrotem w biurze.

Pani Campbell wyszła z kuchni, ręce miała umączone po łokcie.

– Długo cię nie było. Martwiłam się.

– Byłam na policji. Co mogło mnie tam spotkać złego? Rzuciła mi spojrzenie mówiące: „Wiele".

– Robię chleb z rodzynkami i orzechami – powiedziała. – Jeszcze trochę mi to zajmie. Weź sobie kanapki z lodówki, jeśli jesteś głodna. Przyszła paczka do ciebie. Położyłam ją na twoim biurku.

Wróciła do zagniatania ciasta, a ja pomaszerowałam do biura, gdzie leżała gruba, płaska koperta z Liberty Developing. W środku znajdowało się dwadzieścia parę zdjęć wykonanych podczas niesławnej imprezy halloweenowej u Collinsów.

Tak jak uprzedzał mąż autorki fotografii, większość była nieciekawa, nieostra albo i taka, i taka. Wypatrzyłam jednak kilka obiecujących ujęć.

Jedno ukazywało Wallace'a rozmawiającego z garstką menedżerów, wszyscy wyglądali na nieco wstawionych. Inne przedstawiało Abigail Collins w białej sukni i masce, pozującą na schodach, błogo nieświadomą, że to ostatnia godzina jej życia. Była Olivia Waterhouse wyglądająca na skrępowaną i wyobcowaną. Dostrzegłam też Mereditha. Drań się śmiał, wielce czymś ubawiony.

Becca i Randolph dali się uwiecznić na zdjęciu w gabinecie, parę minut przed rozpoczęciem show Belestrade: Randolph w szytym na miarę smokingu, Becca w wąskiej czarnej kiecce, białych rękawiczkach do łokci i wyszywanej cekinami narzutce. Oboje mieli na twarzach pasujące do siebie maski arlekinów.

Jej widok, nawet w masce i na zdjęciu, sprawił, że moje serce szybciej zabiło. Pomyślałam, czy do niej nie zadzwonić. Potem jednak zaczęłam się wahać. Trwało to dość długo.

W końcu wepchnęłam zdjęcia z powrotem do koperty i podeszłam do biurka pani Pentecost, żeby schować je do szuflady. Dostrzegłam w niej notatnik z żółtymi kartkami. Na pierwszej stronie widniał adres nagryzmolony – pisała jak kura pazurem – przez moją szefową.

Orly Crouch
#213 Rte 5 (Old Wallace Drive)
Cockerville, Nowy Jork

Wszystko stało się jasne. Pani Bettyanne Casey-Hutts nie zawiodła. Moja szefowa wyruszyła tropem Abigail Collins, z domu Pratt, a właściwie Crouch.

Po co? Tego nie wiedziałam. Przynajmniej jednak miałam już pojęcie, gdzie przebywa. Kamień spadł mi z serca.

Kiedy zadzwoniła wieczorem, zaczęłam rozmowę następująco:

– Co słychać na peryferiach stanu Nowy Jork? Udało się znaleźć nocleg w Cockerville czy dojeżdża pani z Albany?

– Zatrzymałam się w Driftwood Inn, małym zajeździe w Prattsville. Stąd, jak wiesz, do Cockerville jest niedaleko.

– Świetnie pani ukrywa swój podziw dla moich umiejętności detektywistycznych – zażartowałam.

– Przypuszczam, że znalazłaś w firmie wynajmującej kierowców kogoś, kto dał się przekupić w zamian za informację.

Wspominałam już chyba, jak bardzo szefowa czasem potrafi mnie wkurzyć.

– Rozmawiała już pani z Orlym Crouchem? – zapytałam, zmieniając temat.

– Nie chciał mi otworzyć drzwi. Spróbuję jeszcze raz jutro.

– Ale dlaczego? Przecież odebrano nam tę sprawę, pamięta pani?

– Sama powiedziałaś, że nie wierzę w przypadki.

Tylko tyle była łaskawa powiedzieć gwoli wyjaśnienia.

Powiedziałam jej o aresztowaniu Mereditha. Wydawała się rada, chociaż bynajmniej nie zaskoczona.

– Odnotowałaś w swoim raporcie, że czułaś się nieswojo w jego obecności – zauważyła. – Twój instynkt, zwłaszcza w kontakcie z ludźmi skłonnymi do przemocy, jest godzien uwagi.

Spytałam, czy planuje wrócić nazajutrz. Odpowiedziała, że jeszcze nie wie. Jeśli nie powiedzie się jej z Orlym Crouchem, zapewne wróci do biura wczesnym wieczorem. Życzyłam jej szczęścia i przypomniałam, żeby rano zjadła swoje płatki śniadaniowe, a po południu nie zapomniała o drzemce.

– Zdajesz sobie sprawę, że przez wiele lat nie miałam twojego wsparcia i jakoś przeżyłam?

– Wiem – odparłam. – To prawdziwy cud.

Odłożyłam słuchawkę, zanim zdążyła powiedzieć coś na koniec.

Rozdział 31

W sobotę poranne gazety przyniosły kolejną sensację.

PODEJRZANY O MORDERSTWO MA RAKA.
PRAWDOPODOBNIE NIE DOŻYJE PROCESU

Dzień wcześniej Wallace zasłabł w celi. Wezwano lekarza specjalistę, który orzekł, że to rak żołądka – coś, o czym Wallace najprawdopodobniej wiedział od miesięcy. Sama zauważyłam, jak marnie wygląda, ale złożyłam to na karb stresu. Napisano również, że policja w końcu wydała ciało Abigail Collins i że pogrzeb odbędzie się w poniedziałek.

Hiram zwolni miejsce w kostnicy, a młodzi Collinsowie zaczną układać sobie życie na nowo.

Wiedziałam jednak, że łatwo im to nie przyjdzie. Nie w sytuacji, gdy ich drogi wujek Harry powoli umierał za kratami.

Odłożyłam gazetę na biurko i wyjrzałam przez okno na świat przyduszony bielą. Śniegu napadało już po kostki i wciąż sypało. Spiker w radiu ogłosił, że do niedzieli możemy się spodziewać ponad pół metra. Zaczynałam powątpiewać, czy pani P. wróci przed nocą.

Nasze zwyczajowe drzwi otwarte w sobotni poranek musiały zostać odwołane. Kiedy już uwinęłam się z bieżącymi sprawami, nie pozostało mi nic innego do roboty, jak siedzieć w fotelu i kontemplować obraz wiszący nad biurkiem pani Pentecost. Po raz tysięczny zastanawiałam się, kim była dziewczyna w niebieskiej sukience. Co robiła pod tym samotnym żółtym drzewem pośrodku pustkowia?

Gdy zadzwonił telefon, podskoczyłam tak, że omal nie wywróciłam się z fotelem.

– Biuro Detektywistyczne Pentecost, mówi Will Parker.

– Pani Pentecost. Proszę, potrzebuję pani Pentecost. – Akcent brzmiał znajomo.

– Przykro mi, ale pani Pentecost jest nieobecna. Coś przekazać?

– Proszę jej powiedzieć, że potrzebuję pomocy. Ona musi mu powiedzieć.

– Przepraszam, ale kto mówi? – zapytałam. – Co musi powiedzieć i komu?

– Tu Anna. Anna Nowak.

Teraz zajarzyłam. Kucharka o twarzy jak siekiera, która wystawiła nam Belestrade. Nie poznałam jej po głosie, tak bardzo był zniekształcony strachem.

– Pani Nowak, tu Will Parker. Poznałyśmy się w zeszłą sobotę.

– Tak, tak, pamiętam.

– W czym problem?

– Mój mąż. Wrócił. Dowiedział się, że byłam u pani Pentecost. Myśli, że ona mi zapłaciła. Dała pieniądze za informacje. Mówię mu, że nie, ale on mi nie wierzy.

– Gdzie jest teraz?

– Pod drzwiami. Nie chce odejść. Nie chce mnie zostawić w spokoju. On...

W tle rozległ się odgłos rozłupywanego drewna. Anna wrzasnęła i połączenie zostało zerwane.

Przejrzałam notatniki na moim biurku, aż znalazłam ten, którego używałam, rozmawiając z Anną. Był tam jej adres.

Złapałam telefon i zaczęłam wykręcać numer do posterunku policji na Brooklynie, ale nagle się wstrzymałam. Jakie były szanse, że gliniarze dojadą tam szybciej ode mnie? Albo że potraktują moje zgłoszenie na tyle poważnie, że wyślą tam patrol? Doskonale wiedziałam, jak trudno w taką pogodę uświadczyć choćby jednego gliniarza na ulicy. Zwłaszcza w okolicy, w której mieszkała Anna Nowak.

Odłożyłam słuchawkę na widełki. I stałam tak bez ruchu.

Przed napaścią, przed pobytem w szpitalu byłabym już przy drzwiach. Robiłabym to, co w takiej sytuacji czynili bohaterowie moich kryminałów – czyli brałabym sprawy w swoje ręce.

Teraz byłam kłębkiem nerwów i niepewności.

Kimże ja byłam, by udawać, że wiem, co robię? Że podejmuję właściwą decyzję?

A potem pomyślałam o panice w głosie Anny. Jak bardzo była przerażona. I o tym, że zadzwoniła do nas, nie na policję. Do nas.

Może i tylko bawiłam się w nieustraszonego bohatera, ale w tej chwili Anna potrzebowała właśnie kogoś takiego.

Chwyciłam płaszcz i już byłam w korytarzu, kiedy przemówił głos rozsądku. Nie wiedziałam, w co się pakuję i co zastanę na miejscu. Lepiej trochę się spóźnić, ale zjawić się przygotowanym.

Pobiegłam do siebie na górę, otworzyłam komodę i spod stosu bielizny wyjęłam jeden z moich noży. Potem pomyślałam, żeby zabrać ze sobą jeszcze kilka innych rzeczy. Jedną z nich znalazłam w tej samej szufladzie. Po drugą pobiegłam do kuchni. Tam zastałam panią Campbell pochyloną nad stołem i sortującą przyprawy.

– A w ciebie jaki diabeł znowu wstąpił? – zapytała, kiedy zaczęłam przetrząsać szafkę z suchą żywnością.

– Jedna z naszych klientek ma kłopoty.

– Zadzwoń na policję.

– Oni w niczym nie pomogą. Nie na dłuższą metę – stwierdziłam. – Na krótszą pewnie też nie.

Znalazłam to, czego szukałam, wsunęłam do kieszeni i pognałam do drzwi.

– Miałaś odpoczywać! – krzyknęła za mną gospodyni.

W każdym razie tak zrozumiałam. Byłam już przed domem, ślizgając się na zasypanych śniegiem schodach.

Pani Pentecost wzięła sedana, a taksówek było jak na lekarstwo, dlatego pozostało mi liczyć na własne nogi. Kamienica, w której mieszkała Nowak, znajdowała się dobre dwadzieścia przecznic dalej, ale pobiegłam na skróty.

Brnąc w śniegu, próbowałam nie myśleć o tym, jaka jestem głupia. Starałam się przywołać w myślach głos mojego ojca. Był sukinsynem, ale nigdy nie kwestionował swoich decyzji. Jak już raz coś postanowił, robił to niezależnie od konsekwencji.

Dwadzieścia minut po tym, jak odwiesiłam słuchawkę, pokonałam pędem pięć kondygnacji schodów dzielących mnie od mieszkania Anny. Nie było trudno je znaleźć. Jako jedyne na całym piętrze miały otwarte drzwi. Drewno wokół zamka było potrzaskane.

Zanim weszłam do środka, wyjęłam z kieszeni dwa przedmioty. Wsunęłam jeden w drugi i oba schowałam do rękawa płaszcza.

Ostrożnie wkroczyłam do mieszkania. Mimo że kuchnia, jadalnia i salon były stłoczone w jednym pomieszczeniu, wyglądało schludnie. W każdym razie takie musiało być jeszcze do niedawna.

Teraz stół kuchenny leżał przewrócony pośród rozbitych naczyń. Coś, co zapewne było rośliną w doniczce, walało się w kawałkach po dywanie. W mieszkaniu znajdowało się jeszcze jedno pomieszczenie. O prowadzące do niego drzwi opierał się mężczyzna. Był niewiele wyższy ode mnie, ale dwa razy szerszy. Na wydatnym kałdunie opinał się biały niegdyś podkoszulek, a drelichowe spodnie zsunęły się poniżej pasa, ukazując przedziałek z tyłu.

Trzymając się z dala od niego, zawołałam:

– Anno, jesteś tam?

Mężczyzna obrócił się gwałtownie, prawie tracąc równowagę. Miał czerwoną, nalaną, dziobatą twarz.

– A ty co za jedna? – wybełkotał. – Wynocha stąd. Nie twoja sprawa.

Mówił bez akcentu, jeśli nie liczyć wpływu whisky. Zionął alkoholem tak mocno, że mogłabym się upić od samego stania w zasięgu jego oddechu.

– Nazywam się Will Parker, jestem z biura Lillian Pentecost. Można więc powiedzieć, że to moja sprawa.

Jego usta koloru wątroby wykrzywiły się w uśmiechu.

– Przyniosłaś suce pieniądze?

– Nie znam żadnych suk, panie Nowak. I nie przyniosłam żadnych pieniędzy.

– Kłamiesz – wybełkotał i wydał z siebie pijackie beknięcie. – To dlatego ktoś ci dał po gębie? Żeby cię oduczyć kłamania?

Moje ręce i twarz zrobiły się lodowate. To uczucie, kiedy wiesz, że szykuje się mordobicie, i nie masz jak go uniknąć.

– Powinien pan stąd wyjść – oznajmiłam, podejmując ostatnią próbę powstrzymania tego, co miało się zaraz wydarzyć.

– Brat mi powiedział, że poszła do tej suki Pentecost. Namieliła ozorem i faceta posadzili. Nie mów, że nie dostała za to nagrody. Zawsze jak jakiś bogacz kopnie w kalendarz, ktoś zgarnia kasę.

Wymierzył we mnie swoją wielką piąchę i wtedy zobaczyłam, dlaczego jego portki były opuszczone do połowy masztu. Skórzany pas miał owinięty wokół dłoni. Srebrna klamra była usmarowana krwią.

– Nic z tego, panie Nowak, żadnej nagrody nie będzie – powiedziałam, obdarzywszy go moim najwredniejszym uśmiechem. – Jeśli jednak wyjdzie pan stąd w tej chwili, może pozwolę panu zachować przednie zęby.

Wydał z siebie ryk i rzucił się na ślepo. Właśnie na to liczyłam.

Wysunęłam z rękawa wełnianą pończochę, obciążoną puszką sosu żurawinowego i zawiązaną na supeł. Tą improwizowaną maczugą odwinęłam prosto w górę.

Trafiłam go pod szczękę. Toczył się dalej naprzód, ale ja niczym torreador odstąpiłam w bok i Nowak zatrzymał się na przeciwległej ścianie. Odbił się w tył, lecz zanim zdążył połapać się w sytuacji, zamachnęłam się jeszcze raz. Tym razem puszka uderzyła go z głośnym trzaskiem w okolice skroni.

Potknął się o krzesło, wywinął orła i rąbnął o podłogę jak wór kartofli. Jego głowa była pokryta krwawą mazią. Czyżbym przywaliła mu aż tak mocno? Wtedy jednak zdałam sobie sprawę, że pękły pończocha i puszka. To był sos żurawinowy. Głównie.

Nowak dźwignął się z podłogi, zachwiał i splunął krwią.

– Zmiataj stąd, póki możesz – powiedziałam.

Rzucił się na mnie.

Skuliłam się, uderzyłam go barkiem w brzuch i wykorzystując jego impet, przerzuciłam go nad sobą. Wylądował z łoskotem na przewróconym stole, łamiąc mu nogi.

Próbował wstać, ale tylko zacharczał i osunął się z powrotem na podłogę.

Nie spuszczając go z oka, podeszłam do drzwi sypialni i zapukałam.

– Anna? Tu Will Parker. Możesz już wyjść.

Usłyszałam zgrzyt i szuranie towarzyszące przesuwaniu ciężkich mebli. Zza uchylonych drzwi wyjrzała Anna. Jej podobny do siekiery nos był zakrwawiony, chociaż nie wyglądał na złamany, a pod okiem rósł siniak.

Powiedziałam jej, żeby spakowała parę rzeczy. Poczekałam, aż wrzuci trochę ubrań do zdezelowanej walizki. Kiedy skończyła, wyprowadziłam ją na korytarz. Mijając męża, przystanęła i splunęła w jego półprzytomną twarz.

– Anno – zapytałam, gdy wyszłyśmy na korytarz – znasz jakieś bezpieczne miejsce, do którego możesz pójść?

– Mam przyjaciół z kościoła. Mogę zatrzymać się u nich.

– Znakomicie. Widziałam na zewnątrz budkę telefoniczną. Podejdź tam i poczekaj, zaraz przyjdę.

Ruszyła w dół po schodach, a ja wróciłam do mieszkania. Jej męża zastałam tam, gdzie go zostawiłam, ale już zaczął się wiercić. Wyjęłam spod płaszcza jeden z moich noży od Kaliszenki i przyklękłam Nowakowi na brzuchu, dociskając go do podłogi.

Wrzasnął z bólu, gdy odłamki połamanego stołu i szkło z potłuczonych naczyń wbiły mu się w plecy, zamilkł jednak, gdy przyłożyłam mu ostrze do szyi.

– Wiesz, co to jest?

Próbował kiwnąć głową, lecz z nożem na gardle nie było to łatwe.

– Tak – wyrzęził.

– A wiesz, kim jest moja szefowa? Ta suka Pentecost?

– Wiem.

– Jeśli coś ci powiem, jesteś na tyle trzeźwy, żeby to zapamiętać?

Mruknął coś niegrzecznego, więc przycisnęłam nóż odrobinę mocniej. Na ostrzu pojawiła się kreska krwi.

– Tak. Tak, zapamiętam – odparł.

– To dobrze. – Wtedy zapytałam go, czy słyszał o pewnym dżentelmenie, szefie bractwa, które w tym sąsiedztwie miało duże wpływy.

– Tak, znam go.

– Widzisz, pani Pentecost wyświadczyła mu kiedyś przysługę. Pomogła rozwiązać zagadkę morderstwa członka jego rodziny. Był bardzo wdzięczny. Powiedział, że gdybyśmy kiedykolwiek czegoś potrzebowały, czegokolwiek, to wystarczy, że damy znać.

Zanim przeszłam do meritum, prawie przystawiłam usta do jego ucha.

– Jeśli jeszcze raz zbliżysz się do Anny, choćby na odległość krzyku, zadzwonię do tego dżentelmena i poproszę o wyświadczenie pewnej przysługi – wyszeptałam, napierając nożem na jego tłuste podgardle. – Poproszę go, żeby się tobą zajął. I żeby zrobił to powoli.

Jego oczy przypominały rozdygotane spodki. Cały był zlany potem i krwią.

– Zrozumiałeś?

Poruszył wargami, potwierdzając bezgłośnym „tak".

Już miałam się podnieść, ale jeszcze się powstrzymałam.

– Ach, zapomniałabym.

Masywną rękojeścią noża uderzyłam go prosto w usta, rozbijając mu wargę i wbijając przednie zęby w głąb gardła.

Wstałam i wyszłam.

Na zewnątrz zastałam Annę stojącą obok budki telefonicznej i trzęsącą się z zimna. Wezwałam dla niej taksówkę. Kiedy podjechała, dałam kierowcy piątaka i poprosiłam, by się upewnił, że jego pasażerka weszła do budynku.

Potem ruszyłam w długą wędrówkę z powrotem do domu, pośród wciąż sypiącego śniegu.

Moje żebra rwały jak cholera i byłam pewna, że znowu zwichnęłam co najmniej jeden palec. Adrenalina już opadła, zostawiając mnie obolałą, przemarzniętą i dygoczącą.

Mimo wszystko dawno już nie czułam się tak dobrze.

Rozdział 32

– To było niewiarygodnie głupie. Powinnaś była wezwać policję. Mogłaś zostać poważnie ranna. Już jesteś poważnie ranna!

I tak dalej... To była pani Pentecost, rugająca mnie przez telefon ze swojego wynajętego pokoiku na dalekiej prowincji.

Kreśliłam kółka po biurku moim usztywnionym palcem i czekałam cierpliwie, aż zabraknie jej tchu.

– Wiem – odezwałam się w końcu. – To było głupie i niebezpieczne. Każdy z odrobiną zdrowego rozsądku zadzwoniłby na policję.

Usłyszałam, jak bierze głębszy oddech, by odpowiedzieć, ale ją uprzedziłam.

– Chciałam jednak zauważyć, że obie jesteśmy obdarzone sporą dawką niezdrowego rozsądku. Obie wiemy, co by się stało. Gliniarze być może przyjechaliby na miejsce zdarzenia. Powstrzymaliby tę burdę i uspokoili męża Anny Nowak. Może nawet wsadziliby go na jedną noc do aresztu, żeby wytrzeźwiał. Ale on wróciłby następnego dnia albo kolejnego. I tym razem nie dałby Annie szansy skorzystania z telefonu.

Po drugiej stronie linii zaległa cisza.

– Zdajesz sobie sprawę, że twoja pogróżka była blefem – powiedziała w końcu pani P. – Ów dżentelmen, na którego się powołałaś, już nam się odwzajemnił za przysługę.

– Ja to wiem, ale Nowak nie wie.

– Uwierzył ci?

Przywołałam w myślach przerażenie w oczach mężczyzny, którego dociskałam kolanem do podłogi.

– O tak – potwierdziłam. – Łyknął to jak pelikan.

Chwila ciszy, a potem...

– To dobrze.

Moja szefowa i ja miałyśmy ze sobą wiele wspólnego. Pragmatyczna filozofia, o której wspomniała pierwszego dnia w jej biurze, była jedną z tych rzeczy.

Swoją drogą, nie mogłam pojąć, co pragmatycznego było w spędzeniu kolejnej nocy w hrabstwie Greene. Orly Crouch odmówił rozmowy z panią P. po raz drugi, ale ona nie zamierzała się poddawać.

– Do trzech razy sztuka? – zapytałam.

– Spróbuję innej taktyki – odparła. – Jeśli się nie powiedzie, dam za wygraną i wrócę do domu.

– Nie byłabym tego wcale taka pewna. Może tam pani utknąć na dłużej.

Za oknem zapadała noc, a zaspy śniegu wokół były coraz wyższe.

– Tutaj pogoda nie jest taka zła. Miejscowi, z którymi rozmawiałam, nie spodziewają się żadnego kataklizmu.

– Cóż, mam nadzieję, że wzięła pani ze sobą jakąś książkę. Albo nawet trzy.

– A ty masz w planach jeszcze jakieś przygody pod moją nieobecność? – zapytała z odrobiną sarkazmu w głosie.

– Tylko jedną. Mam pomysł i chcę go przetestować.

Opowiedziałam jej, co wymyśliłam. Spodziewałam się, że zaprotestuje i zażąda, bym więcej się nie narażała. Tymczasem ona tylko mi przypomniała, że...

– To będzie niedziela. Musisz to dobrze zgrać czasowo.

Jak już powiedziałam, była pragmatyczna.

Gdy dzwony kościoła niedaleko domu Belestrade wezwały na mszę w południe, tkwiłam na rogu już prawie godzinę.

Do tamtej pory zrobiłam trzy wypady w głąb ulicy. Za każdym razem trzymałam się o krok za obściskującymi się kuzynkami rosyjskich babuszek, które widziałam, kiedy tu byłam po raz pierwszy.

Za każdym razem, mijając numer dwieście piętnaście, zerkałam w okna. Na piętrze świeciło się światło. Podczas jednego wypadu dostrzegłam cień postaci przesuwający się za zasłoną. Mężczyzna, wysoki, szczupły.

Neal Watkins. To musiał być on. Na pewno ma w tym domu swój pokój. Albo to, albo pozbywał się dowodów. Jeśli jednak to drugie, był mało subtelny.

Dzwony już umilkły, a dreptające babinki zniknęły strużką w drzwiach kościoła. Postanowiłam, że poczekam jeszcze godzinę.

Śnieg już ledwie prószył, ale na ziemi leżało go jakieś pół metra. Moje stopy już dawno zmieniły się w bryły lodu.

Ponadto byłam świadoma, że zwracam na siebie uwagę swoją twarzą. Biegnąc dzień wcześniej Annie na pomoc, nie miałam czasu o tym pomyśleć. Teraz wydawało mi się, że wszyscy przechodnie się na mnie gapią.

Policzek miałam spięty szwami jak potwór Frankensteina. Chociaż opuchlizna trochę już zeszła, większość twarzy nadal była w kolorach czarnym i fioletowym, a miejscami, dla urozmaicenia, także żółtym. Czegoś takiego żaden makijaż nie był w stanie zamaskować. Naciągnęłam czapkę głębiej na uszy, a resztę twarzy owinęłam szalikiem. Teraz widać było tylko oczy.

Jeszcze godzina. A potem do domu, błagać panią Campbell o kubek gorącej czekolady.

Moja cierpliwość się opłaciła.

Około dwudziestu minut po tym, jak rozpoczęło się nabożeństwo, drzwi pod dwieście piętnastym się otworzyły i wyszedł Neal Watkins. Tego dnia zamiast garnituru przedsiębiorcy pogrzebowego miał na sobie wełniany płaszcz, kapelusz i coś, co z tej odległości wyglądało jak bluza uniwersytecka. Oddalił się ulicą, trzymając w ręce płócienną torbę na zakupy.

Szedł do sklepu spożywczego. Co oznaczało, że nie będzie go pół godziny, może dziesięć minut, w zależności od tego, co sobie umyślił na kolację. Postanowiłam zaryzykować. Kiedy tylko zniknął za rogiem, pospieszyłam do drzwi domu Belestrade.

Zapukałam głośno.

– Dostawa!

Jeśliby teraz któryś z sąsiadów wyjrzał przez okno, pomyślałby, że to kurier zostawia wiadomość.

Z wewnętrznej kieszeni wyciągnęłam długi portfel wypełniony wytrychami. Szybkie spojrzenie w obie strony i zabrałam się do otwierania zamka. Sforsowałam drzwi w niespełna minutę. Nie był to mój rekord życiowy, ale i tak całkiem niezły wynik, biorąc pod uwagę, że miałam zwichnięte palce i złamany nadgarstek.

Weszłam do domu tragicznie zmarłej spirytystki.

To, po co przyszłam, było na piętrze. Nie mogłam jednak oprzeć się pokusie zajrzenia do salonu. W środku unosiła się woń śmierci – krwi, organów i zatęchłego powietrza. Nikt się nie pofatygował posprzątać po tym, jak gliniarze skończyli swoją robotę; wszędzie wokół widać było proszek daktyloskopijny. Kierując się czarnymi smugami, szybko odkryłam wszystkie triki.

W strategicznych miejscach rozmieszczono mikrofony, wszystkie podpięte do magnetofonu szpulowego ukrytego za imitacją rzędu książek. To był profesjonalny sprzęt, z magnetyczną taśmą magnetofonową. W tamtych czasach mało kto miał taki poza wojskiem i pewnymi agencjami rządowymi o trzyliterowych nazwach.

Były też przełączniki świateł i ukrytych głośników. Te drugie, jak odkryłam po kilku próbach, generowały pewien ograniczony asortyment dźwięków: szum fal, wiatr, kroki i głosy szepczące słowa zbyt niewyraźnie, by je rozpoznać.

Naprawdę nie była lepsza od Madame Fortuny. Pocieszające i zarazem rozczarowujące.

Gdy już uznałam, że odkryłam wszystkie spirytystyczne sztuczki, poszłam na górę.

Na pierwszym piętrze znajdowały się łazienka, biuro i pokój, który zapewne był sypialnią Neala. Biuro zostało wyczyszczone przez policję. Biurko i szafa na dokumenty były puste. Znikła nawet taśma z maszyny do pisania. Jedyne, co znalazłam, to parę nieciekawych notatek spisanych ewidentnie męską ręką.

Podążyłam na drugie piętro.

Tam odkryłam luksusową sypialnię, wykończoną w ciemnych jedwabiach. Do niej przyłączona była główna łazienka, wyposażona między innymi w stojącą na stylizowanych łapach wannę, w której mogłyby się swobodnie pomieścić trzy osoby. Łóżko było równie imponujące – gigantyczna konstrukcja z drewna dębowego, z baldachimem wspartym na czterech narożnych słupkach. Wyglądało, jakby zbudowano je z myślą o dzikich orgiach.

Dokładnie tak to sobie wyobrażałam.

Incydent u Nowaków rzucił nowe światło na coś, co wcześniej usłyszałam od profesor Waterhouse, i teraz chciałam sprawdzić w praktyce moją teorię.

Na podłodze nie było dywanu. Nawet byle dywanika. Tylko gołe deski podłogowe. Nie musiałam długo się rozglądać, by znaleźć to, czego szukałam – długie, ledwie widoczne wyżłobienia biegnące półkolem od nóg masywnego łóżka.

Schyliłam się i zobaczyłam, że spod nóg łóżka wystają skrawki materiału. Oparłam się o ramę i zaczęłam napierać. Chociaż mebel był ciężki, materiał sprawiał, że całość przesuwała się stosunkowo łatwo. Mimo to towarzyszyło temu głuche szuranie. To był odgłos, który słyszała Waterhouse, siedząc w salonie dwa piętra niżej. Ten sam dźwięk usłyszałam, gdy Anna Nowak odsuwała meble spod drzwi, by mnie wpuścić.

Ustawiwszy łóżko pod kątem, opadłam na czworaki i obejrzałam posadzkę pod spodem. Tam, między deskami podłogi, znalazłam skrytkę – podobną do tej, która mieściła nasz sejf, tylko bardziej przemyślnie skonstruowaną.

W skrytce leżała płaska, ciężka metalowa skrzynka. Mógłby w niej przechowywać swoje dolce zbzikowany milioner, który nie ufał bankom. Wokół zamka widać było liczne rysy i zadrapania. Pomyślałam, że już ktoś przede mną próbował dostać się do skrzynki wytrychem.

Mnie sforsowanie zamka zajęło około dziesięciu sekund.

Jedyne, co znalazłam w środku, to okrągła metalowa kasetka, zawierająca dziesięciocalową szpulę taśmy magnetofonowej. Na kasetce na kawałku taśmy ktoś zapisał ołówkiem: *A.C. 20/10/45.*

A.C.? Abigail Collins? Jeśli data się zgadzała, nagrania dokonano niecałe dwa tygodnie przed imprezą z okazji Halloween. Skrzynka z pewnością mieściła dziesiątki takich nagrań. Kto zabrał pozostałe? I dlaczego zostawił to jedno?

Nienawykła do zaglądania darowanemu koniowi w zęby, wsunęłam szpulę z taśmą do kieszeni płaszcza, zamknęłam skrzynkę, następnie skrytkę i przesunęłam łóżko na swoje miejsce. Rozejrzałam się i gdy uznałam, że wszystko jest mniej więcej tak, jak było, podążyłam schodami na dół.

Właśnie postawiłam stopę na ostatnim stopniu, gdy usłyszałam zgrzyt klucza w zamku.

Cholera! Zasiedziałam się tu o wiele za długo.

Ukrywanie się nie miało sensu. Któż mógł wiedzieć, jak długo Watkins będzie tu siedział. Postanowiłam rozegrać to inaczej. Pospieszyłam do salonu i usiadłam w fotelu stojącym naprzeciw drzwi.

Zanim Neal Watkins wszedł, zdążyłam przybrać pozę, która – jak miałam nadzieję – mogła uchodzić za nonszalancką.

W swoim wyświechtanym płaszczu i bluzie uniwersyteckiej wyglądał raczej jak obiecujący magistrant, którym niegdyś był, niż jak pomocnik arcyłotra.

– Co pani tu robi? – zapytał stanowczym tonem.

– Skorzystałam z zaproszenia na drzwiach.

Wyglądał na zdezorientowanego.

– „Zapraszamy poszukujących", tak? Byłam poszukująca, więc weszłam.

– Dzwonię na policję – powiedział i wykonał mało energicznie, jakby bez przekonania, krok w stronę telefonu.

– Ciekawe, po czyjej stronie stanie policja. Wścibskiego detektywa czy szantażysty?

Od razu zrobił krok wstecz.

– Nigdy nikogo nie szantażowałem – oznajmił, wysuwając podbródek. – Byłem tylko asystentem. Już to mówiłem policji.

– I najlepszym kwerendzistą, jakiego miał wydział historii, zgodnie z opinią profesor Waterhouse – rzuciłam od niechcenia. – Ciekawa jestem, jak bardzo twoja szefowa polegała na tobie w kwestii wydobywania informacji na temat swoich klientów. Słuchałeś jej taśm? Czy może nagrania były zarezerwowane tylko dla niej?

Teraz nawet nie zerkał w stronę telefonu.

– Jak już powiedziałem, złożyłem stosowne wyjaśnienia policji – rzekł. – Przeszukali z góry na dół cały dom. Nie znaleźli żadnych dowodów na nic, co mogłoby uchodzić za przestępstwo.

– No jasne – odparłam z dozą sarkazmu. – Tylko ukryte mikrofony, sztuczki ze światłem i efekty dźwiękowe. Schowanego zbioru taśm jednak nie odkryli, prawda? Pewnie nie chciało im się zajrzeć pod łóżko. Te zadrapania na zamku to twoje dzieło?

Neal przybrał minę, która według niego musiała być tak zwaną pokerową twarzą.

– Nie mam pojęcia, o czym mówisz – stwierdził.

– Nie wiem, co kombinujesz, ale jeśli przyszło ci do głowy, żeby przejąć interes, odradzam. Zaręczam, że nie chcesz się znaleźć na celowniku pani Pentecost. Teraz, kiedy twoja szefowa nie żyje, jesteś następny w kolejce.

Neal się nadął, wypinając buńczucznie pierś.

– Jeśli ty i twoja szefowa chcecie mnie prześwietlać, proszę bardzo. Nie mam nic do ukrycia – oświadczył. – Nie tak jak inni.

Rzuciłam mu spojrzenie, które w przełożeniu na słowa brzmiało mniej więcej: „Pies ci mordę lizał, pajacu".

– Co masz na myśli, Neal? To, że lubię towarzystwo zarówno kobiet, jak i mężczyzn? Czy to, że *Follow the Girls* widziałam na Broadwayu aż trzy razy? Ponieważ wstydzę się tylko jednej z tych rzeczy.

– Nie chcę żadnych problemów, okej? – mruknął. – Dostawałem od niej zlecenia. Konkretne zlecenia. Nie zawsze znałem szczegóły. Dlatego nic nie wiem.

To był dobry monolog. Ostatecznie pobierał nauki u najlepszych.

– Prawie ci uwierzyłam – skwitowałam, a następnie wstałam i wyszłam.

Rozdział 33

Znalazłam telefon na monety i zadzwoniłam do biura. Pani Campbell odebrała po piątym sygnale.

– Jakieś wieści od pani domu? – zapytałam.

– Nie, ale był telefon do ciebie. Jakiś Hollis Graham prosił, żeby ci przekazać, że jest po łokcie w prasie. Cokolwiek to znaczy.

– To znaczy, że nie jest mi jeszcze dane wrócić w pielesze domowe – odpowiedziałam. – Proszę dalej pełnić honory domu.

Mimo śnieżnej pogody biblioteka pękała w szwach. Wszystkie mole książkowe i wszyscy weekendowi bibliofile w promieniu trzydziestu przecznic kursowali między regałami.

Wyminęłam ten tłum, kierując się prosto do archiwów w piwnicy. Zastałam go przy stole zawalonym stertami czasopism. Hollis nie był osobą o atrakcyjnej aparycji. Niski, krępy, z brylami o grubych szkłach, które notorycznie zsuwały mu się z nosa, i kępką kędzierzawych, siwawych włosów na czubku głowy. Na sobie miał, jak zwykle, fartuch malarski i zakurzone buty. Potrafił się wystroić – byłam u niego w domu i widziałam imponującą kolekcję garniturów z Savile Row. W tej pracy jednak każdy dzień kończył pokryty kurzem z rozpadających się gazet. W wielu z nich między szpaltami przewijało się jego nazwisko.

Zerknęłam mu przez ramię na czasopisma, które sortował.

– Francuskie? – zapytałam.

– Belgijskie.

– Jaka to różnica?

– System monetarny, monarchia, obszar lądowy, historia i to, do którego archiwum trafiają – odpowiedział. – Najchętniej w ogóle bym ich nie archiwizował, ale to część darowizny i... Rany boskie, co ci się stało z twarzą?!

– Szkoda, że nie widziałeś, jak wygląda tamten facet.

– Czy to był Sugar Ray Robinson*?

Opowiedziałam mu pokrótce, co się wydarzyło. Pokręcił głową, potrząsając swoimi szpakowatymi kędziorami.

– Musisz bardziej na siebie uważać, dziewczyno. To miasto jest pełne potworów, złodziei i rozmaitych dupków.

– Tak, tak – mruknęłam, zbywając jego troski. – Dostałeś moją wiadomość?

– Owszem. Wciąż nadrabiam zaległości w temacie Collinsów. Bawiłem w Panama City Beach, a tam nie mają nowojorskich gazet. Wyobrażasz sobie?

– Barbarzyńcy.

– No właśnie. W każdym razie czego chcesz się dowiedzieć?

– Wszystkiego, o czym wiesz, a co nie trafiło do druku – odparłam. – Mamy zabitą celebrytkę, która przyjechała do Nowego Jorku pod przybranym nazwiskiem. Jej mąż się zastrzelił, chociaż większość ludzi przyznaje, że nie miał ku temu ważkiego powodu. Nie wspomnę nawet o dopiero co zamordowanej spirytystce, która szantażowała swoich klien-

---

* Sugar Ray Robinson – amerykański bokser, zawodowy mistrz świata w wadze półśredniej i średniej, uważany za jednego z najwybitniejszych pięściarzy w historii.

tów i być może drenowała portfele grubych ryb z Gramercy Park.

– Twoja szefowa uważa, że ten Wallace tego nie zrobił?

– Nie mam pojęcia, co ona uważa. Wyjechała z miasta, żeby skonfrontować własne domysły. Moim skromnym zdaniem w tej historii jest wiele luk i bardzo bym chciała wypełnić przynajmniej niektóre.

Rzucił mi spojrzenie, którego nie odszyfrowałam.

– Jadłaś już lunch?

Pokręciłam głową.

– Wyjdźmy z tych lochów. Spędzę w nich resztę dnia, a chciałbym zobaczyć trochę słońca. Poza tym mam tu dwóch asystentów, którzy są dobrzy w archiwizowaniu i jeszcze lepsi w podsłuchiwaniu.

Zdjął fartuch, spod którego ukazały się wełniany sweter i spodnie w pasujących do siebie odcieniach niebieskiego, a zakurzone buty zmienił na brązowe skórzane brogsy. Sięgnął po płaszcz i wyszliśmy schodami na światło dnia i mróz. Potem podreptaliśmy, lawirując w zaspach śniegu, do małej włoskiej knajpki na Czterdziestej Ósmej, którą zawsze mijałam, ale nigdy w niej nie jadłam.

Kierownik sali uśmiechnął się na nasz widok i zwrócił się do Hollisa po imieniu. Posadził nas w wydzielonej loży w rogu, gdzie mogliśmy obserwować śnieg i rozmawiać bez skrępowania.

Zamówienie przyjął od nas kelner, który wyglądał, jakby pamiętał czasy, kiedy most Brookliński istniał tylko w sferze fantazji. Wybrałam pieczeń rzymską, Hollis wziął dla siebie pastę primavera. Nasz kelner, gdy już dostarczył lampkę czerwonego wina dla Hollisa i wodę dla mnie, dyskretnie się ulotnił.

– Byłaś tu kiedyś? – zapytał Hollis.

– Nigdy nie miałam tej przyjemności.

– Dobre miejsce. Dobra kuchnia. Od przełomu wieków w rękach tej samej rodziny. Kiedyś to było jedyne miejsce w promieniu dwudziestu przecznic, które miało w ofercie pełne menu do drugiej w nocy i serwowało coś lepszego niż dżin z wanny.

– Musiało być popularne wśród reporterów i gliniarzy – skwitowałam.

Pokręcił głową.

– Za drogie dla zwykłych śmiertelników. W normalnych godzinach obsługiwano tu aspirujących rekinów biznesu.

– A w nienormalnych?

– Po godzinach to była ulubiona knajpka każdego, kto bywał na mieście do późna, stać go było na posiłek za dziesięć dolarów i potrzebował trochę prywatności – wyjaśnił Hollis. – To tutaj pierwszy raz widziałem Alistaira Collinsa z bliska. Przyszedłem na kolację z przyjacielem, który stawiał. Było późno, dobrze po północy. Pełne obłożenie, chociaż nie rzucało się to w oczy. W tamtych czasach wszystkie loże miały zaciągane zasłony, a na piętrze znajdowała się duża sala przeznaczona na imprezy zamknięte. W każdym razie – kontynuował – weszło dwóch krawaciarzy, obaj podpici i rechoczący. Zerknąłem w ich stronę i złapałem spojrzenie jednego z nich. Był wysoki, starszy i wyglądał na posępnego. Chyba rozpoznał we mnie dziennikarza, ponieważ złapał swojego kompana za ramię i pogonił go na piętro. Zapytałem przyjaciela, z którym byłem, kto to jest. A on na to: „Ach, to Al Collins. Powinieneś mieć go na oku. Pewnego dnia będzie jednym z tych, którzy w tym mieście pociągają za sznurki".

Kelner przyniósł nasze posiłki i na chwilę odłożyliśmy rozmowę. Wychowawszy się tam, gdzie pieniędzy było mało, podobnie jak mięsa, miałam słabość do pieczeni. Pani Campbell nigdy nie przyrządzała tego dania tak, jak należy, uparcie dodając wielkie kawałki warzyw. W tym lokalu robili je prawie idealnie.

– I co, miałeś Collinsa na oku? – zapytałam, przełknąwszy pierwszych kilka kęsów.

– Miałem oko na wielu ludzi. Collins stał się szychą znacznie później.

To mnie trochę zdziwiło.

– Wydawało mi się, że od początku był ważniakiem w tym mieście – zauważyłam. – Może nie Rockefellerem, ale grał w pierwszej lidze, prawda?

Hollis pokręcił głową.

– Nie mówię o pieniądzach, Will. W tym mieście żyje wielu bogatych ludzi, ale tak naprawdę tylko garstka ma coś do powiedzenia. Kogo mianuje się na jakie stanowisko? Gdzie miasto inwestuje swoją kasę? Które dzielnice się rozwijają, a które leżą odłogiem? W tamtych czasach Collins nie należał do tego klubu decydentów.

– Może wcale nie chciał? – zasugerowałam.

– Nigdy nie słyszałem o bogatym człowieku, który nie skorzystał z okazji, aby się wzbogacić jeszcze bardziej. Zwłaszcza o takim rekinie jak Collins – wymamrotał z ustami pełnymi makaronu.

Byłam bardzo ciekawa, jak rozwinie ten wątek, ale poczekałam, aż uwiniemy się z jedzeniem.

– Dlaczego nie załapał się do grona grubych ryb? – zapytałam. – Powiedziałeś, że tak było przez większość jego kariery. To znaczy, że w końcu dołączył do elity. Co się zmieniło?

Hollis otarł sos z podbródka i szybkim rzutem oka rozejrzał się po niemal pustej restauracji. Cokolwiek miał zamiar powiedzieć, nie chciał, by to trafiło do niepowołanych uszu.

– Dopiero kilka lat po tym, jak pierwszy raz zobaczyłem Collinsa, pomyślałem o nim ponownie. Byłem wtedy zajęty wykopywaniem brudów na ludzi, którzy naprawdę się liczyli. Nie miałem czasu zajmować się kimś z dalszego planu – powiedział. – Wtedy jednak usłyszałem, że Collins bierze ślub ze swoją sekretarką. To był news z powodu różnicy klasowej oraz faktu, że ona była w ciąży. W tym czasie moją specjalnością był miejscowy magistrat, dlatego jedynie śledziłem, co z tego wyniknie. Aż któregoś wieczoru zdarzyło się, że dzieliłem maszynę do pisania z kobietą, która prowadziła dział towarzyski. Szykowała się do publikacji nowinek z ostatniej chwili i powiedziała mi, jak bardzo jest zdumiona, że Al Collins się żeni. Odparłem, że widocznie postanowił zachować się fair wobec tej dziewczyny. Wtedy ona, ta reporterka, się roześmiała. Zapytałem, co ją tak ubawiło. Oświadczyła, że wie ponad wszelką wątpliwość, że Collins jest zdeklarowanym kawalerem.

Hollis spojrzał na mnie, czekając na reakcję.

– No i co z tego? – zapytałam. – Przegrała zakład, że facet nigdy nie da się zaciągnąć do ołtarza?

Hollis wybuchnął gromkim, tubalnym śmiechem, zupełnie nieprzystającym do jego drobnej postury.

– Moja droga, czasem zapominam, jaka jesteś młoda – stwierdził, wciąż szczerząc zęby. – Mówię, że Collins był zdeklarowanym kawalerem w tym samym sensie co ja.

– Ale zaraz, chwila… – Próbowałam na szybko pozbierać myśli. – Chcesz mi powiedzieć, że Alistair Collins był…?

– O tak, jak najbardziej.

Zajęło mi jakieś pół minuty, żeby zrozumieć wszystkie implikacje tego faktu. To było jak śledzenie wzrokiem klocków domina przewracających się w różnych kierunkach. A Hollis mówił dalej:

– Nagle dotarło do mnie, dlaczego Collins nie należał do miejscowej elity. Wtedy nie było tak źle jak teraz, ale lekko też nie było. Komitet Czternastu dobierał się do każdego, kogo zdołał dopaść. Dla Collinsa jednak wszystko się zmieniło, kiedy wziął ślub. Zaczął prężyć muskuły, zduszać strajki. Mówiło się, że paru niewygodnych mu ludzi zniknęło bez wieści. Zaczął dostawać zamówienia rządowe. Awansował do superligi.

Dopił resztę wina i odstawił kieliszek.

– Kiedy powiedziała mi o Collinsie, przypomniałem sobie pierwszy raz, kiedy go zobaczyłem: tu, w tej restauracji. Ujrzałem ten incydent w zupełnie nowym świetle. To spojrzenie, które mi wówczas rzucił. To, jak złapał swojego towarzysza i pospiesznie zaprowadził go na piętro.

– Wiesz może, kim był ten drugi mężczyzna? – zapytałam.

– Dobre pytanie. Nigdy wcześniej go nie widziałem. Ani nigdy później. Aż do wczoraj.

– Widziałeś go?

– Tak.

– No dobra, mów. Gdzie go widziałeś?

No i powiedział.

A wtedy wszystkie elementy tej układanki zaczęły do siebie pasować.

Rozdział 34

Odprowadziłam Hollisa z powrotem do biblioteki. Tymczasem śnieg w końcu przestał prószyć. Pożegnaliśmy się, podczas gdy jeden ze strzegących wejścia lwów spoglądał na nas kamiennym spojrzeniem.

– Nie żartowałem, kiedy mówiłem, że jest coraz gorzej – powiedział mi Hollis na odchodnym. – Wojna spowodowała, że te sprawy zeszły na dalszy plan. Teraz zacznie się na nowo. Każdy odmieniec zostanie wzięty pod lupę.

Wskazałam na moją poobijaną twarz.

– Myślisz, że nie wiem, Holly?

– Myślę, że jesteś młoda. Mimo tego wszystkiego, przez co przeszłaś, a może właśnie dlatego, wydaje ci się, że jesteś nieśmiertelna.

– W tej kwestii nie mam żadnych złudzeń.

Obdarzyłam Hollisa szerokim uśmiechem, ale go nie odwzajemnił. Spojrzał na mnie ponuro i przeczesał włosy palcami zdeformowanymi w stawach od pisania na maszynie.

– Nie dość, że się wyróżniasz, to nie boisz się tego okazywać – powiedział. – Podobnie jak twoja szefowa. Gwoździe, które wystają, wbija się młotkiem na płasko, Will. Po prostu bądź ostrożna.

Jego słowa kołatały mi się w głowie całą drogę do domu. Swego czasu Hollis, jak słyszałam od wielu miarodajnych osób, był najlepszym reporterem na wschód od Hudsonu. Pomyślałam, jak bardzo się zabunkrował w tej bibliotece. Jak bardzo starał się być niewidoczny dla tych wszystkich, którzy pociągają za sznurki. Jak mysz pod miotłą. Byle przetrwać.

Co za życie.

Po powrocie do biura włożyłam taśmę z nagraniem do sejfu. Na moim biurku znalazłam wiadomość od pani Campbell. Dzwoniła szefowa – zapowiedziała, że jeśli pozwoli na to pogoda, wróci przed końcem dnia.

Ulga, jaką poczułam, mnie spłoszyła. Chciałam, żeby pani P. była już w domu, dla jej własnego dobra, ale także dla mojego. Może i była wystającym gwoździem, lecz takim, który trzymał to wszystko razem.

Resztę popołudnia i wczesny wieczór poświęciłam na zaległą robotę papierkową i wyglądanie przez okno co parę minut. W końcu pani Campbell wynurzyła się z kuchni i stwierdziła:

– Jeśli nie da rady wrócić, zostanie na noc tam, gdzie jest, i zadzwoni. Przestań się miotać i zjedz trochę gulaszu.

Zmieściłam w sobie dwie porcje gulaszu z jagnięciny, a potem jeszcze kawałek chleba z orzechami i rodzynkami oraz kawę. Była dziesiąta wieczorem. Sączyłam już piątą filiżankę, gdy usłyszałam, że przed nasz dom zajeżdża samochód. Spojrzałam przez okno i zobaczyłam znajomą postać kuśtykającą po schodach. Wybiegłam na zewnątrz i przejęłam walizkę z ręki mojej szefowej.

– Dziękuję – powiedziała, podążając za mną. – Obawiałam się, że nie dam rady wrócić dzisiaj i będę musiała nocować w jakimś motelu po drodze.

Miała podkrążone oczy, a jej skóra wyglądała na suchą i cienką jak pergamin. Ona sama sprawiała wrażenie, jakby w każdej chwili mogła się rozsypać na wietrze.

Poczekałam, aż usadowi się z lampką miodu pitnego za swoim biurkiem. Kiedy wreszcie policzki jej się zaróżowiły, zapytałam, czy udało się jej w końcu porozmawiać z Orlym Crouchem.

– Tak – odpowiedziała. – Przy pierwszym podejściu zauważyłam, że jego gospodarstwo jest zapuszczone. Podejrzewałam, że dopadł go kryzys, więc zachęta finansowa może go przekonać, by ze mną porozmawiał.

– Przekupiła go pani.

– Przekupiłam – zgodziła się, popijając swój trunek.

– I co, dowiedziała się pani czegoś ciekawego?

– Owszem, chociaż kilka pytań pozostaje bez odpowiedzi.

– Zanim pani zacznie, może ja będę mogła odpowiedzieć na niektóre z nich.

Zdałam jej relację z efektów moich poczynań tego dnia, zaczynając od wizyty w domu Belestrade i konfrontacji z jej asystentem.

– Mówiłam ci, żebyś uważała. Nie powinnaś była dać się przyłapać.

– Tak, przyznaję, *mea culpa.* Zgubiła mnie ciekawość. Ale za to mamy nagranie dokumentujące sesję z Abigail Collins.

– W każdym razie tak ci się wydaje.

– Jest duża szansa, że mam rację. Uprzedzę pani pytanie... Tak, wciąż mamy ten sprzęt McGinnisa, możemy więc słuchać nagrania do woli – oświadczyłam. – Ale ta taśma to tylko wisienka na torcie. Proszę posłuchać reszty.

Opowiedziałam jej o mojej rozmowie z Hollisem i o tym, czego dowiedziałam się o Alu Collinsie. Nie wyglądała na zaskoczoną.

– Dlaczego mam wrażenie, że wiedziała pani o tym wszystkim?

– Wręcz przeciwnie. Nie wiedziałam – zapewniła. – Ale wszystko to pasuje jak ulał do tego, co wiedziałyśmy do tej pory, oraz do tego, czego dowiedziałam się w Cockerville.

Pani Campbell wniosła parującą miskę gulaszu z jagnięciny, którym pani P. zajęła się ochoczo. Jedząc, mówiła. Później wręczyła mi notes pełen skrótowych notatek, żebym to rozpisała na maszynie i włączyła do naszych akt. Poniżej zamieszczam streszczenie rozmowy, jaką odbyła z bratem Abigail, przeplatane uwagami, które zdołałam odczytać z jej gryzmołów.

Uwaga pani P.: Rozmawiałam z Orlym Crouchem w kuchni jego gospodarstwa, około ośmiu kilometrów od centrum Cockerville. Mój kierowca czekał w samochodzie. Trzymał drugą połowę pieniędzy, które zapłaciłam panu Crouchowi za rozmowę ze mną. Nie sądzę, by Orly Crouch się zgodził na to spotkanie, gdyby nie zachęta finansowa z mojej strony. Jest szczupłym, jasnowłosym mężczyzną. Ma co najmniej metr osiemdziesiąt wzrostu, ale chodzi zgarbiony, dlatego wygląda na niższego. Twarz ma ogorzałą, a ręce zniszczone pracą fizyczną. Ma pięćdziesiąt lat, ale wygląda na dobre dziesięć lat więcej. Podobieństwo do Abigail Collins rzuca się w oczy.

Z okna w kuchni dojrzałam świnie i owce oraz kurnik. Wszystkie zagrody dla zwierząt, płot i kurnik są w fatalnym stanie. Kilka przybudówek się rozpada. Sam dom wygląda na zapuszczony. W szczelinach między deskami podłogi na ganku rosną chwasty. Na ścianach i suficie widać pęknięcia. Chociaż rozmowy z mieszkańcami Cockerville ujawniły, że taki stan nie jest niczym nadzwyczajnym w tej okolicy, u Croucha sytuacja wygląda jeszcze gorzej niż u sąsiadów.

Ogólnie można było odnieść wrażenie, że jego gospodarstwo wkrótce samo rozsypie się i zniknie.

LILLIAN PENTECOST: Panie Crouch, dziękuję, że zgodził się pan ze mną porozmawiać. Mam nadzieję, że obie strony będą miały pożytek z tego spotkania.

ORLY CROUCH: To pani pieniądze. I nie kupiła pani za nie całego dnia. Robota czeka. Ta farma nie prowadzi się sama.

L.P.: Zatem będę się streszczać. Kiedy ostatnio kontaktował się pan z siostrą?

O.C.: Ani razu od czasu, kiedy stąd wyjechała.

L.P.: Nigdy się do pana nie odezwała?

O.C.: Dostałem pocztówkę kilka tygodni po tym, jak się wyprowadziła. Był na niej Chrysler Building. Nic więcej, ani słowa. Ale domyśliłem się, że to od niej. Dała znać, że żyje.

L.P.: Miał pan obawy o jej bezpieczeństwo?

O.C.: To Nowy Jork, a ona miała tylko dziewiętnaście lat. Bóg jeden wie, co może się przydarzyć dziewczynie samej w takim miejscu.

L.P.: I to były ostatnie wieści o niej, panie Crouch?

O.C.: Ten gość... mój znajomy. Ma dużą farmę świń. Sprzedaje mięso do paru restauracji w mieście. Musiał dobrze dać w łapę, żeby to sobie załatwić. W każdym razie kiedyś pojechał z dostawą i zobaczył zdjęcie Abby w gazecie. Właśnie wychodziła za mąż. Przywiózł mi tę gazetę.

L.P.: A więc wiedział pan, że zmieniła nazwisko na Pratt?

O.C.: Tak.

L.P.: Próbował pan wtedy nawiązać z nią kontakt?

O.C.: Nie.

L.P.: Wydaje mi się to dziwne, panie Crouch. Pańska siostra – jedyne rodzeństwo, jakie pan ma – bierze ślub. W dodatku z bogaczem.

O.C.: Co chce pani przez to powiedzieć?

L.P.: Że przydałoby się panu finansowe wsparcie rodziny.

O.C.: Daję sobie radę. Nie narzekam... Znaczy, wtedy jeszcze nie było tak źle.

L.P.: A później?

O.C.: Moja siostra nie była... z tych, co chętnie się dzielą.

L.P.: Nawet w stosunku do rodziny?

O.C.: Rodzinę też miała gdzieś.

L.P.: To znaczy?

O.C.: Nigdy nie angażowała się w życie na farmie. Zawsze miała jedno oko na drzwi.

L.P.: Jak wyglądało życie rodzinne Abigail?

O.C.: Niczego jej nie brakowało.

L.P.: Ale zawsze miała jedno oko na drzwi?

O.C.: Może nie miała tu luksusów, o jakich marzą dziewczyny. Ale nie było jej źle.

L.P.: Nie każda dziewczyna ucieka do Nowego Jorku, zmienia nazwisko i zrywa wszelki kontakt z rodziną.

O.C.: Nie wiem, co pani powiedzieć. Tak postąpiła.

Uwaga pani P.: W tym momencie postawa pana Croucha się zmieniła. Zrobił się spięty i mrukliwy. Zaczął unikać mojego spojrzenia.

L.P.: Panie Crouch, proszę pamiętać, że druga połowa pieniędzy zależy od wyczerpujących, szczerych odpowiedzi.

O.C.: Dobra, okej. Może było jej tu ciężko. Nasza matka zmarła, kiedy Abby miała jakieś trzy lata. Nasz tata był... starej daty. Nie spodziewał się, że będzie musiał sam wychować dziewczynę. Nie bardzo wiedział, co z nią robić. Ja pomagałem w prowadzeniu farmy. Abby musiała zadbać o siebie sama.

L.P.: Raczej nie było jej lekko.

O.C.: Na pewno. A kiedy podrosła, ona i tata zaczęli się handryczyć.

L.P.: O co?

O.C.: O drobiazgi. Głównie o pieniądze. Ona chciała nową sukienkę, kokardki, książki, albo co tam jeszcze chcą dziewczyny. Tata tłumaczył w kółko, że nie możemy trwonić pieniędzy na takie rzeczy. Najgorzej było, kiedy nie puszczał jej do szkoły, bo na farmie brakowało rąk do pracy. Stali przed domem i wrzeszczeli na siebie. Niosło się na kilometr. A sąsiedzi słuchali.

L.P.: Wasz ojciec ją karał?

O.C.: Pewnie. Ale tylko wtedy, kiedy sobie zasłużyła.

L.P.: Często się to zdarzało?

O.C.: Była uparta. Jak osioł. Nic do niej nie docierało.

Uwaga pani P.: Język ciała pana Croucha sugerował, że ten wątek powodował u niego dyskomfort. Postanowiłam nie drążyć dalej tematu z obawy, że przedwcześnie zakończy rozmowę. Niemniej, jak ty to mówisz, Will, stawiam dolary przeciwko orzechom, że Abigail Crouch doświadczyła fizycznej przemocy ze strony ojca.

L.P.: Rozumiem, że pana siostra miała sporo adoratorów.

O.C.: To nie tak, jak pani sobie myśli. Rozmawiała już pani z tymi plotkarami z kościoła, prawda?

L.P.: Rozmawiałam z różnymi osobami.

O.C.: Abby była ładną dziewczyną. Miała powodzenie. Ale nikogo nie zwodziła, rozumie pani? Te baby spod kościoła wygadują niestworzone rzeczy. Moja siostra poszła na pierwszą randkę dopiero, kiedy miała siedemnaście lat. Inne dziewczyny stąd w tym wieku były już w ciąży. Abby w porównaniu z nimi była święta.

L.P.: Ale adoratorzy się zmieniali, prawda?

O.C.: W każdym zawsze znalazła coś nie tak. Nigdy nie była zadowolona.

L.P.: Miała romantyczną naturę?

O.C.: Trudno powiedzieć. Ona nie była... Myślę, że nie była tego typu dziewczyną.

L.P.: Czyli jaką?

O.C.: Taką, która traci głowę dla kogoś.

L.P.: Nie angażowała się?

O.C.: Chodzi mi o to, dlaczego rzucała tych chłopaków. Jeden był za biedny. Inny, jak mówiła, za mało rozgarnięty, żeby mieć jakieś perspektywy. Następny... Powiedziała, że nie lubi jego siostry i że nie ugrzęźnie w rodzinie, z którą się nie dogaduje.

L.P.: Bardzo praktycznie.

O.C.: O tak. Właśnie taka była Abby. Praktyczna.

L.P.: Czy któraś z tych znajomości przerodziła się w coś poważniejszego? Czy Abby kiedykolwiek powiedziała, że kocha któregoś z tych chłopaków?

Uwaga pani P.: Pan Crouch nie odpowiedział na to pytanie. Przeprosił i oznajmił, że musi pójść na stronę. Nie było go prawie kwadrans. Kiedy wrócił, w jego oddechu dało się wyczuć zapach whiskey.

L.P.: Proszę mi opowiedzieć o Billym McCrayu.

O.C.: A co tu opowiadać?

L.P.: Pańska siostra spotykała się z nim przez kilka tygodni.

O.C.: Moja siostra chodziła z wieloma chłopakami po parę tygodni. Ten nie był wyjątkowy.

L.P.: Oprócz tego, że odebrał sobie życie.

O.C.: On i Abby nie byli już wtedy parą.

L.P.: Ona zerwała z nim?

O.C.: Zawsze ona grała pierwsze skrzypce.

L.P.: Pana zdaniem ten McCray się zabił, ponieważ pańska siostra go rzuciła? Panie Crouch?

O.C.: Mam już trochę dosyć tego grzebania się w sprawach mojej rodziny. Mówi pani o mojej siostrze, jakby... jakby ona była...

L.P.: Zapewniam, że interesuje mnie tylko prawda.

O.C.: Prawda!

L.P.: Tak.

O.C.: Prawda jest taka, że Billy McCray palnął sobie w łeb, a moja siostra nie miała z tym nic wspólnego.

L.P.: Skąd ta pewność?

O.C.: Billy lubił hazard. Głównie karty. Jeździł do Albany po towar do sklepu swojego ojca. Dostawał pieniądze na nocleg w hotelu, ale przepuszczał je w jakiejś szulerni. Dużo przegrał. Pożyczał pieniądze od typów spod ciemnej gwiazdy. Z tego, co słyszałem, wpakował się po uszy.

L.P.: Pańska siostra o tym wiedziała?

O.C.: A myśli pani, że od kogo się dowiedziałem? Cholera, właśnie dlatego go rzuciła. Powiedziała, że tacy mężczyźni są słabi. Że z powodu swojego nałogu on puści z torbami własnych rodziców. W każdym razie rozumie pani, dlaczego ta śmierć nie miała nic wspólnego z Abby.

L.P.: A mimo to wyjechała zaraz po tym, jak się zabił.

O.C.: Myślę, że powiedziałem już wszystko.

L.P.: Przypominam, że druga połowa zapłaty...

O.C.: Może wcale nie chcę pani pieniędzy.

L.P.: Mogę również poinformować wykonawcę testamentu pańskiej siostry o pana istnieniu. Była bardzo majętną kobietą. Może zostawiła coś w spadku dla najbliższych krewnych.

Uwaga pani P.: Wówczas na kilka minut zapadło milczenie. Zauważyłam na twarzy Orly'ego Croucha, że toczy się w nim jakaś wewnętrzna walka. Potem zaczął mówić sam z siebie i brzmiało to tak, jakby myślami był bardzo daleko.

O.C.: To było dziwne lato. Tata i Abby kłócili się coraz bardziej. Ona była jak kura, która nie chce się nieść, tylko próbuje uciec z kurnika. Cholera już mnie brała na tę dziewczynę.

Potem do jednego z naszych sąsiadów przyjechała kuzynka gdzieś z południa. Nie pamiętam, jak jej było na imię. Jakoś dziwnie. Była młodsza o kilka lat od Abby, ale od razu przypadły sobie do gustu. W sklepie z paszą słyszałem, że ta dziewczyna przyjechała tutaj, bo jej matka była dziwką i siedziała w więzieniu. Abby zaprzyjaźniła się z nią chyba tylko po to, żeby wkurzyć tatę.

To było jakiś miesiąc po tym, jak Abby przestała się widywać z Billym. Wydawało się, że zerwała z nim na dobre, ale kiedy któregoś dnia wszedłem do sklepu rodziców Billy'ego, zobaczyłem go razem z Abby na zapleczu. Nie, nic z tych rzeczy. Tylko rozmawiali. On wyglądał na... przestraszonego. Zamknęli się, kiedy mnie zobaczyli.

Potem widziałem Abby i jej przyjaciółkę, jak siedzą na ganku i bardzo poważnie o czymś rozmawiają. Niedługo później przyłapałem Abby w starej szopie. Trzymaliśmy tam tylko graty. Zastałem ją ze zwitkiem banknotów w ręce, a obok leżała deska wyjęta z podłogi.

Zapytałem, skąd ma te pieniądze. Odpowiedziała, że to nie moja sprawa i żebym nic nie mówił tacie. Dała mi kilka dolarów... Powiedziała, że dostanę więcej, jeśli się nie wygadam.

Pod koniec lata ta przyjaciółka Abby wróciła tam, skąd przyjechała. A potem Billy się zastrzelił. Dwa dni później Abby zniknęła. Tak bez słowa.

Pieniądze też zniknęły. Sprawdziłem.

Baba z wozu, jak to mówią. Nie było z niej żadnego pożytku. Tata zmarł rok później. Leżał w chlewiku twarzą do ziemi. Zawał.

Skończyłem.

Proszę zachować pieniądze i się stąd wynosić. Mnie już nic nie obchodzi.

Ale jeśli za pięć minut jeszcze pani tu będzie, nie ręczę za siebie.

Ponieważ pani Pentecost ma w zwyczaju dotrzymywać słowa, zostawiła mu pieniądze. Więcej niż na to zasługiwał, ale informacje, które zdobyła, były tego warte.

Gdy skończyła swoją relację, wysnułam kilka wniosków, z którymi się zgodziła. Potem zwróciła moją uwagę na kilka rzeczy, które przeoczyłam, i podzieliła się własnymi refleksjami.

Wytargałam z piwnicy nasz magnetofon szpulowy i właśnie miałam go uruchomić, gdy pani P. zauważyła na swoim biurku paczkę ze zdjęciami. Wyjęła je i zaczęła się im przyglądać. Wielu widniejących na nich osób nigdy przedtem nie widziała, dlatego stanęłam za nią i mówiłam, kto jest kto.

Spoglądając na jedno ze zdjęć – ujęcie grupowe ze wszystkimi w kadrze – zauważyłam coś, czego nie widziałam wcześniej. Pokazałam to szefowej, a ona potwierdziła moje podejrzenia. A potem wskazała na jeszcze jeden szczegół, który umknął mojej uwadze. Ostatnie elementy układanki wskoczyły na swoje miejsce.

Na tym etapie właściwie nie musiałyśmy już odsłuchiwać taśmy, ale i tak to zrobiłyśmy. Gdy nagranie dobiegło końca, było dobrze po północy.

Przedyskutowałyśmy jeszcze, co należy zrobić i jak powinnyśmy się do tego zabrać. Niemniej wiedziałyśmy już, kto zabił Abigail Collins i Ariel Belestrade. A co ważniejsze, wiedziałyśmy dlaczego.

Rozdział 35

Na początku tej historii przemyciłam kłamstewko. No dobrze, bądźmy szczerzy – przemyciłam wiele kłamstewek. Niektóre dla mojego dobra, inne dla waszego, ale żadne z nich nie było na tyle duże, by wypaczyć całą opowieść.

Kłamstewkiem było między innymi to, że Lillian Pentecost nie przypomina detektywów z powieści kryminalnych – nie robi widowiskowych scen w stylu spędzania wszystkich podejrzanych do jednego pokoju, by wskazać palcem zabójcę.

To tylko półprawda. Moja szefowa lubi zrobić show, nawet jeśli tylko dla jednej osoby. Właściwie dla dwóch osób, ale ja uważałam się za wsparcie zakulisowe, a nie za część publiczności.

Pani P., usadowiona wygodnie za biurkiem, z kieliszkiem miodu pitnego w zasięgu ręki, skupiła spojrzenie zdrowego oka na siedzącej naprzeciw osobie. Wyglądała dokładnie tak jak tamtego wieczoru, kiedy ją poznałam.

Stanowcza. Mierząca się z każdym wyzwaniem twarzą w twarz.

– Korzenie tej sprawy sięgają co najmniej dwadzieścia lat wstecz, może dalej – zaczęła. – Abigail Pratt, która urodziła się pod innym nazwiskiem, wychowała się w prowincjonalnej biedzie i przypuszczalnie była regularnie maltretowana przez swojego ojca. Bardzo wcześnie nauczyła się, że jeśli ma przetrwać i dojść do czegoś w życiu, musi radzić sobie sama. Nauczyła się patrzeć na swoje relacje z innymi, szczególnie z mężczyznami, przez pryzmat tego, jakie może z nich czerpać korzyści. Adoratorów, którzy nie byli bogaci ani ambitni, odrzucała. Jednym z nich był chłopak, który uzależnił się od hazardu i podkradał pieniądze własnym rodzicom, by spłacić swoje karciane długi. Potem – ciągnęła – Abigail poznała dziewczynę, która przyjechała do krewnych na wieś. Matka tej dziewczyny wychowała ją, jak prosperować na obrzeżach społeczeństwa. Jak wykorzystywać ludzi, zwłaszcza tych w trudnym położeniu. Abigail i jej przyjaciółka zaczęły szantażować zadłużonego chłopaka, że doniosą jego rodzicom o podkradaniu pieniędzy. Chłopak uległ i kradł jeszcze więcej, by mieć dodatkowo dla Abigail i jej przyjaciółki. W końcu załamał się i odebrał sobie życie. Tamta dziewczyna wróciła na południe, natomiast Abigail zabrała pieniądze, które wyłudziła, i uciekła do Nowego Jorku. Wiele nauczyła się od swojej przyjaciółki, między innymi jak zdobyć fałszywe dokumenty. Zmieniła nazwisko, przypuszczalnie z obawy, że rodzina chłopaka dojdzie do tego, co zrobiła. Zapewne również dlatego, że chciała zerwać więzy z własną rodziną.

Pani P. sięgnęła po kieliszek, ale jej ręka się trzęsła, więc go odstawiła. Było już późno, a ona miała za sobą długą i wyczerpującą podróż. Wiedziałam, że trzyma się resztkami sił. Argumentowałam, by to odłożyć o dzień, może dwa. Nic nie wskórałam. Chciała to zakończyć. Szczerze mówiąc, ja też.

Poprawiła się w fotelu, wzięła głęboki oddech i kontynuowała:

– Ludzie jednak, podobnie jak zbrodnie, bywają schematyczni. Abigail, teraz używająca nazwiska Pratt, nie mogła znieść poczucia, że jest zaszczuta. Bycie zwykłą sekretarką oznaczało dla niej jedynie kolejną życiową pułapkę. Najpierw szukała pocieszenia, co skończyło się tak, że zaszła w ciążę. Wówczas, zgodnie z tym, czego nauczyła się od swojej dawnej przyjaciółki, postanowiła urządzić się w życiu cudzym kosztem. Odkryła sekret swojego pracodawcy. Coś, co by go zrujnowało, gdyby wyszło na jaw. Nauczyła się jednak czegoś na swoich błędach. Zamiast żądać pieniędzy w zamian za milczenie, złożyła mu ofertę. Zaproponowała, żeby się z nią ożenił i uznał jej dzieci za swoje. W ten sposób mógł sobie zapewnić idealny kamuflaż i dalej wieść swoje sekretne życie osobiste. Alistair Collins przystał na tę propozycję. Zapewne miał niewielki wybór, chociaż zdołał narzucić Abigail pewną kontrolę, ograniczając jej dostęp do swoich finansów. Tak więc Abigail Pratt została Abigail Collins. Natomiast Alistair kontynuował wieloletni romans ze swoim starym przyjacielem i teraz partnerem biznesowym Harrisonem Wallace'em.

Gdy Wallace'a aresztowano, Hollis Graham zobaczył jego zdjęcie w gazecie i rozpoznał w nim mężczyznę, z którym tamtego wieczoru Al Collins skrył się na piętrze restauracji.

– Nie wiem – mówiła dalej pani P. – na ile Abigail Collins była usatysfakcjonowana swoim nowym życiem. Ludzie, którzy wychowali się w takich warunkach jak ona, w biedzie i przemocy domowej, stają się podejrzliwi wobec innych. Jest bardzo prawdopodobne, że Abigail nie była zdolna do miłości, przynajmniej bezinteresownej miłości. Tak czy inaczej, niezależnie od tego, czy była zadowolona, jej życie ustabilizowało się na kolejne dwie dekady. Zdarzyło się jednak, że wybrała się na bal charytatywny, na którym jedną z osób zabawiających gości była pewna spirytystka. Obie kobiety zmieniły się od tamtego feralnego lata, lecz Ariel Belestrade rozpoznała swoją wakacyjną przyjaciółkę, tę, którą namówiła do szantażowania jej byłego chłopaka. Nie wiem, co sprawiło, że ponownie nawiązały współpracę. Przypuszczam, że Belestrade ze swoimi umiejętnościami bez większego trudu rozpoznała słabe punkty w życiu i małżeństwie Abigail. W każdym razie Belestrade nie potrzebowała wiele czasu, by na nowo... rozbudzić w Abigail dawne uczucie niezadowolenia z życia. To... wrażenie bycia zamkniętą w klatce. Zapewne bez większego trudu urobiła dawną przyjaciółkę, by wykorzystać... sekret Alistaira do szantażu. Dla Abigail to była kwestia... nie tyle pieniędzy, co... wolności.

W głosie pani Pentecost coraz częściej słychać było zacięcia. Wiedziałam, że tego nie cierpi, ponieważ odciągają one uwagę od jej słów. Na szczęście była już blisko sedna tej historii.

– Al Collins... wyczerpany wieloletnim ukrywaniem... prawdziwego ja i załamany tym, że... jest szantażowany, może pod wpływem jakiegoś impulsu, który przelał czarę goryczy, targnął się na swoje życie. Wiemy, że w tym samym roku zakończył swój... związek z Harrisonem Wallace'em. Przeniósł nawet jego biuro na drugą stronę budynku, żeby... nie widywać go tak często. Osoba... zmuszona do tego, by wyparła się sama siebie, łatwo może się ugiąć pod... ciężarem nieszczęścia.

Wzrok pani P. zdryfował na mnie.

Powiedziałam jej wcześniej, co usłyszałam od Hollisa na temat wbijania wystających gwoździ.

– Bądź ostrożna i powściągliwa na tyle, na ile uważasz, że to potrzebne – poradziła mi wtedy. – Ale nie wypieraj się tego, kim jesteś. Zawsze znajdzie się ktoś, kto będzie chciał cię umniejszyć. Nie wyręczaj go w tym.

Próbowałam wziąć sobie jej radę do serca, ale nie poczułam się z tym lepiej. Zwłaszcza jeśli wziąć pod uwagę to, co miało nastąpić.

– Jak długo... Abigail i Ariel czekały... aż... aż...

Wstałam i zdjęłam z półki wysoki kufel z pokrywką. Nalałam do niego wina i podałam go pani P. Podziękowała skinieniem głową i zdołała wypić łyk bez rozlewania trunku. Podczas gdy zbierała siły, przejęłam narrację.

– Może dla przyzwoitości odczekały trochę czasu po śmierci Alistaira, zanim zaczęły nękać Wallace'a, chociaż nie sądzę, by jakoś specjalnie im zależało na byciu przyzwoitymi – oświadczyłam, wracając na swoje miejsce za biurkiem. – Belestrade miała doświadczenie w szantażu i nie wahała się podejmować ryzyka, jeśli w grę wchodziły duże kwoty. Uznała, że skoro teraz jej przyjaciółka ma udziały gwarantujące prawo głosu, dysponuje wystarczająco mocnymi atutami, żeby wymusić od Wallace'a sześciocyfrowe kwoty. Może większe, gdyby sprytnie to rozegrały.

Spojrzałam na panią P., a ona kiwnęła głową, bym mówiła dalej.

– Wallace okazał się trudniejszym celem – powiedziałam. – Podejrzewał, dlaczego jego przyjaciel i kochanek popełnił samobójstwo, i to wzmogło w nim wolę oporu. Ponadto nie był tak bogaty, jak Alistair. W dodatku był żonaty, a jego małżonka miała wgląd w stan ich kont bankowych. Zauważyłaby, gdyby nagle zaczęły znikać dziesiątki tysięcy dolarów. Ale był jeszcze dorobek jego przyjaciela – kontynuowałam. – Abigail zdobyła dość udziałów uprawniających do głosowania, by trzymać firmę w szachu. Cała ta historyjka, jakoby nie chciała czerpać korzyści z produkcji broni, była mydleniem oczu. Myślę, że to był punkt zwrotny. Wallace zawsze zachowywał lojalność wobec Alistaira i firmy. Zaczął więc wyprowadzać pieniądze z kont firmowych. Trwało to około roku. Potem lekarz oznajmił mu złe wieści. Nowotwór. Wallace zrobił rachunek sumienia i zakręcił kurek z pieniędzmi. Koniec defraudowania. Koniec płacenia za milczenie. Zwykli przestępcy zapewne daliby sobie spokój. Wallace i tak przekazał im fortunę. Te dwie kobiety chciały jednak więcej. W przypadku Abigail chodziło bardziej o władzę niż o pieniądze. Opór Wallace'a tylko wzmógł w niej determinację. Za pośrednictwem swojej spirytystki wysłała mu wiadomość. Cała ta impreza w Halloween była wymierzona w niego. Jak brzmiały słowa, które Belestrade wyrecytowała w transie? „Proszę, pozwól mi zaznać spokoju. Nie zdradź mnie, moja miłości". Inaczej mówiąc: „Twój kochanek już nie żyje, ale to wcale nie znaczy, że nie można jeszcze zrujnować jego reputacji".

Mimowolnie przypomniałam sobie, jak siedziałam w salonie Belestrade, a ona małpowała głos mojej matki. I to, z jaką łatwością mnie sprowokowała.

– Plan najwyraźniej jednak nie wypalił – ciągnęłam. – Wallace wymknął się niepostrzeżenie, by porozmawiać z Abigail, która została w gabinecie. Na jej nadgarstku znaleziono siniaka, który powstał krótko przed jej śmiercią. Gdybym miała obstawiać, jak było, to moim zdaniem Wallace się wściekł, powiedział coś nieładnego, ona uderzyła go w twarz, a on złapał ją za nadgarstek. Czy coś w tym rodzaju. Lazenby i jego ekipa jeszcze nie doszli do tego, że Wallace wrócił do gabinetu. Prędzej czy później to rozgryzą. Może Wallace sam im to powie. Oraz doda, że wpadł w szał, złapał kryształową kulę i tak dalej. Prokurator pewnie przeoczy fakt, że drzwi były zamknięte od środka. Lazenby się zirytuje, ponieważ nienawidzi, kiedy w jego śledztwie coś się nie dopina, ale ulegnie presji przełożonych.

Moja szefowa uniosła rękę, sygnalizując, że jest gotowa przejąć pałeczkę. Z ulgą ustąpiłam jej miejsca. Nie chciałam być osobą wypowiadającą słowa, które za chwilę musiały paść.

Pani P. mówiła powoli, ważąc każde słowo.

– Aż do czasu swojej śmierci pani Belestrade była najbardziej oczywistą podejrzaną, chociaż dostępne fakty niekoniecznie to potwierdzały. Coś, czego uparcie nie chciałam dostrzec – powiedziała. – Abigail, podobnie jak w czasach młodości, była w tej intrydze tylko pośrednikiem. W ten sposób... Belestrade chroniła się przed retorsjami. Śmierć pani Collins nie przyniosła jej żadnego pożytku. Niemniej z powodu innych faktów, niezwiązanych z tą sprawą, nadal się na niej koncentrowałam – przyznała. – John Meredith przyłożył do tego rękę. Zasugerował mi winę Ariel Belestrade, kłamiąc, że ją widział, gdy odkryto ciało. Tymczasem nie widział jej nikt inny, a była osobą, która rzucała się w oczy. Dopiero po śmierci pani Belestrade przejrzałam na oczy na tyle, by zrozumieć doniosłość tego kłamstwa. Zastanawiam się, chociaż to mało istotny szczegół, czy pan Meredith dostrzegł panią ukrytą za kłębami dymu w gabinecie, czy też może zobaczył otwarte drzwi do pani sypialni i wyciągnął właściwy wniosek.

Becca siedziała niczym posąg po drugiej stronie biurka. Pogrzeb odbył się dzień wcześniej, ale ona złożyła nam wizytę ubrana w strój żałobny – dopasowana czarna sukienka, czarne pończochy, czarne rękawiczki. Nosiła go jak zbroję. Nie było żadnych łez, żadnego przygryzania wargi. Nawet nie drgnęła jej powieka. Tak jakby wiedziała, czego się spodziewać.

– Mniejsza z tym – kontynuowała pani P. – To tylko nieistotny drobiazg. Ważne jest to, że Meredith znał albo przynajmniej podejrzewał prawdę. Że tamtego wieczoru zabiła pani swoją matkę.

Rozdział 36

Jeśli myśleliście, że na widok wymierzonego w nią oskarżycielsko palca Becca się rozklei, to byliście w błędzie.

Podobnie jak ja.

Może niektórzy z was przejrzeli Beccę już dawno. Może cały czas krzyczeliście do mnie: „To ona! Nie ufaj tej kobiecie!".

Nie byliście jednak mną. Potrafię przejrzeć każdego cwaniaka orzynającego ludzi w trzy karty, dostrzegę każdego znikającego w rękawie asa, ale Bekki nie przejrzałam. Nazwijcie to ślepą miłością albo mrocznym pożądaniem, ewentualnie naiwnością błędnego rycerza, który ruszył na odsiecz damie w opałach.

Powiedziałam wam wcześniej, że będę szczera co do moich błędów. Becca była największym z nich.

Później moja szefowa i ja jeszcze nieraz wracałyśmy do tego tematu podczas naszych długich rozmów do późna w nocy.

– Panna Collins rzeczywiście była wyjątkowa – zapewniała mnie wówczas pani P. – W lepszym świecie to ona byłaby tą, której przyszłybyśmy z pomocą.

W świecie, który był nam dany, czekałam, aż Becca coś powie. Zdobędzie się na jakieś wyznanie. Zaprzeczy. Cokolwiek. Tymczasem ona tylko siedziała, nieruchoma i milcząca. Patrzyła błękitnymi oczami prosto przed siebie, czekając, aż pani P. dokończy tę historię.

Tak też się stało.

– Nie sądzę, żeby zdawała sobie pani sprawę z szantażu, który doprowadził do śmierci pani ojca. Myślę, że gdyby pani o nim wiedziała, zadziałałaby wcześniej – stwierdziła moja szefowa. – Musiała pani jednak coś podejrzewać. I to coś zaczęło zżerać panią od środka. Zaczęła pani więcej pić. Wychodzić do nocnych klubów. Prowadzić ryzykowne życie. Robiła pani, co mogła, żeby od tego uciec.

Po policzkach Bekki popłynęły łzy. Musiałam mocno złapać podłokietniki fotela, by do niej nie podejść. Nawet teraz, gdy już wiedziałam, co zrobiła, wciąż miała mnie owiniętą wokół palca.

– A potem pani matka zaczęła się domagać, by firma zrzekła się swoich kontraktów militarnych, i twierdzić, że to moralny obowiązek – mówiła dalej pani P. – To nie pasowało do jej charakteru. Zaczęła pani zadawać pytania. O motywacje pani matki. O to, dlaczego pani ojciec odebrał sobie życie. I o to, dlaczego pani ojciec chrzestny był taki przygnębiony i wyglądał coraz marniej.

Tego dowiedziałyśmy się z nagrania dokumentującego ostatnią wizytę Abigail w salonie Belestrade. Nie było tam wszystkiego, ale na tyle dużo, byśmy zdały sobie sprawę, że dociekliwość Bekki została zauważona. Podczas tej samej wizyty Abigail i jej spirytystka wymyśliły, że zorganizują seans, który posłuży im do wymuszenia od Wallace'a więcej pieniędzy. Pomysł wykorzystania Bekki w roli „ochotnika" wyszedł od Belestrade. Historię o ukradzionych perfumach, którą rzekomo znał tylko ojciec Bekki, dostarczyła jej matka. Najwyraźniej Alistair nie dochował tajemnicy i wygadał się przed własną żoną. Nachyliłam się i przejęłam prowadzenie.

– Nie mogę tylko wyobrazić sobie ciebie jako brutalnej morderczyni – oświadczyłam. – Jak to się stało, że sięgnęłaś po tę kryształową kulę? Wiemy, że tego nie planowałaś. Gdyby tak było, nie zdjęłabyś rękawiczek.

Zobaczyłam pytanie w jej oczach.

– Zostawiłaś na kuli odciski palców – wyjaśniłam. – Podczas przyjęcia miałaś rękawiczki. Policja znalazła smugę, która wygląda na ślad po rękawiczkach. To oznacza, że miałaś je na sobie podczas seansu, ale potem, kiedy wróciłaś do gabinetu, już nie. Gdybyś wiedziała, co nastąpi, nie zdjęłabyś ich.

Obserwowałam jej reakcję na ten drobny szczegół. Nie był to bynajmniej kluczowy dowód. Gdyby gliniarze zobaczyli zdjęcia z imprezy i zauważyli rękawiczki, zawsze mogłaby powiedzieć, że wzięła kryształową kulę w dłonie już po tym, jak odkryto ciało. Albo że zdjęła rękawiczki w trakcie seansu. Nawet gdyby zeznania innych osób świadczyły o czymś innym, byłoby to tylko słowo przeciwko słowu.

W istocie Becca mogła zachować milczenie i po prostu wyjść z naszego domu, a my nie mogłybyśmy nic z tym zrobić. Ona jednak powiedziała:

– Usłyszałam, jak się kłócą. Wujek Harry i ona... moja matka.

– W gabinecie pani ojca, po seansie? – zapytała pani P.

Becca skinęła głową.

– Nie słyszałam dokładnie, co mówią, ale rozpoznałam głosy. I podniesiony ton – odparła. – Uchyliłam drzwi i zobaczyłam wychodzącego wujka Harry'ego. Wyglądał na załamanego.

Opuściła wzrok na swoje dłonie. Jej palce znalazły luźną nitkę w szwie jednej z rękawiczek i zaczęły ją targać.

– Poszłam do gabinetu i zastałam tam matkę. Siedziała przy biurku i wpatrywała się w swoje odbicie w kryształowej kuli. Powiedziałam jej... Powiedziałam jej, że wiem, że coś jest nie tak. Coś, co ma związek z wujkiem Harrym i z moim ojcem. I że cokolwiek to jest... nie będzie na to mojej zgody.

Szarpnęła mocniej nitkę i zrobiła dziurę w rękawiczce.

– A ona parsknęła śmiechem. Roześmiała mi się w twarz i stwierdziła, że nie mam pojęcia, o czym mówię. I że to nie moja sprawa. Odpowiedziałam, że jeśli coś dotyczy mojego ojca, to jest to również moja sprawa... Wtedy mi powiedziała.

Zerwała z dłoni poprutą rękawiczkę, potem drugą. Jej paznokcie były obgryzione do krwi.

– Co ci powiedziała? – zapytałam łagodnie.

Podniosła wzrok i popatrzyła mi w oczy. Jej spojrzenie było twarde i zimne niczym lód na brzegach Hudsonu.

– O moim ojcu i wujku Harrym. Że ich małżeństwo było jednym wielkim kłamstwem. Że ją wykorzystał. Że wykorzystał mnie. Że... byliśmy wszyscy jego własnością. Że pieniądze, które od niego wyciągnęła, po prostu jej się należały.

– Nigdy nie podejrzewałaś, jak jest naprawdę z twoim ojcem?

– Powinnam była – odrzekła Becca. – Kiedy mu opowiedziałam o mojej pierwszej miłości, a on od razu mnie wsparł. I jeszcze ta rada, którą dał mi wtedy. Żebym nie obnosiła się ze swoimi uczuciami. Powinnam... powinnam była się domyślić, że mówił z własnego doświadczenia.

W jej oczach pojawił się żar.

– Jest mi z tym... Zwierzyłam mu się ze swoich sekretów, a on... nie mógł się otworzyć przede mną. A teraz nie żyje i już nigdy... Nienawidzę jej za to. Wciąż jej nienawidzę.

– To przelało czarę goryczy? – zapytałam. – Dlatego chwyciłaś kryształową kulę?

Pokręciła głową i wykrzywiła usta w grymasie odrazy.

– Nie. Zaczęło do mnie docierać, że to był powód, dla którego się zabił. Presja życia w ukryciu. Zrobiłam to dopiero, kiedy powiedziała, że nawet nie był moim prawdziwym ojcem. Że był tylko... starą ciotą, a my jego rekwizytami.

Wzięła głęboki, drżący oddech.

– Zanim zdałam sobie sprawę, co się dzieje, było po wszystkim.

– A pożar w gabinecie? – spytała moja szefowa.

– Rzuciłam kulę do kominka – odpowiedziała Becca. – Zawadziła o jedną z kotar i strąciła ją w ogień. Pokój zaczął wypełniać się dymem, a ja po prostu usiadłam. Nie myślałam o... Nie myślałam o niczym. Potem ktoś zaczął się dobijać do drzwi. Nie zważałam na to, ale łomotanie było coraz bardziej natarczywe. Wstałam, żeby otworzyć, lecz wtedy coś trzasnęło, drzwi otwarły się na oścież i do środka wpadł John Meredith. Zobaczył wszystko. Musiał się domyślić, co zaszło. Złapał mnie za ramię i pchnął w kąt pokoju, między kotary. Potem wbiegli pozostali. W tym dymie i zamieszaniu...

Nie musiała kończyć. Becca może i była psychicznie zdruzgotana, ale wciąż potrafiła trzeźwo myśleć. Jej alibi brzmiące „byłam sama w swoim pokoju" mógł podważyć tylko Meredith.

Tych kilka dni musiało być dla niej straszne. Czekanie, czy Meredith ją wyda. A potem zastanawianie się, co sprawiło, że tego nie zrobił. Obawy, że może teraz ona padnie ofiarą szantażu. Tymczasem on to zrobił w imię miłości do niej.

Kto wie, czy byłaby w stanie sama dochować tego mrocznego sekretu. Nawet gdyby Meredith trzymał język za zębami, a policja nie znalazła dowodów jej winy, zabicie własnej matki to ciężkie brzemię.

I wtedy zainterweniował los pod postacią Lillian Pentecost. Może rzeczywiście to zarząd firmy wymógł, by Wallace ją wynajął. Chociaż wydaje się bardziej prawdopodobne, że Wallace zrobił to z własnej inicjatywy, obawiając się, że długotrwałe policyjne dochodzenie ujawni przy okazji jego sekretny związek. Potrzebował detektywa, który będzie odpowiadał tylko przed nim, szybko rozwiąże sprawę i nie wyciągnie na jaw rzeczy zamiecionych pod dywan.

– Mam pytanie – odezwałam się. – Kiedy mnie zaprosiłaś na wspólny wieczór na mieście, chciałaś tylko powęszyć, jak się posuwa nasze śledztwo, czy miałaś nadzieję zamieszać mi w głowie?

Becca odpowiedziała bez zastanowienia.

– Najpierw chciałam jedynie trochę powęszyć – przyznała. Przynajmniej miała na tyle przyzwoitości, by wyglądać na zawstydzoną. – Ale potem to stało się czymś więcej.

– Kiedy?

– Około trzech minut po tym, jak zaczęłyśmy tańczyć.

Uśmiechnęła się. Ja nie.

Nie wiem, czy jej odpowiedź była szczera. Nie chciałam wiedzieć. Skinęłam głową do pani P., by kontynuowała.

– Zabójstwo pani matki było zbrodnią w afekcie. Zabójstwo Ariel Belestrade już nie – oświadczyła pani P. – Być może podejrzewała pani, że Belestrade maczała palce w szantażu, który doprowadził do śmierci pani ojca. Dopiero jednak po telefonie od Will, gdy zadzwoniła w złości i zarzuciła, że nadużyła pani jej zaufania, upewniła się pani co do udziału Belestrade w tym procederze.

Tak było. To ja przewróciłam pierwszy klocek tego domina. Nie jestem z tego dumna i od tamtego czasu nigdy więcej nie zadzwoniłam do nikogo w złości. Belestrade może i nie była najlepszym kandydatem na obywatela roku, ale jej śmierć zatrzasnęła raz na zawsze drzwi, które pani P. próbowała otworzyć od dwudziestu lat.

– Wiedziała pani, gdzie może znaleźć broń. Może nawet był to prezent od pana Wallace'a dla pani ojca. Albo dla pani lub brata – powiedziała moja szefowa. – Poszła pani do domu Belestrade. Spirytystka chętnie wpuściła panią do środka, być może widząc w pani kolejną potencjalną ofiarę. Jej umiejętność czytania w ludzkich umysłach zawiodła ją tamtego wieczoru. Nie zdała sobie sprawy, że to ona jest celem, a pani ją zastrzeliła. A potem wyszła, pozbyła się broni w studzience kanalizacyjnej i wróciła do domu, mając kolejne niepotwierdzone przez nikogo, ale wiarygodne alibi.

Becca miała jednak pecha. Broń została znaleziona, a jej właściciel namierzony. Wujek Harry skojarzył fakty. Może nie był pewny, czy zrobiła to Becca, ale prawdopodobnie miał świadomość, że za spust pociągnęło któreś z dzieci Alistaira.

Postanowił więc być dobrym ojcem chrzestnym. Zamknął się w sobie, polecił swojemu adwokatowi nie próbować go bronić, nas zwolnił, a siebie skazał na odsiadkę w Grobowcu*, gdzie zamierzał doczekać chwili, kiedy toczący go rak położy kres całej sprawie.

– Co teraz? – zapytała Becca. Brzmiała jak kobieta nad przepaścią, która spogląda w otchłań u swych stóp.

– To w zasadzie zależy od pani – odrzekła moja szefowa.

– Musicie zgłosić policji, prawda? Tak pani powiedziała pierwszego dnia. Że jeśli macie dowód przestępstwa, waszym obowiązkiem jest go ujawnić.

Pani P. rozłożyła ręce w geście bezradności.

– Nie mamy żadnych dowodów. Tylko domysły i przypuszczenia.

– Ale przecież... się przyznałam. Powiedziałam wam...

– Tak naprawdę powiedziała pani bardzo mało. Migawki z tego dnia, kiedy zginęła pani matka. A pani ani razu nie powiedziała wprost, że ją zabiła. Ani nie przyznała się do tego, że zastrzeliła Ariel Belestrade – oznajmiła pani P. – W przeciwieństwie do tragicznie zmarłej spirytystki nie naszpikowałam tego pomieszczenia mikrofonami, a Will nie robi notatek. Poza tym nasza relacja z tej rozmowy byłaby mało wiarygodna. Panna Parker wciąż dochodzi do siebie po urazie głowy, a ja cierpię na chorobę degeneracyjną, która w zaawansowanym stadium wpływa na pamięć. Tylko odważny albo głupi prokurator okręgowy próbowałby oprzeć swój akt oskarżenia na czymś takim.

Omówiłyśmy to z panią P. poprzedniego wieczoru – co z tym fantem zrobić, biorąc pod uwagę implikacje moralne. Jak dla mnie, sprawa była z góry przesądzona. Dla pani P. nie było to takie proste. Ostatecznie jednak doszłyśmy do tych samych wniosków.

Becca zdezorientowana trzepotała rzęsami. Teraz nie stała nawet nad przepaścią – w ogóle nie wiedziała, gdzie jest.

---

* Grobowiec (ang. The Tombs) – potoczna nazwa Manhattan Detention Complex, więzienia miejskiego w Nowym Jorku.

– Co powinnam zrobić? – zapytała.

Słychać było, że jest kompletnie pogubiona. Serce mi się krajało.

– Panno Collins, nie mogę pani nic radzić – odparła moja szefowa.

– A co pani zrobiłaby na moim miejscu?

Pani P. oparła się w fotelu. Uniosła dłonie i odgarnęła luźne kosmyki, które wyswobodziły się z jej warkoczy. Pasemko stalowoszarej siwizny wydawało się szerokie na kilometr.

Wygląda tak staro, pomyślałam. Znacznie starzej niż wtedy, gdy ją poznałam. Starzej niż kiedy zaczynałyśmy tę sprawę.

– Co ja bym zrobiła?

W jej zdrowym oku odbijał się kalejdoskop emocji. Wiedziałam, że jest wyczerpana i spięta. Wiedziałam również, jak bardzo waży każde słowo.

– Najchętniej dotarłabym zawczasu do takich kobiet jak Abigail. Zanim nauczą się zamieniać jeden ból na inny – powiedziała. – Znalazłabym sposób, żeby umiejętności takich kobiet jak Ariel Belestrade służyły szczytniejszym celom. Znalazłabym sposób, by pani ojciec mógł być szczęśliwy i żeby pani nie musiała go pomścić. Nie mogę zrobić żadnej z tych rzeczy. Dlatego przerwałabym łańcuch wydarzeń, żeby już nikt więcej nie ucierpiał, winny czy nie.

Przez następne pół godziny Becca i pani P. omawiały dostępne opcje. Dorzuciłam parę pomysłów od siebie. Kiedy Becca w końcu od nas wyszła, wciąż nie było przesądzone, co zrobi. Przy drzwiach miałyśmy niezręczny moment, gdy wypuszczałam ją na zewnątrz, w zimowy mrok.

Żadnego pocałunku. Nawet jednego słowa. Tylko spojrzenie.

Jakaś część mnie martwiła się, że Becca wróci do domu i rozwiąże swoje problemy tak, jak to zrobił jej ojciec, jednym pociągnięciem za cyngiel. Chciałam coś powiedzieć, ale nie zrobiłam tego. Patrzyłam tylko, jak oddala się chwiejnym krokiem. Odprowadziłam ją wzrokiem aż do chwili, gdy wsiadła do taksówki i znikła z pola widzenia.

Rozdział 37

O zamknięciu sprawy Collinsów dowiedziałyśmy się tak samo jak reszta miasta – z gazet, chociaż później uzupełniłyśmy swoją wiedzę w trakcie paru dyskretnych rozmów telefonicznych ze swoimi kontaktami.

Dwa dni po spotkaniu w naszym biurze Becca i Randolph zwołali w trybie nadzwyczajnym posiedzenie zarządu Collins Steelworks, które odbyło się za zamkniętymi drzwiami. Nikt nie puścił pary na temat tego, co tam powiedziano, ale sądząc po tym, co nastąpiło, nietrudno było się domyślić.

Tego samego dnia zarząd porozumiał się z prokuraturą okręgową i zarzut defraudacji wycofano. Firma, jak się zdawało, odmówiła współpracy w jakimkolwiek postępowaniu przeciwko osobie Harrisona Wallace'a. Później tego dnia prawnik Wallace'a wystąpił o zwolnienie jego klienta za kaucją i otrzymał zgodę. Becca i Randolph wpłacili wymaganą kwotę. Kilka dni po tym na drugiej stronie działu biznesowego „Timesa" przeczytałam, że rodzeństwo Collinsów sprzedaje swoje udziały w firmie. Po bardzo atrakcyjnej cenie.

Mam taką teorię à propos tego, co się wydarzyło na owym zamkniętym posiedzeniu zarządu. Padła propozycja nie do odrzucenia: pomóżcie wyciągnąć Wallace'a z więzienia, a przejmiecie kontrolę nad firmą. Albo pozwólcie prokuraturze robić swoje, ryzykując przy tym, że wszystkie brudy wyjdą na jaw, a najwięksi akcjonariusze dobiorą się wam do wiadomo czego.

Zarząd nie zastanawiał się długo.

Sprawa przeciwko Wallace'owi dotycząca morderstwa Belestrade utknęła w martwym punkcie. Na broni nie znaleziono żadnych odcisków palców, a brak innych dowodów sprawił, że prokurator stracił entuzjazm do stawiania zarzutów. Jednocześnie policja próbowała dowieść, że to Wallace zamordował Abigail Collins. Nawet po tym, jak dopasowali do siebie zeznania uczestników imprezy w Halloween – czyli zrobili to, co wcześniej my – i doszli do tego, że Wallace wrócił do gabinetu, wciąż było to za mało. Dobrze płatni adwokaci potrafią czynić cuda.

Zarząd firmy nie nacieszył się długo zawartą ugodą. Kilka tygodni później gruchnęła wieść, że wojsko przenosi swoje wielomilionowe kontrakty gdzie indziej. Zawirowania w Collins Steelworks okazały się zbyt poważne nawet dla amerykańskiego rządu.

Lazenby złożył nam kilka wizyt, próbując wydobyć od nas jakieś informacje. Naciskał, żebyśmy dały mu cokolwiek na Wallace'a. Milczałyśmy jak grób, zarzekając się, że nic nie mamy. Przekroczyłyśmy granicę, ale szczerze mówiąc, przekroczyłyśmy ich wiele. Porucznik wyszedł od nas sfrustrowany, w przekonaniu, że wiemy więcej, niż mówimy.

Policja starała się również usilnie znaleźć Neala Watkinsa. Zniknął ze swojego pokoju w domu Belestrade, zostawiając po sobie puste szuflady i wyczyszczone konto bankowe. Podejrzewam, że zabrał ze sobą również kolekcję nagrań wypełnionych materiałem do szantażu. Dlaczego więc zostawił taśmę z Abigail Collins? Gest lojalności w stosunku do swojej dawnej pracodawczyni? Myślał, że to nagranie naprowadzi nas na właściwy trop? Tego nie wiedziałam.

Rzeczona taśma skończyła w archiwum na strychu naszego domu, w pudle razem z resztą materiału z tej sprawy.

Nigdy nie wiadomo, czy coś, co wydaje się już martwe i pochowane, nie wróci z zaświatów i nie zacznie straszyć.

Krótko przed świętami John Meredith przyznał się do stawianych mu zarzutów i dostał cztery lata. Nie było mnie wtedy na sali sądowej. W tym czasie prowadziłyśmy już następną sprawę – zaginięcia – i miałyśmy pełne ręce roboty.

Jego przyznanie się do winy nie było niespodzianką. W każdym razie nie dla mnie.

Tydzień wcześniej wybrałam się do Grobowca. Pięćdziesiąt dolarów wsunięte w dłoń właściwego strażnika zapewniło mi dziesięć minut sam na sam z Meredithem w pokoju widzeń. Kolejne pięćdziesiąt sprawiło, że strażnik nie stał z uchem przy drzwiach.

Do tego czasu moje kości się zrosły, a rany zagoiły. Jedyną pamiątką po tamtej napaści była blizna na policzku. Próbowałam sobie wmówić, że nadaje mi wygląd twardziela.

Meredith miał własne pamiątki, gorsze od moich. Jego złamany nos nie został prawidłowo złożony, a powieka lewego oka opadła do połowy, przez co wyglądał na permanentnie zaspanego. Gdy zobaczył mnie zamiast swojego prawnika, rozbudził się jednak aż nadto.

– Co ty tu robisz? – warknął, szarpiąc za łańcuch, którym był przykuty do stołu. – Nie chcę z tobą gadać. Strażnik! Strażnik!

– Poszedł się przejść.

– Nie będę z tobą gadał.

– Nie musisz – odparłam. – Wystarczy, że posłuchasz. Pięć minut i nigdy więcej mnie nie zobaczysz.

Nie podobało mu się to, ale się uspokoił. Usiadłam przy stole naprzeciw niego.

– Moja szefowa i ja wiemy wszystko. Wiemy, kto zabił Belestrade i Abigail Collins. Wiemy, dlaczego dla niej kłamałeś.

Jego twarz wykrzywił grymas mieszaniny strachu i wściekłości.

– Nikomu nie powiemy – kontynuowałam. – Nikt nic nie wie i nie musi wiedzieć. Wszyscy myślą, że to zrobił Wallace, a on wkrótce umrze. Nie ma powodu, by wszelkie wątpliwości, kto, kogo i dlaczego, nie odeszły razem z nim.

Wyraźnie ochłonął, ale wciąż łypał na mnie podejrzliwie. Jakby czekał, gdzie w tym wszystkim jest haczyk. No to mu pokazałam.

– Jeśli przyznasz się do winy, wtedy nie będzie procesu ani wypytywania, dlaczego zrobiłeś to, co zrobiłeś. Ale jeśli dojdzie do rozprawy, prokurator jak nic wywlecze na światło dzienne rozmaite rzeczy. Chciałam tylko, żebyś miał tego świadomość. Na wypadek gdybyś rozważał, jakie masz opcje.

Wstałam i załomotałam w drzwi, aby dać strażnikowi znać, że jestem gotowa wyjść.

– Czy ona wie? – zapytał podniesionym, ale łamiącym się głosem.

Obróciłam się. Z jego kontuzjowanego oka ciekły łzy.

– Nie ode mnie – odpowiedziałam – ale jest bystra. Wie, że Alistair Collins nie był jej prawdziwym ojcem. Wie, że jej nie wydałeś po tym, jak ją zobaczyłeś w gabinecie tamtego wieczoru. Może reszty się domyśliła. Mnie wystarczyło, że zobaczyłam zdjęcie, na którym jesteście wszyscy troje. Oni urodę odziedziczyli po matce, ale budowę mają po tobie. Wystarczy się przyjrzeć.

– Ale nie powiesz jej? – wychrypiał.

Zgrzytnął zamek i drzwi otworzyły się szeroko.

– Już dość wycierpiała z powodu swojej rodziny. Nie widzę powodu, by jej dokładać.

Odwróciłam się do niego plecami i wyszłam.

Święta spędziłyśmy na nasz własny sposób. Żadnych dekoracji, nie licząc girlandy nad drzwiami. Kupiłam pani P. nową laskę – taką z półmetrowym ostrzem ukrytym w rączce.

– Naprawdę myślisz, że będę miała powód, by tego użyć? – zapytała.

Przypomniałam jej radę, której mi niegdyś udzieliła: „Przezorny zawsze ubezpieczony".

Od niej dostałam pierwsze wydanie książki Agathy Christie *Zło czai się wszędzie*; mój egzemplarz w miękkiej oprawie już się rozpadał. Na stronie tytułowej znalazłam dedykację: *Will, robisz dobrą robotę, tak trzymaj – Agatha*.

Możliwe, że zapiszczałam z radości, ale nikt mi tego nie udowodni.

Po południu pierwszego dnia świąt poszłyśmy z panią Campbell do jej kościoła, aby podać obiad tym, którzy nie mieli domu albo których nie było stać na ciepły posiłek. To samo zrobiłyśmy w sylwestra. Niezły sposób na powitanie 1946 roku.

W drugim tygodniu stycznia otworzyłam „Timesa" i zobaczyłam nekrolog Harrisona Wallace'a. Użyto wykadrowanego zdjęcia. Widać było na nim uśmiechniętego Wallace'a i spoczywające na jego barkach męskie ramię.

Nie wykluczałam, że Becca skontaktuje się ze mną, ale nic takiego nie nastąpiło. Myślałam, czy do niej nie zadzwonić, ale za każdym razem, kiedy sięgałam po telefon, coś mnie powstrzymywało. Nie była to złość. A przynajmniej nie tylko złość.

Ostatecznie doszłam do wniosku, że ona może rzeczywiście coś do mnie czuje. Że to nie do końca była tylko perfidna gra. Przyznałam się też sama przed sobą, że ja także coś do niej czuję.

Gdyby to było tylko pożądanie, pewnie bym do niej zadzwoniła. Zapytałabym, czy nie ma ochoty pójść potańczyć.

Potrzebowałam jednak więcej czasu. Niektóre rany wciąż się nie zagoiły.

Miało minąć jeszcze wiele czasu, zanim znowu się zobaczyłyśmy.

Do wiosny sprawa Collinsów w zasadzie była już tylko wspomnieniem.

Jedną z charakterystycznych rzeczy w domu i firmie pani Pentecost jest to, że nigdy nie ma się za dużo czasu na rozpamiętywanie przeszłości. W pierwszych miesiącach 1946 roku miałyśmy multum spraw. Niektóre komercyjne, inne wynikające z odwiedzin w naszym domu podczas sobotnich drzwi otwartych.

Niemniej ze sprawy Collinsów zostało kilka niewyjaśnionych wątków, które trochę nie dawały nam spokoju. Według moich źródeł policja nie zdołała wyśledzić sporej sumy zdefraudowanych pieniędzy. Sześciocyfrowej, jak słyszałam. Jeśli wpadła w ręce Neala Watkinsa, nie spodziewałam się go jeszcze kiedykolwiek ujrzeć. Pięć zer może zapewnić długie anonimowe życie.

Ponadto nurtowało nas, dlaczego Belestrade zainteresowała się nami już tak dawno temu. I jaką rolę odegrała w sprawach, które badał Jonathan Markel?

Tak to jest z większością tajemnic – zwykle pozostaje więcej pytań niż odpowiedzi. Rzadko kiedy na sam koniec wszystko się spina i elegancko wyjaśnia jak w moich ulubionych kryminałach. Może właśnie dlatego tak lubię je czytać.

Rozdział 38

Pewnego ciepłego marcowego dnia przyszła paczka. Otworzyłam ją i znalazłam w środku egzemplarz nowej książki Olivii Waterhouse *Rozmawiając ze zmarłymi. Spirytyści XX wieku*. Na stronie tytułowej napisała:

Dla Lillian Pentecost – podobnie jak ja poszukiwaczki
prawdy. Mam nadzieję, że rozdział o Ariel Belestrade
spotka się z Pani aprobatą.

Olivia Waterhouse

Sięgnęłam przez biurko pani P., podając jej książkę.

– Lekka lektura na niedzielę, jeśli jest pani zainteresowana.

Uchyliła okładkę, przeczytała dedykację i zamarła. Wpatrywała się w nią tak długo, że zaczęłam się obawiać, czy nie dostała jakiegoś porażenia. W końcu się odezwała:

– Zadzwoń, proszę, do Olivii Waterhouse. Przekaż, że chcę się z nią spotkać w pierwszym możliwym terminie.

Pierwszy możliwy termin nadarzył się w południe trzy dni później.

– Bardzo dziękuję za zaproszenie – powiedziała od progu drobna pani profesor. – Szczerze mówiąc, nie posiadałam się z radości. Zobaczyć, gdzie mieszka i urzęduje najlepsza detektyw w tym kraju. To ekscytujące.

Była ubrana w swój uczelniany strój – niewyszukany żakiet i spódnicę w odcieniach brązu i szarości. Jej kasztanowe loki wciąż domagały się szczotki, a okulary w drucianych oprawkach zsunęły się prawie na czubek nosa.

Starałam się zachować pokerową twarz, kiedy pani profesor zasiadła w najwygodniejszym z naszych żółtych foteli. Była tak filigranowa, że prawie w nim zniknęła.

Pani P. przesunęła książkę po blacie stołu.

– Ach, wspaniale, doszła – skomentowała Waterhouse. – Mam nadzieję, że panią zainteresuje. Albo przynajmniej nie okaże się strasznie nudna. Wydawca naciskał, żebym zawarła więcej drastycznych szczegółów, niżbym chciała, ale on, jak sądzę, wie lepiej, co zrobić, żeby książka się sprzedawała.

Minęło pełne dziesięć sekund. Pani P. tylko patrzyła, wręcz studiowała tę nijaką z wyglądu kobietę, która siedziała naprzeciw niej. W końcu zadała pytanie:

– Kim pani jest?

– To znaczy? – zareagowała kobieta, która przedstawiała się jako Waterhouse. Wyraz zmieszania na jej twarzy wyglądał bardzo autentycznie.

– To znaczy, że zanim objęła pani stanowisko wykładowcy uniwersyteckiego, praktycznie pani nie istniała.

W każdym razie nie istniała na papierze. Spędziłam trzy dni, sięgając do wszelkich możliwych źródeł informacji i wykonując pół setki połączeń telefonicznych, aby zweryfikować CV profesor Waterhouse. Podane tam numery telefonów nie działały, poprzedni pracodawcy byli nieosiągalni albo już nie żyli, dokumenty uczelniane przepadły w pożarze. O ile jej tożsamość byłoby trudno podważyć przed sądem, o tyle nie znalazłam ani jednej osoby, która znała Olivię Waterhouse przed 1938 rokiem.

Tymczasem siedząc w naszym biurze, Waterhouse nie opuściła gardy ani na centymetr. Zdjęła okulary, przetarła palcami oczy i wsunęła okulary z powrotem na nos.

– Obawiam się, że nie rozumiem, pani Pentecost – powiedziała. – Chodzi o moją książkę? Zrobiłam coś nie tak?

Pani P. sięgnęła po książkę i wyjęła z niej coś, czego używała jako zakładki, aby zaznaczyć tytułową stronę z dedykacją. Był to wąski skrawek papieru z widniejącym na nim nazwiskiem *Ariel Belestrade*, napisanym odręcznie zwartym eleganckim pismem.

– Grafologia to nauka obarczona marginesem błędu – stwierdziła pani P. – Są fałszerze, którzy potrafią podrobić każdy charakter pisma. Istnieją jednak pewne specyficzne odruchy dłoni, które trudno ukryć. Zwłaszcza kiedy pracuje się w pośpiechu. Wznosząca się kreseczka w literze „t". Wąski brzuszek w literze „d".

Podczas gdy pani P. mówiła, wpatrywałam się w profil Olivii Waterhouse. Żadnych rys na monolicie. Jedynie nieznaczne napięcie wokół oczu, ale może tylko mi się wydawało.

– Nie znam dokładnej chronologii wydarzeń, ale mogę się domyślać. Zleciła pani Robertowi McCloskeyowi napaść na Jonathana Markela, kiedy wracał do domu ze swojego klubu. McCloskey znokautował go pałką i zawlókł na plac budowy, gdzie pani czekała. Tam podmieniła pani wiadomość ukrytą pod tarczą zegarka. Musiała to pani zrobić tak, że McCloskey tego nie widział, skoro później postanowił ukraść zegarek. Zrobił to pewnie dlatego, że za swoją robotę nie dostał ani centa – zmusiła go pani szantażem. Zegarek wziął sobie jako wynagrodzenie. Na szczęście dla pani wiadomość ostatecznie trafiła do nadawcy, a McCloskey zginął, zanim zdążył panią wydać.

– To jakieś... fantasmagorie – oświadczyła Waterhouse.

Moja szefowa pokręciła głową.

– Żadne fantasmagorie. Wszystko to ma oparcie w faktach. Mogę się mylić co do paru niuansów, ale konkluzja jest ta sama. Zleciłam Jonathanowi Markelowi, by znalazł wspólny wątek. Kogoś, kto swoją osobą łączy serię zbrodni lub tragicznych i podejrzanych wypadków. Szukałam człowieka, który stoi za tymi wszystkimi zdarzeniami. No i znalazł. Panią.

Waterhouse zmieniła pozycję w fotelu i założyła nogę na nogę. Ten raptowny ruch sprawił, że bezwiednie przesunęłam dłoń o centymetr bliżej rękojeści mojej trzydziestki ósemki spoczywającej w kaburze pod pachą. Może to tylko moja wyobraźnia, ale zdawało mi się, że profesor zauważyła ten gest i jakby uśmiechnęła się pod nosem.

– Obawiam się, że musi pani rozwinąć swoją wypowiedź, pani Pentecost – powiedziała. – Co dokładnie odkrył ów mężczyzna?

– Kogoś, kto wynajduje sekrety innych, popełnione przez nich przestępstwa albo rzeczy, których ujawnienie groziłoby skandalem, a następnie używa tej wiedzy do szantażowania ich. Te incydenty często kończyły się zaginięciem lub śmiercią. – Moja szefowa wymieniła znane jej sprawy tego typu i osoby, których dotyczyły: prezes banku, potentat branży odzieżowej, komisarz do spraw zagospodarowania terenu i inni. – Nie ograniczyła się pani do osób majętnych i wpływowych. Na przykład McCloskey. Chociaż tacy ludzie również bywają użyteczni.

Waterhouse wsunęła okulary głębiej na nos i pochyliła się do przodu jak jeden z jej studentów. Pani Pentecost kontynuowała wykład:

– W Belestrade znalazła pani kogoś, kogo mogła pani nie tylko szantażować, ale za jej pośrednictwem wydobywać sekrety innych. To dzięki pani awansowała do grona elity tego miasta. To pani sprawiła, że Belestrade była tak dobrze przygotowana na moje zainteresowanie nią oraz wiedziała tak dużo o mnie i Will.

Słysząc moje imię, Waterhouse spojrzała w moją stronę. Szukałam w jej twarzy jakiegoś potwierdzenia, że pani P. trafiła w sedno. Nic. Tylko własne odbicie w szkłach jej okularów.

– Podmieniając swoje nazwisko na nazwisko Belestrade, wystawiła ją pani na przynętę – kontynuowała moja szefowa. – Mogła pani śledzić, jak obserwuję Belestrade, i w ten sposób poznawać moje metody pracy. To, że w efekcie morderstwa Abigail Collins znalazła się pani w polu mojego zainteresowania, można uznać za przypadek, chociaż być może nieunikniony.

– Oskarża mnie pani o to, że miałam coś wspólnego z zabójstwem Abigail Collins? – zapytała Waterhouse. – Albo ze śmiercią Ariel?

– Ależ bynajmniej – odparła pani P. – Wiem, że nie jest pani odpowiedzialna za śmierć żadnej z nich. Jestem jednak przekonana, że to pani zaaranżowała wydarzenia, któ-

re doprowadziły do tych zabójstw. Odkryła pani młodzień-
czą znajomość Ariel Belestrade z Abigail Collins i poleciła
jej, by nawiązała kontakt. To doprowadziło do wszystkiego,
co nastąpiło później.

Waterhouse pokręciła głową.

– Nie do wiary – skwitowała, chociaż nie byłam pewna,
do czego konkretnie odnosiła się ta uwaga. – Te wszystkie
rzeczy, o których pani opowiada… Niby jaką korzyść miałabym z tego mieć?

– Dobre pytanie. Niestety, wciąż nie znam na nie odpowiedzi – przyznała moja szefowa. – W przypadku sprawy
Collinsów wciąż brakuje dużej kwoty, która gdzieś zaginę-
ła. Policja sądzi, że te pieniądze ma Neal Watkins, ale zaczynam podejrzewać, że jest inaczej. Co do pozostałych przypadków, musimy ustalić, ile pani na nich zyskała. Pracujemy
nad tym dopiero od trzech dni.

Przez bite pół minuty Waterhouse nawet nie mrugnęła.
Mogłam sobie tylko wyobrazić, jak intensywnie pracowały
w tym czasie jej zwoje mózgowe. Fasada pozostała jednak
niewzruszona, dlatego pozostało mi jedynie snuć domysły.

Zdjęła okulary, zmrużyła oczy i… schowała okulary do
kieszeni na piersi. Gdy zabrała głos, mówiła powoli i ostrożnie, jakby szukała drogi po omacku:

– Te… przypadki… o których zechciała pani wspomnieć.
Prezes banku? Jeśli dobrze pamiętam, później okazało się,
że przywłaszczył sobie fundusze kilku organizacji charyta-
tywnych, które miał nadzorować. Komisarz brał łapówki od
deweloperów w zamian za korzystne dla nich decyzje i go-
dził się na dewastację biedniejszych dzielnic. Potentat odzie-
żowy…

Słowo „potentat" wypowiedziała tak, jak większość ludzi
wymawia słowo „gwałciciel".

– Czy to nie w jednej z jego fabryk kilka lat temu wybuchł pożar? Ten, w którym zginęły szwaczki, zamknięte jak

w potrzasku i na próżno krzyczące o pomoc? Wiele innych zostało poparzonych.

Z każdym słowem przemawiała coraz pewniej, jakby zaczynała stąpać po znajomej drodze.

– Mogę sobie wyobrazić, że poznała pani osobiście niektóre z tych kobiet – ciągnęła. – Może w trakcie sobotnich sesji w tym domu, kiedy otwiera pani swoje podwoje dla takich jak one. Widziała pani ich blizny. Ten człowiek był liderem walki przeciwko nowym przepisom bezpieczeństwa. Trzydzieści lat minęło od Triangle Shirtwaist* i wygląda na to, że niczego się nie nauczyliśmy.

To była prawdziwa Olivia Waterhouse – przy założeniu, że nazwisko, którego używała, było autentyczne. W oczach miała żar, a jej głos brzmiał jak głos ulicznego kaznodziei. Z każdym słowem rytmicznie kiwała głową, jakby utrzymując tempo narzucone przez dyrygenta, którego widziała tylko ona.

– A ten cały Alistair Collins? – kontynuowała. – Człowiek, który zbudował swoją markę, zlecając brutalne pobicia działaczy związkowych. Pobicia, które czasem kończyły się śmiercią. Który korumpował, dźgał innych w plecy i zaprzedał własną duszę. Jeszcze na długo przed kapitulacją Niemiec wypytywał wojskowych, gdzie wybuchnie następna duża wojna i jak mógłby na niej zarobić.

– Co pani sugeruje? – zapytała moja szefowa.

– Że nie wszystko robi się dla pieniędzy – oświadczyła Waterhouse.

Pomyślałam chwilę, po czym wtrąciłam od siebie:

– To dlatego zadzwoniła pani do mnie w sprawie taśm.

---

* Chodzi o pożar z 1911 roku w zakładach odzieżowych Triangle Shirtwaist na Manhattanie, w wyniku którego zginęło 146 pracowników.

Znowu odwróciła głowę w moją stronę i spojrzała na mnie. Teraz, kiedy nie miała okularów na nosie, mogłam wyraźnie zobaczyć jej oczy. Przypominały mroczne jamy, do których mogłam się ześlizgnąć, gdybym nie zachowała ostrożności. Siłą woli powstrzymałam się przed trzymaniem ręki w pobliżu kabury z bronią.

– Kiedy stało się jasne, że to koniec Wallace'a, i firma zaczęła się od niego odcinać, pozostała kwestia wciąż aktualnych kontraktów dla wojska – stwierdziłam. – Chciała nas pani naprowadzić na właściwy trop. Dlatego opowiedziała mi pani o nagraniach, o hałasie, który słyszała pani w domu Belestrade, i tak dalej. Oczywiście, przedtem zabrała pani taśmy. Wszystkie oprócz jednej. Tej, która miała nas naprowadzić na trop. Zastanawiam się, czy Neal Watkins ukrywa się gdzieś w Kanadzie lub na Florydzie, czy może spoczywa w pokoju na moczarach Jersey. To nie przypadek, że wcześniej pracował na tej samej uczelni co pani, kilka pokojów dalej. Zrobiła pani z niego swoją wtyczkę.

– A pani robi ze mnie gangstera – odrzekła. Na jej ustach błąkał się uśmieszek.

– Skądże. Miałam okazję poznać prawdziwych gangsterów. Pani jest kimś innym.

– Mianowicie?

– Kimś, kto pociąga za sznurki tych, którzy pociągają za sznurki innych.

Tym razem nawet się nie kryła z uśmiechem.

– Cóż za barwne wyrażenie – skwitowała.

Potem zdjęła nogę z nogi, wygładziła od niechcenia spódnicę i wstała.

– Oczywiście nie macie dowodów. – To było stwierdzenie, nie pytanie.

– Nie mamy – odparła pani P.

Waterhouse skierowała się w stronę drzwi, ale przystanęła, gdy moja szefowa uniosła rękę.

– Jedna rzecz mnie intryguje – powiedziała pani P. – Mogła pani z łatwością uniknąć mojego zainteresowania. Nakierowując mnie na Belestrade i jednocześnie pozostając w jej kręgu, praktycznie przesądziła pani o tym, że prędzej czy później nasze drogi się skrzyżują.

Waterhouse skinęła głową, jakby zgadzała się z panią P.

– Nawet dzisiaj musiała pani zdawać sobie sprawę, skąd to zaproszenie z mojej strony – ciągnęła moja szefowa. – Po co więc pani w ogóle przyszła, jeśli nie po to, by się przyznać?

Waterhouse ponownie zwlekała z odpowiedzią, jakby coś układała sobie w głowie.

– Myślę... Mam nadzieję... że się zaprzyjaźnimy.

Jeżeli pani P. oczekiwała czegokolwiek, to na pewno nie tego.

– Albo przynajmniej zostaniemy sojuszniczkami – dodała Waterhouse. – Mamy ze sobą tyle wspólnego. Obie jesteśmy kobietami, które walczą o to, by zmienić ten świat na lepszy.

Pani Pentecost raptownie wyprostowała się w fotelu, a w jej oku zapłonął gniew.

– Ja ścigam i oddaję przestępców w ręce sprawiedliwości. Pani szantażuje, rabuje i morduje, próbując to usprawiedliwiać własnym, wypaczonym kodeksem moralnym – oświadczyła. – Nie mamy ze sobą nic wspólnego.

Waterhouse skinęła głową, jak gdyby rozważała pytanie zadane przez jednego z jej studentów na sali wykładowej.

– Może tak – odrzekła. – Może nie. – Potem zerknęła na mnie. – Przy okazji... jak tam Becca? Doszła do siebie, mam nadzieję?

Momentalnie zaschło mi w gardle. Zacisnęłam palce na rękojeści rewolweru.

– Spokojnie, panno Parker – kontynuowała Waterhouse. – Nie wyjawię nikomu sekretu Bekki. Pozwoliłam sobie jedynie wskazać, że często istnieje prawdziwa przepaść między tym, co stanowi prawo, a tym, co jest słuszne. Oraz to, że my, które jesteśmy w tym pokoju, doskonale to rozumiemy. Na razie jedyna różnica polega na tym, jak daleko każda z nas jest skłonna się posunąć, by sprawiedliwości stało się zadość.

Następnie sięgnęła po okulary i wsunęła je na nos, jakby zakładała przebranie.

– Zobaczyć panią przy pracy było bardzo pouczające – oznajmiła. – Jest pani zdecydowanie jedną z najciekawszych osób, jakie miałam przyjemność poznać. Obie panie są interesujące.

Skinęła głową w stronę książki, która leżała otwarta na biurku pani Pentecost.

– Mam nadzieję, że ją pani przeczyta – powiedziała. – Z pozoru opowiada o tym, że nie potrafimy się pogodzić z naszą śmiertelnością i jak można to wykorzystać do kontrolowania nas.

– A tak naprawdę o czym jest? – zapytała pani P.

– Poniekąd o sznurkach i ludziach, którzy za nie pociągają. I którzy robią to od bardzo dawna. A także o tym, że już najwyższy czas przeciąć te sznurki – odrzekła. – Miłego dnia, pani Pentecost, panno Parker.

Uraczywszy nas tą puentą, skierowała kroki ku drzwiom. Zostałam na swoim miejscu i nasłuchiwałam odgłosu trzaśnięcia. Gdy to nastąpiło, wstałam i sprawdziłam. Wyszła. Zaryglowałam drzwi i wróciłam do biura.

– Co teraz? – zapytałam. – Zadzwonimy do Lazenby'ego?

– I co mu powiemy? – odparła pani P. – Że profesor antropologii kulturowej jest odpowiedzialna, bezpośrednio i pośrednio, za liczne zbrodnie, z których część nawet nie jest odnotowana jako przestępstwo? Nasz kredyt zaufania w nowojorskiej policji nie jest aż tak duży.

– Cóż, trzeba będzie założyć akta pani Waterhouse – stwierdziłam – czy jak ona się tam nazywa.

Pani P. skinęła głową.

– Będziemy musiały mieć na nią oko.

Sięgnęła po laskę i wstała. Już od jakiegoś czasu nie miała złego dnia, ale laski używała regularnie. A cienie pod oczami już nigdy tak do końca nie zeszły.

– Myśli pani, że ona będzie robiła to dalej? – zapytałam. – Nawet wiedząc, że my wiemy?

– Myślę, że bawi ją nasze zainteresowanie. Jak sama miałaś okazję zobaczyć, bardzo się ożywia, kiedy ma przed sobą publiczność – odpowiedziała, po czym ruszyła do kuchni zobaczyć, co pani Campbell szykuje na lunch.

W chwili, gdy piszę te słowa, z kuchni dolatuje zapach świeżo upieczonego chleba. Ostatnio wyrabianie ciasta powoduje u pani Campbell ostre nawroty artretyzmu i później za każdym razem musi moczyć przez godzinę dłonie w lodowatej wodzie. Mimo to odmawia pomocy, którą oferuję.

Stara, uparta kobieta.

Słyszę, jak śpiewa sobie cicho. To jakaś pieśń kościelna, której nie rozpoznaję. Światło wpadające zza okna zaczyna blednąć. Wkrótce będę musiała włączyć lampy.

Duże biurko stoi puste. Pani Campbell mówi, że powinnam zacząć go używać, ale jakoś nie mogę się przemóc. Może jeszcze nie dzisiaj.

Może jutro. Może nigdy.

Ja też jestem uparta.

Kiedy zaczynałam tę historię, wspomniałam o ukrytych kosztach. Zastanawiałam się, jak na koniec dnia będzie wyglądał mój bilans: na plusie czy na minusie?

Wciąż tego nie wiem.

Gdy zaczynałam, otrzymałam radę i naukę życiową: sztuka polega na tym, żeby wiedzieć, kiedy puścić. Z drugiej strony, próbuję też wziąć sobie do serca to, czego pani P. nigdy nie wypowiedziała głośno, ale czym się kierowała na co dzień: trzymaj się tego, w czym jesteś dobra, dopóki możesz. Nie ma żadnego lepszego świata gdzieś tam. Nigdy nie będzie.

Chyba że sami go takim uczynimy.

WILLOWJEAN PARKER
GŁÓWNA ŚLEDCZA
BIURO DETEKTYWISTYCZNE
PENTECOST & PARKER
NOWY JORK